JN055006

川が流れるように

シェリー・リード

桑原洋子 訳

Go As A River

Shelley Read

早川書房

川が流れるように

日本語版翻訳権独占
早　川　書　房

© 2024 Hayakawa Publishing, Inc.

GO AS A RIVER
by
Shelley Read
Copyright © 2023 by
Shelley Read
Translated by
Yoko Kuwahara
First published 2024 in Japan by
Hayakawa Publishing, Inc.
This book is published in Japan by
arrangement with
International Rights Management:
Susanna Lea Associates on behalf of Spiegel & Grau, LLC
through Japan Uni Agency, Inc., Tokyo.

装画／植田陽貴
装幀／鈴木久美

わたしを導く光
両親のリチャードとキャサリンに
わたしのインスピレーション
エイヴァリーとオーウェンに

そして
いつもわたしのそばにいてくれる
エリックに

主な登場人物

ヴィクトリア（トリー）・ナッシュ……アイオラの桃農園の娘
ウィルソン（ウィル）・ムーン…………アイオラにやって来た若者
父さん………………………………………ヴィクトリアの父。桃農家
母さん………………………………………ヴィクトリアの母。敬虔《けいけん》なキリスト教徒
セス…………………………………………ヴィクトリアの弟
オグデン（オグ）…………………………ヴィクトリアの叔父。戦争で片脚を失う
ヴィヴィアン（ヴィヴ）…………………ヴィクトリアの叔母
キャラマス（キャル）……………………ヴィクトリアの従兄。幼少期からナッシュ家に住む
ルビー＝アリス・エイカーズ……………ナッシュ家の隣家に住む女性
コーラ・ミッチェル………………………桃の直売所で販売を任されている女性
ミリー・ダンラップ………………………宿屋の女将《おかみ》
シーモア・グリーリー
（グリーニー）……植物学を研究する大学教授
ゼルダ・クーパー…………………………ペオーニアの不動産業者の妻
インガ・テイト……………………………デュランゴに住む女性
マクスウェル（マックス）………………インガの息子
ルーカス……………………………………インガの息子

ある時点に達すると、
人は森に、海に、山に、世界にいう。
さあ、ようやくわたしの準備はできた、と。
――アニー・ディラード

プロローグ

真っ暗な湖の底に、いまなお残るもののことを想像してほしい。川に流されてきたりボートから投げ込まれたりした瓦礫《がれき》には藻が生えていて、ふやけてやわらかい。釣り針の届かないところでその存在を誰にも知られず泳ぐぼってりした口の魚は、呼吸も動きも滑らかだ。人目を忍んでしなやかに踊る女たちのように、ところどころで揺れている水草を想像してほしい。小さな波に靴がのまれるくらい湖に近づいて、そこで想像してほしい。月のように静かで異質な、光も暖かさも音も届かない世界がこんなにもそばにあることを。

わたしの故郷は湖の底にある。うちの農園も沈んでいる。その名残は泥にまみれて沈んだボートの残骸と見まがうくらいだろう。つややかなマスがわたしの部屋や日曜日に家族で集まった応接間を泳ぎまわっている。納屋も、なかにあった飼い葉おけも腐り、絡まった有刺鉄線は錆《さ》びている。肥沃《ひよく》だった土は、いまは無為に水に浸かっているだけだ。

歴史の本を開けば、ブルーメサ貯水池は、雄大なプロジェクトの象徴だと書いてあるかもしれない。コロラド川の支流の貴重な水資源を、干魃《かんばつ》に悩む南西部に届けるという壮大な構想の一部だ、と。荒れることの多かったガニソン川をせき止め、湖に仕立てあげたのは善良な目的のためだったのかもしれない。けれど、わたしは別の物語を知っている。

わたしの生まれ故郷の谷を縫うように流れていたガニソン川が、まだ流れも速く、泡が立つほどにしぶきをあげていたころ、わたしはよくその急流に膝まで浸かって立った。その上方には広大で寂しいビッグブルーの原生の山々がそびえていた。わたしの知るかつてのアイオラは、毎朝香ばしい朝食のにおいと農園や牧場の慌ただしいざわめきで始まった。メインストリートの東側を照らした朝日がじりじりと住宅地にもいきわたり、線路を越え、学校の校庭を越え、小さな教会の丸窓の赤と青のステンドグラスを輝かせる。当時のわたしは九時二十二分、二時五分、五時四十七分の虚《うつ》ろな汽笛を毎日の生活の時報代わりにしていた。

アイオラ墓地は善意によって丘の高い位置に移され――わたしの家族それぞれの墓石と骨とが合っているといいのだけれど――いまもなお、雪の重みでねじ曲がった白い鉄柵の向こうにおさまっている。同じ善意が、コロラド州アイオラを湖の底に沈めた。

かつては川だった湖の底で、静寂に包まれ、忘れられ、腐敗していく町を想像してほしい。押しよせた水がぐんぐん水位を増して町を丸のみにすれば、その土地の悦びや苦しみも流されてしまうと思うなら、それは間違いだ。若いころに生きた場所はわたしたちを形作り、わたしたちはその土地を胸に抱えて生きていく。土地に与えられたものも奪われたものもすべてがあってこそ、いまの自分があるのだ。

第一部　カラスの翼のように黒く、輝いて

一九四八年～一九四九年

1

一九四八年

それほど目を引く人ではなかった。

少なくとも最初はそう思った。

「すみません」若い男はそういってから、黒く汚れた親指と人さし指で、ぼろぼろの赤い野球帽のつばに手をかけた。「宿屋に行くにはこの道であってるかな？」

それだけ。メインストリートを歩く薄汚れた見知らぬ人からのありふれた質問だ。ノースローラストリートを歩いていたわたしがふたつの通りの交差点にさしかかったときのことだった。

その人のオーバーオールと両手は石炭で黒くなっていた。わたしは車の潤滑油か畑の土のどちらかがこびりついたのだろうと思ったのだが、どちらの汚れよりも黒かった。頬《ほお》も汚れていた。浅黒い肌には汗が光っていて、帽子の下から真っすぐな黒髪が突き出ている。

その秋の日は、わたしがうちの男たちの朝食に出した粥《ポリッジ》と目玉焼きくらい平凡に始まった。家事をし、囲いのなかにいるおとなしい家畜の世話をし、涼しい朝の空気のなか、晩生《おくて》の桃をかごふたつ分収穫して、がたつく荷車を自転車で引いて日課の配達を終えてから、昼食の準備のために家に戻った。だが、平凡の下に驚くほど素敵なものが潜んでいることがあると、わたしはのちに知ることになる。海面の下に深く神秘的な世界が広がっているのと同じように。

「この道を行けば、どこにでも着きます」わたしは答えた。

わたしは気の利いたことをいいたかったわけでも、相手の気を引こうとしていたわけでもなかったが、ちょっと体を傾けてかすかに微笑んでいるその人が、わたしの答えを面白いと思ったのがわかった。そんなふうに見つめられて、わたしの心臓は飛び上がりそうだった。

「すごく小さな町だから。そういう意味です」わたしはなんとか状況を立て直そうとした。わたしが通りで男の目に留まったり、微笑みかけられたりするようなタイプの女ではないことをはっきりと示したかった。

その見知らぬ男の瞳は、カラスの翼のように黒く、輝いていた。そして優しかった。初めてちらりと目を向けられた瞬間から、最後に送られた視線まで、あの瞳について思い出すいちばんの印象がそれだ。まるで豊かに水を湛《たた》える井戸のごとく体の奥からわき出ているような優しさ。その人はわたしのことをしばらく見ていた。微笑みはそのままで。それからまた帽子のつばに手をかけてから、メインストリートの終点近くにあるダンラップの宿屋に向かって歩きだした。

この舗装の傷んだ歩道を進んでいけば、どこへでも行けるというのは本当だった。ダンラップの宿屋だけでなく、富裕層向けのアイオラホテルもあるし、酒飲みには裏手に酒場も併設されている。ジャーニガンさんの店はガソリンスタンドで金物店で郵便局だ。いつもコーヒーとベーコンのにおいを漂わせるカフェもあるし、チャップマン商店には食品雑貨が揃《そろ》っていてデリのカウンターがあり、噂《うわさ》話が絶えなくてうるさいくらいだ。この通りの西の終点には背の高い旗竿が立っていて、それを挟むようにわたしが通っていた学校と、母が生きていたころには毎週日曜に家族みんなできっちり身なりを整えて通った、白い下見板張りの教会がある。通りはその先で、まるで短い文のあとのピリオドのようにいきなり山の斜面に突き当たる。

わたしはジャーニガンさんの店の裏にあるポーカー小屋から弟を引きずり出すという用事があって、その見知らぬ男と同じ方向に向かうつもりだったが、すぐうしろを歩く気はなかった。そのまま交差点で立ちどまり、午後の日差しをよけるように手をかざして、進んでいく背中を目で追う。その人はゆっくりと、なんの思惑もなさそうに、自分の目標は次の一歩だけだというように歩いている。脇で両腕をふり、その歩みに頭がほんのすこし遅れているように見える姿勢。黒ずんだ白いTシャツがオーバーオールのストラップの下でぴっちりと体に貼りついている。痩せているが、労働者らしいしっかり筋肉のついた肩をしていた。

まるでわたしの視線を感じたかのように、その人がいきなり振り向いてこちらに笑みを向けた。汚れた顔に広がるまぶしい笑顔。わたしは自分が見ていたことに気づかれて息をのんだ。熱が一気に首を伝って上がってくる。その人はさっきと同じように帽子のつばに手をかけると、また前を向いて歩きだした。顔は見えないが、間違いなくまだ微笑んでいるはずだ。

あれは運命的な瞬間だったのだと、いまのわたしにはわかる。くるりと踵《きびす》を返し、ノースローラストリートを戻ることもできた。家に帰って夕食の準備をするのだ。弟のセスはどうにかして自力で農場に戻ればいい。千鳥足でうちに帰ってきたその醜態を父さんとオグ叔父さんにさらし、自分のしたことの責任を自分で取るだけのこと。いや少なくとも、このメインストリートの反対側に渡り、ふたりが歩くそれぞれの歩道のあいだに、たまに通る車やハコヤナギの並木を挟むことくらいはできたはずだ。ところがわたしはそうしなかった。その選択がすべてを変えた。

わたしはそうはせずに一歩、また一歩とゆっくり前に進んだ。足を上げる、前に伸ばす、下ろすという、ひとつひとつの動作を選ぶことの重要さを本能的に感じとりながら。

誰かに惹《ひ》かれるとはどういうことなのか、わたしに話してくれた人はいなかった。母さんが死んだとき、そういう秘め事を学ぶにはわたしはまだ幼すぎた。とはいえ、たとえ生きていたとしても、母さんがその手のことをわたしに教えてくれたとはとても思えない。母は物静かな人で、礼節を重んじ、神と周囲からの期待に対してとにかく従順な女性だった。記憶のなかの母はわたしと弟を愛していたが、その愛の表現は一定の枠を決して超えず、最後の審判の日にどんな裁きを受けるのかという強い恐怖によってわたしたちをしつけていた。慎重に隠した母の感情は、黒いゴム製のハエ叩《たた》きでわたしたちの背中に放たれたり、お祈りのあとに立ち上がったときにすばやくぬぐわれた涙のかすかな痕跡に現れたりすることはあったが、わたしは母が父にキスするところを見たことがないし、父を抱きしめるところすら一度も見たことがなかった。両親は互いに信頼し合うパートナーとして、家庭と農園とを効率よく切り盛りしたが、ふたりのあいだに愛情、ことに男女の愛情の証《あかし》となるようなものは見たことがなかった。わたしにとって、この神秘的な領域には地図もなかったのだ。

だが、あるひとつの体験は別だ。わたしが十二歳になったばかりの秋のこと、たそがれの薄暗がりのなか、ライル保安官が車体の長い白黒の車をうちの濡《ぬ》れた砂利道の私道に停めて、庭にいた父さんにおずおずと近づいていくのを応接間の窓から見ていたときだ。わたしの息で白くなったガラスの向こうで、父さんはその場で、雨が降ったばかりの泥の地面にゆっくりと頽《くずお》れた。わたしは母と従兄《いとこ》のキャラマスと叔母のヴィヴィアンが戻ってくるのを待ちかねて外を見ていたのだ。三人は山道を通ってキャニオンシティまで桃の配達に行っていたが、帰宅予定時刻を何時間も過ぎていた。父さんもずっと見ていた。みんなが帰ってこないので落ち着かず、午後じゅうずっと濡れた落ち葉を集めていた。いつもなら冬のあいだに草の上で肥やしになるまで放っておいたはずだ。父がライル保安官の言葉に押しつぶされるように倒れたとき、まだ幼いわたしの心はふたつの重大な真実を理解した。不在の家族はもう、うちには帰ってこないということと、父が母を愛していたということだ。ふたりはわたしの前で愛情を表現したことも、言葉にしたこともなかったけれど、本当は互いの愛情を、ふたりなりの静かなやり方で理解し合っていたのだと、そのとき気がついた。わたしは両親のあいだの繊細な関係性――そして父が家のなかに入ってきて、母の死をセスとわたしに重々しく知らせたときの、乾いた事務的な目つき――から、愛とは私的なもので、ふたりの人間のあいだだけで育て、さらにはその喪失を嘆くものだと学んだ。愛はふたりだけのもので、秘密の宝物のように、こっそり書いた詩のように、ほかの誰にも見せてはいけない。

だが、それ以外は、わたしはなにも知らなかった。ことに愛のはじまり、どういうわけか誰かにどうしても惹かれてしまうということ、ある男のことは気にも留めないのに、別の男には抗《あらが》いがたい吸引力で惹きつけられてしまうのはなぜなのか。そしてそのあとは、その男を恋しく思う気持ちばかりが募っていくのはなぜなのか。

同じコロラドのなんの変哲もない小さな田舎町で、同じとき、同じ狭い歩道を歩くわたしたちのあいだには、ほんの半ブロックの距離があるだけだった。わたしはその人のうしろを歩きながら考えていた。彼がどこから来たにしろ、どんな場所でどんなことをしてきたにせよ、生まれてから十七年のあいだ――彼のほうはもうすこし長いかもしれないし短いかもしれないが――わたしたちは地球上の互いの存在をまったく知らずにいた。そしていまこの瞬間、どういうわけかわたしたちの人生は、ノースローラストリートとメインストリートのようにしっかりと交差している。

ふたりの距離が家三軒分から二軒分に、さらには一軒分に縮まると、わたしの鼓動は速くなった。そして気がついた。あの人はごくごくわずかにペースを落としている。

わたしはどうすればいいのかまるでわからなかった。わたしもペースを落としたら、あの人に合わせてペースを落としていると、つまりは見ず知らずの人間を過剰に意識していると彼に気づかれてしまう。けれど、いまのままのペースで進んでいけばすぐに追いついてしまう。その先はどうなる？　追い越そうものなら背中にあの人の視線を感じつづけなくてはいけなくなるのだから、さらに具合が悪い。わたしの不格好なひょろひょろした歩き方、むきだしの脚に履きつぶした革靴、丈の短くなった古いえび茶色の制服、日曜日に入浴してから洗っていない、ありきたりなストレートの茶色い髪を見られてしまうのだ。

だからわたしはペースを落とした。まるで見えない糸で繋《つな》がれているかのように、その人もペースを落とした。わたしがさらにペースを落とすと彼も落としたので、ほとんど進まなくなった。そしてついにすっかり立ち止まってしまった。わたしも仕方なく同じように止まると、わたしたちはまるでメインストリートに並ぶ二体のばかげた彫像のようだった。

あの人はたぶん、いたずら心で立ち止まっているのだろう。わたしは恐怖と優柔不断と、胸のなかで初めて感じる欲望のざわめきへのとまどいのために、身動きもできずにいた。この男のことなどほんの数分前まで、そしてひとブロック前まで知らなかった。それなのに、彼はわたしの心のうちを、波が小石を転がすようにかき回している。

うしろから近づいてくるふっくらとした医師の妻の足音も、ベビーカーの車輪の音も聞こえなかった。ミセス・バーネットとその赤ちゃんが、わたしを追い抜こうといきなり真横に現れたとき、わたしはリスのようにびくっとした。

ミセス・バーネットは不思議そうに微笑んだ。細く整えた眉が上がって質問を暗示しながらも、短く「ヴィクトリア《トリー》」とわたしに呼びかける。

わたしはなんとかうなずいて挨拶《あいさつ》を返すのが精いっぱいで、赤ちゃんの名前も思い出せないし、赤ちゃんの頭に手を伸ばしてその金髪をくしゅくしゅっとしてあげることもできなかった。

見知らぬ男は一歩横にそっとずれて、ミセス・バーネットに道をあけた。ミセス・バーネットは上から下までじろじろと見ていたが、男が帽子のつばに手をかけ「どうぞ」というとわずかに微笑んだ。彼女はわたしを振り返ると、難しいなぞなぞの答えがわからないというように眉をひそめたあと、また前を向いて住宅地のほうに進んでいった。

実際、この若い男とわたしは、なぞなぞだった。いったん繋がれてしまったら運命まで繋がれてしまうものってなあんだ？　答えは、同じ糸に繋がれた二体のパペット。

「ヴィクトリア」彼は呼び慣れたように気軽にいうと、とうとう向きを変えてわたしと相対した。「おれをつけてるの？」今度は気の利いたことをいっているのは自分のつもりらしい。さっきわたしのことを誤解したときと同じくらい楽しそうに笑っている。

わたしは五セント玉をくすねようとしたのがばれた子どものように口ごもった。「違う」

彼は浅黒い腕を組んだままなにもいわない。自分の質問について考えているのか、わたしのことを考えているのか、あるいはこの偶然の瞬間について考えているのか、わたしにはわからなかった。

無言の気まずさに耐えきれなくなると、わたしはなんとか冷静を装って尋ねた。「なんでわたしの名前を知っているの？」

「よく注意していればわかる」ぶっきらぼうな言い方だがどこか控えめだった。「ヴィクトリア」その人はまたいった。ゆっくりと、一音一音口のなかで転がすのを純粋に楽しんでいるように。「女王の名前だね」

身なりは薄汚れていたが、その奥に魅力があった。わたしはよそよそしく振る舞おうと最大限努力をしていたにもかかわらず、魅力的だと思ったことに気づかれてしまった。その人が言葉を発する前に、黒い瞳がわたしを誘っていた。「いっしょに歩かない？　ここに来てってことだよ」彼は自分の横を指さした。「ちゃんと隣に並んで」

わたしは言葉に詰まった。なぜって、そう、その人の隣で歩きたかったから。けれど世間体のためか十代の若さゆえの単なる不器用さのためか、その気持ちを素直に出せなかった。あるいはなにか予感がしたのかもしれない。「いいえ、結構です」わたしはいった。「そんなこと……だってほら……あなたの名前も知ら……」

「ウィルだよ」わたしが尋ねる前にその人は名乗ってきた。「ウィルソン・ムーン」。彼のフルネームがわたしの耳で響く。その人はこちらに近づくと片手を差し出した。「お会いできて光栄です、ミス・ヴィクトリア」。その表情がいきなり真剣になる。わたしがふたりのあいだの空間に足を踏み出して、彼の手のなかに自分の手を入れるのを待っているのだ。

わたしはためらってそわそわしていたが、結局、膝を曲げてお辞儀をした。彼も驚いただろうが、わたしだって驚いた。そんなお辞儀をするのは、幼いころの日曜学校以来だ。だが、そうするしかないと思ってしまったのだ。その人の手に触れるのは、あまりにも勇気がいることだったから。わたしはすぐになんてばかなことをしたんだと悔やみ、きっと笑われるだろうと思ったが、違った。彼の小さな微笑が広がって満面の笑みになった。明るくて純粋な大きな笑みで、そこにからかうような様子はすこしもなかった。その人はわかったというようにうなずいて差し出していた手を下げ、汚れたオーバーオールのポケットのなかにするりとしまうと、わたしの目の前でじっと立っていた。

見つめられて立ちつくしていたそのときのわたしにはわかっていなかったが、のちに、ウィルソン・ムーンは時の流れ——だけではなかったのだが——に対してほかのたいていの人たちとは違う感じ方をするのだということを理解するようになる。ウィルは慌てることも、神経質に指を動かすことも、ふたりの人間のあいだで続いた沈黙を、急いでおしゃべりを詰め込まなければ気まずくなる入れ物のようにとらえることもなかった。ウィルは未来に目を向けることはめったになかったし、過去を振り返ることはさらになく、ただ、いまある瞬間を両手ですくい、そのひと粒ひと粒を愛《め》でた。謝ったり、もしこうでなかったらと考えたりもしなかった。メインストリートで身動きもせず立っていたわたしに、そんなことはなにひとつわかるはずもなかったが、のちに彼の生き方の知恵を身につけ、自分の人生でそれを最も必要としているときに役立てることになる。

だから、そう、わたしはさっきの返事を覆して彼の誘いを受け入れ、その秋の午後、ウィルソン・ムーンという、もはや見知らぬ人ではなくなった男と並んでメインストリートを歩いたのだ。

会話は社交辞令程度のものでしかなかったし、歩いた距離は短かったが、ダンラップの宿屋に着いてポーチに続く朽ちかけたステップを上がったとき、わたしたちはどちらも離れがたくなっていた。ふたりでひび割れた扉の前にいるあいだ、わたしは動きたくなくてぐずぐずしながら、早鐘を打つ自分の心臓を意識していた。

ウィルは自分の話をあまりしなかった。ウィルソンを短くしたウィルの綴《つづ》りは「l《エル》」がひとつなのかふたつなのかと尋ねたときも、ウィルはただ肩をすくめてこう答えた。「お好きに」。ウィルソン・ムーンについてその日わかったのは、ドローレスの炭鉱で働いていたこと、そしてそこから逃げてきたということだけだった。

「朝起きたら、もうここはたくさんだと思ったんだ」ウィルはいった。「『行け』って声がおれのなかでした。『すぐに行くんだ』ってね」。デュランゴ・アンド・シルヴァートン線に向かう貨車にはすでに石炭が積まれていて、出発するだけになっていた。列車の汽笛が鳴ったとき、それが自分を呼ぶ音のように聞こえたのだとウィルはいった。長く、鋭く、続けざまに鳴り響くその汽笛の音が。ウィルが知っていたのは、その列車が、いまいる場所以外のどこかに向かおうとしているということだけだった。列車がゆっくりと進みはじめたとき、ウィルはひとつの車両にかかっていた錆びついたはしごを急いで登り、温かく黒い石炭の山の上に飛び乗った。仕事場の監督がウィルを見つけてわめき、帽子を猛烈に振り回しながらしばらく列車を追った。すぐにその監督も炭鉱も遠く離れ、豆粒のように小さくなった。ウィルソン・ムーンは前を向き、顔に風を受けた。

「どこに向かっているかも知らなかったの？　終点がどこかも？」わたしは聞いた。

「どこでもよかったんだ」ウィルは答えた。「どの場所もたいして変わりはないだろ？」

わたしがそのとき知っていた場所は、ガニソン川の川幅が広く真っすぐな部分に沿った、アイオラとその周辺だけだ。南にそびえるビッグブルーの山々の足元にできた小さな町。西から北にはエルク山地が高く連なっている。川岸に沿って東に伸びる長い尻尾のように、農園や牧場が連なっていた。わたしと弟は、父さんが自分の父親から受け継いだ家のいちばん奥にある、薄黄色の部屋の半分を占める背の高い鉄枠のベッドの上で生まれた。事故のあとオグ叔父さんがうちで暮らすようになるまでは、出産や来客があったときにだけ使われる部屋だった。うちの農園はいたってありきたりで、格別大きいわけでもなく、納屋と家と、オオカミの遠吠《とおぼ》えのように長い砂利道の私道を入れても四十七エーカー（二十万平米弱）だ。だが、納屋の裏から奥のフェンスまでの土地はガニソン郡唯一の桃園で、大きくてバラ色の甘い桃がなる。カーブを描くウィローー川の土手が敷地の東側の境界線になっていた。凍えそうに冷たい川の水は山の雪解け水で、うちの果樹園の木や、細々とやっているジャガイモやタマネギの畑にふんだんに水を与えてくれた。夜になると、寝室の窓の向こうで川が子守歌を歌い、わたしはそれを聞きながら、生まれてからほとんどの夜を過ごしたベッドで眠りについた。遠くのテンダーフット山の向こうから昇る太陽と、町はずれの駅を通過する一日三本の列車の長い汽笛が、わたしにとってはなにより頼りになる時計だった。わたしは夕方の太陽の光がキッチンの小さな窓からどんな角度で差し込んでくるのか、そして冬の朝にパイン材の長いテーブルのどこまで日が当たるのかを知っていた。毎年春に農園で最初に顔を出す花がクロッカスや紫色のヒエンソウで、最後がヤナギランとアキノキリンソウだということを知っていた。カゲロウの羽化に合わせてサンショクツバメが群れをなして川面《かわも》に降りてくること、そしてそれこそが、父さんの投げ込んだ釣り糸の届くところまでニジマスが上がってくるときだと知っていた。悪魔のように暗くて不気味な激しい嵐は、たいてい北西の山の頂から吹き下りてきて、空が爆発する一瞬前には、スズメもカラスもカササギもみんなぴたりと鳴かなくなることを知っていた。

だから、わたしのなかでは、どの場所も変わりがないなんてことはなかった。そして、この人がどうやら故郷というものをまるで知らないらしいのが、不思議でならなかった。

「じゃあ、自分の持ち物は？」わたしは放浪する人の生活が知りたくてたまらなくなっていた。

「それもどうでもよかった」ウィルは肩をすくめてにやりとした。物を持つとはどういうことか、わたしの知らないなにかを知っているという表情に見えたが、あとになってウィルが本当に知っていたのだとわかった。すべてを捨て、必用最低限のものだけで暮らすことが、どれほど自分にとって真実だと感じられるか、そしてその暮らしに向き合ったとき、生きつづけるという目的以外のなにもかもがほとんど意味を持たなくなるということを、ウィルはのちに教えてくれることになる。このことをあの時点でウィルが語ったとしても、わたしには信じるだけの力がなかっただろう。けれど、人は時の経過に導かれていくものなのだ。

わたしはウィルのあとについてダンラップの宿屋に入っていく言い訳を思いつけなかった。見知らぬ男といっしょでなかったとしても、若い女がそれ相応の理由と信頼できる付き添いなしに安宿に入っていくなど、とんでもないことだ。しかも夕食の時間が近づいている上に、わたしにはまだ、やっかいな仕事もあった。父さんがミッチェルさんの農場で最後の干し草をまとめる仕事を終えて帰ってくる前に弟のセスをポーカー小屋から引きずり出して家に連れもどさなくてはならない。

もう帰らなくてはいけないことをため息で表してから「じゃあ……」といったものの、どうしても足が動かなかった。ウィルのほうから合図を出して、次の行動を促してくれたらと思ったが、彼は変わらず落ち着いた様子でじっと立ったまままわたしに笑顔を向けていて、時折、まるで夕暮れどきの薄い雲からなにか読み取れるものがあるというように空に視線を投げた。

「もう行かないといけないかな」わたしはとうとうそういった。「夕食の準備とかいろいろあって」

ウィルはまた空にちらりと目をやったあと、翌日会えないかと聞いてきた。このあたりを案内してもらったり、いっしょにパイでも食べたりとかそんなことをしたい、と。

「だって」と彼はつけ足した。「この小さな町で、おれが知ってるのはきみだけだから」

「わたしのことだって知らないじゃない。そんなには」

「いや、知ってるよ」ウィルはウインクをした。「きみはミス・ヴィクトリア。アイオラの女王だ」。ウィルがまるで王族を前にしているように、頭《こうべ》を垂れて片手をくるりと回すお辞儀をしてみせたので、わたしは笑ってしまった。それから彼が立ち上がってこちらを長いあいだ見ていたので、まるでポーチの向こうから低く斜めに入ってきた最後の日差しに当たったチョコレートのように溶けてしまいそうだった。ウィルはなにもいわなかったが、ありえないほどにわたしのことをわかっているような気がした。ウィルがこっちへ来る。わたしは初めてそのにおいを深く吸い込む。ツンとする麝香《じゃこう》のような香りに不思議なほどに惹かれた。そして彼の底なしに深い黒い瞳を見つめた。

自分がほかの人にわかってもらえているかどうかなど考えたこともないまま、どうして十七年も生きてこられたのだろう？　物事の奥に隠された本質を見ることができる人がいるなんて、そして、その見られる対象が自分になることがあるなんて、これまで考えてもみなかった。わたしはそのほこりっぽい安宿の玄関ステップで、光を浴びた自分が透明になってしまったような気がしていた。それは、ウィルソン・ムーンと出会う前には想像もしたことのない感覚だった。

わたしはもじもじとあとずさってから、翌日会う約束をした。もっともっといっしょにいたかった。長いあいだ雲に覆われていた太陽の光を渇望するような気持ちだった。ところが、何時に、どこで、なにをしようか、などと計画を立てようとしていると、メインストリートからいきなり聞き慣れた声がした。まるで石を投げつけられたようにぎょっとした。

「トリー！」

弟のセスが立っていた。メインストリートの中央で、左手に茶色いビール瓶の首をつかみ、体をゆらゆらさせている。

「トリー、汚ねぇクソ野郎から離れろ！」セスがひどい言葉を吐きながらビール瓶をウィルに向けると、ビールはこぼれて地面に黒く跡をつけた。

「弟よ。酔っぱらってる」わたしはウィルをさっと振り返り、ため息をついてそういった。ダンラップの宿屋のステップを駆け足で下りつつ、いら立ちながら「もう行かないと」という言葉を背後に投げてセスのもとへと急いだ。弟がなにかしでかしてからでは遅い。

「あの野郎、何者なんだ？」セスはラッキーストライクをくわえたまま唸《うな》るようにいった。わたしにというよりウィルに向けた質問だ。

「知らない人」わたしはセスの両肩に手を置いてうしろから押した。いうことをきかないラバの手綱をとるように、ノースローラとメインストリートの交差点までセスを戻す。セスはわたしより一歳ちょっと年下だけれど、十五歳の誕生日を前にしてわたしの背を追い抜き、それからの半年で少なくとも五センチ伸びた。わたしは女子として背が高いほうではなかったし、セスは同じ年ごろの男子と比べるとそれでも背の低いほうだった。けれど、体つきはがっしりしていた。体も気質もボクサー向きだ。わたしはセスをウィルから見えないところまで、そしてほかの誰にも見られないところまで連れていき、家に帰ろうと必死だった。

「道を聞かれただけだから」わたしは嘘《うそ》をついたが、十五分前なら、それが真実だった。「ただの通りすがり」

「茶色いクソ野郎が――」

「セス、くさいよ」わたしは最後までいわせなかった。「豚小屋のにおいよりひどい。ねえ、父さんが帰ってくるとき、豚小屋の掃除をしてないといけないんでしょ」

「父さんなんてどうでもいい」セスは酔っぱらった勢いで強気にいうと、タバコを深々と吸い込んでから道端に捨てた。

「お願いだから、たまにはいわれたようにしてよ。面倒なことになるのはいやだよね?」わたしはそういいながらラッキーストライクを踏みつけて火を消し、肩越しにちらりとうしろを見た。ウィルはまだダンラップの宿屋のポーチに立って、まるで謎解き物語に挑むようにわたしの表情を読んでいる。

「おまえなんかにいわれる前に、あの豚どもはクソまみれの囲いのなかから飛び出るさ。おまえに偉そうにいわれ――」

「黙って、セス」わたしはため息をついた。「お願いだから黙って」もうひとことだって聞いていられない。その瞬間、わたしはセスを憎んでいた。それまでのどんなときよりも強く憎んでいた。その憎しみにはすでにウィルが関係していた。それまでわたしの強い嫌悪はずっと、父と叔父と、記憶が薄れかけている母と従兄と叔母に関わる感情だった。けれど、セスに感じる嫌悪は生々しくてアザミのようにとげがあることがほとんどで、それが日ごとに鋭くなっていた。

わたしは全身の力を込めて弟をうしろから押しはじめた。最初のひと押しでセスはつんのめり、もうひと押しされると罵《のの》ったり泣き言をいったりしながらビールをがぶがぶ飲んで進んだが、抗おうとはしなかった。たぶん、酔っぱらいすぎていてどうでもよかったのだろう。もしかしたら、わたしと同じように、太陽が尾根にさしかかるまでには、自分が豚小屋にいなくてはいけないことをわかっていたのかもしれない。

わたしたちはノースローラストリートへ曲がった。その道はやがて草を踏みつけただけの曲がりくねった細い小道となり、頭のおかしいルビー＝アリス・エイカーズの、マツが生い茂る土地の横を通り、その先の広い草地を過ぎると、うちの農園に到着する。農園と町を結ぶルートとしては最短で、セスとわたしがそれまでも数えきれないほどいっしょに通った道だ。子どものころ、その小道を行き来するときには、わたしを守るのがセスの役割だと母さんが決めた。セスはわたしより幼かったし、わたしよりずっと頼りなかったのだが、セスが男の子だからというだけの理由でそう決められた。大きくなるにつれ、わたしはセスのために目を光らせるようになった。誰かにそうしろといわれたからではなく、そうしないわけにはいかなかったからだ。それはセスのためというだけでなくわたしのためであり、父さんのためでもあった。けれど、いくら頑張っても、セスが悪さをすることはやめさせられなくて、もう頑張るのにもうんざりしていた。

わたしはセスを急《せ》きたてて背中を押していた。セスはよろけながら罵るうちに、握っていたビール瓶を落とした。瓶が道に転がったことを頭で認識する前に、わたしはそれをまともに踏んで前によろけ、セスを地面に押し倒しながら自分も倒れ込み、右側の腰と肘を強く地面に打ちつけた。ささいなことだ。酔っぱらいのおぼつかない手元、落とした瓶、捻挫《ねんざ》した足首、破れたワンピースの袖。だが、ときに小さな運命のねじれが、わたしたちの人生を根幹から変えてしまう。たとえば石炭列車の誘うような汽笛、交差点での見知らぬ人からの質問、地面に転がった茶色い瓶。どんな人生を歩むかが決まる瞬間は、よく熟した立派な桃を枝からもぐときのように注意深く選ぶことなどできない。そんなことはないと自分にいいきかせても無駄。失敗に失敗を重ねたあと、わたしたちは与えられたものを収穫するだけなのだから。

なにが起きたのかわからないまま、わたしは地面に倒れていた。セスは弱々しく笑ったあとおとなしくなった。わたしは足首のほうから痛みがずきずきと上がってくるのを感じた。おそるおそる地面から上半身を起こしていると、不意にウィルの両腕がわたしの体の下にするりと滑り込んだ。花嫁を抱き上げる花婿のような確固とした手つきだった。うちには境界を示すようなものはなくて、そこはしおれたアキノキリンソウと伸び放題の芝が生えた場所でしかないのだが、わたしはふたりでうちの敷地に入ったとわかったその瞬間をいまも憶えている。わたしはウィルに触れられてもびくりともしなかった。わたしをいともたやすく持ち上げて、炭で汚れたその胸に抱えこんだときの彼の優しい抱《ほう》擁《よう》に抗いもしなかった。すでに腫れはじめた足首を使って自分で歩こうなどと、ばかなことを試したりもしなかった。

「あとをつけてたんだね」わたしは平然といった。

「そう」ウィルはそれしか答えず、セスのほうを見た。道の端で倒れて気を失っている。「そいつはどうしようか?」ウィルが聞いた。

「放っておいて」わたしが答えるとウィルはおもしろがっているような顔をした。〝放っておいて〟。

頭のなかでその言葉を繰り返し、いっていることもやっていることも、どれほど反抗的かと気づいて驚いた。わたしは地面で眠る弟を放っておこうとしている。わたしはこの見知らぬ人の腕に抱かれて進んでいく。

わたしは震えていた。痛みのせいか、怒りのせいか、愛の始まりに散る火花のせいだったのか、いまもわからない。たぶん、そのぜんぶだろう。わたしの体は、まるで凍った池からウィルに引き上げてもらったばかりであるかのように震えていた。ウィルが歩きだすと、わたしの腕は彼の筋張った首に巻きついた。引っぱられて彼の頭がかすかに上下したのが、わかったよとうなずいているようだった。ウィルの腕のなかにいると、自分が子どものように軽くなった気がした。子どものように彼を信頼していた。誰かの助けや保護をそんなにもやすやすと受け入れるのは、よく知りもしない男の意図をまるで疑わないのは、わたしらしくないことだった。けれど、彼の腕のなかにいる女は、紛れもなくわたしだ。わたしたちは、それまでわたしがずっと行き来してきたその道を、わたしがまったく知らなかった方法で進んでいった。周囲のすべてがこれまでとどこか違うものになった気がした。父さんはいまごろ農園で待っているだろう。オグ叔父さんは最近たいていそうしているように、車椅子に座って窓辺か家の前のポーチにいるだろう。どちらにしても見知らぬ人に抱かれて進んでくるわたしを見ている可能性がある。父さんから非難されることやオグ叔父さんの怒りを買うことに怯《おび》えて何年も生きてきたのに、いまは、ふたりがどう思おうと、どんな反応をしようとかまわないと思っていた。この体を包み込むウィルの両腕の大きさに比べれば、父さんもオグ叔父さんも権威も礼儀作法も、すべてが小さくしぼんで見えた。周囲の山々さえ、この先の展開さえ、どうでもいい小さなことに思えた。

その朝、家を出たときのわたしは、平凡な一日を過ごす平凡な十七歳の女の子だった。わたしは自分のなかにどんな新しい地図が開かれたのか、まだ理解していなかったが、家に帰ってきた自分が平凡な女の子ではないことはわかっていた。前に学校で習った探検家たちが、永遠に続きそうな大海原の遙《はる》か向こうに見知らぬ岸をちらりと見たときのような気分になっていた。突然わたしのなかにマゼランが現れたが、自分がなにを発見したのかはわからなかった。わたしはウィルの広い胸に頭をもたせかけ、この人はどこからきた誰なのか、そして流れ者がひとところに留まる期間はどのくらいなのだろうかと考えていた。

2

白い母屋《おもや》が見えてきた。それから荒れ放題の鶏小屋、豚小屋、そして、いろいろな農機具や収穫用のかごといっしょに去勢馬のアベルを入れている継ぎはぎだらけの灰色の納屋。あの事故の前の夏以降、どの建物も柵も、一度も塗り替えをしていなかった。実をいえば、あれ以来、この農園できちんと手入れをされたものなどほとんどなかったのだ。そして事故から五年経ったいま、修理などをしてくれていた従兄のキャラマスも、細かな指示をしてきた母さんもいなくなった農園は、まるで白いリネンが、ジャガイモ袋用の黄麻布《バーラップ》に変わってしまったようだった。すこしずつすこしずつ変わっていったものだから、わたしはその瞬間、ウィルの目にどう映るかを想像するまで、その変化に気づかなかった。ずっと暮らしてきたのに、彼が初めて目にすることになって、ようやくここがみすぼらしい、くたびれた場所だと感じたのだ。

わたしは言い訳をしたかった。「ほんとはこうじゃなくて……うちは、ううん、わたしは……ただ、事故があってそれで……」と。それなのに、我が家の衰退ぶりを問答無用で宣言するような証拠が目の前に並んでいる。ぼろぼろの建物だけでなく、わたしたちのうしろでは、酔っぱらった弟が地面で寝ているし、ちょうどそのとき、父さんの錆だらけのトラックが長い私道を唸りを上げて進んできていた。父さんがトラックから降りて、一歩一歩に怒りをにじませながらこちらに近づいてくるのと同時に、オグ叔父さんが車椅子に乗って塗料のはげかけたポーチに出てくるのが見えた。叔父さんは取っ組み合いの喧嘩《けんか》が始まるのを期待しているに違いない。わたしはウィルの腕に抱かれたままで、ウィルの目に映っているものをすべて消してしまうこともできなかったし、うちに残った唯一の美しいものである裏の桃園までふたりで走っていくこともできなかった。わたしは目をつむった。父さんがここまでくれば、わたしの人生とウィルの人生の本当の意味での衝突が起きる。

驚いたことに、それは後方からやってきた。

セスが目覚めていたのだ。音もなくあとをつけてきていたセスは、きつく巻いたロープを放つように、怒りをウィルの背中に勢いよく投げつけた。そのあとの殴り合いは、いまのわたしには現実にあったこととは思えない。記憶にあるのはすべてスローモーションで、霞《かすみ》がかかっているのだ。実際なにが起きていたのか、いまでもちゃんと説明できない。わたしが痛い思いをせずにすむ場所にウィルがそっと下ろしてくれたこと、ふたりの若者が小さな竜巻のようにわたしの上でくるくる回っていたこと、ウィルが鳥のように舞ってセスの怒りに満ちたパンチの数々をよけていたこと。ウィルの一撃をまともにくらったセスが地面に倒れ、鼻血を垂らして悪態をついていたのははっきり憶えている。そして父が息を切らして到着し、セスを立たせてやったこと、そしてレフェリーのように両手を広げてふたりの若者のあいだに入ったことも。

セスは肩で息をしながら、父さんの掌に体当たりするように胸を押し当て、ウィルに毒づきながら、どうにかしてかかっていこうとしていた。ウィルは静かに後退し、まるでオオカミが餌食になる動物を余裕たっぷりに眺めるようにセスを見ていた。

「おまえはいったい何者なんだ?」父さんはウィルに向かって怒鳴り、片手で息子のシャツの襟をつかみながら、こちらにもおとなしくしろと噛《か》みつくようにいった。

「ウィルソン・ムーンといいます」ウィルは落ち着いてそう答えると、視線はセスに注いだまま、まだかろうじて頭に載っていた帽子のつばに手をかけた。

「名前なんか聞いてない」父さんがいう。

「ただの通りすがりです」

「うちの娘を腕に抱いて、うちの息子に背中からかかってこられて、ただの通りすがりだなんてことがあるか?」父さんは荒々しい声で疑わしそうに、そして訳がわからないというようにいった。

「はい」ウィルはそう答えたあと、説明する気もなさそうにただこういった。「ひとりを拾って、もうひとりのほうはなんとか切り抜けようとしました」

父さんはわたしが座っている地面を見下ろし、腫れた足首や破れた服に目をやったものの、わたしの目を見て確かめようとは一切せずに聞いた。「こいつにやられたのか?」

「ううん、違う」わたしは答えた。「悪いのはセス。この人はわたしが足を痛めたのに気づいて、うちまで送ってくれてたの」

「そんなの嘘だ!」セスが怒鳴った。「この野郎が町からつけてきて、汚ねえ手でトリーに触ったんだ」セスはさらに興奮して父の手を押しながらウィルのいるほうにパンチを放って吠えた。「殺してやる、この流れ者め!」

父さんはセスの襟を握る手に力を込め、顔をしかめてわたしからウィルへ、そしてまたわたしへと視線を移した。セスに黙れと命じると、わたしに静かに聞く。「本当か？」

「ううん、違う」わたしは答えた。「セスは酔っぱらってるだけ」

「それは見ればわかる」父さんはそういってうんざりと息子に目をやった。セスはようやく抵抗をやめて、父の拳からぶら下がるような姿勢のまま、癇癪《かんしゃく》を起こした子どものように不機嫌に地面を蹴っていた。

父さんはまたウィルに視線を戻したあと、空いているほうの手で振り払うような仕草をしてこういった。「出ていけ。ここいらやうちの家族に二度と近づくんじゃない。わかったな？」

「はい。よくわかりました」ウィルはそういって帽子のつばに手をかけた。

ウィルはわたしのことを見もせずにくるりと背を向け、しっかりとした足取りで、黄色い野を町の方向に進んでいった。ラヴェンダー色の地平線にのみ込まれていくように、その姿はどんどん小さくなり、しまいには消えてしまった。駅に戻ったのだろうかとわたしは考えた。ウィルにとってどの場所も同じなら、列車で行ける別の場所は、セスのいるこの町より住みやすいかもしれない。わたしから離れて姿が小さく見えなくなっていく彼が、それとはまったく反対のことを考えているとは思いもしなかった。ウィルにとってアイオラは、ほかのどの場所とも違う場所になっていた。セスがいるから逃げなくてはいけない場所ではなく、わたしがいるから残らなくてはいけない場所になっていたのだ。

「きみの家から遠ざかりながらずっと――」あとになって、ウィルのベッドで、ふたりで毛布にくるまりながら話してくれた。「きみのもとに戻るにはどうすればいいか考えていたんだ」

ときどき、ウィルがそのまま歩きつづけてくれていたらよかったのにと思う。そして次に来た、どこか別の場所に向かう列車に飛び乗ってくれていたら、と。

父さんから嫌悪感も露わに押されて、セスは無抵抗のまま豚小屋の方向によろめいた。父さんは屈《かが》み込み、かなり苦労してわたしを抱き上げて家に向かった。ウィルに触れたあとだと、父さんの体は骨張っていたし、安定感がなかった。父さんにとってわたしが重かったというよりは、母さんが死んでからの苦労が父さんの肩に重くのしかかっていたのだろう。ウィルにしていたように、父さんの首に自分の腕を巻きつけるようなことはしなかった。そんなことをしたら父さんが引っ張られて倒れてしまいそうな気がしたからだ。農園と同じように、父さんは毎日ほんのすこしずつしなびていた。そしてかつて強かったはずの父さんの腕に抱きかかえられたわたしは、弱々しい老いたラバに運ばれているように感じた。下ろしてと、足を引きずれば歩けるからといいたかったが、いったところで父さんがその通りにしてはくれないとわかっていた。そして父さんは無意味な言葉が嫌いだった。

父さんがわたしを抱えて朽ちかけたポーチのステップを上がり、車椅子の横を通って玄関まで来ると、オグデン叔父さんは高く長い口笛を吹いた。その意地の悪い笑みを見て、わたしはオグ叔父さんが見せ物を楽しんだこと、わたしの怪我など気にもかけていないし、さらなるもめ事が起きればいいと強く思っていることがわかった。そして悲しいことに、その期待は現実になってしまうのだ。父さんはオグ叔父さんを無視してわたしを家のなかに運び、ソファの上に寝かせるように下ろすと、キッチンに行って医師のバーネット先生に電話した。わたしは母さんが手縫いで作ったモスリンのクッションを並べて自分の足をその上に置き、そのまま待った。

母さんはこの部屋のことを応接間と呼んでいた。わたしたちがこの部屋を使うことを許されていたのは、教会帰りで男の子たちもわたしも清潔でおとなしくなっているときだけだった。わたしはセスとキャルといっしょに、それぞれひょろひょろとした細い体を編み込みラグの上に寝ころばせ、何時間も何時間も木製のボードでチェッカー（相手のコマを取り合うボードゲーム）をして遊んだ。母さんは部屋のすみにあるロッキングチェアに座って聖書を読み、父さんは金色のウールのソファで新聞を読んではうたた寝していた。しばしばヴィヴィアン叔母さんが町の下宿から訪ねてきた。黙って座って縫物をしようと努力はするのだが、すぐに手を止めて《コリアーズ》誌で読んだり、モントローズの映画館で本編の前に流れるニュース映画で知ったりした話をしはじめた。ヴィヴ叔母さんがいなければ、ハリウッドという場所やそこのスターたちの軽やかで心地いい名前を知ることはなかっただろう。たとえばエロール・フリン、ベイジル・ラスボーン、グリア・ガースン、そしてわたしが気に入っていたのは滑らかでまろやかなオリヴィア・デ・ハヴィランドという名前だが、本人は名前と同じくらい美しいのだろうと想像することしかできなかった。母さんはそんな話はどれもくだらないといった。そういわれると、ヴィヴ叔母さんが教えてくれるすべてのことが、さらに魅力的に思えたものだ。ごくたまに、ヴィヴ叔母さんは母さんの説得に成功して、ラジオでローレル＆ハーディの寸劇を聴かせてくれた。男の子たちとわたしは笑い転げた。あまりのばかばかしさにセスが我慢できなくなり、そのうちキャルにパンチを浴びせたり、取っ組み合いをしかけたりした。すると母さんはラジオを消して、子どもたちは全員、応接間から出るよう命じた。わたしはいやいやながらもおとなしく部屋を出た。連帯責任を負うことに慣れていたからだ。そんなとき、ヴィヴ叔母さんは同情するような、申し訳なさそうな視線を送ってきたものだ。

　過去の幻とともにその静かな薄明かりのなかに座って医師が足首を診にきてくれるのを待ちながら、もし母さんが空のどこかからわたしをいまでも見ていたら、ソファの上に足を乗せていることを叱るのだろうなと考えていた。わたしの真向かいの壁には白い棚があって、そこに母が集めていた陶器の十字架が飾ってあった。その下には聖書の言葉を母が刺繍《ししゆう》した見事な作品がひとつかけてある。母は様々な聖句を刺繍にして、神の訓戒や啓示として家のあちこちにかけていた。ここにあるものは、お祈りのときにするように合わせた両手の周りに聖書の言葉が刺繍されている。「あの方は栄え、わたしは衰えねばならない。ヨハネによる福音書　三章三十節」。木製のフレームがほこりを被っているのに気がついて、わたしは胸がちくりと痛んだ。反対側の壁には別の刺繍がかかっている。青い花柄のリボンで縁どられていて、そのなかに「わたしがあなたを忘れることは決してない。見よ、わたしはあなたをわたしの手のひらに刻みつける。イザヤ書　四十九章十五〜十六節」とあった。その一節についての説教を教会で聴いた記憶がかすかにある。そのとき母は、信者席できちんと隣に座っていたわたしの太ももをそっと握ってから、自分の膝の上でまたきちんと両手を組んだ。

　応接間のレースのカーテン越しに、オグ叔父さんの側頭部と、木製の車椅子の高い背もたれからはみだした肉厚の肩の片側が見えた。噛みタバコを口のなかに詰め込んで、ポーチからウィルが去っていった方角を眺めている。まるでまだウィルの影を追跡しているかのようだ。数分ごとにコーヒー豆の入っていた赤い缶を口元までもってきてつばを吐き、銀色のフラスクボトルに口をつけてごくりと飲む。

　オグ叔父さんは、この応接間でヴィヴ叔母さんと会っていた。あのころのオグ叔父さんはいまとはまるで違っていたので、よくうちに来ていたあの魅力的な大学生と、ポーチでただ無為に時間を過ごす壊れた男はなかなか結びつけられない。オグとヴィヴは一九四一年、ガニソンでオグが通っていた州立大学恒例の、春のどんちゃん騒ぎ《スプリングフリング》のダンスで出会った。ヴィヴは招待もされていないのに、女友だちふたりと出かけたのだ。三人とも出会いを求めていて、三人とも、最終的には片膝をついて求婚することになる男子大学生を誘惑することに成功した。ダンスパーティの翌朝、食事をしにうちのキッチンに現れた、ホロホロ鳥のように浅薄なヴィヴの話だと、自分の相手になった大学生は、なかでも最高の獲物だったそうだ。

　翌週の土曜日のディナーに、ヴィヴがオグを連れてくると、わたしはその意見に賛同せざるを得なかった。ヴィヴがいうに、オグは『或る夜の出来事』のクラーク・ゲーブルのようなハンサムではないけれど、『有頂天時代』のフレッド・アステアのように抗いがたい魅力があるらしい。わたしは映画など観たことがなかったので、ヴィヴのいっている意味がよくわからなかったのだが、オグが彼の赤いポンティアック（ゼネラルモーターズ社の高級車）から降りてこちらに歩いてくるときの、茶と白のウイングチップの靴の爪先が地面に着いていないように見えるほど軽やかな足取りを見て納得した。ヴィヴは走って出迎えながら黄色い声をあげた。午後じゅういじくりまわしていたダークブラウンの巻き髪も、ヴィヴの動きに合わせて頭に叩きつけられるように跳ねた。オグは玄関で父さんと握手をし、母さんに花束を渡した。赤い蝶《ちょう》ネクタイをして、くすくす笑いの止まらないヴィヴと腕を組み、めかし込んだノウサギのように家のなかに飛び込んできた。

　オグはその晩ずっと快活にしゃべり、自分の冒険物語を次から次へと披露してわたしの家族を楽しませた。母さんでさえ、見るからにオグの熱気に気圧されていたし、間違いなく彼のあがないはどうなるのだろうと心配していたではあろうが、彼のいった冗談に一、二度くすりと笑った。グランドキャニオンの向こうに昇る朝日を見たり、近くのサンフアン山脈を標高四千二百メートルのところまで登ったり、遙か北方アイダホで、雪の積もった山の斜面を、ぶらんと吊《つ》るされた金属の椅子に乗って上がってから、両足の下に二枚の板をくっつけて滑り下りたり。わたしはそんなことをした人などひとりとして知らなかったのに、オグはぜんぶ、そのうちいくつかは弟のジミーといっしょにやってのけたという。話すうちに、そういう突飛な行動のスリルをもう一度味わっているようで、スキーのフォームを見せるのに、両腕をしっかりL字形に折り、目には見えないストックを握り、膝を曲げ、腰を振ってみせながら、ディナーテーブルから飛び出すことまでした。記憶のなかの斜面をスキーで滑り下りるあいだ、リズミカルにシューッ、シューッと音を出した。わたしたちは口のなかにものを入れたまま、フォークやナイフを持つ手を思わず止め、ヴィヴは顔を輝かせた。

次の土曜日には、オグはディナーにジミーを連れてきた。芝居さながらのエピソード披露が二倍になったものだから、わたしもうちの男の子たちも大喜びだった。ジミーはオグよりも二歳年下で、兄と同じく機敏な動きのできる体で、盛りあげ役への徹し方はさらにすごかった。バーゲンとマッカーシー*のようなふたりの掛け合いは、我が家に活気と笑いをもたらしてくれた。

オグとヴィヴはその年の収穫期の直前に結婚した。わたしたちは教会を淡いピンクのリボンと紫のペンステモンの花で飾った。果樹園の端に咲いていたのを母とわたしで摘んできたのだ。ヴァージンロードを歩いてくるヴィヴを待つオグデンの隣にはジミーがいた。ふたりともにやにやしていて、いまにも噴きだしてしまいそうだった。

その下見板張りの教会のなかには、誰ひとりとして予想できた人はいなかった。それから三カ月もしないうちに、ここから遠く離れた世界の向こう側の政治家たちが、ハワイの、名前を聞いたこともない湾を爆撃しようと決めるなんて。そしてそのせいでオグデンとジミーが戦争に駆り出されてしまうなんて。

わたしが五歳くらいのころ、あるニュースがものすごい速度で町を駆け巡った。モントローズから来た銀行家のマッシー氏が乗ったぴかぴかのクリーム色のオーバーン社スピードスターが、アイオラの線路内で立ち往生し、ちょうどやってきた機関車に破壊されたという。マッシー氏は運転席で押し

＊ コメディアンのエドガー・バーゲンが人形のマッカーシーを腹話術でしゃべらせ、コントをしていた。

つぶされ、車はマッシー氏の体を包む繭《まゆ》のように丸まったのだという人たちがいた。また、マッシー氏は列車の車輪の下敷きになって首がちぎれたとか、オープンカーの車内から投げ出されて列車のフロントガラスにぶつかり、息を引き取る瞬間、機関士とばっちり目が合っていたという噂もあった。実際は、マッシー氏は衝突する前に車から飛びおりていて無傷だった。だが噂はどんどん大げさになっていき、その日の終わりごろには、町じゅうの人がそれぞれ馬や自転車に乗って現場に向かい、自分の目でスピードスターの状況を確かめたという。わたしは父さんとキャルといっしょに桃の配達に出ていて、ふたりの席のあいだで、逆さにした収穫かごの上に座っていたが、父さんはいつもあまり通らない道に曲がった。わたしたちの乗った車は駅の前を通り、線路を越えた。かつてメインストリートを通るとみんながうっとり見惚《みと》れたその立派な車は、アイオラの人々がふだん考えてみることすらないほどの別世界とのわずかな接点だったのに、いまやただの屑鉄《くずてつ》の山と化して、巨大な空き缶がつぶれたようになっていた。

列車がマッシー氏の流線形の自動車にしたのとちょうど同じことを、戦争はオグにした。つまり、固有の美しさと将来性を奪い、潰してしまったのだ。その一年後、従兄のキャルとヴィヴと母を奪った事故も、うちの家族に同じことをした。わたしは幼いときに、破壊というものの執念深さを学んだ。オグは手にした缶のなかに怒りを込めてつばを吐き出すたびに、ウイスキーをひと口飲むたびに、応接間のガラスの向こうから、わたしたちに思い出させていた。この先なにが起きるのかを知る手がかりとして目に見えるものを信じてはいけない、と。

バーネット先生がこちらに向かっていると父さんがキッチンから大声でいって、網戸をぴしゃりと閉めて残りの仕事を片付けにいったとき、わたしは足首の怪我のことをほとんど忘れていた。ウィルのことを考えていた。彼にまた会いたいという思いがつのる一方で、彼がまだ美しくて無傷なうちにきれいさっぱり忘れてしまうのが賢明だということも、わかりすぎるほどわかっていたのだ。

3

足首は折れていなかった。バーネット先生は幅広の白い包帯を巻いてから、二、三日は安静にするようにと指示した。医師の車がうちの長い私道の先まで行く前に、すでにわたしはその言いつけにそむき、キッチンまで足を引きずっていって料理を始めた。そうしてよかった。わたしが怪我をしようとしまいと、父さんとオグ叔父さんとセスは、いつものように七時になるとキッチンテーブルにお腹を空かせて集まってきて、食事が用意されているものと疑いもしていなかったからだ。角切りの牛肉を庭の畑で採れたキャベツと炒《いた》め合わせたもの、昨晩の残りの丸パン、バターを塗ったトウモロコシを四本、二日前に焼いたピーチパイの残り。わたしはあり合わせの簡単な夕食を出したが、誰も文句はいわなかった。食事中の音といえば、フォークやナイフが皿に当たる音とオグ叔父さんが時折咳《せ》き込む音くらいだ。セスは頭を垂れて、切れて腫れた鼻を隠そうとしながら、大口を開けてがつがつと食べていた。喧嘩のせいで食欲が増していたのか、あるいはできるだけ早くテーブルから離れたかっただけなのかもしれない。わたしたちの半分の時間で食べ終えると、すぐさま立ち上がった。

「今夜は出かけるな」父さんは、セスがどうするつもりかいいだす前に制した。

「うるせぇ、かまうなよ」セスが言い返し、キッチンの照明が眩《まぶ》しすぎるというように目を細めた。怪我をした鼻のせいで、知らない人の顔のようだった。

「言葉に気をつけろ」父さんが警告した。丸パンにバターを塗り、大きく口を開いてかぶりついてから ゆっくりと咀嚼《そしゃく》するあいだ、自分とセスのあいだに延びるテーブルを見つめている。

セスは片足からもう片方の足へ不安そうに体重を移している。父さんは口のなかのものをのみ込むと、セスに座るよう命じた。「食事はまだ済んでない」

母は、礼儀作法、メソジスト主義、実用性という観点で作られた厳格なルールで我が家を管理していた。母のなかでは、なにをするにも正しいやり方とそうでないやり方があった。テーブルマナーから会話から刺繍から、さらにはサンドイッチのマヨネーズの塗り方、ラグマットのほこりのはたき方、もっと卵を産むようにという雌鶏への声のかけ方に至るまで。わたしたちは教会で脚を組んではいけなかったし、年上の人にこちらから先に話しかけることも、馬の背に鞍《くら》なしで乗ることも禁止されていた。女であるわたしは、学校にいたころの体育の授業以外では、人前で走るのもいけないといわれていた。母が死んだあと、父はこの厳しい基準を保ち、ルールのひとつひとつを守ろうとしていたが、それは本来の父の性質には合っていなかったし、人に守らせようとするのはさらに合っていなかった。子育ては母の担当だった。母がいなくなったあと、父はわたしたちをどう扱っていいのかわからないように見えた。父は思い出すとルールのことをいったが、それはどちらかというと母への敬意からか自分の不機嫌さを表すためであって、わたしたちの振る舞いを純粋に心配してのことではなかった。しかも、その古いルールをあまりに気まぐれに持ち出すので、セスもわたしも、どのルールをどんなときに気にするべきなのか、まったくわからなくなった。ふだんはたいてい、セスは食べ終わると自分の好きなときにテーブルを離れた。食器の後片付けをするのはわたしだというのが暗黙の了解になっていたから、わたしはいつもゆっくり食べて最後までテーブルに残っていた。ところがその夜、それまでにないルールが適用された。

「今夜はおまえが皿を洗え」父さんはセスにそういって丸パンをかじった。

当然のことのように通達されたこの指令に、わたしとセスのどちらがより驚いたかわからない。うちの家族のなかでずっとゆるぎなく変わらなかった方針は、家事はすべて女がやるものだということだった。母は文句もいわずにそれにずっと従っていた。いつもと違う父の命令が、わたしの足首を心配してのことなのか、セスを罰するためなのか、その両方なのか、父はいわなかった。セスは頭をのけぞらせてうめき声をあげた。オグ叔父さんはゼーゼーと息を切らしながらあざけるように笑った。

父さんは丸パンを食べ終えると、綿モスリンのナプキンで口元を拭いていった。「あのメキシコ人はもう遠くへ行ったはずだ。そうでないとしても、あれを追えば、この家に不要ないざこざが生まれるだけだからな」

父さんがウィルをメキシコ人だと思っていることに、わたしたちはみな衝撃を受けた。

「メキシコ人？」オグはばかにしたように唸り、短くなった右脚をぴしゃりと叩いていった。「おまえ、不法侵入者に負けたのかよ」

「メキシコ人と決まっちゃいねえよ」セスは嚙みつくように返す。「あいつが何者なのか知んねえけど、クソ野郎だってことはわかる」

「そのくらいにしておけ」父さんが命じた。父さんが許せなかったのが、ふたりの偏狭さなのか、意地悪さなのか、単にその声がうるさかっただけなのか、わたしにはわからなかった。

立ち上がって、あんたたちはウィルソン・ムーンのことをなんにもわかってないくせに、といってやりたかった。すでにわたしには、ウィルが他人とは思えなくなっていた。いっしょにテーブルを囲んでいる男たちは家族なのに、ウィルのほうが大きな存在になっていたのだ。

母は自ら実例を示して、とある法則を教えてくれていた。それは、女はあまりしゃべらないのが得策だということ。みんなで会話しているとき、母の意識が遠くにいっているように思えることがよくあった。とりわけ多いのが仕事を手伝ってくれる人たちがうちのテーブルでいっしょに食べているときだ。だがそのうちわたしは理解するようになった。母は、本当の自分を守るために沈黙を番犬としていたのだ。わたしも、そしてあらゆる時代の女性たちも同じことをしている。心の揺れをほんの一部分しか表面に出さないことで、男たちに自分を奪われないようにしているのだ。わたしはウィルソン・ムーンの話題に無関心を装った。本当は、その名前が出るたびに、血管が電気コードになったように体に電流が走っていたのに。食事を終え、ミルクを飲んだ。席を立つ許しを得てから立ち上がる。セスがしかめ面をしてみせたのに気がついた。もちろん役割が逆転したことに腹を立てているのだが、その目には読めないなにかがあってぞくっとした。わたしは足を引きずりながらキッチンを出て、すり減った木の階段を上がって安心できる自分の寝室に入ると、セスのまなざしのなかの感情はなんだったのだろうかと考えたがわからなかった。なにか感づかれていませんようにと願っていたそのときのわたしは、復讐《ふくしゅう》という手のつけられない山火事のようなものについて、なにも知らなかったのだ。

その夜、ベッドに横になったわたしは、母を恋しく思った。

こんなふうに母に会いたいと思ったのは何年かぶりで、このタイミングで母の記憶が呼び起こされたことに驚いた。足首の痛みを紛らわすなら、ウィルのことを考えてもよさそうなものだから。また会うにはどうすればいいか考えるとか、抱きあげられていたときの甘美な感覚を思い出してみるとかだってできたはずなのだ。母が死んでから五年のあいだ、思い出すことがあまりなかったというわけではない。けれど母は、分別を持ち、効率的に生きろと教えてくれた。そして、手に入らないものを欲しがることは、どちらの理念にも反していた。母の実際的な生き方を尊重するために、わたしは母の不在を寂しく思わないよう努めた。とはいえ、そんな努力は傍目《はため》にはばかげて見えただろうし、心の奥では自分でもそれがわかっていた。正直にいえば、母を恋しく思うのはあまりにも辛すぎることだったのだ。

事故のあとすぐのころは、キャラマスがいないのがさみしかった。母の姉夫婦の子であるキャラマスは、わたしが幼児のころからうちに住んでいた。オクラホマにあったキャルの家の七面鳥牧場を襲った竜巻のせいで両親が死んでしまってからだ。実際どんな死に方だったのかは話題に出たことがない。だからわたしは、子どもながらに想像していた。竜巻にのみ込まれたたくさんの七面鳥が、死を目前に飛ぶことを知った喜びの声をあげるなか、キャルたちの家も空をぐるぐる回っていて、八歳の小さなキャルは魔法のように地面に取り残されて、驚きと諦めの入り混じった気持ちでその様を見上げ、さよならと手を振っているところを。現実にはどういう状況でうちに来たのかはわからないけれど、わたしの記憶にあるかぎりずっと、温厚なキャルは、いくつもの支流がひとつの川になるように、うちのばらばらな家族をまとめてくれる存在だった。キャルのおかげで母さんが笑うことがあったし、キャルの正確で意欲的な働きぶりは、見事に実る桃を除けば父さんが唯一誇れるものだった。キャルはセスのエネルギーをフライフィッシングやモーター整備のような有益なことに向けることができたし、キャルが諭せばセスの癇癪が治まることさえあった。わたしにとってキャルは、自分の膝小僧を擦《す》りむいて傷口にキスしてほしいときや、ただ友だちが欲しいときにすり寄っていける唯一の相手だった。

だがしばらくしてキャルの記憶が薄れてくると、この世界で女の子が母親なしに生きるのがどういうことかを理解するようになった。まわりに男しかいなかったわたしには、真似るべき型がなかった。母が死んだあと、わたしが母の役割をそのまま黙って担うことを男たちは当然だと思った。彼らのために料理をし、彼らが用を足したトイレを掃除し、彼らの汚れた服を洗って干し、家や家畜小屋や庭の細々《こまごま》とした用事をすべてこなすだろうと。母には基本的な家事は教わっていたが、それが自分の仕事になったとき、わたしはまだ十二で、自分が正しくこなせているのか判断できなかったし、母がやっていたようにできているかどうかなんて、わかるはずもなかった。なにより、自分がその仕事をやりたいのかもわからなかったし、わからないといっていいのかどうかもよくわからなかった。そのうち、わたしはそうしたことの答えを悟っていった。

さらに悪いことに、母の死から数カ月後、体が変化しはじめた。わたしは学校にいる同じ年の少女たちよりも成長が早かったので、なにが起きているのかわかりようがなかったし、その先どうなるのかということを知る手がかりもなかった。いずれにせよ内気で忙しいわたしは同級生の少女たちと親しくなることはできなかった。せめて校庭でからかわれないようにと、自分の変化をできるだけ目立たなくしていた。ブラジャーをどこでどうしたら買えるのかわからなくて、大きなセーターを着たり、シャツを重ね着したりした。それでも足りなくなると、膝が痛むという嘘の詳細をくどくど並べてジャーニガンさんに特別に注文した伸縮性のある包帯で胸を巻いた。

まもなく初潮が訪れた。目が覚めるとシーツに丸く血のしみができていて、わたしは自分が死ぬのだと確信した。恥ずかしさとそうしたほうがいいという直感のために、父さんにもいわなかった。シーツをはがすと、マットレスまでしみていることに愕然《がくぜん》とした。朝ごはんの準備と歩いて学校に行くことを考えるときちんと処理する時間はなかったから、シーツを汚れた下着や寝間着といっしょに丸めてベッドの下に突っ込み、花模様のキルトを汚れたマットレスの上に被せた。ほかにどうすればいいかわからなかったので、ティッシュを何枚もたたんで血を受けるためにきれいな下着の上に載せた。黒いスカートの下にウールのタイツを穿《は》いてから夏用のショートパンツを重ねて、挟んだティッシュがずれないようにした。

「なんでそんなばかみたいにとろとろ歩いてんだよ」学校へ行く道で、セスはうしろからついてくるわたしに文句をいった。

「母さんはあんたがばかとかいうのをいやがってると思う」わたしは答える代わりにいった。

「でもさ、母さんは死んじゃったよね」セスはそう返すと速度を上げて行ってしまい、ついには遠くで動く小さなしみのようになった。

その日学校に向かって歩いているときほど、母が死んでしまったことを強く意識したことはなかった。陰部から血を流し、ティッシュがずれてしまったらどうしようという恐怖と下腹部にきりきりとする痛みを抱えていたわたしは、自分はきっと、学校に着く前にこの謎の病で倒れて死ぬのだろうと思っていた。

家に帰ると、ベッドの脇に石鹸《せっけん》水を入れたバケツとたわしが置いてあった。シーツは隠してあった場所ではなく、バケツの隣にぐしゃっと丸めてあった。血の跡は消えていないが、土の上を引きずったかのような汚れが新たについていた。汚れた下着はなくなっていた。わたしは従順にシーツを洗いはじめ、しみができたところをたわしでこすっては水をしぼり、またさらにこすった。涙が鼻の横を静かに流れ落ち、顎の下にしばらくたまってからバケツに落ちた。

父さんが汚れたオーバーオールを着て擦り切れた麦わら帽子を被って、いきなり部屋の戸口に現れた。これからいおうとしている言葉の試飲をするかのように、閉じた唇をぐるぐると動かす。わたしはなにが起きているのか伝えたかった。うちの豚のなかでもとりわけ立派な豚が、別の立派な豚に嚙みつかれて出血しているのにわたしが気づいたときのように。あのときみたいにちゃんと説明してもらいたかった。あのとき父さんは「縄張り争いだ」とわたしに教えて、そのうち傷は癒えると請け合ってくれたのだ。父さんのほうもなにかいいたそうに見えたが、そうはせずに戸口からあとずさり、くるりとうしろを向いて廊下を行ってしまった。

「人に見られたくないようなものを、犬たちが庭に引きずり出せる場所に置いておくな」廊下から父さんがぼそぼそという。それから重い足音。父さんが階段を下りていき、キッチンに入っていくのがわかる。網戸がギーッと開き、父さんが通ったあとに勢いよく閉まった。

うちには犬は一匹しかいない。黒と白のぶちの牧畜犬で、はじめのうちは仔犬《パプ》と呼ばれていたが、定期的にウィロー川から魚を獲ってくるようになると、鱒《トラウト》と呼ばれるようになった。トラウトは好奇心旺盛だから、わたしの汚れたシーツを見つけだしてもおかしくなかったが、父さんは「犬たち」と複数形でいった。いま思えば、単なる父の言い間違いか、わたしの聞き間違いだったのだろう。けれど、当時のわたしの恐怖と純粋さと無知が、邪悪な犬の群れの幻を作りだした。あの特殊な血に誘われてうちの家族をねらい、きっといまもわたしを襲おうと庭に隠れているのだ、と。わたしは顔までシーツを引き上げて泣き、セーターもスカートもびしょ濡れになった。その日以来、自分の寝室を朝出るときには、必ずドアを閉めるようになった。眠るときも閉めた。家事をするのに家のなかを歩き回るとき、わたしだけのドアを閉ざしたなかでできるのなら、そうしたかった。男だけの家で唯一の女の子だったわたしは、駆け足で大人の女になった。まるで雪の塊の上に花が咲くように。

ウィルに会ったことであのときの感情の亡霊のようなものが呼び出され、そこに新たな命が宿った。ウィルがわたしのなかに灯した感情は、わたしが真に大人の女になるためのさらなるステップで、五年前のそのときと同じように、わたしにはそばにいてくれる女性の存在が必要だった。現実的に考えて、もしも隣の部屋に母がいたとしても、ウィルのことを話したとは思えない。母は、メインストリートでのわたしたちの不適切なやりとりにも、わたしを抱いて運んだ彼の大胆さにも、眉をひそめただろう。欲しかったのは、愛の芽生えについての母のアドバイスではなかった。その夜、眠りに就こうとしていたわたしが望んでいたのは、うちの男たちの前に立ちはだかり、愛に関して女が自分で決断する権利があると主張してくれる誰かの存在だった。もし母が生きていたとしても、わたしの助けになってくれたとは思わない。だが、母親が死んでいてひとついいことは、母親を自分のゆるぎない味方にできるということだ。実際の母がどうだったかなど、どうでもいいのだ。

その夜、わたしは母の夢を見た。両腕を広げてしっかりと立ち、轟音《ごうおん》を立てて襲ってくる洪水を食い止めてくれていて、わたしはウィルの腕のなかへと逃げる。セスは母のうしろで波と必死に闘っていたが、母を越えてこちらに来ることはできないでいる。セスの目はぎょっとするほど大きく光っていて、そこから投げかけられた視線は、その夜、テーブルを立ってぎしぎしと音を立てる階段を上がろうとするわたしを追っていた、あの不気味な視線と同じだった。

4

翌朝、セスのロードスターの唸るようなエンジン音が部屋の窓枠をガタガタと揺らし、わたしは深い眠りから叩き起こされた。ベッドから飛び出たものの、足首を怪我していたことを忘れていて、足に体重がかかった瞬間に床に倒れ込む。

オグ叔父さんが延々とまくしたてる容赦のない言葉を聞いてほっとしたことなど一度もなかったが、叔父さんが一階にある自分の寝室の窓からセスに怒鳴っているのだから、わたしがここから大声を出さなくていいということだ。朝の五時十分。目覚まし時計が鳴ってわたしがベッドから出てキッチンに向かい、コーヒーと朝食を用意しはじめる時間の二十分前。この家の男たちがいつも起きる時間のほぼ一時間前だ。それなのにもう、セスは薄明かりのなか、庭でぼろのクライスラーの手入れをしている。まともに走らせる状態にできないくせに、友だちに見せびらかすためにエンジンの空《から》ぶかしをしては喜んでいる車だ。わたしは窓際まで這《は》っていって、片足で立った。窓の向こうの黄色く色づきはじめたヤナギの先に、セスの輪郭が浮かびあがる。褪《あ》せたジーンズと白いTシャツがかすかに光っている。帽子は被っていない。毎年夏に金色になるクルーカットの髪は、いつも秋にそうなるように、すでに淡いブラウンだ。見せびらかす相手もいないのにセスがエンジンを空ぶかしするのは、見たことがなかった。しかもこんなに早い時間に。けれど、セスがなにをしたって、わたしは本気で驚きはしない。開いたボンネットの横に立ったセスはオグに罵り返した。わたしの位置からだと、家に罵声《ばせい》を浴びせているように見えたけれど。早朝の冷たい空気のなか、セスの吐き出す息が白い。「ここはおれんちなんだよ、片輪のくせに！」セスは猛烈に怒っていた。「おまえがここで役に立ったことがあるか？　ないだろ？　おれに指図すんじゃねぇ！」

ごくつぶし、寄生虫、びっこの犬、豚。セスはオグに悪口を浴びせた。オグはオグで負け犬、ホモ野郎、セスお嬢ちゃまと返した。敵意のぶつけ合いならふたりは互角だ。

わたしは足を引きずってベッドに戻り、寒さと怒鳴り合う声を遮るために掛け布団を被ると、弟はなにをしようとしているのだろうと考えた。しばらく庭から怒りにまかせて吐く暴言が聞こえていたが、とうとう父さんが怒鳴ってセスを黙らせた。

セスは骨や血のごとく、悪さをしでかす性質をたずさえて生まれてきた。母が厳しく制限して、セスの粗暴さを無理やり押さえつけていたが、みんなを困らせることをしたいというセスの欲求は、拘束衣を着せられた人のように表面下でもがき、どうにかして外に出ようとしていた。母はほとんどいつでもセスに注意を向けていた。セスがその場にふさわしくない動きをしそうだと、セス自身が思いつく前に予測した。石を拾おうとセスが身を屈めるより早く、投げてはだめだと注意し、ほかの子の髪を引っぱろうと手を伸ばす前にやめさせ、教会で大声を出そうと口を開く前に止めた。母とセスには目や眉や片手だけで通じ合えるふたりだけの無言の言語があって、それは短くて単純なものだけれど、神の定めた法をうしろ盾にするものだった。セスが桃を野球のボールのように投げるとか、水たまりに飛び込むようなことをする前に、母は両目を大きく開いて眉を上げ、右手でちょんと空《くう》を切るような仕草をした。それは「そんなことをするなんて考えもしないで。絶対に」という意味だ。セスはそれに答えて両目を細くして眉を寄せ、不服そうに右手でちょんと空を切る。彼に許されたささやかな反抗はそれが限度だった。

キャルとわたしは「ちょんと切る」仕草をされることはめったになかった。ただでさえセスのことで大変そうな母の負担を大きくしないよう、心を砕いていたからだ。わたしとキャルが常に母の期待に応えようとしていたのは、わたしたちが本当にいい子だったからなのか。それとも、家族が乗る不安定なシーソーを水平に保とうとするかのように、セスが起こす厄介事に対してバランスを取りたかったからなのか。わたしにはこの先もわからないだろう。

それでも、母は四六時中セスに目を光らせているわけにはいかなかったので、母の目が届かないところで、セスは多くの問題を起こした。わたしが目撃した数だけでも年端のいかない少女にとっては多すぎたと思うけれど、誰も知らないところではさらに多くの悪さがなされていたのではないかと思う。わたしはセスが桃の直売所で硬貨をくすねるのを見たし、犬のトラウトがいうことをきかないとき、もしくはきいているときでも、セスに蹴られるのを何度も見た。セスはダッシュボードの向こうが見えるかどうかわからないほど小さいころに、父のトラックを勝手に運転してどこかへ行ったこともあった。友だちといっしょだと、セスの行動はさらに悪くなった。ことに学校ではひどくて、同じような悪い仲間とつるみ、ちょっとした言い合いからすぐに取っ組み合いの喧嘩を始めたし、徒党を組んで年下の子から弁当のサンドイッチを取り上げた。あるときわたしが納屋の裏を通りかかると、セスと近所に住むオークリー家の三兄弟がウシガエルに灯油をかけて火をつけ、哀れなカエルたちが恐怖のあまり跳びまわる様を見て笑い転げていた。わたしは彼らに見られる前に納屋に飛び込み、去勢馬のアベルの柔らかい鼻先に抱きついて泣いた。

事故の前の夏、キャルの草刈り作業の休憩時間で、わたしもやることが終わっているときはいつも、川に張りだすように伸びているいちばん大きなハコヤナギに、ふたりでツリーハウスを造っていた。農園で不要になった木材を道々集め、すこしずつアベルの背に載せて持ち帰り、板のひとつひとつにロープをかけて高い枝まで吊りあげた。実際に作業したのはほとんどキャルだったが、わたしは小さな仕事を分け与えられ、パートナーの気分を味わわせてもらった。わたしたちはセスにもいっしょにやりたいかと聞いたけれど、その夏セスはオークリー兄弟のいちばん上でいちばん無礼なホールデン・オークリーと小さな塹壕《ざんごう》を掘ることに興じていた。母さんはあきれたというように目を剥いてから、農園の隅の作物が植わっていない場所で、父さんが予備の柵の資材などを置いているところに穴を掘ることを許した。ふたりは枝を機関銃に見立て、頬に炭をこすりつけ、ほとんど毎日、作業をしているキャルとわたしにこっそり忍び寄ったり、穴のなかで待ち伏せして銃撃のような音を出したり、わたしたちのツリーハウスが不細工だとか、時間の無駄だとかと大声でいってきた。

板張りの床、その四方を取り囲む、でこぼこはあるけれどしっかりした壁、片流れ屋根、床の中央に開いた四角い穴から地面まで垂れさがる縄梯子《ばしご》。計画したツリーハウスが完成した日、キャルとわたしはお祝いの弁当を引っぱり上げた。自分たちで搾って作った完璧なほどに酸っぱいレモネードもいっしょに。わたしたちは古いブランケットを広げた上に並んで座り、ジャムサンドを食べた。

「ぜったい、セスも仲間に入れてほしいってくるよ。もう作業はぜんぶ済んじゃったから」キャルは後方についた肘に体重を乗せ、自分の手仕事の出来に満足しながらいった。

「梯子を引き上げとこうよ」わたしはなにより自分の分のレモネードを取られるのがいやだった。キャルはわたしの思いつきを聞いてにやりとすると、梯子を引き上げ、ツリーハウスの床に置いた。

わたしは世界から切り離されて、なんの心配もなくキャルの優しさだけを感じていればいいという状況のなんともいえない甘やかさにうっとりした。もはやレモネードさえどうでもよくなった自分に気づく。そのとき初めて、セスが来られない場所にいることの心地よさを、はっきりと意識した。そして、姉としての自分の奥底にある、自分でも名前のつけられない場所で、わたしは実の弟を怖がっているのだとわかった。教会では、サタンについて、蛇《サーペント》について、罪人についてなど、ありとあらゆる闇についての説教を聞かされていた。けれどそのときのわたしは、セスが抱えているような闇についてなにも知らなかった。それはおそらくある種の子どもたちが生まれながらに持っている闇で、彼らはほかの人たちが生きる上で指針としているルールをどうにかしてなくそうとしながら生きていく。わたしはブランケットの上に仰向けに転がって、上からのスズメのさえずりを、横からのキャルがサンドイッチを食べている音を、そしてわたし自身が長く息を吐き出す音を聞きながら、セスにはそのどれひとつも壊せないことがありがたくてならなかった。

キャルとわたしはそこでそのまま眠ってしまった。巣作りの大仕事を終え、猫の手の届かない高い場所で満足して居心地よく巣におさまっている二羽の鳥のように。

最初の石がツリーハウスの壁に当たり、ふたりの平和を破ったとき、わたしたちは同時に飛び起きた。次の瞬間、二個目の石が当たって、まだぼんやりした頭ではあったけれど、なにが起きているのかようやく理解した。

「セスだ」キャルはため息をついて、顎に力を入れた。わたしたちはどちらも動きもせず、言葉も発しなかった。隠れていたというよりは、反応したくなかった。そのままセスがどこかに行ってくれればいいと思っていた。また石が壁に当たり、さらにまた当たった。五個目の石が当たって板に裂け目ができたとき、キャルはついに立ち上がり、セスにやめるよう大声でいった。

「上がらせて！」セスが大声で返す。

「だめだ！」キャルは断った。

「いますぐ、上がらせて！」セスはそう繰り返してから、また石を投げて壁に当てた。セスは背は低いが筋肉質で、投力が強いことで有名だった。草野球では次から次へとバッターを三振に打ち取り、ガニソン郡祭りでは毎年ボトルを倒しつくしてバブルガムの景品をもらった。

キャルがもう一度断ると、セスは木の根元で怒りはじめた。母さんに聞かれたら灰汁石鹸《ライソープ》で口を洗われてしまいそうなひどい悪口を並べ立てている。セスはやっと十歳でキャルはすでに十八歳だったが、セスはキャルが年上だからと遠慮などしない。それまでもずっとそうだった。よちよち歩きのころから、なにに関しても自分の見方が正しいという自信を持ち、常に周囲に対して防衛線を張り、少年期や世の中の仕組みを理解するために、従兄を手がかりにしようとは絶対にしなかった。庭でも畑でも果樹園でも、いつもキャルの前を行った。キャルの仕事が遅くて、自分のほうがうまくできると思うとその手から道具を取り上げた。キャルが兄のようにからかったり体当たりをしてきたりすると、セスは怒りを爆発させた。それはふたりの体格の違いも年の差も消し去るほどの勢いで、キャルはやむなく応戦するか逃げるかするよりほかなかった。キャルは早いうちに、セスに逆らわないようにすることを学んだ。セスの親族である以上、キャルには避けられない決断だった。

わたしはツリーハウスの床に座り、ピクニック用バスケットの端の擦り切れた箇所をいじっていた。どうしたらいいのかわからなかった。縄梯子を引き上げて、セスが来られないようにしようといったのはわたしだ。そのせいでセスとのあいだに起きた諍《いさか》いを、キャルだけに引き受けさせるわけにはいかない。

「このツリーハウスのこと、ばかにしてたくせに！」わたしは座ったまま大声でいった。声が地面まで届くかどうかわからなかったし、届かないといいと、どこかで思ってもいた。家族のなかでキャル以上にセスに逆らわないようにしている者がいるとしたら、それはわたしだったから。

わたしはいった瞬間に、間違ったことをしたとわかった。キャルはくるりと振り返ってすぐさま自分の唇に人差し指を当てた。まるで自分の口を閉ざせば、わたしの口から出てくる言葉を止められるかのように。

「トリー⁉　トリーもそこにいるのか？」セスが聞く。驚きと怒りの勢いで放たれたその声がツリーハウスの床の穴から上がってくる。

わたしもキャルといっしょにツリーハウスにいることを、セスが知っていると思っていた。なにしろ、わたしたちはふたりでツリーハウスを作ったのだから。それはわたしのツリーハウスでもあったのだ。ところが不意に、なぜだかわからないけれど、ここにいることにやましさを感じた。セスがキャルを手本にすることを拒んだのとは反対に、十一歳のわたしはなにをするにも従兄の真似をした。キャルがいいなら、なんであれわたしもよかった。キャルは賢くて善良で、わたしは自分がなにかいいことや面白いことをしたときにキャルの目がふたつの小さな三日月のようになるのが大好きだった。キャルはわたしが頼りにしている羅針盤だったのだ。

「なにもいわないで」キャルは屈んでささやいた。「ややこしくなるだけだから」

「どうして?」わたしは聞いた。

「あいつが嫉妬するから。それだけ」キャルが答える。

「ツリーハウスのことで? あんなにばかにしてたのに」わたしがいう。

「きみとぼくのことだよ」キャルが小さな声で答える。

キャルはブランケットの上でわたしの隣に座り、何度か脚の置き場を変えた。まるで、「こうやってしばらく待ってみよう、楽にしていよう」といっているようだった。そのあいだセスはわたしの名前を大声で叫びつづけ、合間合間に落ちている枝で木の幹を叩くか、それを機関銃に見立ててこちらに向かって発砲するふりをした。下から聞こえてくる不満の声や鈍い音から察するに、枝のない太い幹を伝って上がろうとしては失敗しているらしい。

わたしは自分が嫉妬の対象になるなど、考えたこともなかった。母や聖書の教えでは、嫉妬は恨みと似ていて、神の御前《みまえ》で人を殺《あや》めさせることもあるものだ。「嫉妬は骨を腐らす」ということわざもある。「嫉妬はイエスを十字架にかけた」とホイット牧師は説いた。内気で野暮ったいわたしが嫉妬されることがあるというのなら、嫉妬の火花はどこで散ってもおかしくない。わたしはなにか不吉なものに危険なほどに近づいてしまったような気がしたけれど、いつの間にそうなっていたのかまるでわからなかった。セスはずっと、木の根元から、まるで獲物を狙う猟犬のように吠えたてている。

キャルとわたしは一時間かそれ以上、そこに静かに座っていたが、セスは決して諦めなかった。夏の太陽がゆっくりと西の地平線に落ちはじめるころ、家畜の世話をしなくてはいけないわたしたちのことを父さんが捜しにきた。

「いったい、ここでなにをやってるんだ!」父さんがこちらに近づきながら怒鳴ると、ようやくセスは黙った。キャルとわたしはツリーハウスの床の穴から覗《のぞ》いて、セスがどうなるのか見守った。

「べつになんにも」セスはそう答えて地面を見下ろし、石を蹴った。汗をかいたセスの髪はヤマヨモギのようにつんつんつんしていた。

「なんにもって感じじゃなさそうだがな」父さんはそういうと、汚れたオーバーオールのポケットに深く両手を突っ込んだ。父さんがなにか知りたいことがあるときの立ち方だ。

「あいつらが木の小屋に上がらせてくれないんだ。それだけ」セスは哀れっぽくいった。

「おまえが子どものお遊び用の家なんかでぶらぶらしてたら、誰が豚小屋の掃除をするんだ?」父さんが聞く。「すぐに行け」。父さんはセスが諦めて豚小屋へ向かうのを見送った。父さんが息子のことを考えているのか、単にセスが命じられた場所に行くのを確かめたかったのか、わたしにはわからなかった。だが、父さんがセスの向かったほうを見るのをやめて、わたしたちに木から下りてこいというまで、かなりの時間が経った。

縄梯子はわたしの少ない体重ではゆらゆらと揺れて安定しなかったが、父さんが地面の近くでしっかり支えてくれて、下りていったわたしは父さんの両腕に受けとめられた。父さんに抱きしめられることは稀《まれ》だったので、わたしはここぞとばかりにその首にしがみつき、その肩に自分の顔を埋《うず》めて父さんのにおいを吸い込んだ。キャルがブランケットとピクニックバスケットを片手に抱えて必死に地面に下りてくるまでのあいだ、わたしはがりがりの脚を父さんの胴に巻きつけさえした。

父さんが自分の首からわたしを引きはがして地面にどんと下ろしたそのやり方と、セスを上げてやってもおまえたちが殺されるわけでもなかろうにといったときの声の厳しさで、わたしは母さんがわたしを戒めるときによく使う、聖書のもうひとつの言葉を思い出した。ヨハネの手紙のなかの「神を愛する人は、兄弟をも愛すべきです」だ。母はよくいっていた。罪を犯し、その罪を悔いるとき、わたしたちはひとりではなく、誰かとの関わりのなかでそうしているのだと。わたしのいちばん幼いころの記憶をたどっても、セスと自分が永遠に、そして不思議なやり方で繫がっていることを、わたしは常に知っていた。そこに立って父が去っていくのを見ていたわたしは、ほんのすこしだけ壊れたツリーハウスの下で途方に暮れるひとりの少女でしかなく、弟と自分が最終的にどこまで落ちるのか、まったくわかっていなかった。

セスがロードスターのエンジンをもう一度ふかしたところで、キッチンのドアが大きな音を立てて閉まり、父さんの怒りに満ちた声が庭から聞こえてきた。再びドアが閉まり、その数分後もう一度ぴしゃりと閉まった。おそらく父さんに続いてセスが勢いよく入ってきたのだろう。目覚まし時計が鳴ってわたしは起きあがり、着替えをし、足を引きずりながら静かで寒い家のなかを歩いてキッチンへ行った。朝食を準備しているあいだ足首は痛んだが、それでも怪我はたいしたことないはずだと思っていた。歩けなければ、ウィルの居場所を探せない。せめてこの町を去ったのか、まだここにいるのかがわかる証拠のようなものを探りたい。可能性はもうないのか、それともまだ残っているのか。

男たちはランプの灯ったキッチンにひとりずつ、静かに入ってきた。互いにもわたしとも目を合わせようとしない。皿の上でハムが切られ、目玉焼きの黄身がつぶされ、すべてがみんなのお腹におさまるあいだ、ナイフとフォークが皿に当たる音だけが響いていた。まずはセスが、そしてオグ叔父さんが、さらに父さんが出ていった。わたしはひとりになれたことにほっとしながら残りを食べ終え、後片付けをした。男たちが互いに怒りを募らせれば募らせるほど、わたしに注意が向かなくなる。それこそが、わたしがウィルを捜すのに必要な状況だった。

皿洗いが終わったころ、オグ叔父さんの車椅子が廊下を進むぎしぎしという音が聞こえた。オグが太るほどに、車椅子のあげるうめき声は大きくなり、家のなかを動き回るためにオグがかく汗の量は増えた。わたしはいつか車椅子がまっぷたつに裂け、床に投げ出されたオグが悪態をつくことになればいいと思っていた。オグにずっとつき合わされる不快さからようやく逃れられた車輪たちが逃げていく様子が目に浮かんだ。

ローズヴェルト大統領は車椅子に乗っていたと、学校の教師に聞いたことがある。きっと叔父のと同じで、背は木製で、足元まで伸びる二枚の板がまるで車椅子の硬い両脚のように見えるタイプだ。ローズヴェルトは車椅子に座っている様子を写真に撮らせたり、公の場で見せたりすることは許さなかったのだと教師はいった。その指示は徹底して守られたので、ローズヴェルトに障害があったという噂を信じる人はほとんどいなかったという。新聞に載った写真はいかにも大統領の風格があるし、ラジオで語る声には力があり、雄弁だった。パレードなどで高級車を自ら運転することさえあった。わたしはオグ叔父さんが負傷して戦争から帰ってくるまで、手足の不自由な人を見たことがなかった。新しいオグデンはかつてのオグデンとはまるで共通点がなく、わたしが当時知っていた唯一の大統領との共通点ももちろんなかった。ローズヴェルトと叔父が亡くなってからかなりの年月が流れて世の中の車椅子が木製でなくなってから、わたしは初めて、たった二枚しかないという、大統領が車椅子に座っている写真のうちの一枚を見た。そしてそのとき、もし大統領が車椅子に座る写真を恥ずかしいと思って隠したりしなければ、叔父のように脚を失ってみじめな気持ちになっていた退役軍人たちがすこしは救われたのかもしれないと思った。

片足立ちで洗った皿を拭いていると、オグ叔父さんが壁に体をぶつけて罵る声が聞こえた。振り返ると、彼がキッチンに入ってくるところだった。片手で松葉づえを抱え、もう片方の手で車椅子を前進させようとしている。目が合ったが、わたしたちはどちらも、彼らしからぬ親切な行為にどう対応していいのかわからなかった。

「ほら」オグは唸るようにいって松葉づえを床に放った。それから後ろ向きにキッチンから出ると廊下を進んでいった。

わたしがその松葉づえを見たのは、オグが戦争から無残な姿で戻ってきた日以来のことだった。教会用の堅苦しい服装で車に乗り込み、モントローズに行ったことを憶えている。あれはキャルとわたしがツリーハウスを造ったのと同じ一九四二年の夏のことだった。わたしはまたオグに会えるのが嬉《うれ》しくて、父さんが近所のミッチェルさんから借りた大型のセダンの後部座席で、キャルとセスのあいだに挟まれて汗をかきながらそわそわしていた。広いフロントシートでは、運転する父さんの横でヴィヴ叔母さんが落ち着きなく母さんと話すあいだ、入念に巻いた髪がばねのように飛びはねていた。オグと元気な弟のジミーが、かっこいい軍服に身を包んで列車から降りてくるのを想像する。オグがプラットホームを見回すうちに、わたしたち、つまりオグの新しい家族が待ちかねているのを見つけてその澄んだ青い瞳が光る。オグはヴィヴのウエストに腕を回して自分の腰に引き寄せ、キスをするだろう。果樹園でそんなふうにしているところを、オグがヨーロッパ戦線に向かう何日か前の晩にわたしは見たのだ。あのときヴィヴの背中はヤナギのようにしなやかに反っていた。

オグが戦争に連れていかれたのは、わたしたちがオグと出会ってそれほど時間が経たないころ、ヴィヴと結婚した直後だった。けれどそれでも、わたしたちは《サタデー・イヴニング・ポスト》誌の表紙のようにプラットホームに集まって、オグとジミーのことを、あれはうちの人たちだと叫びたくてうずうずしていた。黒い機関車が見えてきたとき、わたしは漠然とした愛国心と大衆誌で得た知識だけでオグを崇拝しきっていた。オグは戦争の英雄であり、映画スターであり、偉人だった。列車が金属音を立てながらわたしたちの目の前にゆっくりと停止した瞬間、わたしの期待値は最高点にあり、さながらローズヴェルトその人が列車のステップに姿を現すのを待っているような心地になっていた。

　オグが車両の出口に姿を見せたとたん、わたしは騙《だま》されていたと気づいた。誰に騙されたんだという問いが頭のなかでぐるぐるしていたが、思いつけた唯一の答えはオグだった。脚が一本しかなく、たったひとりで黄ばんだひと組の松葉づえにしがみつき、ひっくり返ったボートのような軍帽の下からどんよりとした目を覗かせているこの軍人。

　ヴィヴはオグの姿を見るとはっと息をのみ、母さんの肩に顔を埋めた。母さんは重い鋤《すき》でも動かすようにヴィヴの両肩をつかんで自分から引きはがし、急いで元の姿勢に戻させた。そしてヴィヴの巻き髪にむかって小さな声で厳しく叱った。「やめなさい」

　キャルと父さんは顔を見合わせたあと、すぐオグの手助けをするために走った。オグはふたりから差し出された手を、松葉づえ一本で振り払った。それがキャルの顔にまともに当たりそうになり、さらに自分の体も傾いてドアの枠にぶつかることになりながらも、「その汚い手をどけろ」と低い声でいった。

　キャルと父さんは一歩あとずさった。わたしたちはみな身じろぎもせず立ちつくし、オグが列車のステップを無様に下り、わたしたちに背を向けるのを呆然《ぼうぜん》と見ていた。ヴィヴのうめき声と、誰も予想だにしなかった松葉づえが木製のプラットホームに当たる虚ろな音を、わたしはいまも憶えている。オグがわたしたちからよろよろと遠ざかるときに繰り返し響いたその音は、悪くなった心臓の遅い鼓動のようだった。列車から出てくる兵士たちはみな沈んだ表情をしていた。わたしの知っていたオグデンはそこにいなかった。ジミーはそこにいなかった。

　オグは駅の前の舗道をじっと見ていた。父さんが車を回してきて、家族が乗り込んだ。わたしたちはオグも乗ってくるのを待った。なかなかこないので、父さんはエンジンを切り、ヴィヴがしくしく泣いているのだけが聞こえていた。ついには母さんが車から出てなんとかオグを説得し、フロントシートの自分の隣に座らせた。家に帰るまで誰も話をしなかった。ヴィヴはわたしとキャルに挟まれて座り、夫のじっと動かない後頭部を、信じられないという様子で見つめていた。わたしがヴィヴの膝の上に自分の手を置くと、ヴィヴはそれをまるで命綱であるかのようにぎゅっと握りしめた。

「それが神のご意志よ」と母さんはいった。翌朝泣きながらキッチンに飛び込んできたヴィヴが、戦争に壊された夫について延々と愚痴をこぼすのを聞いたあとのことだ。ヴィヴは、あたりをはばからず嘆いた。オグがいま命と命にかかわるすべてのものを憎むのなら、どうして戦場で死なななかったのか、ジミーの亡骸が横たわる海辺のその横に、どうして自分の体を置いてこなかったのか、と。母さんはテーブルの上にコーヒーの入ったマグカップをふたつ置くと、ヴィヴに座りなさいといった。

わたしは母から神のご意志という言葉をよく聞いたが、そのたびに神のご意志でなにかがなされることもあれば、なされないこともあるのだと思った。神は若い兵士を兄の腕に抱かれたまま死なせる。神は戦争を起こし、辛い出来事を起こし、人をまるで別人に変えてしまう。神はなぜそんなことをしたのかは教えない。

わたしは足を引きずって進み、オグが投げてよこした古い松葉づえを拾い上げた。それを脇の下で挟むと、おそるおそる進んでみる。

神はこの世からあなたの母親を、従兄を、叔母を、むしり取る。まるで熟す前に枝からもがれた桃のように。

わたしは洗った皿を食器棚に戻さずにキッチンの明かりを消し、裏口のドアのフックに引っかけてあった紺色のウールのコートを羽織ると、包帯をした腫れた足に合わせて靴ひもを締め直し、動物たちに餌をやるために松葉づえを使って家を出た。

神は互いの存在を知らなかったふたりの人間をノースローラストリートとメインストリートの交差点で出会わせ、愛へと導く。神は楽な道は与えない。

神は命を奪い、神は命を与え、神は命をまったくの別物に変えてしまう。神は次にどんなことが待ち受けているか、警告しない。

動物たちの世話が終わり、朝の太陽から伸びた光の腕が丘の隅々にまで届くころ、誰にも見られていないことを確かめるためにあたりを見回した。わたしは自転車に跨《また》がり、ハンドルの上にそっと松葉づえを置くと、神のご意志はどうなのかと一瞬たりとも止まって考えることなく、ウィルソン・ムーンを探しに出かけた。

5

ウィルを探すことを阻む障害はあるだろうと思ってはいたが、ルビー＝アリス・エイカーズがそのひとつになるとは思いもよらなかった。

ルビー＝アリスはうちの前の道を下ったところの、木の生い茂った三角形の土地に建つ色褪せた茶色の家に住んでいる。うちからいちばん近くに住む隣人だが、渋い表情を浮かべ、色の薄い巻き毛の上から黒い円錐形のニット帽を常に被り、野良の動物たちといっしょに暮らしているために、母は善良なキリスト教徒が心を砕く相手としては変わり者すぎると思っていた。わたしたちはほぼ毎日彼女の家の前を通ったが、家に立ち寄ったり、パイをおすそ分けしたりするようなことは決してなかった。

ルビー＝アリスがハンドルに擦り切れたかごをぶら下げた黒のおんぼろ自転車に乗って町を行くのを見かけたときには、そちらの方向を見ないようにと母に注意された。ルビー＝アリスはその不思議な目で人をじっと見つめたあと、唇を開いていまにも無礼な言葉を吐きそうにしながら、ひとことも発しないというので有名だった。アイオラの住人はみな彼女のことを、頭はおかしいが放っておけば害はない存在だと思っていた。

あれはオグがのちに自分の席にしてしまったテーブルのあの場所に、まだ母が座っていたころのことだ。ある日の夕食中、セスが目を輝かせながら報告した。うちとルビー＝アリスが共有する小道で、自転車に乗ってこちらを見てきたあの婆さんに石をいくつか投げてやった、と。

「ひとつ命中したんだ」セスはホットビスケットを咀嚼しながらにやにやと自慢した。「だけどあのいかれ婆ァ、なんにも感じないみたいにペダルを漕《こ》いでった」

わたしは母さんが隣人に暴力を振るったセスを叱ると思った。少なくとも食べ物で口をいっぱいにしたまま話してはいけないと注意すると思った。ところが母さんはいつものように上品に小さなひと口を守りながらハムを食べつづけた。

「あの女は悪魔だよ」セスは笑った。父さんとキャルは期待をかけるように母さんを見たが、母さんはなにもいわなかった。セスの口は、リードを解かれた犬のように、予想外の自由に浮かれて走りだした。「悪魔が人間の体に宿って、あそこに、あのマツ林のなかに住んでるんだぜ！」

セスは両方の人さし指を左右の耳の上から角のように突き立ててゆらゆらさせていたが、とうとう母さんが叱った。「この家のなかで、サタンの話をするのは許しません」

それからすこしして、メインストリートで母さんとわたしの前をルビー＝アリスが自転車で通り過ぎた。わたしは思わず目で追いながら、彼女は本当に人間の皮を被ったサタンなのかどうか、その見分けがわたしにつくのだろうかと考えた。彼女は悪魔のように醜かった。それは確かだ。黒いニット帽の下から艶のない白い巻き毛が出ていて、しわだらけの肌は不健康に青白かった。片目は眼窩《がんか》の奥に引っ込んでいて、なくなってしまったみたいに見えた。淡青色で狂気じみて、大きく出っ張ったもう片方の目が、ほんの一瞬だがわたしの目としっかり合って、わたしはぎょっとした。

ルビー＝アリスはわたしをじっと見ると、通り過ぎるときに薄い唇を開いたが、聞こえたのは自転車のきしむ音と車輪の下で砂利が跳ねる音だけだった。籐《とう》のかごのなかで、コウモリのように黒くて尖《とが》った耳をしたみすぼらしいチワワが震えていた。

「あの人を見た？」母さんが聞いた。立ち止まってわたしの顎を持ち上げ、じっと目を見る。

「いいえ」わたしはそういいながらも、どうして自分が嘘をついているのかわからなかった。

「頭がおかしいのよ」母さんはそういって顎から手を離してわたしの腕をぎゅっとつかみ、チャップマン商店に向かった。「我らに神のご加護を」

母さんは、なにか恐ろしいものから逃れるようにさっきよりも早足で進んだ。ルビー＝アリスはすでに体を傾けて角を曲がり、メインストリートから姿を消していたというのに。わたしは必死で母さんについていった。そしてルビー＝アリス・エイカーズの頭がおかしいのなら、神のご加護が必要なのが、どうして彼女でなくわたしたちなのだろうと考えていた。

わたしは密かにルビー＝アリスのために祈るようになった。彼女の姿を見るたびに、心のなかで短い秘密の祈りを唱えた。母さんに知られないようにできるだけすばやく、「ルビアリスエイカズに神のご加護をアメン」というふうに。わたしはそのフレーズが効率よく急所を押さえていると思った。狂気とサタンと青白い肌とそのほか彼女を悩ますすべてに対処できると思った。それに母に気づかれることなく素早く空に送ることができる。祈っているのを隠すというのはおかしなことだった。母はわたしやキャルやセスがいくらお祈りをしても充分だとは思わなかったから。けれど間違いなく、母は、ルビー＝アリスが救済されるべき人ではないと決めつけていた。なぜわたしだけがルビー＝アリスを神の愛のもとに送ることができると思っていたのか、いまもわからない。けれどまだ子どもだったわたしは心の底からそれができると信じていた。家族の葬儀のあと、涙で目がかすみふらふらと教会を出てルビー＝アリスが木の陰からじろじろと見ていることに気づいたとき、悲しみに打ちひしがれていたその瞬間にも心のなかで「ルビアリスエイカズに神のご加護をアメン」と唱えた。ホイット牧師は息子を使って彼女を教会の敷地の外に追い出した。その辛い一日の記憶はあまりないが、ルビー＝アリスが自転車に飛び乗って、猛スピードで走り去ったことだけははっきり憶えている。

十七歳のその秋には、ルビー＝アリスの幸福を祈るという子どもっぽい習慣を捨ててからかなりの月日が流れていて、彼女はいまだにうちの隣人ではあったけれど、わたしは彼女についてちらりと考えることさえめったになくなっていた。最後に見かけたのは真夏のことで、ルビー＝アリスは道路脇にあるうちの桃の直売所の前を猛スピードで通り抜けながら、あの独特の目つきでわたしを見た。するとそのとき、トラウトがものすごい勢いで吠えた。わたしはトラウトを黙らせ、早生《わせ》の桃を手に取って見ている客たちに謝ると、その老女のことはそれきり忘れていた。

その朝、わたしはウィルソン・ムーンを探すために出発した。そして自転車のハンドルに載せた松葉づえをぐらぐらさせながら長い私道を通り抜け、町へ続く道に入ったところで、弱々しい光のなかにいきなり現れた幽霊のように立つルビー＝アリス・エイカーズに遭遇した。黒い帽子も被らず、自転車もない。白い髪が青白い顔から必死に遠ざかろうとするようにらせん状に伸びている。両脚は履き古した革のブーツから二本の白いつまようじのように突き出ている。骨張った膝まである薄汚れた綿モスリンのワンピースの上にウールのカーディガンを何枚も重ねていた。着ているものすべてが色調は違えど緑色で周囲のマツとそっくりなので、胴体が背景に溶け込んでしまい、その上下の色味のない部分が、分断されているように見えた。落ちくぼんだほうの目がわたしのことを知らない人を見るように注意深く見る。飛び出たほうの目は、まるで長いあいだ待ちつづけていて待ちくたびれたというように非難がましい視線をぶつけてきた。

わたしは自転車から落ちそうになりながらハンドルを切り、ルビー＝アリスをよけようとした。彼女はこちらをにらみつけたままそこを動こうともしない。飛び出したほうの目がわたしの松葉づえと包帯をした足首を見やる。ルビー＝アリスは舌打ちをして首を横に振った。

わたしは止まろうなどとは思いもしなかった。子どものころわたしがあんなに心配していた女性は、そのときにはほかの誰もがそう思っているように、ただの背景になっていた。単なる障害物で、通りにいる牛や落ちている木の枝のようなものだったのだ。

ところが彼女が手を伸ばしてきたので、わたしは驚いた。ねじ曲がった指を広げて、雪のように白いふたつの掌をぐいと突き出したのだ。わたしを地面に倒そうとするつもりかのように。わたしはさっと身を引き、できるだけ急いでそこを去った。そのとき彼女のぼろの黒い自転車が、道路脇の溝に、枯れたデイジーにまみれて転がっているのに気がついた。

いま思い返すと、助けが必要かどうか止まって聞こうともしなかった自分が恥ずかしい。ウィルソン・ムーンを探すことで頭がいっぱいになっていたのか、あるいはルビー＝アリスの存在をあたかも野良犬であるかのように無視することに慣れきっていたせいか、彼女が怪我をしているとか道に迷っているとかという可能性は考えてもみなかった。そして、ルビー＝アリスこそが救いの手を差し伸べてくれるかもしれない人なのに、わたしが彼女にどう近づいたらいいかわからないのと同じように、彼女のほうもわたしにどう声をかけたらいいかわからずにいるのかもしれないなどとは、思いもしなかった。

町の中心部まで行ったが、ウィルは見つからなかった。アイオラの町は静かで、ようやく目覚めたばかりだ。職場やカフェに向かって歩いている人が五、六人。ジャーニガンさんが自分の金物店前の歩道をほうきで掃いていた。メインストリートを二台の乗用車と牛乳配達のトラックが走っている。わたしは自転車で中心部を端から端まで一往復した。それ以上往復すると人目についてしまうと思ったからだが、そのあいだにウィルがわたしを見つけてどこかの戸口や窓まで出てきて、にこにこしながら手招きしてくれることを願っていた。ダンラップの宿屋で入浴した彼は、どんなふうに変わっただろう。きっと清潔な服に着替えたはずだ。想像すると心臓の鼓動が速くなった。彼の姿が見当たらないので、わたしは宿の外に自転車を停めて脇の下に松葉づえを挟み、深呼吸をひとつすると木製のステップを足を引きずって上がった。入り口の扉は開いていて、茶色い石がストッパーになっていた。なかを覗き込むと、コーヒーとベーコンと男たちのにおいがしたが、見えたのは板壁の細長いマッドルーム（入り口のすぐそばにある、汚れた履物や衣服を脱ぐ場所）だけで、ベンチが並び、五、六着の上着があちこちに引っかけてあり、土がこびりついたブーツが乱雑に置かれていた。

父さんと同じくらいの年代だけれど、父さんより姿勢もよく腕っぷしも強そうな髭《ひげ》の男がマッドルームに入ってきてベンチに座った。自分のブーツに手を伸ばして片方に右足を押し込むと靴ひもを結びながら低く口笛を吹いている。左のブーツに手を伸ばしながらこちらに視線を向けた男の髭面に、不気味な笑みが広がった。男はトウモロコシのような歯のあいだから高音の口笛を長く吹くと、にやにやしながらわたしを上から下まで見た。「おやおや、こんなお嬢ちゃんが」

毎年秋になると、ダンラップの宿屋は干し草作りや収穫作業の仕事を求めてやってくる労働者や、最初の積雪の前に牛の群れを山の上のほうにある放牧地から低地に移動させる牛追いの仕事にありつきたい人たちでいっぱいになる。外から人が入ってくるのはとても助かるのでみんな歓迎しているのだが、なかにはもめ事を持ち込む人もいることをわたしは知っていた。黄色い歯で笑い、ねっとりとした視線を向けてくるこの男を見て、早く冬になってほしいと思った。

　わたしは一瞬口ごもって松葉づえをぎゅっと握った。なかから皿のぶつかる音がしたので、おそらくダンラップ夫妻はキッチンにいて、朝食後の後片付けをしているのだろう。

「ダンラップさんが昼食の準備をする手伝いに来たんです」わたしは驚くほどやすやすと嘘をついた。

「奥にいるよ、かわいこちゃん」男はなれなれしくいった。わたしはもう一度深呼吸をすると、玄関のなかに入り、男の視線が注がれるのを感じながら、長いマッドルームを進んだ。「そんなんじゃ、たいした手伝いにもならなそうだけどね」男は最後にそういって、わたしの包帯をした足首を見ながらうなずき、にやりと笑った。

「なんとかします」わたしは答えた。すらすらと出た嘘と入ってはいけないはずの宿屋に足を踏み入れたことで、大胆になっていた。

　なかに入って、さらに多くの男たちに出会うことになるのかと思ったが、どうやらみんな洗濯室にいるかすでに朝の仕事に出たあとかのようでほっとした。居間は暗くてじめじめしていて、古ぼけた革張りのソファがふたつと木製の椅子がごちゃごちゃと並び、暖かな黒いだるまストーブを囲むように配置されていた。口の広がった大ぶりの真鍮《しんちゅう》のボウルがレンガの暖炉の隣に置かれていて、黒い手書きの文字で「痰《たん》つぼをお使いください」と書いたボードが立てかけてあった。角《つの》が六本に枝分かれしたヘラジカの頭が壁にかかっていて、虚ろな黒い瞳でこちらを眺めている。わたしは食器の音がするほうへ進んだ。

　ミセス・ダンラップが小さく鼻歌を歌いながら、残りわずかの朝食の皿を赤いチェックの布巾で拭いていた。薄汚い居間と対照的に、キッチンは壁が白く清潔で、壁の上の方に並んだ東向きの窓からは、輝く朝日が差し込んでいた。ミセス・ダンラップは色白で背が高く釣り鐘形の体型の女性だ。シンプルな白い綿のワンピースを着てデニムのエプロンを重ね、そのひもを首とウエストでゆるく結わえていた。明るい茶色の髪を紺色のハンカチでまとめていたが、結び目が額の上に、もうひと組の耳のように突き出ていた。ミセス・ダンラップは鼻歌を歌いながら考えごとをしていたようだ。わたしがわざと咳払いすると、ようやくキッチンの入り口にいるわたしを見た。

「おや！　トリーじゃないの。気づかなかったよ」ミセス・ダンラップは自分の胸を軽く叩いて、温かい笑みを向けた。小さな茶色い目が優しそうにアーチを描く。松葉づえに気づくともう一度驚いて布巾を落とし、急いで椅子を取ってきた。「なにがあったの？　ほら、座って足を楽にして」

母が死んでからは会う機会もほとんどなくなったので、ミセス・ダンラップがどれほど親切な人だったか忘れていた。けれどそのとき、彼女がうちの家族の葬儀でわたしを長くしっかりと抱きしめてくれたこと、そのあとの数カ月、玄関前のポーチにキャセロールやパイなどを何度も置いてくれたことを思い出した。

「だいじょうぶです、ダンラップさん」わたしはそういって座りながら、床の上に松葉づえを置いた。「ちょっと足首をひねっちゃっただけで。ほら、プレーリードッグの穴で」

「あらあら」ミセス・ダンラップは同情してくれた。「あたしもよくやる。厄介な動物だよね。かわいそうに」彼女はわたしの隣に椅子を引いて座った。「あたしにできることある？　それはそうと、ミリーって呼んで。ミリーって」

この宿に足を踏み入れてから、いくつもの嘘がすらすらと出てきたので、自分が口を開けば、ここへ来た理由を説明できる嘘がきっとつけると思っていた。ところがなにも出てこない。わたしはコートについていた木製のボタンをいじった。ミリーはすこし身を乗りだして眉を上げる。

嘘をでっちあげられなかったのと、ミリーの温かさに安心しすぎてしまったわたしは、愚かにも本当のことを話してしまった。

「ここにウィルソン・ムーンっていう人が泊まってないかと思って」わたしはおずおずと聞いた。初めてその名前を口にすると、心臓がでんぐり返しをするようだった。

ミリーの表情が変わって、わたしは自分が間違ったことをしたのだとすぐにわかった。

「あのインディアンのこと？」ミリーは険しい表情をして、体を引いた。まるでひどいにおいをよけるように。「ねえトリー、なんだってあんたみたいな子があの汚いインディアンのことを知りたがるのさ？」

言葉が出なかった。わたしはそれまでインディアンを見たことがなかった。わたしが持っている知識は学校で習ったことくらいで、白人が西部を文明化しようとするときに祖父の世代の人々に対してインディアンが暴力を振るったこと、そしてずいぶん前に政府がそれ以上もめ事を起こせないような場所に彼らを移住させたことくらいだった。昨晩、父さんとセスが、ウィルをメキシコ人だとかそうじゃないとかいっていたのを思い出した。インディアンなら、さらに見下されてしまう。わたしは単純に、それが本当のことだとは思えなかった。

ミリーはわたしの答えを待ちながらも、嫌悪一歩手前の疑念を表しはじめていた。

「わたしは……わたしの……」言葉がなかなか出ない。「わたしの父が、そういう名前の人が仕事を探してたって聞いたらしくて。これから二週間でかなり収穫しなくちゃいけないんです。わたしはその人のことは知らなくて、ただ名前だけ聞いて、連れてこいって」

ミリーの緊張が解けた。「じゃあ、よく聞いて。あんたのお父さんはあんなのと関わりたくはないはずだよ。間違いなく、犬のトラウトがあんたんちの果樹園の一・五キロ以内にはあいつを入れやしないから」ミリーはウィルのことは犬でさえ認めないはずだという悪口に満足してにこりとした。

「昨日の夜、あのインディアンの男の顔を見た瞬間に、ここから追い出してやったよ」

「まあ」わたしは本心を出さないように気をつけてはいたが、驚きは隠せなかった。

「ここにインディアンなんか泊めるようになったら、うちの客を縄でしばりつけとかなくちゃいけなくなるよ。もちろんああいうのが広める病気もあるしね」ミリーは、まるでネズミが入ってきた話をしたみたいにぶるっと震えた。「お父さんに伝えて。働き手を探してるって貼り紙しておきますって。とにかく、あれは違うから。どうせいまごろは何キロも先に行っちゃってるよ。ねえ」ミリーは仲間同士だという感じでわたしの脚を軽く叩いた。「そうだといいよね?」

ミリーに触れられて、吐き気がした。わたしがウィルソン・ムーンのことで平静を保てなくなったその瞬間、運よくミリーの夫がキッチンに入ってきた。夫のダンラップさんは両腕いっぱいに緑色のトウモロコシを抱えていた。ミリーはあわてて手伝いにいく。

「おはよう、トリー。顔が見られて嬉しいよ」ダンラップさんはわたしが毎日ここに来ているみたいに気軽にいった。

ミリーはわたしが口を開く前に言葉を挟んだ。明らかにウィルの話をさせないようにしたのだ。

「ナッシュさんが最後の桃を収穫するのに働き手を探してるんだって。うちに泊まってる人たちに知らせるってトリーにいったところ」ミリーはわたしに向かって片目をつぶってみせた。

「喜んでお役に立つよ」ダンラップさんはそういいながら、トウモロコシのいちばん外側の長い皮と、その下の絹糸のような白い髭をはがした。体の大きな、筋骨たくましい人で、確かな手つきで引っ張るたびに前腕の血管が浮き出た。「干し草作りの仕事がもうすぐ終わるのが何人かいるよ。もっと仕事が欲しい人もいるはずだ」

わたしはありがとうといって、収穫やわたしの足首や秋の気持ちのいい天候についてダンラップさんとすこし会話した。そして失礼に当たらない程度で切り上げると、松葉づえを床から取り上げ、挨拶をしてから足を引きずって宿屋を出た。怪我した足首より煩わしかったのは、わたしの嘘の数々と、ダンラップさんがウィルを拒絶していたことだった。彼が本当にインディアンなのだとしたら、ほかのたくさんの人たちからも、やはり毛嫌いされているはずだ。ポーチまで出ると、朝の日差しのなかで、コートが息苦しく感じられた。わたしは手すりに松葉づえを立てかけると、半ばパニック状態でボタンを外し、体をくねらせてコートを脱ぎ、床に落とした。息は切れ、汗ばんでいた。

ウィルにどんな血が流れているかということよりもわたしが気になったのは、彼が町を出てしまったというほぼ間違いない事実だった。ダンラップの宿屋から追い出されたこと、わたしの家族から向けられた敵意と脅し。彼がアイオラに残りたいと思うはずがない。わたしのような平凡な女の子のために、彼がほかの誰からも排除されている場所にとどまるはずなどない。わたしは深呼吸をして、母のように分別ある実際的な自分になることを心に念じ、こんなばかなことはぜんぶ忘れてしまおうと誓った。ウィルは行ってしまった。わたしの生活は前の日となんの変わりもないと自分に言い聞かせる。彼の深くて黒い目のなかを見つめる前と同じなのだと。

けれど、自転車に乗って家に向かうわたしは、すっかり割り切れているふりをしているだけだった。なぜなら、彼の目を見たあのとき、それがこれまで知ることのなかったタイプの男の目だとわかっただけでなく、そこには新しいわたしが映っていたからだ。わたしはその新しいわたしを手放したくなかった。

6

翌朝、目覚めると、頭のなかで過去二日の出来事がぐるぐると回っていた。気持ちを紛らわすためにどうしても忙しくしていなければならなかったので、足首はまだ腫れていても仕事に戻るくらいには充分回復しているはずだと自分に言い聞かせた。

朝食の準備のためにキッチンに入る前、わたしはオグに松葉づえを返した。ドアを閉ざしたオグの寝室の外側に松葉づえを立てかけたとき、彼のことがこれまでとは違って見えてきた。オグはどんな気持ちなのだろう。戦争に片脚を奪われ、もう一方も足首から下を壊疽《えそ》でなくして脚としての機能を失った。あんなに軽やかな身のこなしをしていた体が、車椅子に閉じ込められてしまったのだ。戦争から帰ってきた日以来、オグはライオンのような猛々《たけだけ》しい怒りの内に、羊のような悲しみを隠していたに違いない。ヴィヴは戦争で体が不自由になった夫への不満を隠さなかった。そんなヴィヴに母が、悲嘆するのをやめて神のお決めになった計画を受け止めなさいと優しくいっても無駄だった。オグがヴィヴの突然すぎる死をあまり悲しまなかったことに、わたしは腹を立てた。けれど、たぶん、ヴィヴがいなくなったことは、オグにとって、自分が取り戻すことのできない以前の暮らしを思い出させるものがひとつ消えたということなのだろう。わたしでさえ、あの松葉づえを使う生活が二日目にして耐えられないというのに、かつての冒険家は、戦争から戻ってからの暮らしの荒涼たる現実をどうやって耐えてきたのだろう？

わたしは松葉づえから離れ、応接間にある折りたたみ式の書き物机にそっと近づいた。開くとなかに母の文房具があって、薄紫色の無地の便箋《びんせん》がきれいに重ねてある。母の生前、わたしには許されていなかったものだったが、死後も触れることはしなかった。わたしはいちばん上の便箋をはがした。「ちょんと切る」仕草でわたしを叱る母の手が目の前に現れたらいいのにと、どこかで思っていた。いまだに完璧に尖っている鉛筆をブリキの缶から引き抜いて「ありがとう」と書く。便箋をたたんでオグのドアの前に置いたけれど、返事をもらえるとは思わなかったし、実際もらえなかった。

それから数日、いろいろと忙しかった。うちは七月から桃を収穫して販売していたが、実の果糖を甘くするのは、初秋のコロラド西側斜面《ウエスタンスロープ》の冷たい夜と暖かい昼間の気候だ。常連客はこの最後に収穫した桃をいちばん楽しみにしていた。秋になると父さんはかならず、夜のあいだ何度か起きて温度計を確認する。予断を許さない温度の変化に、その年の成功が左右されてしまうからだ。気温がいきなり五度下がると、豊かな利益をもたらす完璧な晩生《おくて》の実が、枝についたままぐじゅぐじゅになって、豚の餌かゴミ箱行きにするしかなくなってしまう。目標は、収穫をできるだけ遅らせて、秋じゅう新鮮な商品を出荷できるように調整する一方で、最初の本格的な霜が降りる前にすべての収穫を終えてしまうことだ。その秋は、それまでのところ幸運で、平均的な年よりも最後の収穫時期をたっぷり二週間遅らせることに成功していた。けれど父さんは運を信じる人ではなかったし、神経質になっているのがわたしにはわかった。父さんは、セスがロードスターの件で大騒ぎをした朝には気温が二度下がったようだと感じていたし、わたしがオグの松葉づえをそっと返した朝にはさらに一度下がったと判断し、この日、すべての木からできるだけ早く実をもぎ取れと命じた。足首が痛かろうがなんだろうが、わたしはその仕事ができて嬉しかった。

わたしは記憶にあるかぎり毎年桃を収穫してきた。もはや息をするように自然なことになっている。嗅覚やそっと触れたときの触感を使った熟れどきの見極め方や、繊細な実を傷めないように枝から軽く持ち上げてひねるもぎ方や、そのバラ色の実のどれが市場用でどれが配達用で、どれならもいだそばから食べていいものなのかの見分け方を知らなかったころのことは、もう思い出せない。林檎《りんご》や梨と違って、桃を収穫してから食べるのにちょうどいい期間はとても短くて、三日かせいぜい四日だ。うちの果樹園の評判は、桃の形や味が完璧だというだけでなく、三世代にわたって伝えられてきた、ちょうどいい熟れどきで収穫して出荷することのできる技術によって築かれてきた。

収穫かごを左の腕からぶら下げ、バナナの形をした金色に輝く葉に顔や肩をくすぐられながら、わたしは右手を伸ばして次から次へ枝から桃をひねってもぎ取っていく。たびたび実を鼻の前に持ってきて、その甘い香りを吸い込みながら。父さんはもちろん正しかった。枝についていた最後の桃は、ひとつ残らず熟れどきだった。

わたしは果樹園の奥の、いちばん年代の古い木の区画でひとりで収穫することにした。父さんは犬のトラウトを横につけ、納屋のそばの比較的若い木の区画を収穫した。セスは川沿いの列で作業をした。ホールデン、チェット、レイのオークリー兄弟は、午前の半ばごろに手伝いに来た。優しい心の持ち主とはいいがたいあの兄弟が親切心から手伝ってくれるとは、わたしには思えなかった。あとになってわかったことだが、やはり彼らの父親が父さんと取り決めをしていて、息子たちの労働の見返りに、二週間後に父さんとセスが彼らの牛を車で移動させることになっていたのだ。山の上のほうに散っている牛たちをオルモントやガニソンを通ってアイオラの外にある彼らの農場に連れていくのは二日がかりの仕事だ。父さんはオークリー兄弟の素行を知っていたので、彼らが悪さをしたり桃を傷つけたりするようなことがあれば、取り決めはなしにすると父親に話していた。オークリー兄弟が東側の境界あたりの木々で作業していたセスと合流してから二分もしないうちに、ラッキーストライクのにおいがして、悪口やからかいの言葉が聞こえてきた。父さんの耳には届いていなかったのかもしれないし、手伝いがどうしても必要だったから、聞かなかったことにしたのかもしれない。

わたしは当然、正午までに昼食を出すために、収穫を中断しなければいけなかった。太陽が瑠璃《るり》色の空で南中に近づいてくると、わたしは満杯になったかごを、父さんがトラックの荷台に載せやすいように果樹園の道路沿いに集めた。セスとオークリー兄弟の横を、彼らが声をひそめてなにかいったり笑ったりするのを無視して足を引きずりながら通り過ぎ、家に向かう。そのうち父さんが庭で知らない人と話しているのが見えてきた。相手の男は若そうでそばかすがあり、父さんより頭ひとつ分背が高いが横幅は半分くらいしかなさそうで、汚れたデニムのオーバーオールを着てつばの広い麦わら帽子を被っていた。使い込んだ作業用手袋がうしろのポケットに突っ込んである。トラウトは尻尾を振って挨拶しているが、男は気づいていないようだった。わたしを見つけると、父さんは手招きをした。男は馬のような長い顔をこちらに向けた。

「ダンラップさんがよこしてくれた」父さんはそういいながら男を指さしたが、紹介もしなかった。

心臓が止まりそうだった。わたしのついた嘘は長い手をどこにでも伸ばしてくる。なぜ行くことを禁じられている宿屋にいたのか、なぜ父さんが働き手を探しているなんていう嘘をでっちあげたのかを説明するためのさらなる嘘を考えていたが、わたしが口を開く前に父さんが言葉を続けた。「ありがたい。助かるよ」父さんが男に向かってうなずくと、男はうなずき返し、それで話は決まった。そのあと父さんはわたしにいった。「賃金は弾めないから、こいつにいいものを食わせてやってくれ」

わたしは止めていた息を吐き、男に向かって笑いかけた。男は笑い返してはこなかったが、わたしはいった。「まかせて」

男たちが昼食をとりにキッチンに集まってくると、においもいっしょに押し寄せてきた。汗とタバコと桃の果汁と秋の日差しの混じったツンとするにおいは、食材の香りを消してしまう。オーブンからホットビスケットを出しても、飢えた男たちの真ん中にローストチキンとポテトを並べてもだめだ。オグ叔父さんがやってきて、不機嫌そうにテーブルのいつもの場所に車椅子で収まると、ウイスキーと嚙みタバコのにおいも混じった。

彼らが食べはじめるなか、わたしはテーブルに背を向けてコンロの前で忙しく働いた。チキンを焼いた鉄板に残った肉汁を小鍋に移してかき混ぜ、夕食のためにグレイヴィーソースを作る。父さんはテーブルで、馬面の男をフォレスト・デイヴィスだと紹介した。オグは低く唸り、若い男たちはそれぞれ挨拶を口にすると、下品な話や無礼な言葉の投げ合いに戻った。みんな食欲旺盛で、わたしが座っていないことに誰も気づかなかったが、わたしにとって、それはかえって好都合だった。

わたしがグレイヴィーソースに小麦粉を足すのに気を取られ、男たちへの注意が薄れていたとき、それまで黙っていたデイヴィスがいきなり咳払《せきばら》いをしてから驚くほど低い声でいった。「危うくインディアン野郎といっしょに寝させられるとこだったんだぜ。おまえら、聞いたか?」

わたしは動きを止めた。背中がこわばり、泡立て器を握る手に力が入る。聞き耳を立てているあいだ、わたしの息は動きを止めた肺のすみにとどまっている。

「それって絶対、おまえがとっちめようとしたクソ野郎だろ、セス?」オークリー兄弟のひとりが口を食べ物でいっぱいにしていう。あの毒のある口調はたぶんホールデンだ。

「ダンラップの宿屋を追い出されたって聞いたぜ」セスが答える。

どうしてセスが知っているんだろう。そんなこと、誰から、なぜ聞いたんだろう。

「そうだよ」デイヴィスがいう。「でもその前に洗濯室を汚しやがった。忍び込んだんだよ、あのスカンクが」デイヴィスは口のなかのものを咀嚼してのみ込んだ。「洗濯室に干してあった服を盗《と》ってるところをダンラップが見つけたんだ。山盛り抱えて逃げたらしい」

注意を向けられなくなったグレイヴィーソースはだまになって煮詰まっていた。茶色くて熱いしぶきが親指に飛ぶ。わたしがびくんと下がったはずみで鍋が音を立ててひっくり返り、焦げたソースがコンロにぶちまけられた。うしろにいる男たちが静まりかえる。間違いなくわたしを見ているが、わたしはウィルソン・ムーンの話を聞いてから顔が真っ赤になっていたので、どうあっても振り向けなかった。

「ごめんなさい」わたしはシンクから雑巾を持ってきた。「そそっかしくて」拭きながらわざとらしく笑ってみせた。

会話がまた始まった。誰がなんといっているのか追えなくなっていたが、そいつは南部のインディアン居留地の近くにある刑務所から脱走してきたらしいと誰かがいった。別の誰かは、脱走したのはインディアン専用の寄宿学校からだと聞いたといった。あいつは盗人で、ひとつの町で盗みを働くとまた別の町に移るのだという者もいた。彼らはあの人のウォーペイントやモカシンのことでジョークをいい、罪深い野蛮人だ、プレーリードッグならぬプレーリーラットだなどと悪口を並べた。

「もうとっくに町を出たよな、きっと」とデイヴィス。

「そうだといい」オグ叔父さんが唸るようにいう。

「そうにきまってる」セスがさらにいった。「またあのインディアン野郎に会うようなことがあったら、殺してやる」

「そのくらいにしておけ」初めて父さんが大声を出した。父さんがカトラリーを皿の上に置いて椅子をうしろに引いて立ち上がる音。「おまえたち、収穫を終わらせるぞ」

男たちは騒がしく音を立てながら、下品な話ときついにおいといっしょにキッチンから出ていった。

テーブルにはパンくずと皿とハゲワシが貪《むさぼ》ったあとのようにきれいに肉のなくなったチキンの残骸が

散らばっていた。皿をさげて洗うあいだ、わたしの両手は震えていた。ウィルが本当にインディアンだという可能性や、そもそも、それがわたしにとってどんな意味があるのかなんてことは考えられなかったし、もちろん彼が逃亡者か盗人だという話も信じられなかった。ウィルについての悪い話はひどく間違っているように思えたが、わたしはあの人のなにを知っているというのだろう？　魅力的で、謎めいていて、重さなどないみたいにわたしを軽々と抱えられる力があるということのほかに。

わたしはシンクに水をためると片足に体重をかけて痛めた足首を休め、うわの空で皿を洗いながら、ウィルの腕のなかで、こちらの心まで見透かすような彼の優しい瞳の奥を見つめたときの感覚を思い出していた。石炭列車に乗ったというウィルの話を思い返し、なにが本当でなにが嘘なのだろうと考えた。ウィルがとっくにアイオラから出ていったという男たちの話は、きっと正しいのだろう。それでも。

皿を拭いて食器棚にしまい、午後の収穫をするために果樹園のわたしが担当していた場所にまた向かった。うちの農園からすこし丘を上った荒地には、ところどころに薄緑のヤマヨモギ、赤く低いオーク、みすぼらしいピニョンマツが生えている。黄色いポプラの木立がなにかの小さなお祝いのようにそこここで揺れていて、ともすれば厳粛に見える斜面に活気を与えている。数本のポンデローサマツがその上に伸びていて、暗い色のスカートを大きく広げていた。そのすべてに太陽が、まるで夏が終わったなんて聞いていないとでもいうように照りつけている。心がいちばん落ち着いて、感覚がいちばん研ぎ澄まされる果樹園の木陰に立つと、わたしは直感的にわかった。それがいいことか悪いことかはともかく、ウィルは遠くには行っていない。どうしてそうわかったのかはわからないが、自分が手を伸ばし、香りを確かめ、柔らかく熟れた桃を枝からひねって収穫するところをウィルに見られていると感じた。あとになって、本当に見ていたのだとウィルが教えてくれた。その日、午後の太陽が黄金の葉に反射して、わたしの肌に黄色い光をちらちらと当てていたこと、わたしが肉厚の桃にかじりついて、果汁が前腕に滴り落ち、むきだしの肘まで伝っていたこと、唇がつやつやと光って、そこに唇を押しつけるよう誘っているようだったこと。その瞬間、ウィルはわたしに恋をしていること に気づいたのだそうだ。わたしが貪欲にかじりつくたびに、葉の濃く茂る木々の向こうから、わたしがそうとは知らずにウィルのいるほうを見るたびに、その想いは深くなっていったのだという。

きつい仕事をすればウィルを心のなかからどうにか追い出せるだろうというわたしの希望はまったく的外れだった。その反対に、果樹園での長い静かな午後、わたしの心のなかにあったのは彼のことだけだった。物思いにふけるうちに、時間はあっという間に過ぎてしまった。最後のかごをいっぱいにして、夕食の準備のためにキッチンに戻ろうとしていると、左手のほうからいきなりがさがさと音がした。わたしは驚いてかごを傾けてしまい、桃がいくつか草の上に転がった。音は近づいている。それは誰かが枝を押しのけながら果樹園を進んでくる音に違いなく、その誰かは木々のあいだに作られた草の生えた通路ではなく、木々を斜めに突っ切ってこちらに向かってくる。わたしは頭では鹿が近づいているのだろうと推測したが、心ではどうかウィルであってほしいと願っていた。ウィルが木の葉のあいだから現れるところを想像する。まずは広い肩の片側が、続いてもう片方も。そしてついに彼がわたしの前に黙って立っている。わかっているよというように微笑むその顔は輝いていて、片方の掌が、まるで桃をその真ん中に置いてくれというように差し出されるが、本当に欲しいのはわたしの手なのだと、わたしもわかっている。

突然、わたしから六メートルも離れていない近くの木の列から、枝を押しのけるようにしてフォレスト・デイヴィスが現れた。足取りは確固としていて、攻撃的でさえあった。なにか目標物があってそこに一心に向かっているように見えたが、もしそうなら木々をかき分けて進むのではなく、農道につながるたくさんの通路のひとつを使っていたはずだ。デイヴィスは立ちどまり、わたしがいるのとは逆方向の木の列を眺めた。作業用の手袋をはめていたが、かごは持っていない。父さんは、収穫するときには手袋をはめるのを禁じていた。収穫には目で見たりにおいを嗅いだりするのと同じくらい、手の感触が大事だと思っていたからだ。父さんがきちんと説明しなかったのか、この新入りがルールを守っていないのか、どちらなのだろうとわたしは考えた。デイヴィスの大きな麦わら帽子は、首にかけたひもで薄い背中にぶらさがっている。彼の動きは敏捷《びんしょう》で神経質そうだった。デイヴィスはわたしの持ち場の列を確かめようとこちらを向く。帽子を被っていない額はとても広く、出っ張っていて、ただでさえ馬のような、そばかすのある頬骨の高い頬や、長く尖った顎を際立たせている。わたしは石のように動かず、できればわたしに気づかないでほしいとばかな願いを抱いていた。もちろんデイヴィスはわたしを見た。そして見た瞬間、驚いてびくりとした。わたしたちはちらりと目を合わせたが、すぐに彼は、まるでわたしがただのウサギかなにかであるかのように、虚ろな表情でわたしの先にあるものに目をやった。それからなにかを探して長い首を左右に動かし、ふいに向きを変えると二本の木のあいだに足を伸ばし、枝の向こうに消えた。しばらく止まってはがさがさと動き、止まっては動くを繰り返していたが、そのうちなにも聞こえなくなった。

デイヴィスはウィルを探しているのだ。わたしは確信した。ぶるっと震えがきたが、冷たい午後の風のせいというよりは、あの男に向けられた短いけれど鋭い視線のせいだった。

ウィルを追っていたのはデイヴィスだけではなかった。翌日の明け方の冷ややかな空気のなか、父さんとセスを手伝って町に配達に行ったとき、チャップマン商店の外側に貼ってある二枚のビラに気がついた。名前もどんな罪を犯したのかも書いてなかったが、入り口の両側の、同じ筆跡で書かれた手書きのビラは、間違いなくウィルを捕まえるためのものだった。「指名手配、窃盗犯。茶色い肌、黒髪、危険。懸賞金二十ドル。詳細はマーティンデルまで」

　エズラ・マーティンデルは、アイオラでは法務官にいちばん近い存在だ。エズラの祖父は約七十年前、メインストリートに最初の家らしい家を何軒も建てた人物で、マーティンデル家の全員が玄関前の広いポーチにはりついて、町の動向に目を光らせるのを自分たちの責務だと思っていた。それ以上の資格がなかったので、エズラの父のアルバートはガニソン郡保安官事務所から保安官代理を任せてもらった。アルバートが死ぬと、エズラがバッジと威圧的な態度を引き継いだ。一九四二年に電話線が引かれたあとは、エズラのいちばんの仕事は、不適切に思えることが起きたらガニソンのライル保安官に電話し、本物の役人が車を走らせてやってくるまでの三十分のあいだ、秩序を守るということだった。エズラ・マーティンデルのような男が、嘘とでっちあげと、おそらく風で吹き飛ばされてなくなった数枚の服のために、ウィルに懸賞金をかけたことに、わたしのはらわたは煮えくり返った。

　さらにいやだったのは、セスがビラを見たとたん、やりがいのある挑戦が目の前に用意されたとでもいうように、軽快に口笛を吹いたことだ。極めつけに、その薄汚い指の一本で、ビラの「懸賞金」という単語をとんとんと叩きながら、訳知り顔にわたしを見た。

「最高だぜ」セスは薄ら笑いを浮かべた。「この二十ドル、おれがものにする」

7

　父さんはその朝、わたしが足を痛めていることについてなにもいわなかった。ところが三人でチャップマン商店への配達を終えてトラックに戻り、わたしが後部座席で弟の背中に向かって静かに怒りをたぎらせていると、父さんは昼食までは道路脇の直売所の仕事を頼みたいといった。

「あのデイヴィスってやつが今日も来るなら、働き手はもう充分だからな」父さんはいう。「今日はコーラが忙しいはずだ」

コーラ・ミッチェルは、両親の所有する土地に建てた質素だがこぎれいな小屋に住む未婚女性で、父さんが月曜日と水曜日のほとんどをコーラの父親の農場で手伝いをする代わりに、夏の終わりから秋にかけてうちの直売所で働いてくれている。我が家はわたしが生まれるずっと前から、そんなふうにやりくりしてきたのだ。コーラは地元の人とは天候や桃の話や噂話をし、よそから来た人には仲間のような気分にさせるのが上手だった。六個買おうと思っていた客に一ダース買わせ、一ダース買おうと思っていた客には収穫かご半分の桃を買わせることができた。午後の早い時間に売り切ってしまうこともよくある。コーラといっしょにわたしに直売所をやらせる理由など、わたしが無視することに決めたこの怪我を除いてほかにない。だが、セスに腹を立てたりフォレスト・デイヴィスを疑ったりすることからすこしのあいだ距離を置けるのは、わたしにはありがたかった。

「わかった」わたしは父さんにいった。

白いペンキが剝《は》げかかった下見板張りの果物直売所の前に車が停まると、仕事熱心なコーラが待っていた。この地域で桃を育てているのはうちだけなので、ここがハイウェイ50号線（アメリカ合衆国の東西を結ぶ主要な高速道路のひとつ）沿いで唯一の常設の直売所で、アイオラへの近道であるハイウェイ149号線の橋を渡ってすぐのところにある。地元のほかの農家が近くにテーブルを並べて、自分たちが栽培した葉物や根菜が中心の作物を売ることもあった。だがうちの直売所にはちゃんとしたトタン屋根と床板があり、政府に許可証ももらっている。なんでも祖父はガニソンで許可証をもらってきた日に、直売所にびょうで留めておくよう指示されていたそれを、絵画のように額に入れて応接間の壁に飾ったのだそうだ。

父さんとセスは、冷たい朝の空気のなかで白い息を吐きながらトラックの荷台から桃の入ったかごを降ろした。コーラはえくぼを作って笑いながら出迎えると、すぐに新しい桃を傾斜のある陳列台に並べはじめた。すばやく、しかも巧みに、赤みの濃い部分を上に向けて美しい列を作りながら、傷んだところのある桃があれば、はじいてかごに戻した。コーラ・ミッチェルは背が高く、丸太りしていて、そのころのわたしは彼女ほど大柄な女性を見たことがなかった。そして赤ん坊のころから知っていたはずの人なのに、その大きさに改めて驚かされることが何度もあった。コーラは、大きな胸や腹を覆う巨大な白のブラウスを着ていて、ひだ飾りのついた袖口のゴムが肘の上のたるんだ肉に食い込んでいた。働くコーラのきついカールがかかったこげ茶色の髪の生え際からは、この寒さにもかかわらず細かな汗が滴り落ちた。わたしが彼女の隣で桃を並べているうちに、トラックに積んであった桃はすべて降ろされて、父さんとセスは行ってしまった。

朝のうちはあまり忙しくなかった。最初の一時間くらいは地元の早起きが二、三人やってきただけだった。コーラとわたしは天候やうちの家族や農園の話などを軽くした。コーラは彼女の父親がずいぶん前に直売所のために作ってくれた、よく使い込んだ大ぶりの腰かけに座った。わたしは足首が痛かったし、空いた腰かけがもうひとつあったのに、うろうろ歩きまわっていた。客のいないあいだ、コーラは緑色のマフラーを編んでいて、わたしは心のなかで何度も何度もマーティンデルの貼り紙を思い浮かべていた。窃盗犯に仕立て上げられてしまったその人についてわたしが知っていることをコーラに洗いざらい話したくてたまらなかったけれど、ミリー・ダンラップの一件があったので、口をしっかり閉ざしていた。

午前九時になると車がひっきりなしに通るようになり、直売所には常時三人くらいの客が入るようになった。コーラはパーティのホストのようにおしゃべりに花を咲かせ、お世辞をいいながら仕事をした。こんな時期まで直売所を開いていることに礼をいわれると、静かに笑って、このすばらしい秋のお天気を全能なる神に感謝してくださいといった。わたしはコーラのにぎやかさが自分の明らかな注意散漫の穴埋めをしてくれることを願った。心を込めて会話をしようと、注文された数の桃をきっちり袋に入れ、おつりもきちんと計算しようと努力はしていたが、コーラがどうしたのかというようにわたしを見て、腫れた足首がどういうわけか脳を悪くしているんじゃないかなどとからかったことが一度ならずあった。

わたしは、自分のなかのウィルの印象を、町じゅうに広まっている、厄介者、野蛮人、泥棒というようなまったく違う人物像と重ねることができなかった。どうすれば本当のウィルを知ることができるのだろうか。噂や頑迷な偏見やわたし自身の焦がれる気持ちを排除した本当のウィルを。わたしはそれまで、社会からのけ者にされた人はルビー＝アリスしか知らなかった。彼女のことを頭がおかしくて野蛮で危険な存在だと、尊敬や注目に値しない人だと教えられた。セスやミリー・ダンラップやマーティンデルやその他の人たちから見たウィルもそれに似ていた。そのとき、二日前の朝、自転車から降りたルビー＝アリスが、ひとりで道に立っていたことを思い出した。どうしてわたしは助けがいるかと尋ねなかったのだろう？

客の波が引いたときに、コーラに最近ルビー＝アリスを見かけたかと聞いてみた。

「いつもより見かけるくらいだよ」コーラが答える。お金を入れている蓋つきの容器のある場所からコーラが腰かけに戻るあいだ、床板がうめき声をあげた。コーラは座って、目に見えないろうそくの火を吹き消すように、唇をすぼめて数回息を吐き出した。「今週は毎日うちの前の道にいたね。いつも立ってるだけ。誰か待ってるみたいに。あんたらも最近よく見ない？　ほら、あんたんちの私道に入るとこ」コーラは文を短く切る癖があった。長い文は息が続かないとでもいうようだ。

「どこか調子が悪いのかな？」わたしは自分の言葉がどう聞こえるかよく考えずにいった。

「そうだねえ……」コーラは含み笑いをした。いやいや調子が悪いとこだらけでしょ、悪いところを挙げたらきりがないけど、という意味だ。

わたしはさらにいった。「ていうかね、わたしもうちのそばの道で見かけて。ちょっと変な感じに見えたんだ。ルビー＝アリスだから変ってるだけじゃなく。病気かなにかだと思う？」

「どうしたのかなんて考えもしなかったけど」コーラはいった。「なんかあったのかも。昨日、母さんと車で町まで行ったんだ。あの人、道のまん真ん中に突っ立ってたよ。なんか、その辺じろじろ見てさ。おかげでこっちはなかなか通れなくて」

コーラとコーラの母親が、わたしと同じようにその老いた女性の存在を無視していたことにほっとしたのか動揺したのか、自分でもよくわからなかった。

「でもどうしてみんな怖がるのかな？」わたしは聞いた。「セスはあの人は悪魔だと思ってる」

コーラは笑ってから答えた。「怖がってるってより、変わってるから近づかないだけ。みんな忘れちゃったんだよね、ずっとあんなんじゃなかったって」

「違うの？」わたしは聞いた。

「違うよ」コーラは首を横に振った。「あの人がおかしくなったのは、ここいらが流感でやられてからだと思う。あの人がやられたのは熱になのか、悲しみになのかわかんないけど」

「家族を亡くしたの？」わたしは聞く。

コーラはうなずいて、こげ茶の眉をぐいと上げた。「全員」

「何人？」わたしは驚いてさらに聞いた。

コーラは肩をすくめた。「ちゃんとは知らない。当時、あたしはまだ揺りかごのなかだったから。そんな話を聞いたことがあるってだけ。あたしの物心がついてからは、ルビー＝アリスはずっとあんな感じ。あのぼろ自転車でうろうろして、あの野蛮な目で見てくる。ひと言だって話さない。野良の動物を拾ってきてはいっしょに暮らしてる。我らに神のご加護を」

「ルビアアリスエイカズに神のご加護を」わたしはコーラの話したことについて考えながら、うわの空でそういっていた。

コーラはうなずいてから編み物を再開した。わたしは心のなかでアーメンとつけ足した。

子どものころ、従兄のキャルとわたしはよく果樹園の小さな池の縁に腹ばいになっていた。キャルは片手を伸ばして水面《みなも》に浮かぶ葉っぱを払いのけ、その下に隠されていた世界を見せてくれた。わたしたちはそこに並んだまま、水のなかをなにかが泳いで通り過ぎるか、ぶくぶくと底のほうから上がってくるかするのを辛抱強く待った。小魚であれ、ミミズであれ、水生昆虫であれ、それは小さな奇跡の発見だったのだ。コーラと話しているときの感じはそれと似ていた。水面の下を見るのをさまたげる不要なものを押しのけていくような感じ。ルビー＝アリスは孤独で心が砕けてしまったというだけで、気がおかしいわけでも悪魔的なわけでもない。ウィルは単に放浪者であり、浅黒い肌の見知らぬ人。そしてふたりのような人が町にはほとんどいないというだけなのと同じだ。突然、前にはわからなかったことが理解できた。あの老女は、毎日毎日わたしを待っていたのだ。わたしが急いで走り去ったあの朝、彼女はわたしを突き飛ばそうとしたのでも、驚かそうとしたのでもなく、呼び止めようと手を伸ばしたのだ。ウィルはアイオラにまだいる。ルビー＝アリスの家に潜んでいる。あの老女がウィルをかくまっているのだ。わたしは確信した。

「コーラ、ちょっと出てきてもいい？」心臓は早鐘を打っていたけれど、わたしはできるだけなにげない感じで聞いた。

「いいよ、ぜんぜん」コーラがいう。「男たちの昼の支度、しなくちゃなんないもんね」

昼食の準備などまるで頭になかったが、コーラのいう通りだ。わたしは直売所から出て雲ひとつない空を見上げて確認する。テーブルに食べ物を並べるまで一時間ちょっとあるはずだ。意志の力を総動員してなんとか走らないようにする。ウィルを見つけたあとどうなるのか、わたしにはまるでわからなかった。けれど彼がどこにいるのかという謎を解いたことで、大胆な気持ちになっていた。歩くスピードは速く、足取りは確かでほとんど引きずりもしなかった。わたしは自分の推測が正しいと確信していた。どんな再会をするのか、幾通りも想像してみたが、どのパターンも最後はわたしがウィルの腕に抱かれていた。

十七歳の少女には分別がないかもしれない。愛の強烈な力についてなにも知らなくて、それが鉄砲水のように自分をのみ込んでしまうまで気づかずにいるなら、なおさらだ。けれどウィルが近くにいるという直感は正しかった。ルビー＝アリスが野良の動物たちといっしょに暮らしている、うちの近所のあの家に行けば、わたしを待つ彼に会えるという確信は完全に正しかった。わたしはただ、暗いマツ林を抜け、かつて禁じられていた門を開き、放し飼いのホロホロ鳥や鶏や種類も様々の小さな犬たちでいっぱいの庭を突っ切るだけでいい。これまでノックしたことのなかった、花びらのようなピンク色のドアをノックするだけでいい。

わたしは指の関節で扉をコツコツと叩いた。恥ずかしくて躊躇《ちゅうちょ》しながらだったから、誰かが聞きつけるにはあまりに小さな音だったはずだ。誰も出てこなかったので、今度はもうすこし力をこめてノックした。それから一歩下がって深呼吸して待つ。最後の最後に思いついて、顔にかかった髪をはらい、服の乱れを直し、背筋を伸ばして顎を上げた。これまでなにより後回しにしてきた自分の容姿が、急にとても重要なことに思えてきたけれど、たいしてなにもできないでいるうちに目の前のドアノブがまわった。

ドアが金属音を立てて開き、そこにウィルソン・ムーンが立っていた。光り輝く笑みを浮かべ、ずっとわたしが来るのを待っていたというような、穏やかな忍耐強さをにじませていた。そのとき、夢から覚めたようにはっとした。わたしは現実の時間より、想像のなかでウィルと過ごしていた時間のほうがずっと長い。互いをなにも知らないに等しいのに、自分がウィルに受け入れられると確信していたのだ。わたしは彼の前に立っても、顔を赤らめてもじもじするばかりで、なにもいえず、なにもできずにいた。

ところが幸いにもウィルのほうから温かい手を差し出してくれたので、それを握ることができた。ウィルに招かれて、わたしは家のなかに入っていった。


男たちがぞろぞろとキッチンに入ってきた。またもやあのにおいと飽くなき食欲と絶え間なく投げ合う汚い言葉といっしょに。それぞれが席に着くと、わたしはハムサンドとボウルに山盛りのコールスローを出し、そのあとに砂糖入りのアイスティーの入った水差しを持っていく。暑かったし急いだことが顔に出ているのかもしれないと不安だったので、うつむいたままでいた。

「具合悪いのか？」わたしの赤い頬と髪の生え際の汗に気づいたのはセスだった。驚き、非難するようにわたしを見る。まるでわたしには病気になる権利もないと、あるいはもっとひどいのは、仮病を使っているとでもいっているようだ。デイヴィスはその馬面を上げるとわたしを数秒じっと見てから、また自分の皿に目を戻した。

「直売所からここまで急いで戻らなきゃいけなかったから。それだけ」わたしはそう答えると、くるりとキッチンカウンターのほうを向いてトマトを切りはじめた。

「客はいたか?」父さんがグラスにアイスティーを注ぎながらいう。

「たくさん」この答えは嘘ではない。

「インディアン野郎はいたか?」セスが悪乗りをする。セスとオークリー兄弟が吹きだし、大爆笑になる。

ちょうどそのときオグ叔父さんが車椅子でやってきて、テーブルの定位置に着いて唸る。「なにがそんなにおかしいんだ?」

「なんもねぇよ、片輪のおっさん」セスが吐き出すように返した。

「もう黙れ」父さんがそういって、男たちは食べだした。

インディアン、ひとりいたけど、と勝ち誇ったようにセスにいってやりたかった。わたしのインディアンがひとり。そう心のなかでつぶやいたけれど、それがなにを意味しているのか、それがウィルを指す言葉として正しいのか、完全にわかっていたわけではなかった。それでも、セスと仲間たちが探している男をわたしが見つけ、彼についてセスたちが知らないことをわたしが知っているのだとわかっていた。

ウィルが、ビッグブルーの山のなかで見つけた、いまは使われていない猟師小屋で寝泊まりしていること、こっそり町に下りてきて、ルビー=アリスのために雑用をする代わりに食料や毛布を分けてもらっていること、そしてまた会えると確信して、果樹園で働くわたしを見つめていたこと、スパイの偵察といってもいいくらいに見張っていたことを知っていた。初めて会った日に着ていたオーバーオールとTシャツを、きれいに洗濯して着ているウィルを見た瞬間、彼にかけられた嫌疑は事実ではないとわかった。あの日と違うのは、赤い野球帽をかぶっていないことだけだ。わたしの頬に当てられたウィルの掌の温かさも、滑らかな肌の感触も、わずかに触れただけなのにもっとほしくてたまらなくなっている、やわらかな唇の塩気のある甘い味さえも、わたしはいまでは知っていた。昼食を終えた男たちを追い払うことができしだい、うちの前の道の行き止まりにある、枝が横に伸びてアーチのようになっているハコヤナギのそばでウィルがかならず待っていると知っている。秘密は、まるでひらひらと舞う羽をのみこんでしまったかのように体をむずむずさせた。わたしは、男たちがそれぞれ最後のひと口を口に入れるそばから、まだ噛み終わらないうちに皿を下げ、シンクの前でうつむいて洗い物をしながら、誰も知らないわたしだけの楽しみを思ってにやついた。

立ち上がって出ていこうとする父さんに、コーラが直売所を閉める仕事を手伝うつもりだと伝えた。「わかった」父さんはわたしのほうをろくに見ずにそういった。わたしの言葉の重要性にまったく気づいていなかったのだ。それはわたしが父親についた初めての嘘。ウィルソン・ムーンにまた抱きしめられるために、わたしが嬉々として払った代償だった。

8

ウィルソン・ムーンはわたしの恋人になった。始まりは、ルビー＝アリス・エイカーズの家でわたしが彼を見つけた日、昼前についばむようにした軽いキス。それから、同じ日のもうすこしあとの長い抱擁は、うちの前の道の終点で地面とほぼ平行に枝を伸ばしているハコヤナギのそばで約束通りに再会したとき。父さんへの嘘は重ねるごとに楽に出てくるようになって、わたしは午後に自分の担当分の収穫を終わらせると、毎日のように農園から抜け出してウィルに会った。待ち合わせはハコヤナギの下のこともあったし、ウィロー川のほとりのことも、葦《あし》の生い茂るガニソン川の川岸のこともあれば、ときには山で一本だけすっくと伸びたアオトウヒの下や、種類も様々な動物がうようよしているルビー＝アリスの家のこともあった。会う場所がどこであっても、ウィルはかならず、わたしを待っていたことを隠さず表現し、わたしを受け入れてその太く確かな腕で抱きしめること以外はどうでもいいといわんばかりだった。ウィルの胸に顔を埋めてしばらくそのまま動かずに、その麝香のような香りを嗅いでいると安心できた。彼はわたしの顔が見えるようにわずかに体を離して、まるで幻か、噂でしか聞いたことのないなにかが突然目の前に実体を持って現れたとでもいうように驚いた顔をした。

わたしが来るのを見て、森や背の高い草の生える場所へ、とても軽やかに、そして足早に進んでいくウィルを、わたしが追う午後もあった。ふたりいっしょに地面に倒れ込み、キスし、特になにということもないのに笑った。仰向けに寝転んだまま、雲が次々に形を変えるのを、鷹《たか》が円を描くように飛ぶのを見た。白頭鷲《わし》がかぎ爪でマスをつかんだまま猛スピードで空を飛んでいくのを見たこともあった。ウィルは指さして、あれは合図だといった。なんの合図なのかとは、わたしは恥ずかしくて聞けなかったが、彼がわたしを引き寄せて額にキスしたとき、まるでふたりが祝福されているような気分になった。ふたりともおしゃべりなほうではなかったので、こうした午後の秘密のデートのあいだ、どちらもそれほど多くは話さなかった。沈黙が心地よかった。それはまるで、わたしたちの静かな悦びのために作られた場所のようだった。あるとき、わたしが家族をたくさん亡くしたのだと話すと、ウィルも同じだといった。あとになって、もっといろいろ聞いておけばよかったと思った。けれど当時は、そよ風が乾燥した草を揺らすかさかさという音とわたしの肩に押しつけられたウィルの肩が、なにより優しい返答に思えた。ウィルがわたしの持っていった桃を、音を立てて、いかにもおいしそうに唸りながら食べたあとにわたしの手をとると、彼の手に残った桃の果汁がわたしたちの掌を糊《のり》のようにくっつけた。ウィルはひとつの範疇《はんちゅう》とかしきたりとか、ときには道理にさえおさまらない人だった。たとえば、わたしの痛めた足首を軽くさすると、最後の腫れが引き、残っていたわずかな痛みすら消えたことがあった。

いま考えると驚くべきことだが、あのとき、ふたりの無垢《むく》が、会うたびに、抱き合うたびに着実に消えていき、ウィルがあのピンクのドアを開けてわたしを受け入れた日からほんの二週間後には、わたしたちはすべての分別をなくして情熱のままに、二時間山歩きをしてたどりつく、人気《ひとけ》のないビッグブルーの山奥の小屋にある彼のベッドに行き着いたのだ。

その朝、食事のすぐあと、父さんとセスは重いキャンヴァス地のジャケットを着て古いカウボーイハットを被り、トラックに荷物を積み込んだ。鞍、８の字に巻いた長いロープ、そしてキャンヴァス地のリュックふたつには、わたしが水筒と干し肉と豆の缶詰、それにゆで卵入りのガラスの保存容器をつめておいた。ふたりは二日間留守にすることになっていた。オークリー家の牛を北の山の牧草地から冬場を過ごすための牧草地まで連れていくのだ。

古いトラックが砂利を撥《は》ねとばしながら私道を遠ざかっていくあいだ、わたしのお腹は期待で燃えるようだった。朝食の後片付けをし、家畜の世話をしたが、考えていたのはウィルのことだけだった。水曜日に入浴したことなどなかったが、バスタブに湯を張り、ゆっくり時間をかけた。肌に石鹸をなでつけながら、ウィルが触れることを想像すると、体の中身がかき混ぜられて開き、温かくなるようで、湯から出たわたしは赤らんでふらふらしていた。秋の太陽のもとで髪を乾かしてから、オグ叔父さんに昼食を出して、コーラ・ミッチェルがひどい病気なので夜のあいだついていてあげなくてはいけないと、すらすらと嘘をついた。オグ叔父さんが気にしたのは、ハムサンドとアイスティーがたっぷり冷蔵庫に入っているかどうかだけだったので、わたしは急いで両方を用意して裏口から静かに家を出た。収穫を終えた果樹園のいちばん奥で待っているウィルの前に来たときには、その胸に真っすぐ飛び込んで、思い切り顔を埋めたい気持ちでいっぱいだった。ウィルのうしろについてウィロー川の土手沿いを進み、その先の長く険しい山道を上がってアイオラから離れていく。ヤマヨモギと岩とピニョンマツの光景から、葉の黄色く色づいたポプラの木がところどころに伸びている草地へと変わるうちに、山道は細くなり、空気は薄く冷たくなっていく。弱まる光のなか、ようやく古い小屋が見えてきたとき、わたしは小屋の裏手に流れている小川にもやわらかな光を受ける草地にもほとんど目がいかなかった。心臓の動きが速くなっていたが、それは山道を長く歩いてきたのと同じくらい欲望のせいでもあって、わたしはただ、彼のベッドを求めていた。ウィルは入り口を覆う鹿の毛皮を押して振り向くと、言葉にせずに瞳で問いかけながらわたしを見た。わたしはうなずいた。うん、大丈夫、うん、後悔しないよ。そういう意味だ。ウィルは微笑んでわたしをなかに導いた。

　ウィルのあとについて小屋に入り、彼がわたしの服を脱がしていくのを許し、一枚一枚が土の床にするりと落ちて、とうとう彼の前に裸で立ち、彼も同じように服を脱ぐと、わたしは生まれて初めて自由になった。わたしたちはすこしのあいだ立ちつくし、相手の裸の体に驚愕していた。それからウィルは掌でわたしの顎を優しく包み、わたしの唇を自分の唇に引き寄せた。わたしたちはベッドに滑り込んだ。お互い相手に夢中になりすぎて、その瞬間に、その場所に、わたしたちの肌と触れ合いと動きに、すべての存在が凝縮されているように感じた。

　ウィルと愛し合うと、わたしがとても長いあいだ這うように進んで目指してきた場所に、ようやくたどりついたように思えた。その腕のなかにいると、ふたりが出会う前の自分には思いもよらなかったあらゆるものになれた。わたしは美しく、魅力的で、すこし危険な存在ですらあった。わたしは農園を離れて一夜を過ごしていた。従順で臆病な少女ではなく、危険を冒して自分の意思で決断する、ひとりの女だった。

そのあと、わたしは眠るウィルの温かい肩に頬を寄せて横になっていた。彼の腕がとても自然にわたしを抱いていて、そこはまるで結婚した夫婦のベッドのようだった。わたしは男性のむき出しの腕に抱かれたことがなかった。男の人の裸の胸で眠るなど、考えたこともなかった。ウィルに抱かれたまま寝ているというのに、そしてその息遣いやしっかりとした心臓の鼓動を感じ、汗のかすかに甘いにおいを嗅いでいるというのに、わたしはウィルのことをなにも知らなかった。小屋の小さな窓から銀色の羽のような月光が差し込んで、ウィルの滑らかな顔やたくましい首、ルビー＝アリスにもらったピンクのキルトを重ねた上に出ている筋肉質の片腕を照らしている。わたしはその大きな手から、ウィルの物語の手がかりのようなものが読めないだろうかと思った。手首から外そうとしない赤と黒のひもで編んだブレスレット、指の関節に入った白い縞《しま》模様の傷痕。もっとずっと年上の男のものかと思えるような節くれだった手。ウィルに触れられることがどれほどとてつもない力になるか、わたしは驚くばかりだった。触れられると、足首だけでなく、わたしの奥底にあって自分でもちゃんと意識していなかった心の傷が癒されたのだ。

わたしは自分の手を暖かいキルトのなかからそっと引きだして、ウィルの手の上に置いた。その確かな手のなし得たなかでも最高の仕事をこの目で見たことを思い出す。一週間前のこと、一匹の仔犬をがっちりとつかんでいた死神の手からウィルが取り戻したのだ。わたしたちはルビー＝アリスの家にいて、細々とした物を並べた棚と彼女の驚くほどのピンク色への愛着を眺めて目を丸くしていた。幼いときにルビー＝アリスの魂が守られるよう祈っていたときでさえ、彼女がちゃんと眠ってちゃんと食べて、小さな天使や犬や雪だるまの像が丁寧に並べられた、小さくて暖かい家で暮らしているとは、考えたこともなかった。そのとき、ルビー＝アリスが玄関から勢いよく入ってきた。

いつもと同じで言葉は発しないが、明らかにパニック状態で動揺した瞳がウィルを呼んでいる。彼女の青白い両手の上に、ぐにゃりとした仔犬がいた。茶色と白の毛が粘液にまみれてぬるぬるしている。どうやら死産だったらしく、仔犬の頭は片側に垂れていた。先の白い小さな足には力がない。ウィルはなにもいわずに手を伸ばした。ルビー＝アリスは彼の両手の上に仔犬を優しく置いた。ウィルは自分の腹に仔犬を引き寄せると、片方の手でその体をくり返しさすった。そっとさすっているのに、なぜか激しい動きにも見えた。ウィルは命のない小さな体を自分の唇まで持ち上げると、その顔にそっと息を吹きかけた。それからまたおろしてからさすり、息を吹きかけ、またさする。ルビー＝アリスはわたしの存在にまったく気づいていないようだったが、わたしたちはほんの十数センチしか離れていない場所で、その様子に釘《くぎ》づけになっていた。ウィルは仔犬をひっくり返して仰向けにすると、ヒキガエルのような斑点のある無防備な腹を出させ、今度は二本の指だけで小さな胸をさすった。そして仔犬の体をまた持ち上げて唇の近くに持ってくると、なにかそっとつぶやいた。とても小さな声だったし、聞き慣れない言葉だったので、わたしにはなんといっているのかわからなかった。それからウィルはもう一度小さな胸をさすったあとで、仔犬を胸に抱きしめながら、目を閉じて息を吐いた。

仔犬が息を吹き返したときの最初のかすかな動きを見たとき、わたしは自分の目が信じられなかった。自分の作り出した幻かと思ったが、仔犬はまた動いた。今度は間違いない。そしてまた、そしてまた。そのうちウィルの両手のなかで身をくねらせた。まるで彼の掌の上で生まれたようだった。その小さな生き物は首を伸ばし、目が見えないまま鼻を押しつけ、乳首を探した。ウィルは微笑むと、仔犬の鼻にすばやくキスをしてからルビー＝アリスのほうに差し出した。彼女は二回手を叩いてからにっこり笑った。ゆがんだ歯は、青白い顔のなかで黄ばんで見えた。ルビー＝アリスは仔犬をひったくるようにして、自分の垂れた胸に抱きしめると、来たときと同じくらい急いで部屋から出ていき、大きな音を立ててうしろ手にドアを閉めた。

わたしの口はぽかんと開いたままだった。「どうやって……?」そういいかけたが、質問が終わる前にウィルの口に塞がれ、わたしたちは床に沈み込んだ。彼の両手から自分を引きはがして夕食の準備に間に合うように急いで家に帰るのには、かなりの努力が必要だった。

一週間後、月光の差し込む小屋のなかでウィルの裸の胸に横たわりながら、あの両手がわたしの体にくまなく触れたのだと思うと、欲望があふれてきた。わたしは首を傾けて、ウィルの唇の輪郭を見つめる。起こすべきなのかどうかわからなくて、鎖骨の下の柔らかな場所にそっとキスをした。するともう一度キスをせずにはいられなくなった。三回目のキスでウィルは目を覚ました。四回目でわたしのほうに体を傾け、わたしたちの口が繋がった。ふたりの体は完璧に同調して滑らかに動いた。ふたりとも愛の行為は初めてだったけれど、どう動けばいいのか、どこに触れればいいのか正確にわかっていた。わたしたちはまた愛し合った。今度はゆっくりと、そしてリズミカルに。まるで初回は単なるリハーサルだったというように。

秋の月光のなか、息を切らし、互いを求めて抱き合ううちに、そのときのわたしにはわかりようもないのだが、わたしたちの子どもが育ちはじめていた。

9

ほとんど眠っていなかったし、山小屋に行って帰ってくるのに長い山道を歩いてぐったり疲れたわたしが家に戻ったのは翌日の午後で、父さんとセスがオークリー家の牛を移動させる仕事から帰ってくるほんの数分前のことだった。ウィルは果樹園の裏門まで送ってくれたあと、わたしにさよならのキスをして木々のなかに消えてしまった。わたしは夢見心地で庭を歩いていて、地面に足がついているかどうかもよくわからない状態だったが、いきなり父さんのトラックが私道を進んでくる音が聞こえてきて、牛がぴしゃりと鞭《むち》を当てられたように現実に引き戻された。あわててキッチンのドアから家に入ると、上着と泥のついたブーツを脱ぎ捨て、乱れた髪をポニーテールにまとめ、水を入れた鍋を急いでコンロにかけて火をつけたが、そこになにを入れるつもりなのかもわかっていなかった。ありがたいことに、父さんとセスは仕事の道具をトラックから降ろしたり、納屋のなかでほったらかしになっていた動物の世話をしたりするのに時間をかけてくれた。その日の朝に卵を集めることも動物たちへの餌やりもしなかったせいで、かなりまずいことになるのはわかっていた。オグ叔父さんについた、コーラが病気になって看病したという嘘を思い出し、もう一度その話をしなくてはいけないかもしれないと心の準備をする。

わたしと同じくらい疲れた様子の父さんとセスが入ってくるまでには、チーズサンドと甘いアイスティーがテーブルに並び、フライパンではサヤマメとタマネギがぱちぱちと音を立て、鍋のなかでジャガイモがゆだっていた。ふたりが上着を脱ぎ、セスが勢いよくキッチンを通りぬけるあいだ、わたしは忙しく見えるように鍋をかき混ぜていた。なにげない、機嫌のいい声で、父さんに道中なにごともなかったかと聞く。そういっている少女が、すでに大人の女に変身を遂げたなどとは絶対に気づかれないように。父さんは不機嫌そうに「一頭なくした」と唸るようにいうと、キッチンから出ていった。その一頭が行方不明になったのか死んだのか、そしてどうしてそうなったのか、わからないままだった。父さんがすべての牛を冬の牧場まで安全に連れてこられなかったことなど、わたしが憶えているかぎり一度もない。オークリー家のためだろうと、ミッチェル家のためだろうと、どこか別のところに雇われていたのであろうと、一度も。わたしはぴんときた。間違いなく、失ったのは、どうあれセスのせいなのだ。

まずは父さんが、それからセスがキッチンに戻ってきてテーブルの前に座った。時間も遅かったし、きつい仕事のあとだったので、ふたりはひどく腹を空かせていて、わたしがふたりの前に置いたものを次々と貪るように食べた。

オグが車椅子でキッチンに入ってきて口笛を吹いた。「おやおや、ご帰宅ですか」

ジャガイモの湯を切るのにシンクの前で下を向いていたわたしは、どきりとして顔を上げ、オグが本当にわたしにいっているのかどうか確かめた。胃が飛び出しそうだったが、父さんとセスの注意は食べ物に注がれたままなのを見てほっとした。ふたりとも、オグの言葉が自分たちに向けられたものだと思ったのだろう。生煮えのジャガイモにバターとミルクを入れて潰すわたしの手は震えていた。

「大変だった」父さんはそう答えてちらりとセスを見た。

「いいから、いえよ」セスは挑発したが、父さんはサヤマメを自分の皿にもう一度よそって黙って食べた。

オグは自分の分を皿に盛り、父さんからセスへ、そしてまた父さんへ視線を移した。ふたりがどうやら口論したあとだとわかって、嬉しそうに目を輝かせている。わたしはマッシュポテトをテーブルに運び、どうすればテーブルに着かずにすむだろうと必死で考えた。けれどあまりに空腹だったので、体が勝手に動いて頭の同意を待たずにわたしを座らせ、皿に食べ物をよそわせた。ウィルは豚と豆の煮込みの缶詰を小屋のなかに隠していて、わたしたちはふたりでひと缶開けていっしょに朝食として食べたが、そんなものは何時間も前に消化されていた。

わたしはがっつかずに食べる努力をしながら、自分の気まずさや父さんとセスの対立を紛らわすようなことをいいたいと話題を探したが、どれも場違いに思えた。

「どうせ縄をかけるなら、あの雌牛なんかよりインディアン野郎のほうがいいとでも思ったんだろ、セスお嬢ちゃま?」オグが煽《あお》った。

セスが両手をテーブルに力いっぱい叩きつけると、食器が跳ね、アイスティーがグラスからこぼれた。セスが立ち上がると同時に椅子が音を立ててうしろに倒れ、床に転がる。セスは不機嫌にキッチンから出ていく途中で車椅子を蹴り、オグは揺られてわざとらしい耳障りな笑い声を響かせた。

父さんはセスが出ていくのを見送って首を横に振ると、怒りながらオグに教えた。「その通りだ。あれのせいで仔牛をなくした」

ウィルの容姿を記し、二十ドルの懸賞金について書いた指名手配のビラはまだアイオラの町のあちこちに貼ってある。近隣のサピネロやセボラ、もしかしたらガニソンかもっと先の町にも貼ってあるのかもしれない。ウィルのことをなにも知らないどれだけの人が、いま彼を捜しているのだろう。話題を変えようとしたが、真実もタイミングもわたしの味方をしてくれなかった。

「マッシュポテトに塊が多くてごめんね、父さん」わたしはどうにかいってみた。

父さんはただ肩をすくめ、スプーンですくって口まで運んだ。父さんらしい、言葉のない言葉で、食事に問題はないよと伝えてくれているのだ。

「急ぐからそういうことになるんだ」オグがいった。

帰宅が遅くなったことをほのめかされて、心臓が縮みあがった。わたしの嘘のいちばん上を覆う薄い層がはがされるような気がした。

「ところでかわいそうなコーラの様子はどうなんだ？」オグは甘ったるい声でいうと、父さんを、続いてわたしを見る。嘘っぽい礼儀正しさ、同情を装って首をわずかに傾けるその様子が、オグの質問をさらに不吉なものにしていた。オグは知っているのだ。

父さんに、どうしたのだというように見られると、わたしは目を大きくして視線を返した。猛スピードで突進してくるトラックのヘッドライトに照らされたアライグマのように、わたしは自分のついた嘘にやられる寸前だった。さらに悪いことに――あとになって、それがすさまじく悪いことだったとわかるのだが――ちょうどそのとき、上着を取って裏口から出るためにセスが勢いよくキッチンに戻ってきて、父さんとオグの視線がわたしにあることに気づいて立ちどまった。

「まだよくなってない」わたしはどうにか小さな声でいった。

「ひと晩じゅうついててやるなんて、おまえは本当に優しい子だ」オグはわたしの嘘に最後の一撃を与えた。

わたしはアイスティーのグラスを口元まで持ち上げ、ゴクリと飲みながら、父さんの眉が寄るのを見ていた。

「コーラは病気じゃない」父さんの言葉に、わたしは胃が締めつけられるようだった。「牧場で馬や犬を集めるのを手伝ってくれた。元気そうだったぞ」

セスは裏口のドアの前でこの状況を眺めながら上着の袖に一本ずつゆっくりと腕を通した。その目はじっとわたしに注がれている。

わたしは自分の計画をなんとか救済しようと、できるかぎりのことをした。びくびくしながら、愚かにも必要以上にしゃべった。コーラの容態が朝食のあとに好転したこと、夜のあいだずっと熱にうなされていたこと、寝言でイエス様に不平をいっていたこと、けれど今朝ホットビスケットとベーコンを食べたらよくなったこと。

オグは鼻先で笑った。それから、わたしの嘘というボートを自分でひっくり返したくせに、言い方こそ意地悪くはあったけれど、命綱を投げるようなことをいった。「あの子のベーコン好きは本物だからな」

父さんはしばらくのあいだどういうことだろうかと不思議そうにしていたが、わたしに鶏の世話をするようにいってから、また食事を続けた。部屋の向こう側からまだわたしをじっと見ていたセスの顔が、次第ににやけてきた。そして上着のファスナーを一気に上げると、裏口から出ていった。網戸を乱暴に閉めた音が銃声のように響いた。

わたしはオグの視線を感じていた。目を合わせたら、かすかな謝罪の色がその目に浮かんでいたかもしれないが、顔を上げなかった。食欲は失せていた。わたしは立ち上がり、食べ物が半分残った自分の皿をテーブルの空いた皿の上に重ねてシンクまで持っていき、洗いはじめた。

納屋のほうからセスのロードスターが始動する爆音が響いてくる。繰り返しエンジンをふかしているのが、まるでわざとわたしの神経を逆なでしているように思えた。シンクの上の窓に黄色いボンネットが最初に見えてきたとき、わたしはそれがなんなのかわからなかった。最近セスは車に熱中していた。そばにはよくホールデン・オークリーとフォレスト・デイヴィスがいて、開いたボンネットの下に頭をつっ込んで、ラッキーストライクをくわえ、油まみれになりながら騒いでいた。セスが壊れたエンジンをいじくりまわすのを何年も見てきたわたしは、その車が実際に動くとは思っていなかった。キッチンの窓の前をゆっくり進む車のなかでハンドルに覆い被さるようにしていたセスは、勝ち誇ったようにわたしのほうを見ると、片手を額に掲げて敬礼の真似事をした。そしてそこで止まり、エンジンの空ぶかしをしてその轟音をどんどん大きくした。父さんは裏口へ走り、オグはテーブルに着いたままわめき声をあげて激しい怒りを表したが、セスはスピードを上げて私道を進んでいき、あとに残ったのは爪で引っかいた跡のような二本の轍《わだち》と煙たい排ガスだけだった。

その夜、セスは夕食に帰ってこなかった。誰もなにもいわなかった。その空いた席に誰かが座っていたことなどなかったかのように。父さんは鶏小屋や納屋のいつもの仕事はちゃんとできたかと尋ね、わたしはできたと答えた。オグはなにもいわなかった。父さんとオグがキッチンを出たあとで皿洗いが終わると、わたしは足音を立てて階段を上がり、寝室のドアを必要以上に大きな音を立てて閉じた。早寝をするとふたりに知らせるためだ。ベッドカバーの下に枕を入れて人の形の盛り上がりを作ったあと、もう一枚セーターを着て忍び足で階段を下りると、ブーツとウールのコートを音がしないように身に着け、裏口からするりと外に出た。

庭を抜けるあいだ、体が震えた。鼻を突きさすように冷たい十月後半の夜気のせいというよりは、ウィルに抱きしめられることを期待したからだ。怯えていたせいもあった。絶えず肩越しにうしろを確かめ、月明かりのなか、右に左に視線を送り、あとをつけられていないか、セスかセスの仲間をまさに彼らの探す男のもとへ誘導してしまいはしないかと気を配った。アーチ形に枝を伸ばしたハコヤナギが見えてきて、その幹になにげなく寄りかかっているウィルの輪郭がわかってほっとしたとたん、興奮と不安の大きな波にもまれつづけていたわたしの目に、どっと涙があふれた。駆け寄ったわたしを、ウィルは腕を大きく広げて受け止めてくれた。

ヤナギの枝をよけながら進み、小さく開けた場所に向かい合って座ると、ウィルはわたしの両手を包むように握った。わたしたちは愛について、危険について、そしてセスやその仲間たちについて話した。彼はわたしの髪をなで、頰に残る冷たい涙をぬぐった。わたしはウィルの穏やかな黒い瞳を見つめながら、自分の心が望むのとは違うことをいう勇気をかき集めた。

「あなたはここを離れるべきだと思う」正しいと信じていたが、いいながら自分の言葉が憎くてならなかった。

ウィルはわたしたちのあいだのひんやりとした空気のなかにその提案を宙ぶらりんのまま放置した。それから微笑む。ノースローラとメインストリートの角でわたしたちが初めて言葉を交わしたときと同じ笑み、あの小屋で彼の前にわたしが裸で立ったときと同じ笑み。ウィルはわたしのなかに、わたしはもちろん、ほかの誰もが見つけなかったなにか素敵なものを見つけて、それを愛でてくれている。わたしの気持ちはぐちゃぐちゃだった。提案したことがわたしの望みとあまりにも裏腹で、さっきの言葉を発したのが誰か別の女だったように思えた。

ウィルは首を横に振った。「セスみたいなやつは夜空の星よりたくさんいるよ」。わたしの提案を否定して安心させようとしたのだろうが、それは逆効果だった。彼のいったことはまったくその通りだったからだ。セスのように憎しみに満ちていて、ウィルのような浅黒い肌の人を自分の憂さ晴らしに使いたいと思っている人がいないところなど、この世のどこにあるだろう？　ウィルは逃げるつもりがないのだ。

「おれは川が流れるように進むよ」ウィルがいう。「おれの祖父《じい》さんがいつもいってたんだ。それしか生き方はないって」

わたしはウィルの言葉の意味がわかったような顔をしてうなずき、翌日会う約束をした。

ウィルに会いたくてたまらないという自分の思いと、セスの怒りはわたしたちの愛ほど長く続かないだろうというウィルの自信が、わたしの判断力を鈍らせ、わたしはそれからも可能なかぎりウィルと会った。冷静に見ればどう考えても愚かなことをしていたけれど、わたしたちは冷静な理性のいうことになど耳を貸さなかったのだ。それでも、わたしは用心していた。抜け出すのは誰にも気づかれないときだけ。少なくともわたしは気づかれていないと信じていた。セスは家を空けがちだった。いつもよりすぐにかっとなったし、不機嫌そうではあったが、自分の仕事はしていた。たまに食事をしに現れたが、たいていはあのロードスターを乗りまわしていた。「インディアン野郎」が話題に上がることはもうなかったし、わたしが必死で願っていることが真実だと信じるのは、日ごとに楽になってきた。つまり、セスはウィルのことなど忘れてしまったのだ、と。

回を重ねた逢引《あいび》きのどれが、無自覚にセスをウィルへ導いてしまったのかよくわからない。けれどヤナギに囲まれた場所でウィルがわたしの手を握って、自分はアイオラを出ていくつもりはないといった日の一週間後、わたしの濡れた頬の涙をぬぐって、キスでわたしの恐れを追い払おうとしてくれた、まさにあのときからちょうど一週間後、ウィルは約束の場所に現れなかった。

凍えるような十一月の夜、わたしはアーチのように枝を伸ばしたハコヤナギの前でウィルを待って行ったり来たり歩いては、静まりかえった野原や道路沿いの溝に懐中電灯の光を当てるうちに、彼は来ないと確信した。ヤナギに囲まれた場所を急いで見に行き、そのあとは果樹園の端、ウィロー川の曲がる場所、ガニソン川の土手、トウヒの生えたあの山の斜面、というふうに、ふたりで会った人気《ひとけ》のない場所をぜんぶ確認した。どうかわたしが待ち合わせ場所を間違えているだけでありますようにと何度も祈りながら。

息を切らしてルビー＝アリスの家の門を開くと、庭にいる動物たちが吠えたり走り回ったり大騒ぎを始めた。古い納屋の扉は開いていたが、覗き込んでウィルの名前を呼んでも、なかには鶏が数羽と怯えて飛び回るコウモリがいるだけだった。家のなかにはひとつだけ薄明かりが灯っていた。そこにウィルがいて抱きしめてくれたらどれほどいいだろう。あの暖かな秋の日にそうしてくれたように。ピンクの玄関ドアの向こうに彼がいると確信していたあのときが、ほんの数週間前なのにずっと前のことのように思えた。泥のなかを前進するように庭をゆっくりと進みながらも、ウィルがその家にはいないとわかっていた。窓からなかを覗くと、ルビー＝アリスがソファで横になっている。白い顔と髪が、その夜の空には見えない月のように輝いていた。キルトを胸元でしっかり握っている様子は、死んでいるようにも、この地球上のなにかに必死でしがみついているようにも見えた。

わたしは地面に頽《くずお》れた。ほかに考えられるのはあの小屋くらいだが、あそこはビッグブルーの山のずっと上のほうで、世界の頂上にも思えてとても行けそうにない。小さな犬が泣いているわたしを珍しがってそっと横にやってくると、ズボンの上からわたしの脚をなめた。わたしが蹴って追いやると、犬は怒ってきゃんきゃん吠えた。

うちまでどんなふうに歩いて帰ったのか、どんなふうに階段を上がって自分のベッドに入ったのか、まるで憶えていない。憶えているのは、あの瞬間、わたしがいたのがそこだということだけだ。服を着替えもせず、真夜中をとうに過ぎているのに眠れもせずに泣いていたわたしが、庭から響くロードスターの唸りを聞いたその瞬間。その音はわたしの窓を、わたしの骨をかたかたいわせた。裏口のドアが開いて閉じる音がしたとき、わたしは毛布のなかから飛び出して部屋を出ると、階段を駆けおりて、セスのいるキッチンに向かった。

セスは電気をつけていなかった。彼の暗い影が裏口のドアのそばにある長椅子にうずくまっていた。影の大きさから、セスがまだジャケットとブーツを脱いでいないのがわかった。わたしがキッチンの入り口に立っていることはわかっているはずなのに、セスは黙って座ったまま動かなかった。ウイスキーとタバコと排ガスのにおいが彼のほうから漂ってくる。わたしは電気のスイッチに手を伸ばしたが、考え直した。セスの顔を見たくなかった。わたしが知る必要のあることは、もうすべて知っていたのだ。

「あんたなんか大嫌い」わたしは暗闇に吐き出した。それまで生きてきてわたしのなかに溜まっていた酸っぱい胆汁を吐き出すように。

「懸賞金よりすごいの取ったぜ、トリー」発音ははっきりしないが、驚くほど優しいセスの話し方は、いいことがあったのを友だちに報告するような感じだった。「懸賞金よりすごい。それどころじゃねぇ」セスは自分にいうようにそうつぶやくと疲れたようなため息をつき、酔っぱらい特有の含み笑いをした。「懸賞金よりすごい。それどころじゃねぇ」ひとりごとのように繰り返すと、酔っぱらいの自慢のなかに、わずかに信じられないという思いが浮かんでいるのを感じて、わたしは震えと吐き気とともに理解した。セスはウィルを単に町から追い出すか捕まえて役人に引き渡したのではないのだ。電気をつけたら、きっと血に染まったセスの両手が見えてしまうに違いない。

わたしはくるりとうしろを向くと、ふらふらしながら、階段を這って上がった。自分に脚があることもわからず、病気の動物のように震えながら廊下を進み、ベッドに入った。

わたしの恐れが当たっているかどうか確かめられないでいる数週間のあいだ、わたしは感情をなくしたまま日々の仕事をこなしていた。自分が生ける屍《しかばね》のようで体調も悪く、毎日太陽が昇り、弧を描いて沈むということが耐えられなかった。

「具合が悪いのか?」朝食の準備のために起きることのできなかった朝、父さんがわたしの部屋のドアを開けて尋ねた。

わたしは毛布の下からくぐもったうめき声を出す。

「バーネット先生に来てもらうか？」父さんが聞いた。

「ううん」わたしはしわがれた声で返す。

父さんはドアを閉めて階段を下りていった。父さんが自分で朝食を作っているところを想像するとどうしようもないほど罪悪感が湧いてきたので、わたしは起き上がって料理をした。そして翌朝も同じようにした。心が麻痺《まひ》しているのに痛みだけは感じるという状態のまま、その翌日も、またその翌日もというふうに、やるべきことをやりつづけた。

夜が来るころには仕事と悲しみのために疲れきっていたけれど、最後の仕事を終えて家が暗く静かになり、オグ叔父さんと父さんが自分の寝室に入り、セスがどこかに出かけた夜は、わたしは服を何枚も着込み、凍える闇のなかに抜け出してウィルを捜した。頭上の木の枝には霜が降り、ブーツの下では踏みしだかれた落ち葉が音を立てた。ウィルがいなくなった夜と同じように、わたしはただ歩きつづけた。ふたりで会った場所という場所を訪れ、道を曲がれば木に寄りかかってわたしを待つ彼のシルエットが見えますようにと、彼の明るい笑みが暗闇を照らすところが見えますようにと祈った。同時に頭ではわかっていた。わたしはただ狂気とじゃれあっているだけで、希望はすべてわたしの彼への想いが作り出した幻にすぎないのだと。ウィルはどこにもいなかった。

ルビー＝アリス・エイカーズの家の窓も毎晩覗き込んだけれど、いつも彼女がひとり、ソファで死体のように寝ているだけだった。寒くなって家のなかにいる犬たちも部屋のあちこちで丸まって眠っていた。奇妙なほどに静かな彼女の庭から出ていきながら、ルビー＝アリスが昼間、自転車でうろついているのと、わたしが夜にさまよっているのは、同じことなのではないかと思った。どう考えても道理に反するとわかっていながら、彼女は失った愛する人たちを捜していたのかもしれない。ルビー＝アリスが悲しみのせいで狂気に取りつかれたのなら、わたしも同じなのかもしれない、と。

十一月の終わりのある朝、わたしはチャップマン商店の奥にある商品棚の前で重曹を、それがさも重要なものであるかのように選んでいた。そのときふたりの農夫がデリカウンターに寄りかかって話をしていて、声が大きかったものだから、わたしにとって残酷すぎる言葉が切れ切れに聞こえてきた。〝……遺体……ブラックキャニオンの底……例のインディアン野郎……皮膚がほとんどない……車に引きずられた……投げ捨てられた〟

人間には持ちこたえられる限界がある。わたしはすでに、大きすぎるほどの悲しみと罪悪感と愛と恐れと混乱を束にして自分のなかに抱えていた。しかも、まだはっきりとはわかっていなかったが、子宮のなかでは赤ちゃんが形を成そうとしているところだった。男たちの言葉もわたしのなかに入ってこようとするのだが、わたしにはとても抱えられなかった。わずかに吸収してしまった言葉でさえ、許容量を超えていた。わたしは両膝をつき、吐いた。

チャップマンさんがカウンターのうしろから走って助けにきてくれた。本来しみひとつないのにいまや無惨な状態になった床板からわたしを引き上げると、丸椅子に座らせて水を一杯持ってきてくれた。ほかの人たちも心配してくれた。たくさんの手が伸ばされて、優しい声がかけられ、心配そうなまなざしを向けられたのをぼんやり憶えているが、誰だったのか、いまは思い出せない。そのあいだ、チャップマンさんは床をモップで拭いていた。わたしは謝罪の言葉を出せるくらいにどうにか自分を取り戻すと、震える足で外に出た。

前の晩に降った雪がうっすらと積もっていて、メインストリートに反射する太陽の光が耐えがたいほどに眩しかった。わたしが手で目を覆ったとき、〝車に引きずられた〟と話す声が頭のなかで響いた。〝例のインディアン野郎。皮膚がほとんどない〟

わたしはよろけながらチャップマン商店から遠ざかり、家に向かったが、ノースローラとメインストリートの交差点は避けた。アイオラの町の向こうにそびえるビッグブルーの山々は、降ったばかりの雪を被っていたが、涙で醜くゆがんで見えた。ウィルならあの山々で安らげる場所を見つけられたはずだ。それなのに、彼はわたしを選んだ。わたしはウィルがいまもあそこにいると想像することで、耐えられない現実を耐えようとした。小屋のなかでキルトの下にもぐり込んだウィルを。ひとつきりの小さな窓から差し込む日光が、その完璧な肌に優しく着地するところを。だけど違う。わたしは真実を知っていた。この世界は残酷で、罪のない若者を守ることもできず、人には耐えられる限界があることも理解しない。そしてブラックキャニオンが、ウィルの深く、恐ろしい墓になってしまったのは、彼がわたしを愛するためにここに残ったせいなのだ。

第二部　野生の地

一九四九年～一九五五年

10

一九四九年

その冬は、ガニソン郡に残る記録では史上最も降水量が少なかった。アイオラの気温は日常的に零度を割り込んだが、雪が降ることはほとんどなかった。

父さんは夏に河川の水位が下がること、干魃《かんばつ》の可能性があることを心配していたが、わたしとしては、雑事をこなすときにいつもなら吹きだまりになっていた場所を通るために、シャベルで雪かきをしたり雪のなかを苦労して歩いたりする必要がないのでありがたかった。その長く不気味に茶色い冬のあいだ、わたしは徹底的に疲れることで悲しみをなんとかやり過ごしていた。鶏小屋から卵の入ったバスケットを運びだす力が出なかったことも、アベルの馬房でレーキを持ち上げて前に押し出してから引き寄せるという動作すらできないこともあった。日曜日の入浴中、髪を洗うのにまともに腕を上げる力も出なかったのを憶えている。仕方なく、わたしは自分の体を隅々まで観察した。日ごとに豊かになる胸、ふくらんでくるお腹。かつて糸のように細かった手足の血管が、皮膚の下にもぐり込んだ蛇の子どものように浮き出ている。月ごとの出血も止まっていた。無知なわたしは、体が重くなっているのは悲しみのせいなのだと考えた。悲しみが、体内に血と恋しさと後悔をためていて、そのうちわたしは幸いにも破裂して終われるのだろうと。新しい命のはためき——最初は蝶《ちょう》がまばたきしてまつげを揺らすようなかすかなものだったが、次第に大きくなってお腹のなかに小さな鳥がいるようなはっきりとした動きになった——それを最初に感じたときに、ようやくわたしは自分の体のふくらみと疲労の真の理由を完全に理解した。

　冬のあいだ、家の男たちに自分の体が大きくなっていることを隠しつづけた。はじめは簡単だった。豊かになってきた胸を伸縮包帯で巻けばよかった。恥ずかしがり屋だった思春期のころ、ふくらみはじめたばかりの胸にしていたのとちょうど同じだ。その上からセーターとスカートを何枚も重ねて、乾燥と寒さから身を守ればよかった。父さんは干し草作りをしたり、ミッチェルさんの牧場で柵を補強するワイヤーを切りそろえたり、うちの納屋の崩れそうな壁の修理をしたりするのに忙しくて、わたしのことは気にしていなかった。オグ叔父さんはたいていいつも自分の部屋にこもり、ウイスキーをがぶ飲みしたり、ラジオを聞いたり、そのほかなんであれ暇つぶしになりそうなことをして、春になってまたポーチに出られるようになるのを待っていた。テーブルに料理を出したり、オグ叔父さんのタンスに洗濯した服を吊《つ》るしたりするときなどに、視線を感じることがあった。叔父さんは見ているだけで、探っているわけでも、悪意があるわけでも、哀れんでいるわけでもなかった。ただわたしがそこにいることに、本物の人間が同じ屋根の下に住んでいることにいま気づいたよと告げるような視線。彼はわたしの秘密についてなにか知ってはいたが、口に出すことは決してなかった。

　セスはたいていいなかった。ウィルの遺体が発見された日から、セスはひとつふたつ理由をつけてアイオラを離れていた。最初はフォレスト・デイヴィスとの狩猟。二週間かけたのに、持って帰ったのは三羽のライチョウと、生まれてせいぜい一年の若いヘラジカが一頭だけだった。そのあとはホールデン・オークリーがどこからか聞いてきた、デュランゴでの鉄道関係の仕事で、三人とも一カ月近く帰ってこなかった。セスは札束を持って帰ってガラス瓶に入れると、数日家にいて父さんの納屋の補修を手伝い、高いところの仕上げをしながら毎晩町で酔っぱらい、わたしと話すことも、わたしのほうに視線を向けることもしないまま、今度はモントローズの建設現場で働くために出ていった。父さんはセスが家の収入に貢献してくれれば文句はいわなかった。実際、セスが不在にしがちなことで、父さんは心が休まっているように見えた。セスをウィルの死と関連づけた人は町にはいなかったが、本気で犯人を見つけようと思えば、誰でも簡単にその結論にたどりつけたはずだ。父さんが疑っているのがわたしにはわかった。

わたしは、どうしてもセスと向き合うことができなかった。ウィルがいなくなったあと、起きた出来事すべてに打ちのめされて、元の従順な少女の役割のなかに引きこもってしまったのだ。農園での日々の仕事に慰めと安心を求め、あの恐ろしい事件からできるだけ遠ざかっていた。セスのロードスターの後部バンパーにロープの跡や血痕を探しはしなかったし、ウィルの体が砂利の上を引きずられるところを頭に思い描かないようにした。ライル保安官に殺人について捜査してほしいとも頼まず、弟を犯人だと告発もしなかった。つまり、わたしは臆病者だった。セスが予想していた通りに。

それでも、わたしのお腹はますます大きくなっていて、いつまでも日々の雑用のなかに逃げているわけにはいかなくなった。二月には、スカートのウエストを広げるためにボタンの位置を変えなくてはいけなかった。毎朝、起きるとひどく空腹なのに、同時に吐き気がした。いつもの朝の香り、つまり卵、コショウ、ハム、ホットビスケット、バターのにおい、父さんが部屋に入ってきたときのかすかな風に乗って漂ってくる家畜小屋や積み重ねた薪のにおいにさえもいちいち敏感に反応してしまうので、わたしはしょっちゅうトイレに駆け込んで吐かなくてはならなかった。三月の終わりになると、着られる服はゆったりしたワンピース一着だけになった。頰《ほお》は丸みを帯び、指はぷくぷくとして、日ごとに息苦しくなる重ね着したセーターの下の腹はメロンのように突き出ていた。四月には、家を出なくてはいけないとわかった。

わたしは、とある少女のために計画を立てはじめた。架空であれ現実であれ、これまで友だちはあまりできたことがなかったから特定の人物を想定していたわけではなかったが、彼女のために古いキャンヴァス地のリュックのなかに生活必需品を隠すことから始めた。ロープ、干し肉、マッチ、ろうそく、鍋、手斧《おの》、ガラス瓶、買い置きの缶詰をいくつか、ナイフ、野菜の種、編み棒、毛糸、ワックスペーパーに包んだ石鹸《せっけん》、オグの大きなセーターを一着。大変なことがあって困っている、とある少女のために。逃げなくてはいけない、とある少女のために。彼女のためにルートを考え、彼女のために高地の積雪が少ないことに胸をなでおろし、彼女のためになにが必要なのか、どんな危険がありうるのかをじっくり考えた。四月半ばの雲の多い朝、朝食後にオグ叔父さんが車椅子で自室に戻り、父さんがトラックにトラウトを乗せて、ミッチェルさんの農場に牛の出産を手伝うために出かけてしまうまで、その妊娠している少女が、自分と家族の体面を守るために山に向かおうとしている少女が、自分の赤ちゃんを殺人犯である弟から守ろうとしている少女が、実は自分であることを、心のどこかで信じまいとしていたのだ。

わたしはアベルにバケツ一杯のオーツ麦を与えたあと、鞍《くら》をつけて納屋から連れ出した。生活物資の詰まった重いリュックを背負い、ぎこちなく馬に乗ると、家から離れ、休眠中の果樹園を抜けていった。わたしは振り返らなかった。

アベルの背に乗ってウィロー川沿いに進み、さらに岩がちな坂を上がり、アイオラよりかなり高度のあるところまで来ると、折れ曲がる谷のなかで町が小さな四角い足跡のように見えてきた。中央にあって灰色のリボンのように見えるガニソン川は、干魃と寒さのせいで水位は低く水流に勢いはない。川に沿って走る線路とハイウェイ50号線も見える。町の中心部から南東にいったところにルビー＝アリスの暗い色のマツ林があるのがわかった。その隣がうちの長い私道。薄い色の砂利道を目でたどると白っぽい部分がふたつあって、それがうちの母屋《おもや》と納屋だ。その周囲にはいまは裸の早生《わせ》の木が集まっている。ミッチェル家が所有する淡い緑色の牧草地のところどころにすこし大きな茶色い点、そのそばに小さな茶色い点が見えているのは、若い母牛と生まれたばかりの仔牛だろう。そしてそのどこかに、小さな小さな点があるはずで、それがわたしの父さんだ。谷の向こう側の端で煙が上がり、その下で誰かが野焼きをしている。あそこならたぶんクリフトンさんかオークリー家の人で、種蒔《ま》きの準備をしているのだろう。わたしは出る前に庭の畑の世話をしなかったことに罪悪感を覚えた。去年の秋にはタマネギを植えて、父さんが暇な時間にジャガイモを植えてくれたのだが、陽気がよくなってくれれば庭の畑の作業は女の役割だ。父さんは、わたしがラベルを貼っておいた種を見つけて自分で蒔くだろうか。それとも種蒔きなどやめてしまうだろうか。父さんがなにを選ぼうが、どうやって食べて、洗って、家事のやりくりをしていこうが、もはやわたしが心配することではないというのが、どうもしっくりこなかった。わたしは前を向いてさらに上へ進んだ。かつて知っていたことはすべて置き去りにして、ひとつの山の尾根を越えてはまた下り、また別の頂上を目指して上がっていき、町からは姿が見られないくらい離れているけれど、アベルが家まで戻れなくなるほどには遠くないという場所で、その背から降りた。

地面に足が着いたとたん、背中の荷物に引っ張られて倒れそうになった。アベルの手綱をつかんでどうにかバランスを保ったけれど、荷物の上から不安がのしかかって、その重さが倍になったように感じた。わたしは馬の横に長いあいだ立ちつくし、次はどうしようかと考えた。わたしに与えられた選択肢はどちらも同じくらい怖かったから、計画に向かって前に進むことも、家に帰るために来た道を戻ることもできなかった。肉体的にも精神的にも自分の強さを信じられなくて、わたしがなにかしらの決断をするのを辛抱強く待っているこの忠実な馬の背に戻りたいという気持ちでいっぱいになった。アベルの首に自分の顔を寄せながら、この子を手放すとは、馴染《なじ》みのあるものとの繋《つな》がりすべてを放棄するということなのだと気づいた。アベルが方向転換をして、あの馬らしいゆっくりとした確かな足取りで丘を下り、本能に導かれて来た道を戻って、おいしいムラサキウマゴヤシと柔らかい干し草のベッドのある場所に帰ってしまえば、わたしは完全にひとりきり。なにがあるかわからない広大な野生の地の、ひとつの小さな点でしかない。

アベルはわたしの頬の下で深くリズミカルに呼吸をしていた。栗《くり》色の被毛はしっとりしていて、繰《くり》綿《わた》のように柔らかい。アベルが生まれたのは、わたしが八歳のときだ。あの日、夜が明ける直前に、わたしは母さんに呼ばれてベッドを出た。母さんとキャルとセスといっしょに、圧縮して直方体にした干し草の上に座り、父さんが手際よく、雌馬の血まみれの穴から小枝のような脚の一本を出し、さらにもう一本引き出すのを夢中になって見ていた。アベルはこの世界にとにかく力強くするりと出てきたので、父さんはぬるぬるした仔馬を腕に抱えて尻もちをつき、軽く毒づきながらも笑っていた。それから放心状態の仔馬をまるで自分の赤ん坊をあやすように見つめていた。母さんはそのときその場で仔馬をアベルと名づけ、アダムでさえ自分の子をこれほど畏怖の念をこめて見なかったはずだと父さんにいった。*

「カインじゃなく?」父さんはからかうようにいってから、仔馬を腕から離して母馬の鼻に寄りかか

＊　旧約聖書で、アダムとイヴの子として生まれたのがカインとアベル。アベルはカインに嫉妬され殺害される。

らせた。思えばあのころの父は、たまのユーモアと軽やかさを備えた別人だった。

「カインじゃなく」母さんは短く答えた。聖書に関連のあることを決して冗談にしない人だった。

幼いわたしは、さっきまで存在していなかった馬がいきなり体と名前と命を持って、桃の木々やウィロー川と同じようにうちの農園の一部になったことがよく理解できなかった。母さんは父さんの冗談に腹を立てたようにため息をつくと、朝食の準備のために家に向かった。父さんは納屋の深いシンクで手を洗い、キャルとセスは餌やり用のバケツと熊手を手にしていつもの朝の作業を始めようとしていた。けれどわたしはその場から離れられなかった。目の前で、いきなり無からなにかが作られたのだ。わたしは生まれたばかりのアベルが横たわっているところに注意深く近づくと、手を伸ばしてその滑らかなできたての首に触れた。アベルは柔らかい好奇心旺盛な瞳でわたしを見上げたが、彼もわたしと同じで、自分が現れたことを理解していないようだった。

いまわたしは、アベルの首の、そのときと同じあたりをさすってから、さよならのキスをする。それから一歩下がって「もう行って」と告げた。背中の荷物を降ろして身軽になってから、両腕を思い切り振ってアベルを山の下へ追い払う。

「うちに帰って、アベル。行って！」わたしは大声でいった。最後の瀬戸際でも、自分の選択が正しいのかどうか自信がなかった。

馬は谷のほうへ向きを変えたが、進もうとはしなかった。

「行け！　行け！　さっさと行って！」わたしは叫びながら、両腕をぶんぶん振り回した。アベルは頑として動かない。わたしは叫びつづけながらも、この子にずっといっしょにいてもらうのはどうだろうと考えていた。またこの子の背に乗って山を登っていけば、友だちがいるという安心感と快適な移動手段が手に入る。けれど、わたしはすでに問題を起こしすぎていた。アベルを帰したくない気持ちは強かったけれど、父さんの馬を取り上げることはできないし、アベルを先の見えない未知の世界に巻き込むこともできなかった。わたしはこみあげる涙をこらえながら野球ボールほどの大きさの石をつかみ、アベルの尻に向かって投げた。石がうしろ脚近くの地面に落ちると、アベルは驚いて二、三歩前に進んだ。もうひとつ石を見つけて投げると、尻尾のつけ根のすこし上に当たった。もうひとつ、もうひとつ。大好きな動物にこんなことをしているという不条理に、わたしはもはや泣きじゃくっていた。やっとアベルはゆっくりと山を下りはじめた。いかにも不服そうで、びくびくしながら、時折振り返ってわたしを見る。どう聞いていいかわからない質問を投げかけるように。

わたしはずっといい子だった。従順で愛想がよく、目上の人を尊重した。聖書も読んだ。薄いガラスでできているように丁寧に桃をかごに詰めた。家のなかをきれいに保ち、家族のお腹を満たし、洗濯物をたたみ、家畜の面倒をみた。必要以上の質問はせず、誰にも泣き声を聞かせなかった。母親がいなくても、すべて自分でなんとかやってきた。ところがノースローラとメインストリートの角で薄汚れた見知らぬ若者に出会い、わたしは恋に落ちたのだ。たった一度の暴風雨が土手を削って川の流れを変えてしまうことがあるように、ひとりの女の人生でたったひとつの出来事が、それまでの彼女を消してしまうことがある。

涙があとからあとから頰を伝って流れていたけれど、わたしは叫びながら次々に石を投げていった。自分の恐怖と悲しみすべてを、哀れな馬へ投げつけていたのだ。ウィルに出会う前のわたしのように、アベルは誠実と従順しか知らなかった。投げつける石のひとつひとつが、わたしが学んだことをアベルに教えていた。この世では、いいことがひとつあれば、悪いことがふたつある。いい娘になれる、いい馬になれる、従順でいられる、愛することができる。それでも、いくら正しいことをしても、正しさが自分に返ってくるとは限らない。

最後の石がアベルの顎を傷つけ、出血させてしまったのを見てわたしはぎょっとした。アベルは駆け足で下りはじめた。かつて自分によくしてくれた少女から離れるために。わたしが荷物の上に倒れ込んで泣いていると、雲が割れて昼どきの太陽が涙を乾かし、ぱりぱりしたしょっぱい跡に変えた。

わたしはうちのキッチンを思い描いた。真夜中のようになんの動きもなく、オーブンは冷たくて空っぽだ。父さんはミッチェルさんのところでお昼を食べるだろうから、わたしが出ていったと最初に知るのはオグ叔父さんだろう。キッチンに入る前から、食べ物のにおいがしてこないのに気づくだろう。そしてキッチンに入り、食事を出してくれる者がいないことを知ったとき、自分の疑念が正しかったと気づくだろう。オグ叔父さんは電話をして父さんに知らせたり、自分が知っていると思うことを教えたりはしないだろう。そんな反応をするほどわたしを思ってはいないはずだから。夕方になって、牛の出産に立ち会って疲れて血まみれで帰ってきた父さんは、囲いから出たアベルが鞍をつけたまま庭にいることに気づく。家のなかに入ると食事が用意されていない。わたしがなぜいないのかと不思議に思っている父さん、わたしについて、当たり前にある家の備品、単なる召使い、正しいことや想定内のことしかしない少女としてではなく、自分の娘として考えている父さんは想像しづらかった。おそるおそるわたしの寝室に入る父さんを想像する。ベッドの上にわたしが残した父さん宛てのメモを見つけ、荒れた手でゆっくりと開く。わたしはもっとたくさん書けばよかったと思った。物語のすべてを伝える勇気があればよかったのにと悲しく思った。メモにはこう書いた。

父さん

しばらくのあいだ留守にします。とても大事なことをしなくてはいけなくて。

捜さないでください。帰れるようになったら帰ります。愛しています。
ごめんなさい。心配しないで。

ヴィクトリア

荷物の上に横になりながら考えた。朝が来たら、父さんはやるべき仕事に戻るだろうか？　毎日仔牛は生まれるし、ミッチェルさんも母牛たちも、父さんの有能な腕なしにはいられないはずだから。それともわたしを捜すだろうか？　わたしにはわからなかった。トリーではなくヴィクトリアというわたしの署名が、父さんの知らないうちにわたしが大人に、自分で自分の道を選べる大人になっていたことを暗示してくれたらいいと思った。父さんはわたしのことを一度もヴィクトリアと呼んだことがない。怒っているときも、愛情を込めても。だから、逃げた少女は、ヴィクトリアという名前の若い女性は、まったくの別人だと思うかもしれない。

そのときはっとした。立ち上がって前に進む気力がなかったのはトリーだ。だがヴィクトリアは、ウィルのヴィクトリアは前進する力を持った女性のはずだ。

わたし、ヴィクトリアは立ち上がる。荷物を背負い、肩ひもと肩の骨のあいだに親指を入れて調整し、歩きはじめる。ウィルとふたりで夜を過ごしたあの小屋への行き方がわかると確信していたわけではなく、直感や子宮のなかの赤ちゃんすらも頼りにしていた。ばかげているかもしれないが、わたしにはあの場所の持つ磁力しかなかったのだ。わたしの赤ちゃんとわたしが、自分たちの生成された場所に自然と引き寄せられるのを感じるはずだという、ありえないような確信しか。

わたしは道もない山を進みながら、アベルがヤマヨモギと岩だけの、永遠に続くかのようないくつもの丘を逆の方向にとぼとぼ歩いている様子を想像しないようにしていた。何カ月も前、秋から冬へと移り変わるころにウィルと歩いたときの記憶を呼び起こして見覚えのあるものを捜す。あのときのふたりを想像する。並んで歩きながら愛に浮かれていたわたしたち。ウィルの笑顔が美しかったこと、その手がなんとも気楽にわたしの手を握ったり離したりしていたこと、彼が屈んでヤマヨモギを一本摘み、ねじって葉が破れると嬉《うれ》しそうににおいを嗅ぎ、それをわたしの鼻の前に持ってきたこと。わたしはウィルの一部を呼び出そうとするかのように、屈んでヤマヨモギを一本摘んで、あのとき彼がしたように葉を破ってリュックの肩ひもに挟んだ。そのにおいを嗅ぐと、うっすらとした記憶が戻ってきて、正しい方向に導かれるような気がした。すぐにひとつの丘の頂上に到着すると一列に並んだ背の高い砂岩の尖塔《せんとう》が見えて、わたしの記憶が正しかったことが確認できた。ウィルはそれを番兵たちと呼び、隣同士が腰をくっつけあっているように見えるねといっていた。わたしは丘を下り、鋸《のこぎり》の歯のようにぎざぎざした、その四つの塔の横を通った。もうその先はどう進めばいいかわかる。葉はなく、芽吹きのときを待つとび色の芽がぽつぽつとついたポプラの木々の下を進み、次の丘を登った。そこでしばらく座って休むと、風にさらされながらも自信が湧いてきた。水筒の水を飲んでから丘を下って涸《か》れ川の底まで行ったあと、最後の傾斜を上がる。ポプラとところどころにマツが生える斜面には雪もまだすこし残っていた。そして開けた場所の向こうに、それが見えた。ウィルが身を隠していた小さな丸太小屋。憶えていたよりさらにみすぼらしくて、大きさは馬房とたいして変わらない。傾いた地面に直接建てられていて、錆《さ》びたトタン板を適当に重ねたような屋根がついている。

「誰も住んでない古い小屋だから大丈夫だよ」誰かの家に侵入しているんじゃないかとわたしがいったとき、ウィルはそう答えた。「誰も困らないさ。おれが追い払った蜘蛛《くも》とか小さな生き物なんかは別だけどね」

胸に鋭い痛みが走った。もしウィルが冬のあいだここで身を潜めて、雪や凍える寒さや空腹を耐え忍んでくれていたら、町の近くまでやってくるより生きていられた可能性は高くなったはずだということをまた思い出したのだ。山から下りてきた彼がどこで寝泊まりしているのかはよく知らなくて、たぶん、ルビー＝アリスの家か納屋だろうと想像するくらいだったが、彼がこの安全な天国を離れたのはわたしのためだったのだということは、痛いくらいはっきりとわかっていた。

わたしは湿った草地に入った。重い荷物を落とすとその上に腰を下ろし、周囲を見回した。さあ小屋についた。でもこれからどうする？　わたしたちの愛が花開いた部屋に入るというのに、ウィルが戻ってくることは決してないなんて、まるで拷問だ。けれど、この大自然のただなかで野外にいつづけるのも、同じくらいありえない。こんなところで暮らすだなんて、なんともばかげている。わたしは長い時間そこに座っていた。疲れ切っていたし決断することもできなくて、動けなかったのだ。

冷たい夜の帳《とばり》が下りてきて、森が暗く不気味になってくると、わたしには立ち上がって小屋に入る以外の選択肢がなくなった。ウィルがわたしの手をつかんで引っ張って立ち上がらせてくれるのを想像する。わたしを導き、戸口に垂れた鹿の毛皮を前に押しのけて招き入れる。最初にこの入り口へ来たときと同じように。一歩なかにはいると、その小さな部屋はウィルが出ていったときのままになっているのがわかった。豚と豆の煮込みの缶詰がひとつの隅に丁寧に積み上げられていて、錆《さ》びた釘《くぎ》からアルミの水筒が下げてあり、マッチ箱の上に半分溶けたろうそくの入った広口瓶が載っていた。ウィルがいまにも戻ってきそうだ。ベッドにはルビー＝アリスのキルトが重ねてあった。わたしは土の床にリュックを下ろした。なかから食べ物を取り出すこともできないくらい疲れていた。ブーツを脱ぎ、おずおずとキルトの端を持ち上げ、なかにもぐり込むと、お腹の赤ちゃんが動くのがわかった。すこしでもウィルのにおいを感じたくて長く深く息を吸い込む。ブランケットに彼のにおいが残っていたのか、悲しみや恐れのあまり気がおかしくなってしまわないように、においがしたような気になったのかはわからないが、わたしは彼のにおいのなかに体を丸め、ほかの感覚すべてを閉ざして眠った。

その翌日は、一日じゅう疲れてぐったりしていた。用を足しに小屋を出るときと、スープの缶を開けてそのまま食べるとき以外はキルトから出なかった。丸一日ベッドで過ごしたのは、人生初のことだった。病気のときも母の家事を手伝ったし、母が死んだあとは、母がそうしていたように、どんな状況だろうと自分の仕事をこなした。やるべきことも、返事をする相手もない状態でベッドにいられるという自由を贅沢《ぜいたく》な時間だと思って楽しんでもいいはずなのに、いけないことをしているような気持ちになった。眠りに就いたり覚めたりを繰り返していたわたしの奇妙な冬眠を取り巻いていたのは、自分の怠惰さ、取り返しのつかないいくつもの選択、そして小屋の周囲の聞き慣れない物音に対する不安だった。ウィルの夢も見た。優しく撫《な》でてくれていることもあれば、笑っていることもあった。ウィルが猛スピードで走るあのロードスターに引きずられて死にそうになっている夢も初めて見た。薄い包装紙のように肌がめくられていくところも。汗をびっしょりかいてパニック状態で目を覚ますと、小さな窓から暖かい日差しが差し込んでいて、一瞬、怯《おび》えきったわたしは、自分がどこにいるのかわからなかった。誰かに注目されることからも、裁かれることからも解放され、体を丸め、思い切り嘆き悲しんだ。これまでずっと、とても対処できないと避けてきた圧倒的な悲しみは、いったん出てしまうと、その暗い手を伸ばしてウィルだけでなく母さんと従兄のキャルとヴィヴ叔母さんをもつかんだ。四本の太い指がわたしの心臓をしめつけてスポンジのようにぎゅっと絞ると、なかから涙としわがれた叫び声が出てきた。その夜、わたしは夢も見ずに深い眠りに就いた。なんとしても身を守りたかったのだ。

次の日、自分を駆り立てるようにして起き、凍える外気のなかに出ていった。なにをすればいいのかはわからなかったが、この場所で生活を始めるつもりなら、なにかしなくてはいけないのはわかっていた。その翌朝も、そしてその翌朝も。同じことを続けさせたのは、ただ意志の力だけだった。

　起きて生活を始めると、神経が過敏になった。ひとりで寂しいというよりも、どこまでも続いていそうなこの大自然のなかにわたしひとりしかいないのだと強く意識した。わたしはなんということもない音に怯えた。鹿が倒木の上を越えるときのパキッという鋭い音や、リスか風に折られた枝が落ちる音。静けさにさえも神経を尖《とが》らせた。ふいに遠くから見られているような気がしたり、マツ林からあとをつけられているように思ったりした。熊とかピューマとかそういうなにかがいそうで、くるりと振り向いて視線を走らせるが、ただ好奇心いっぱいのシマリスの姿がちらりと見えるか、まったくなにもいないかのどちらかだった。小屋のなかで落ち着こうとしてみるが、結局身じろぎもせずに座ったまま、裏手に流れる小川の音色に耳を傾けながら、川底の石を踏み鳴らす、人か獣の重い足音が、守りの弱いわたしに向かって近づいてくるのではないかとびくびくしていた。

　ゆがんだ戸口に吊るされている古い鹿の毛皮をしっかり固定しようといろいろやってみたが、わたしは釘もハンマーも持っていなかったし、たとえ持っていたとしても、そんなことをすれば侵入者は防げても、わたしが外に出られなくなってしまうと気がついた。夜になるとたいていは、うちのキッチンから持ってきた長いナイフを握りしめてブランケットのなかにもぐり込むことになり、目を大きく開いて視線をそらさずじっとドアを見つめていた。そのうち眠気が恐怖に打ち勝って、わたしは目を閉じ、仕方なく、どうとでもなれと自分を解放する。朝になると、まだ無事で目を覚ますことができたという幸運に驚いた。ナイフが土の床から突き出ていて、まるで水から跳ね上がる最中に凍りついた細い魚のようだった。

ホームシックにはならなかった。それは確かだ。ただ、時折父さんと果樹園のことをうっすら恋しく思うことはあったが、どちらもすでにかすんで、忘れかけた夢のようにぼんやりとしか思い出せなかった。それよりもセスとオグ叔父さんと、ふたりにまつわるすべてのことから逃れられたという絶対的な安心感のほうが大きかった。ひとりでいることがどれほど不安でも、家に戻るつもりはなかった。疲れていたし、神経質にもなっていたが、その最初の週をわたしの丸太小屋の周囲を整えることに費やすと決めた。ふりでもいいから、新しい我が家が自分の作ったものだと思い込みたかった。いまのわたしには、大事にしなくてはいけないウィルの子どもがいる。ウィルに会いたいという気持ちがときに耐えられないほど強くなることもあったけれど、それでもわたしは精神を正常に保たなくてはいけない。生きていたくない理由をぐずぐず考えるのではなく、生きたいと思えるようなことにできるだけ心を集中させる必要があったのだ。

トイレ用の穴を掘ることが、理にかなった出発点だと思った。けれどやってみると地面はとても固いのに、わたしのスコップは小さすぎて、まるでスプーンで掘っているような進み具合だった。いらいらしたわたしはスコップを小川に投げた。それから何日も、スコップはそこで錆びるがままになっていた。なんであれ、とにかく成功体験が必要だったから、次に取りかかる仕事は慎重に選んだ。わたしとウィルそれぞれの水筒に、小石の多い川岸で水を汲《く》んだ。マツの木から大ぶりの枝を切ってきて、それを使って小屋のなかの蜘蛛の巣をはらい、蜘蛛やネズミの糞《ふん》を掃き出した。小屋の外に石を丸く並べてかまどを作り、枝を拾ってきて三脚にすると、それが鍋を吊るせるほど頑丈なことを祈った。二本の太いポプラの幹のあいだにロープを張り、そこにピンクのキルトを持っていって引っかけて、枝で叩《たた》いた。ほこりが飛んで、小さな幽霊が踊るようにそよ風に乗って遠くへ行った。小川に投げたスコップをひろってくると、トイレ用の穴をさらに掘った。小屋の壁に月日の経過を記すために一日一本の線を刻んだ。

そのうち食料を手に入れる方法を学ばなければいけないのはわかっていた。でもいまはまだ、うちから持ってきたものがたっぷりある。干し肉、缶詰のスープ、乾燥豆、オーツ麦、瓶詰の桃、酢漬けの卵、クラッカーの缶、そしてウィルが残してくれた豚肉と豆の煮込みの缶詰。だから食料集めは、いまの自分の環境をしっかり理解するまで先延ばしにすることにした。小川の渦を巻いたところや小屋からすこし下ったところにあるビーバー池に魚はいないかと目を凝らした。透き通った水のなかで光るのは石だけだったが、必要になったらマスをつかまえようと自分に言い聞かせた。さおも糸も釣り針もないのに魚を獲ることができるかどうか確かめるのは、いますべきことではない。よくも悪くもわたしには、一日一日を頑張って生きる以外に生き延びる術《すべ》はなかった。

小川の向こう側の暗い森に初めて入ったのは、ラズベリーの木を探すためだった。実がなるにはまだ早いのはわかっていたが、七月になったら収穫できることを確かめておきたかったのだ。小屋よりも上流のほうに浅瀬になっている場所があって、カメのような形をした石が四つ並んで向こう岸に渡りやすくなっていた。いざというときに身を守れるように野球のバットみたいな形の棒を拾っていたが、初めて森に足を踏み入れたときに襲ってきたのは、危険な敵ではなく、においだった。妊娠してから嗅覚が敏感で狼《おおかみ》になった気がすることさえあるくらいで、周囲にあるものすべてのにおいを感じた。森は鼻をつくマツの香り、麝香《じゃこう》のような土のにおい、いろいろなものが腐敗する湿ったにおいがした。小石ですら金属と苔《こけ》のにおいがした。すべてが混ざったにおいは不思議な感じではあったが不快ではなかった。そのにおいを深く吸い込んで、先へ進んだ。

森の奥へ進むうちに、わたしの心は沈んでいった。地面のほとんどが、表面の固くなった雪に覆われていた。雪は足首までの深さのこともあれば、膝までのこともあった。高いマツの木は太さもあり、黒々として隙間なく葉が生えているので、太陽の光が遮られて地面まで届かない。この高度では、食べられる野生の植物はこの先何カ月もできないと気づいたのだ。家から持ってきた種から出はじめている芽も、五月半ばより前に植えれば凍って黒くなってしまうだろう。トイレ用の穴を掘るのがあんなにも大変だった理由がようやくわかった。土が固かったわけではない。まだ凍っていたのだ。ブーツの爪先で軽く突《つつ》いて表面の雪をどける。出てきた地面を蹴り、棒で突く。石ころひとつ動かない。

　観念したわたしはため息をついて切り株の上にどさりと腰を下ろした。森のなかを見回す。冷たく、動きもなく、光もろくに届かず、鳥のさえずり以外の音もない、たくさんの生命と死の重なり。倒木のまわりには岩や落ちた枝や松ぼっくりが散らばっていた。真っすぐに伸びるあずき色の幹の先は、どれも枝を豊かに張り巡らせて天蓋《てんがい》のようになっている。若木も懸命に伸びようとしていて、枯れた草や雪の上にようやく頭が出るくらい低いものもあれば、腐敗した倒木の中央から、母親の腹を割いて生まれてきたように顔を出しているものもある。この混沌《こんとん》のなかに美しさがあった。ここにある命のひとつひとつが、連綿と続く生命の営みになんらかの役割を果たしている。自分が小さくて無用の存在に思えたけれど、拒絶されているようには感じなかった。

　立ち上がり、雪の上をさらに歩いて森の奥へ入っていった。一歩一歩の足音が静けさを破る。わたしが、いや、わたしたちが食べられそうなものを探していると、お腹のなかで赤ちゃんが大きく動いた。子宮のなかでこんなにも力強く存在を誇示して泳いだのは初めてだった。彼は――のちにその子は男の子だとわかる――そのとき初めて、蹴ったと考えてよさそうなことをした。わたしは笑って、ウールのセーター越しに丸いお腹をさすりながら、彼のなめらかで汚れひとつない小さな足裏を撫でているに違いないと思った。彼はそこから足を離して、もう一度蹴った。わたしはふたりのゲームがおかしくてまた笑った。この不思議な森のなかで、わたしは実はひとりきりではなかったのだ。

山の天気は変わりやすい。それは物心ついたころから知っていたことで、学校の教科書のように空を正確に読むことを学んでいた。嵐が発生し、空が暗くなっていくのを見ると、果樹園や家畜小屋やときにはメインストリートからでさえも、最初の雷が丘を揺るがす直前に家の裏口に滑り込めるようタイミングを計ることができた。けれど、この山奥では、大地と空について知っているつもりだったことすべてが怪しくなり、読み書きを一から習得し直さなくてはいけないような気になる。

いちばん高いマツのあいだを一陣の風が吹き、嵐がきた。わたしがそよ風を感じるより前に、木の梢《こずえ》が酔っぱらいの巨人のように揺れはじめる。鳥のさえずりは止み、わたしには理解できない警告を発していた。そしてわたしのまわりのすべて、お腹のなかの赤ちゃんまでもが、完全に動きを止めた。

突然誰かが息を吐き出すがごとく、風が透明な潮の流れのように地面に押し寄せて、若いマツをしならせ、地面の上のあらゆるものを蹴散らしていった。わたしの顔に、平手打ちのような風が吹きつける。冷たく湿った風だ。ふいに自分がなにのただなかにいるのか気づいた。すぐにも空が暗い雲に完全に覆われて真っ昼間がいきなり夜になってしまうはずだ。わたしはくるりとうしろを向き、自分の足跡をたどりながら走った。岩や倒木をよじ登り、杖《つえ》にしていた棒を落とし、雪のなかで滑り、立ち上がって走ってはまた滑る。転ぶたびに古い雪を覆う氷の粒が掌に突き刺さり、顔に散った。小屋からこんなに離れたところまで来てしまった自分を責め、山の天気は変わりやすいと知っているはずなのに、穏やかさに騙《だま》されて、こんなに森の奥までおびき寄せられてしまった自分を呪った。ようやく森の出口まで来たとき、激しい雨まじりの風が向かってきた。わたしは風に抗《あらが》って進みながら、小屋に向かって急いで小川を渡ろうとしたが、慌てていたので最後の石を踏み外し、凍えるように冷たい水のなかに片足を深く突っ込んでしまった。

頭上で雷がゴロゴロと音を立てている。かまどの横に豆を水に浸けたまま置きっぱなしにしていた鍋をつかもうとしたが、そうするうちに嵐は最大級の獰猛《どうもう》さを発揮して、土砂降りの横殴りの雨を投下してきた。わたしの震える手から鍋が滑り落ち、貴重な食料が価値のない小石のように泥のなかにこぼれた。頭上の空では稲妻が光り、すぐあとにも白い閃光《せんこう》、そしてまた。雷がとどろいた。わたしは冷たい雨に抗いながら、ぬるぬるした地面の上でよろめき、滑り、ようやく小屋の入り口の前にできた大きな水たまりを必死に渡って、なかに飛びこんだ。凍えて震える両手で鹿の毛皮をつかんで開くのは、やっとのことだった。

雨は小屋にもその拳をお見舞いしていた。錆びたトタン屋根のいたるところから雨漏りがしているのだ。わたしは急いで、捨てずに取っておいたわずかな空き缶を使って雨水を受けたが、残る雨漏りはどうしようもなかった。濡《ぬ》れて冷たい足の下で、茶色い泥の円がいくつもできて、土の床の色はしだいに濃くなっていった。

雨音が変化して、小屋のトタン屋根とひとつしかない窓に、まるで無数のコインが投げつけられているようなつんざく音になる。窓から稲妻の白く眩《まぶ》しい閃光が入ってきて、直後に続く雷の強烈な爆音は、わたしの心臓までがたがたと揺らした。その瞬間、誰かが引き金を引いたかのように、わたしは膝から崩れ落ちた。体をふたつに折り、前腕と顔を泥の床につけて突っ伏す。固いボールのようなわたしのお腹、わたしの赤ちゃんが太ももに押しつけられる。激しく震えていたのを別にすれば、動くことができなかった。わたしのすべてを停止させるような圧倒的な悔恨の襲撃にあったのだ。まるで暗い嵐が、午後の空を制覇したのと同じ徹底的なやり方で体のなかまで押し寄せてきたかのようだった。ここで生きられるなんて、どうして思ったのだろう？　幼いころからずっと、この山々の輪郭を遠くから目でなぞってきたから？　ずぶ濡れで、寒さと恐怖に震えながら理解した。遠くに見える山々は故郷なんかじゃない。この場所で、わたしはよそ者だ。

意識を失う直前、内から絞り出された悲鳴は、嵐の絶え間ない不協和音より大きく、もはや否定のできないある明白な事柄を告知していた。わたしの計画はうまくいかないだろう、と。

11

翌朝目覚めたときのことでいちばんはっきりと憶えているのは、恐ろしい嵐の音に取って代わった陽気な鳥のコーラスだった。最初は意識がもうろうとしていて、自分がどこにいるのかもよくわからなかったが、小屋の外から聞こえてくるのが赤い翼のハゴロモガラスの長く震える歌声と、カノコバトのクークークーという虚《うつ》ろな鳴き声と、コガラとフィンチとスズメのおしゃべりするようなさえずりだとはわかった。

夜にぬかるんだ床で気がついて、濡れたブーツと靴下を脱いで起き上がり、ベッドのなかへ、至福のキルトのなかに入るだけの頭は働いたことは、ぼんやり憶えていた。鳥の鳴き声に起こされたわたしは、暖かい寝具の奥にもぐり込んだ。命が息づいているという合図を出してほしくてお腹をさすると、赤ちゃんがそっと三回蹴ったので心からほっとした。

腕と額にこびりついた泥が乾いてぱりぱりになっていた。耳と濡れた頭が凍えるように冷たい。毛糸の帽子を新たに心のなかのリストに加えた。このリストは、忘れたり父さんから盗むことに気が引けたりして持ってこなかったもの、あるいは愚かにも持ってくることを考えもしなかったもの、単に運ぶことができなくて持ってこられなかったものを列挙している。ほかには例えば、まともなスコップ、防水布、バケツ、紙と鉛筆、銃。

なしで生きていくことを学ばなくてはいけないものについて考えていたとき、またあの声がした。前の晩に聞いたのと同じ、暗い、しかしはっきりとした宣言。わたしの計画はうまくいかないだろう。

わたしの計画はうまくいかないのだ。

なんとばかだったのかと思うと同時に、怖くなった。残酷な運命だけでなく、自分の愚かさのためにこんな状況になっているのだ。膀胱《ぼうこう》がいっぱいになっていて痛いくらいなのに、どうしても起き上がってブランケットという繭《まゆ》の外で待ち受けている現実と向き合う気になれなかった。わたしの居場所はここではないし、ほかのどこでもない。どうすればいいのかもまったくわからない。

母のいない人生を歩まなくてはならなくなった最初の朝を迎えたときのことを思い出す。わたしは一晩じゅう、ライル保安官の白黒のパトカーと庭で父さんが頽《くずお》れた場面の夢を見ていた。目を開けたとき、母さんと従兄のキャルとヴィヴ叔母さんは家にいないし、この世のどこにもいなくて、それをどうすることもできないとわかっていた。寝室に差し込む金色の朝日が耐えられなかった。わたしは、十二歳になったばかりの子どもができるとわかっている唯一のことをした。ベッドから飛び出て暗いクローゼットのなかに入り、閉じこもったのだ。

何時間かして、セスがわたしを見つけたが、そのままいさせてくれた。そのあとコーラ・ミッチェルがなだめすかして外に出そうとしたが、わたしは頑として動かなかった。父さんは来なかった。父さんも廊下の向こうの自分のクローゼットで、防虫剤のにおいのする暗がりに、わたしと同じように隠れているのかもしれないと想像した。午後になると、閉じたクローゼットのドアの外に誰かが食べ物の載った皿を置いてくれた。そのにおいはお腹を空かせた子どもには抗いがたいものだった。わたしはおそるおそる外に這《は》い出ると、馴染みのない温かいキャセロールの中身をすくって食べた。たぶん、うちの家族に同情した町の人が作って持ってきてくれたのだろう。わたしは食べた。最初のひと口は小さかったけれど、次からは大きな口を開けてむしゃむしゃと食べた。そんな自分がいやだった。栄養を摂り、生きつづけようとする自分。けれどどうにも止められなかった。わたしなんかの意志よりももっとずっと大きなものが、わたしを前に進ませる。最初は空腹、次に好奇心のために寝室からこっそり出て階段を下りていき、最終的には、母はこんなふうに家族の世話をしていたのだろうという憶測に基づいた仕事を毎日こなすようになった。わたしは自分で選んだのではなく、必要に屈したのだ。

同じように、この大自然のなかで妊娠したわたしが生き延び、さらにウィルとわたしの赤ちゃんをこの世に迎え入れるという計画がうまくいこうといくまいと、わたしはこれを続けなくてはいけないとわかっていた。わたしは膀胱を空にしなくてはいけない。食べなくてはいけない。母のいない人生を歩みはじめたあのときのように、母になる人生に足を踏み出すのだ。トイレには行くし、起き上がりもする。

鹿の毛皮を持ち上げ、鳥のさえずりと冷たい朝の空気のなかに出て小屋の近くで用を足したときには、嵐などなかったかのようだった。目の前には草地が広がっている。濡れていて、そよとも動かない。平たい葉にも細い葉にも新芽にも、ひとつひとつに春が訪れようとしていた。昇る太陽が周囲の山の頂上だけを、まるで手作りのバターのように柔らかく照らしているが、山のふもとや谷はまだ影のなかで、日光があちこちの緑に養分を与え、泥になった地面を乾かし、最後の根雪《ねゆき》を融かしてくれるのを辛抱強く待っている。この穏やかさのなかでわたしは深く息を吸い込み、張りつめた風船のようになるほど肺をいっぱいにしてから、ゆっくり吐き出した。

驚くほどすばやく、まばゆい光を放つ丸い太陽が東の山のぎざぎざした頂《いただき》から顔を出してきて、谷がほんのり明るくなった。その光はまずはわたしが立っているところに届いてかすかに暖かさを感じさせると、周囲の葉や茎にいまにも落ちそうになりながらもくっついている雫《しずく》のひとつひとつに反射し、羽を震わせている小さな虫をきらめかせ、一瞬前には見えなかった蜘蛛の巣を輝かせた。朝日はポプラの白っぽい樹皮にも、小川沿いに迷路のように生い茂るヤナギの新芽を抱いた赤みがかった枝にも触れた。すこしずつすこしずつ、光が広がっていく。数分のうちに、谷全体が、ありとあらゆる春の色合いとともに目を覚まし、夜明けと鳥の歌声の祝福に身を委ねた。

太陽が尾根からすっかり顔を出し、その熱と明るさを最大限に放出すると、わたしは顎を上げて太陽に顔を向けた。いつもと変わりなく昇ってくれた太陽のもと、わたしは新しい一日をまたもらったのだとわかった。明日はたぶん、また別の一日をもらうのだ。

昨夜の嵐のなかでの絶望とは対照的に、その朝は可能性が感じられた。わたしの計画はうまくいかないかもしれない。けれど、昇る朝日の優しさに包まれていると、同じくらいうまくいく可能性もあるような気がしてきた。鳥たちはおしゃべりを続けながら、わたしのまわりに急降下したり、旋回したりしている。その陽気な騒ぎのなかにいると、彼らに励まされているようだった。

そういうわけで、わたしは続けた。一日一日と続けるうちに、次第に緊張が解けてきて、恐怖はある程度の信頼に変わった。すぐに安心できるようになったわけではないし、物音がしたりまた嵐がきたりすると、わたしは震えあがって元のように恐怖のなかに引きこもった。けれど、すぐにわかった。種を蒔いたり、トイレ用の穴を掘ったり、日課を確立したりするよりさらに重要なのは、自分の心を落ち着かせることだ。不安も恐怖も、状況や運命を変えてはくれない。この山は故郷ではないかもしれないが、それでもわたしはここに留まる方法を見つけたのだ。

そのうち、草地に広がる柔らかな薄明かりは、不吉なものではなく美しいものだとわかるようになった。物音も静けさもそれ以上の意味を持たなくなり、次第に日々の暮らしの聞き慣れた背景でしかなくなって、脅威ではなく音楽になった。最初の一カ月で森とのあいだに連帯感のようなものが育《はぐく》まれた。ふとしたはずみに壊れてしまいそうにもろいものではあるけれど。わたしは野生の生物たちが本能と何千年もかけて培《つちか》った習性に従ったリズムに合わせて、日々動くようになった。日が昇って沈む一日のパターンにのっとり、寒さや暑さに合わせ、体が望むままに食べて眠り、嵐の徹底的な清浄作用を受け入れ、月の満ち欠けによる夜の暗さと明るさにも合わせた。

凍っていた地面が融けると、わたしはトイレ用の穴を掘り終えた。熊を引きつけてしまいそうな食料をリュックに詰めて、小屋のある空き地の端に伸びる高いポプラの木の大枝にロープで吊るした。ウィルがやっていたことを真似たのだ。小屋の南側の暖かい地面に、去年の秋に庭の畑で集めた種を蒔く。川の石の味がする小川の冷たくてきれいな水を飲み、裸になって体にもかける。わたしはゆっくりと時間をかけてこの野生の世界を堪能した。一切の音を立てずに小走りで通り過ぎる狐《きつね》、完璧なまでに左右対称のビーバーの家、蜜を抱える小さな花が開いたとたん色鮮やかなキャンディが放られたようにやってくる蝶たち、どこへ向かうのか日々頭上を越えていくカナダヅルの群れ。わたしは薪をたくさん集めて短く切った。余り糸で編んだ網をビーバー池に浸し、たまにやってくる若いカワマスを捕まえる罠《わな》にした。切り株をくりぬいて背もたれのある椅子にして、キルトにくるまって毎晩そこに座り、沈む太陽や静かになっていく森の音を楽しみ、姿を見たことはないけれど毎晩鳴き声を聞くフクロウにホーホーと挨拶《あいさつ》を返し、空の黒いキャンヴァスにひとつ、またひとつと輝きはじめる星を見上げた。月の見えない夜は、息をのむほど美しい天の川を見上げたが、きちんと星について習ったことがなかったので、きらめく星のなかに勝手に星座を作った。祈りの手、桃の花、子豚の尻尾、トランペット。

永久に繰り返される自然のリズムのなかで、恐怖が薄れていくのに合わせるように、わたしの赤ちゃんとわたしは育っていった。五月の終わりになると、わたしのお腹はメロンのように丸く張りつめて、体全体が驚くほど太って肉厚になり、お腹のなかでは赤ちゃんが伸びをしたりパンチをしたりくるりと回ったりした。

雲が谷を抱きしめるように低く垂れ込めたある晩のこと、わたしは体を丸めて自分と生まれてくる子どもを抱え、ブランケットの巣のなかにもぐり込みながら、森のなかではすべての動物たちが同じことをしているのだろうと想像した。彼らは寝床に入って体を丸め、暖を取っているのだろう。森の母親たちのなかには、わたしのようにお腹のなかで子が蹴るのを感じているものもいるだろう。わたしがこの先そうするように、子にお乳をやったり食料を与えたり守ったりしているだろう。わたしのまわりで始まり、生活し、終わりを迎えるすべての命について考える。大きな熊から小さな虫まで。種からつぼみから花まで。森にいれば、わたしはひとりきりではない。そのことをウィルはずっとわたしに伝えようとしていたのだと確信する。わたしは真ん丸のお腹のまわりにそっと腕を回して赤ちゃんを抱きしめたが、赤ちゃんだけではなく、わたしがその一部だと感じたとてつもなく巨大なものもいっしょに抱きしめていた。

かつて、セスとオグ叔父さんが階下で言い合いをしていたり、セスの友人たちが庭でロードスターのエンジンを回しながら酔っぱらってわめいたりするのを聞きながら、なんとか眠ろうとしていたたくさんの夜があったことを思い出した。そして忘れようとしていたことが蘇《よみがえ》った。暗闇のなかで、わたしの部屋のドアノブが立てた音で目が覚めたことが何度かあったのだ。セスの仲間か、もしかしたらセス本人が、大胆というか無謀な欲望に、そうでなければ邪悪で絶望的な弱さに屈して、鍵がかかっているかどうか確かめたのだろう。そのあと、企てが失敗し、おかげで救われたその誰かの足音は遠のいていった。

いま、壮大で神秘的なタペストリーに編み込まれた新しい森の家で眠りに落ちながら聞いているのは、途方もない数の脈打つ心臓と、わたしといっしょに生きる無数の生命が息を吸ったり吐いたりしている音だけ。生きてきて、これほど怖くないのは初めてだと気がついた。

12

六月になると明るい兆しが見えてきた。

気温が高くなってきて、よく晴れた。日が長くなり、家のことも農園の仕事も食事を出すこともしなくていいとなると、驚くほど時間のゆとりができた。草地に座ったり、森のなかを歩いたりしながら観察や考え事に没頭する時間を、落ち着かず怠惰だと感じることは日ごとになくなり、なにより大事な時間だと感じられるようになった。

小さなマスを何尾か捕まえたことを除けば、食料を新たに得ることはまるでできなかったが、南側の斜面にあり余るほど生えているラズベリーの木には実が熟しつつあったし、畑には小さな葉が出てきていて、七月と八月にはわたしの栄養になってくれるだろう。急ごしらえの罠にはまだウサギもライチョウもかかっていなかったが、必要に迫られて鍛錬を積めば、わたしの腕も上がるだろうと見込んでいた。

あるスミレ色の黄昏《たそがれ》どき、小屋の近くの小さな草地の端っこに、じっと動かず座っていた。わたしの罠、小枝と毛糸を使って作った小さな檻《おり》は、Y字形の棒を支えにして斜めに置いてあり、なかには餌としてクローヴァーの花を入れてある。わたしは頑固に待ちつづけた。というより、ただ単に自分のやり方を信じたかっただけだろう。頭上でコウモリたちが急降下したり旋回したりして空中で白い蛾を食べていた。コオロギが一匹また一匹と鳴きはじめて夜の始まりを告げる。雌鹿が一頭、ポプラの木立のなかから草地の端に姿を現した。雌鹿は驚いて首を伸ばし、まばたきをして軽く足を踏み鳴らす。わたしが危険な存在かどうか判断がつかないのだ。黒い瞳がきらめき、またまばたきをし、どうしようかと決めかねるように白い尻尾がふわふわと揺れた。わたしは石のように動かず、じっと雌鹿を見ていた。ここに来てから多くの動物を見てきた。地上に棲むリス、樹に棲むリス、黒点のような鼻をしたシマリス、マーモットにウサギにヤマアラシにキツネ、野で単独で狩りをするコヨーテ、山腹を移動する鹿やヘラジカの群れ。けれどわたしが相手に対して興味を持ったのと同じくらいにわたしに興味を持ったように見えたのは、この雌鹿が初めてだった。わたしたちは長いことじっと目を合わせていた。

雌鹿は出てきた方を優雅に向くと、飛び跳ねるようにしてわたしの視界から消えた。数秒後、もう一度現れると、そのうしろには華奢《きやしや》なまだらの雌の仔鹿がいた。わたしはその素朴な美しさに思わず息をのみ、二頭はまったく同時にわたしのほうを見た。仔鹿は音を立てず注意深く母鹿ににじり寄る。二頭は並んで流れるように草地を横切ると、藪《やぶ》のなかに消えていった。突然、仔鹿が最初に現れた低木のあたりからガサガサと音がした。わたしは親子を狙っていた動物が出てくるのかと身構えた。ところが現れたのは二頭目の仔鹿。一頭目より小さく、さらに華奢な雄の仔鹿だった。仔鹿は母親と姉に追いつこうと、草地を急いで駆けぬけた。あまりにも痩せこけているのと、わたしの存在に気づきもしない無防備さにこちらの胸が痛くなった。

それから数日後の夕方、同じ雌鹿を見た。お気に入りの年長の仔鹿を隣に、ちびはすこし離して。三頭は警戒しながらも小屋の近くの小川に向かっていた。その翌日の夕方にもう一度わたしを試してからは、鹿たちは就寝前の水飲みのために、わたしの小屋の近くにしばしば現れるようになった。家族に追いつこうと藪からあの弱々しいちびの仔鹿が現れるたびに、鹿たちがわたしを信頼して安心しているのがわかり、仲間意識を持ってくれているような気がした。

そのひと月は、一歩一歩進んでいった。一度目を覚ますごとに、火を起こすごとに、オーツ麦ひと鍋ごとに、森を散歩するごとに、食料となるものを得ようとするごとに、日が落ちるごとに、豆の缶詰ひと缶ごとに、ひと晩ごとに。わたしは森に落ちていた枝を拾ってきて、畑のまわりにいびつな柵を立てた。水筒に汲んだ小川の水を、土から顔を出した芽にかけ、毎晩キルトで覆って霜から守った。

一九四九年の六月のことを思うとき、頭に描くのは水浴びをしたあと裸で小川の岸に腰かけている十七歳のわたしだ。わたしの若い体に、太陽がまるで温かい蜂蜜のような日光を注ぐ。お腹は謎の白い球体のようで、胸はぱんぱんに張っていて不思議な感じだった。赤ちゃんは子宮のなかでくるりと回り、わたしの心臓を蹴った。ヒマワリと紫色のルピナスと薄ピンクの野バラが山腹を彩っていた。小川の脇の湿地帯にはエレファントヘッド（シオガマギク属。象の頭に似た花が咲く）が伸びている。一本一本がまるで小さなサーカスで、赤紫色の茎にピンクの象の頭が並んで、太陽に向かって一斉に鼻を振り上げているように見えた。わたしはバッタを捕まえては、ただそのしっかりした小さな顎を観察した。色の違う蝶を数えて十二色までいった。夏の森が冬から脱して花開くのと同じ確かさで、ささやかな幸せが泥のような悲しみを押しのけていった。

ところが六月が終わるころ、わたしの力が弱ってきた。さらに悪いことに渇望といってもいいような欲が湧いてきた。それまでの二カ月の食事は栄養たっぷりとはいえないまでも、足りてはいた。実際、わたしは毎日食料の残りを確認していて、小屋の隅に並べた缶が少なくなっていくことや、木から下ろすたびにリュックが軽くなっていることを判決のように受け止めていた。だから蓄えを枯渇させないためにできるだけ食べる量を少なくしようとした。暑くて雨の少ない七月がやってくるころには、干し肉と桃の瓶詰と酢漬けの卵はとっくになくなっていて、缶詰類もほとんど食べつくしていた。けれどわたしの小さな畑では葉物野菜やエンドウ豆ができつつあり、そのあとにはビーツとキャベツが収穫できるだろう。その後はジャガイモとニンジンが続くはずだ。小さなカワマスと丸々としたニジマスがビーバー池を泳いでいた。ラズベリーはゆっくりと熟している。不安はなかった。

手に入らない食べ物への切望は、かすかな気持ちから始まった。ある夕方、わたしは切り株の椅子に座って鹿の親子を待ちながら、四角い綿のおむつを編んでいた。太陽がピンクとグレーの縞《しま》模様の雲の向こうに消えていくとき、母が作ってくれたクリスマスのハムを思い出した。父さんは数カ月に一度、豚を潰したので、うちには一年じゅう豚肉がたっぷりあった。けれど母さんの作るクリスマスのハムは格別だった。黒砂糖のシロップに漬け込んでから丸ごとあぶり焼きにするのだ。滴る脂はこってりしていて、糖蜜のように甘かった。不思議なことに、わたしがいちばん欲したのはその滴る脂で、脂の塊が欲しいくらいだった。こっくりと脂っぽい腹の部分を薄く切り、自分の唇のあいだに次から次へと滑り込ませていくところを想像した。我に返ったとき、自分のばかばかしさに嫌気がさした。そんなハムが我が家のテーブルに出されなくなってからもう何年も経つ。しかもこれまで、わたしは脂身を好きだったことさえなかったのだ。

翌日は、フライドチキンが食べたくて仕方なかった。その数日後にはグレイヴィーソースのことばかり考えていた。黒々としてこくがあって、ホットビスケットにたっぷり載せて食べるか、そのままスプーンですくって食べてもいい。わたしは畑で初めてできた小さなエンドウ豆を食べたが、あんなに手をかけて期待をふくらませてきたのに、ちっとも満たされなかった。熟していない苦いラズベリーを摘んでは、クリームをかけて食べられたらいいのにと妄想した。ヘラジカの煮込み、豚すね肉の薫製、厚切りのベーコン、バターの滴るペストリー、薄切りのジャガイモにチーズをたっぷりかけたもの。しだいに食べ物のこと以外考えられなくなってきた。昼も夜も食べ物で頭がいっぱいだった。焦がれる気持ちが強すぎて、気づくとよだれを垂らしていることもあった。幻想が消えて飢餓を目の前にしている現実に引き戻されて泣き崩れてしまったことも一度ではない。その飢えは、ここに初めて来たときのウィルを求める気持ちと似ていないこともなかった。わたしは、自分の心をコントロールしなくてはいけないとわかっていた。ところが今回は、どうしてもそれができなかった。

このところマスを捕まえる幸運には出合っていなかったのに、いきなり、どうしても釣り上げたいと思った。丸四日間、わたしは手製の網をビーバー池に落としつづけた。お腹まわりの大きさに苦労しながらなんとか膝をついて引き上げたものの、水から出てくるのは枯れた葦《あし》くらいだった。成果なく終わるたびにパニックに襲われた。しかしようやく太陽に照らされた池のなかに玉虫色のうろこがきらめいたのを見て、わたしは網を投げた。引き上げた網にかかっていた魚は二十センチそこそこの小物だったが、急いで小屋まで持ち帰り、はやる思いではらわたを取って串を通し、朝に使った焚《た》き火の残りでさっとあぶった。ものの数秒で食べ終えた。骨も含めてぜんぶ。小骨が喉に刺さったが、指でいじったりうがいをしたりしてなんとか取り除いた。それでもまだ欲しかった。骨でもいい。いや骨がいい。いま思うと、わたしは飢餓状態だったのだ。

食への渇望のほかに、倦怠《けんたい》感と痛みと突然の腹部のけいれんに悩まされていて、水汲みや薪集めといった日常の仕事が日増しに難しくなっていった。屈んで焚きつけを並べて火をつけるだけで、座って休まなくてはいけなくなった。収穫できるときをずっと待ち望んでいた、宝石のように貴重なラズベリーが甘く熟すと、わたしは重い体を引きずるようにして坂を上り、最後のひと粒まで摘みとっては貪《むさぼ》った。ところが丘から下りてベッドにたどりつくのは、わたしの脚にはぎりぎりの仕事で、それ以降、またラズベリーのところまで上がっていく力は出なかった。

お腹はとにかく大きくなって、体のほかのパーツがすべてお腹を支えるためのものに格下げになったような気がした。脚は弱っていた。足首から先は痛かった。ベッドに横になっていると背中が痛かった。座っていると膀胱や腸が苦しくなった。腰は立っていれば張ってきて、歩けばいまにも壊れそうに感じられた。

ある月のない夜のこと。たぶん七月の終わりか八月のはじめだと思うが、ほかの絶対に必要ではないことがらといっしょに、小屋の壁に日付を追うための線を引くことをやめていたのではっきりしない。その夜、わたしはベッドのなかで居心地のいい姿勢を探して寝返りを繰り返していた。食欲や不安感を心のなかから追い払いたかった。何時間もそうしているうちに、いらいらしてとうとう起き上がった。とはいえその状況から逃れるためにどこに行けばいいのかも、なにをすればいいのかもわからない。ろうそくに火をつけ、勝手に持ってきたオグ叔父さんの大きなセーターを着て、小屋から冷たく真っ暗な夜のなかに出ていった。頭上では無数の星がまばたいていたが、わたしは自分を落ち着かせてくれるものを求めて必死になっていたので、ちらりと見上げることすらしなかった。畑がわたしを呼んでいたのだ。わたしは膝をつき、最初のビーツを引き抜いた。ブドウの粒ほどの大きさしかなかったが、それでも食べた。表面に残っていた土も、実から出ている茎のかなりの部分も。もうひとつ抜き、さらにもうひとつ抜く。作物を台無しにしていることを、もうすこしでちゃんとした実になるものを食べてしまっているのはわかっていたけれど、止められなかった。かみ砕かれた土が音を立てた。その歯ざわりは耐えがたいと同時にどういうわけか快くて、そのうちわたしは両手で土をすくって口に入れていた。自分がやっていることがひどく間違っているのに、とても正しくもあって、わたしは混乱のあまり泣きはじめた。汚れた両手をなめたとき、涙で濡れた土がしょっぱかった。赤ちゃんはもっともっとと、獰猛に蹴った。

暖かい小屋へ帰ろうと立ち上がったわたしは、自分のしたことが恥ずかしかったし、怖くもあった。そのとき、子宮が収縮した。最初はいつもの軽い収縮だったのが、その範囲を広げ威力を強め、そのうちお腹全体がぴんと張って硬直し、わたしは気絶するかもしれないと思った。なんとか小屋へ、そして自分のベッドへ戻った。しばらくして痛みも硬直も引いていった。出産についてたいして知識のないわたしでも、それが最初の陣痛だとわかった。怖かった。眠りはやってきたが、夢のなかでわたしはなにか見つけることのできないものを探していた。目が覚めると下着も寝具も濡れていて、太ものあいだにねばねばしたものがついて開きにくくなっていた。

出産の記憶はありがたいことに消えてしまうといわれているが、たぶん、それは本当だと思う。わたしも息子がこの世にやってきたときの細かな記憶があまりない。けれど、これは憶えている。やるべきことをするには自分の体が弱りすぎているとわかっていたこと。そして、それでもどうにかしてやらなくてはいけないとわかっていたこと。

陣痛は数日にわたり、次第に強くなっていった。そのたびにわたしは人間らしさを失い、野生の動物に近くなり、そして怯えた。なによりわたしをパニックに追い込んだのは、出産から逃げることはできないという事実だった。まるで、荒馬に乗ってしまって、もはや振り落とされるまで乗りつづけるしかないというようだった。食べ物への思いも消えた。周囲のものもすべてなくなった。わたしは、体と開いていく子宮口と焼けるような痛みだけの存在だった。痛みが耐えられないほど強くなると、わめき、鼻を鳴らし、小屋の前の空き地に膝をついて倒れ、哀れな動物のように両手両足をついて前後に揺れた。左右のお尻が外れて、あっちとこっちに投げ捨てられた気持ちになるころ、わたしはなんとか小屋のなかに這いもどっていた。服を脱いだ記憶はないが、裸でベッドの端を握って土の床の上にしゃがんだ。

震える手を伸ばして自分の股に触れようとしてみたが、そこにあったのは小さな頭蓋骨の硬いてっぺんだった。ピンクのキルトをベッドから引きおろして自分のいる地面に敷いたことは憶えていない。体から赤ちゃんを押し出した、続けざまの最後のいきみも記憶にない。自分が膝から倒れたこと、うなぎのようにぬるぬるしたその子を胸に抱き上げたこと、わたしたちの体がまだ紫色の脈打つ管で繋がれていたことはぼんやり憶えている。息子がこの世に生まれ落ちたときのことではっきり記憶にあるのは、あの子が動いていなかったということだけだ。

赤ちゃんは人形のように小さくて生命の気配がなく、その動きは、わたしの両手が震えているせいでしかなかった。現実だと受け入れることなどとうていできなくて、頭がくらくらした。生まれる前は外に出たいとあんなに力強く蹴っていた命が消えてしまったのだ。この子を救うためになにかしなくてはいけないのはわかっていたが、わたしは自分のしていることもわからずに、この野生の地にたったひとりでいる愚かな娘でしかなかった。もちろん赤ちゃんは死ぬに決まってる。わたしは精神錯乱と苦悩のなかで思った。そしてこんなに干からびて、疲れ切って、両脚に血をたらたらと滴らせているわたしも、もちろんそれに続くのだ。ただ叫ぶことくらいしか思いつかなかった。

「生きて！」わたしは声を限りにいった。膝の上で土気色で力なくだらりとしている赤ちゃんにというよりは、自分に向かっていっていたのだと思う。「生きて！」泣きながら、何度も何度も繰り返した。そういっていれば、死者を生き返らせることができるかのように。

ところがそのとき、誓って真実だといえるのだが、ウィルが隣に現れた。ウィルは赤ちゃんを持ち上げて、わたしの片腕に抱かせた。さらに彼は、わたしの空いているほうの手を自分の手で包みこむと、いっしょに赤ちゃんの胸をさすりはじめた。ルビー＝アリスのあのぐにゃりとした仔犬にしたのとちょうど同じ動きだった。最初は優しく、それから力を入れて、しっかりとした意図を持って。ウィルは赤ちゃんの心臓の上に置いたわたしの手の甲をなでたあと、赤ちゃんをうつぶせにしてその柔らかい背中をなで、またもやひっくり返してさすり、命を呼び戻そうとした。ウィルは小さな青ざめた唇に息を吹き込むが、それでもわたしたちの赤ちゃんは目覚めなかった。

ウィルは諦めなかった。わたしの掌を介して、赤ちゃんの胸にすばやく円を描くようにさする。細いあばら骨が並んでいて、その上に羊毛のように柔らかい紫色の肉がついた小さな胸。いきなり、どういうわけか突然スイッチが入ったように、赤ちゃんがあえいだ。耳障りで、深くくぐもった、思いがけない音だった。わたしは赤ちゃんをうつぶせにして、背中をとんとんと叩いて肺のつまりを解消しようとしたが、うまくいかない。もう一度仰向けにすると、小さな歯のない口をふさいでいた粘液を指ですくい出した。赤ちゃんは喉を鳴らしてもう一度息をした。弱くて頼りない呼吸だ。わたしはその口を自分の口まで持ってきて、勢いよく吸ってから粘液を吐き出す。さらにもう一度口を合わせて吸い上げて、太陽が土のなかから芽を誘い出すように、しっかりと命を引きずり出した。

わたしの男の子の産声は、それまでに聞いたどんな音より美しかった。びっくりして横にいるウィルに笑顔を向けようとしたが、彼はいなかった。愕然《がくぜん》とした。確かにそこにいたはずだ。ほんの数秒前までは、わたしたちの子どもの命を救うのを手伝ってくれていた。それなのに、ウィルが本当にいたことを証明するのは、いまや赤みを帯びて泣いている赤ちゃんの存在しかない。わたしは赤ちゃんを片手で胸に抱きながら、もう片方の手でベッドから別のブランケットを引きずりおろす。赤ちゃんの体を拭いてくるんでやり、泣きやむようにときおりよしよしと声をかけた。どうにかしてへその緒を切る方法を見つけなくてはいけないとわかっていたが、わたしには赤ちゃんをぎゅっと抱きしめたままゆらゆらと揺らし、歓喜と信じられないという思いと感謝にむせび泣くことしかできなかった。わたしの赤ちゃんは生きている。もしかしたら、わたしは自分が思っていたほど愚かではないのかもしれない。この新しい命を作り、この世に送り出すことができたのだから。

　赤ちゃんがその小さな腫れぼったい目をそっと開き、興味津々にわたしを初めて見たときほどの驚嘆を、ほかに知らない。何カ月ものあいだ、お腹のなかにいるこの子のことを得体の知れないもの、謎の生き物、そうでなければ、犯した罪のあがないだと思ってきた。わたしの奥底にある名前のつけようもない部分がこの子のことを知っているとは、想像もしていなかった。不思議なほどに見覚えのある、この黒い瞳をしたこの赤ちゃんのことを。

　赤ちゃんは小さな眉を寄せ、わたしたちは長いあいだ互いをじっと見つめていた。天と地ほど遠く離れていたふたりがようやく再会できたというように。

13

　出産のあの劇的な状況と高揚感のあと、赤ちゃんに初めてお乳をあげたとき、母乳はバターのように濃厚で黄色かった。乳首に鋭い痛みが走り、それが子宮に骨盤を締めろという信号を送る。わたしはナイフを見つけてへその緒を切った。血が噴き出たが、編み物袋に入っていた黄色い毛糸で結んで閉じて、これでうまくいきますようにと願った。小屋の床はぐちゃぐちゃだったがそのままにしてベッドに上がり、汚れずに残った二枚のキルトの下にふたりでもぐり込む。出産で出た液のにおいが動物たちを引き寄せるかもしれないと心配だったが、起き上がってその始末をする元気はかき集められなかった。乳を飲む赤ちゃんの完璧さにわたしは見惚《みと》れた。非の打ちどころのない唇、鼻、おでこ。優美な曲線を描く耳。思慮深そうな黒い瞳は父親そっくりだ。この子の姓はムーンということになるのだろうから、丸顔《ムーンフェイス》とか、ムーンパイみたいなニックネームで呼びかけてみた。そのなかで定着したのが、「ブルー・ムーン」という歌とこの手つかずの自然が広がるビッグブルーにちなんだベイビーブルーだった。出産でひどく疲れていたけれど、それ以上にありがたくてならなかった。この子の息が、わたしの母乳が、そしてあの恐ろしい出産を乗り越えられたことが、ウィルソン・ムーンのかけらをこの腕に抱けたことが。命の誕生の聖なる繭のなかで、わたしたちは何日もいっしょに眠りつづけた。その眠りの途中で、胸が腫れて焼けるように熱くなったので、わたしはなにかひどく悪いことが起きているのではないかと恐れたが、白くとろりとしてきた母乳はまだ出ていた。

ところが体に残っていたわずかな力もすぐに尽きていき、それと同時に赤ちゃんの唯一の滋養となるものもなくなった。わたしには魚を捕まえる元気はなかった。ラズベリーのなっている山腹まで行ける力があったとしても、この季節はあのあたりには熊が出てくることが多いので危険だ。保存食はずっと前になくなっていて、わたしにあるのは、成長途中の畑のわずかな収穫だけだった。葉物野菜、サヤマメがほとんど。愚かなわたしは成長の遅い根菜やキャベツを植えていた。さらに細いニンジンや小石のようなジャガイモ、そしてベイビーブルーの拳ほどの大きさしかないビーツの残りがいくつか。あまりにも切羽詰まっていたので、ようやく産後の排出物をキルトに包み、自分の弱った力が許すかぎり小屋から離れた場所まで引きずっていきながら、一瞬ではあるけれど、自分の胎盤を食べることが頭をよぎった。そういうことをする動物もいると知っていたからだ。自分の母乳を掌で受けて舐《な》めることも考えた。けれどどちらも否定することで、わたしは人としての品格をぎりぎりの線で保とうとした。畑でどうにかなるはずだ。けれどそれで充分ではないのは自分でもよくわかっていた。

出産から二週間過ぎたかどうかというころのことだ。わたしの母乳の出も精神も衰えはじめているにもかかわらず、ベイビーブルーは日に日に生命力を増していた。その朝、目が覚めるととても暗くて寒くて、まるで夕闇が迫る十二月のようだった。わたしは目を開けた瞬間になにかがおかしいと感じた。

寝ている赤ちゃんをわたしの横に移動させると、くるんであるニットのブランケットの上から、ふたりでかけていたキルトをたくしこむ。ぶるぶる震えながら大きなセーターを着て小さな窓から外を覗《のぞ》いた。雪だ。夜のあいだに降った雪が、最低でも六十センチは積もっている。どう考えても八月の末くらいのはずなのに。どれほどおかしな天候も、気まぐれな高山ではあり得てしまう。きっと、下界のアイオラの人たちは、春以降、からからに乾いていた地面にようやく降った雨に大喜びしたことだろう。一方わたしは、小屋から外に出てみるまでもなく、この予期せぬ積雪と凍える空気がわたしの運命を閉ざしてしまったことを理解した。畑は台無しになっているだろう。

助けを求めるという決断の唯一の難点は、この嵐が過ぎるのを待たなくてはいけないことだった。諦めると決めてしまうと、すぐに行動に移したくなったのだ。二日ものあいだ、天候が怪しいか気温が上がらないかというもどかしい状態が続いた。赤ちゃんをセーターの下に入れて素肌と素肌を触れ合わせ、ほとんどの時間を眠るか授乳するかで過ごしていた。暖かさか乳かのどちらかが足りないと、わたしたちはともに泣いた。三日目の朝、夏の日差しのもとに出ていくと、融けゆく雪を地面が貪欲にのみ込んでいた。午後になるころには、畑だった場所は、日の当たらない部分のぬかるみと、しおれた葉のなれの果てであるどろりとした緑の液体が残っているだけになっていた。作物は全滅だった。まだ小さなビーツやニンジンやジャガイモは食べられるけれど、その葉はしおれていて、それはつまり、この先成長せずにだめになるということだ。わたしは畑の残骸を掘り返し、可能なかぎり収穫して食べた。それから痩せこけた赤ちゃんに新しいおむつを当ててニットのブランケットで包むとしっかり胸に抱き、ほかの人間に遭遇する可能性がありそうだと思う方向に歩きはじめた。

何カ月も前、ここに最初に来たときには、去る日がきたら、小屋とその周辺を丁寧に片づけようと思っていた。畑の土をならし、丸いかまどと鍋を支えていた木の枝の三脚を取り除き、ロープを引き下ろし、小屋の掃除をし、椅子として使っていた、なかをくりぬいた切り株を倒しておこう。わたしの恥ずかしい夏の痕跡を消してしまえば、誰にも知られずに済む、と。ところが、歩き去るわたしには余分な力はひとつもなくて、ベッドを整えることも、リュックにスプーンとフォークを入れて背負うこともできなかった。ただふたつのことを疑問に思っていた。あのときのわたしは、誰がここに捜索にくるほど自分を気にかけていると思ったんだろう？　こんな小屋よりなによりずっとはっきりした、そして消えることのない証拠である赤ちゃんについては、どうするつもりだったんだろう？　この場所を隠したところで、わたしが新生児を抱えてアイオラに現れれば元も子もない。首を横に振ってまた歩きはじめた。四月にやってきたあの愚かな娘と比べると、人生一回分、年老いたような気がした。

こんなに長い時間歩いたのは生まれて初めてだった。一キロなのか、二十キロなのかわからない。わかっていたのは、ほとんど重さがないようなこの赤ちゃんを胸に抱えたまま、片足をもう片方の足の前に出しつづけなくてはいけないことだけだった。譫妄《せんもう》状態にあったので、すべてが別世界の出来事のように感じられていた。先を急ぎ、はっきり意図があるかのように歩いていたが、行き先がわか

14

っているわけではなかった。そして、周囲の森から、この数カ月感じなかった敵意のようなものを感じていた。夏の終わりの太陽は強烈な鞭《むち》で、鳥たちのさえずりは絶え間なく鳴りつづけるマーチングバンドのようで、地面はでこぼこしていて頭蓋骨の転がる戦場のように進みづらかった。赤紫色のヤナギランのすっと伸びた茎でさえもが、わたしの希望のすべてを打ち砕いた雪嵐にも自分たちはやられなかったことを優雅に見せつけて、あざ笑っているようだった。赤ちゃんが弱々しく泣いたとき、わたしは歩みを止めて自分の胸に当てた。とはいえ、出てくる乳はほんのわずかで、数分もすれば赤ちゃんがもっと欲しいと泣きだすこともわかっていた。雪が降る前の干上がった土地のように、わたしの体はからからに乾いていた。あげられるものはもうなにもない。

苦しい山歩きの途中で開けたところに出たとき、母鹿とばったり出会った。ここ数週間、姿を見ていなかった。五メートルと離れていないところから、互いにじっと見つめ合う。わたしたちはいまやどちらも母親だ。けれど、仔鹿たちはどこにいるのだろう？　藪がガサガサと音を立て、母鹿のお気に入りの仔鹿が姿を現した。すっかり背が高くなり、身のこなしも優雅だ。仔鹿は賢そうな瞳でわたしを注意深く見ながら母の横に並ぶ。親子は優美に進んでいった。下の仔は出てこない。わたしは岩に腰を下ろして待った。あの弱々しい仔鹿が現れないとわかると、わたしは悲しくなってベイビーブルーをさらに強く抱きしめ、よろよろと前へ進んだ。

最初、車体の長い黒い車が現実なのか幻なのかよくわからなかった。わたしはそれまで、道しるべとなるはずのあの石の小尖塔を、どのくらい時間が経ったのかわからなくなるほど長いあいだ探していたのだが、何キロ進んでも見覚えのない場所だった。ポプラとヤナギは数時間前からヤマヨモギとネズと岩にとってかわられていたが、ついに出てきたのがそれだった。ポンデローサマツの木立の道沿いに、都会的な黒い車が停まっている。精神が混乱していたわたしにとって、それは理解を超えるものだった。

わたしは木のうしろに身を隠しながら、状況を理解しようとした。そうか、ピクニックに来た人たちだ。男がひとり、女がひとり。地面に敷いた赤いブランケットの上に並べた食べ物は、黄金色のパンが一斤、丸い塊のチーズ、チャップマンさんがカウンターのうしろで薄くスライスしてくれたのと同じようなピンクのハムが何枚も。そして——そんなことがあり得るだろうか?——立派な赤々とした桃がふたつ。ソフトボールくらいの大きさで、茶色い紙袋の上に置いてある。それを目にしたとたん、わたしの胃がちくりと痛んだ。

けれど、貴重な食べ物よりもさらに目を引いたのは赤ちゃんだった。水色のフランネルにくるまれて、女性の腕に抱かれている赤ちゃん。ベイビーブルーよりも体は大きいけれど、たぶん、生まれてからの日数は少ないだろう。男の赤ちゃんで、いかにも赤ちゃんらしく身をよじり、蹴り、大きな声で泣いていた。男性が立ち上がって横を向き、タバコを吸いながら悪態をついた。気にさわったのは青い体に黒い頭の二羽のステラーカケスで、頭上のポンデローサマツの枝にとまってうるさく鳴いている。倒れた丸太に座った女性はシャツの前を開けると、慣れない手つきで丸く白い胸の片方を出した。干からびてしぼんでしまったわたしの胸とは対照的な、ぱんぱんに張ったつやのある胸。赤ちゃんは押しのけたが、母親は無理にも飲ませようとした。赤ちゃんが落ち着いてきて乳を飲みはじめたとき、わたしは自分のすべきことがわかった。

悲しみを超える悲しみというものがある。それは体のなかのありとあらゆる隙間から入り込む熱いシロップのようなもので、最初は心臓に、そしてそこからにじみ出て体の細胞や血管のひとつひとつにいきわたる。そのせいで地面も空も、自分自身の掌さえも前とは違って見える。それはすべてを変えてしまう悲しみだ。

わたしは、そういう深い悲しみをもう知っていると思っていた。もちろん、母とヴィヴ叔母さんと仲良しのキャルを失ったことで、子どもらしい子ども時代というしっかりと織られたタペストリーに穴ができた。けれど、母の信じていた聖書を読み、日常生活に必要な雑事をこなすうちに、その裂け目は繕《つくろ》うべきものだと学んだ。ショックで放心していた幼いわたしは、実際的であることが答えなのだと受け入れて生きてきた。当時のわたしは硬く固まった灰のような悲しみをひと息にのみ込んだけれど、それはまだお腹のなかに残っていた。そしてチャップマン商店でウィルの悲しい最期について立ち聞きしたときも、家に帰ってキッチンナイフをセスに突きつけて荒々しく復讐《ふくしゅう》する代わりに、黙々と料理をし、皿を洗い、アベルの世話をし、鶏小屋の掃除をしながら密かに涙を流した。わたしは動きつづけた。森へ逃げ、準備を整え、出産し、生きた。悲しみがその手を伸ばしてきたが、わたしを屈服させることはできなかった。

けれど、その長い車にこっそり近づき、暖かい革張りの後部座席にわたしの赤ちゃんを寝かせて置き去りにしたときには、大きくうねりをあげる悲しみが、わたしのすべての細胞を占領した。最初はそのことに気づかなかった。飢餓状態で頭がぼうっとしていたし、耐えること、すべきことをすることに慣れすぎていたからだ。車のドアを閉めて赤ちゃんから歩き去るとき、わたしはただの石ころを置いてきたように行動していた。石でないとしても、仔犬とか、孵化《ふか》したてのひな鳥とか、しばらくわたしが世話をしてから、誰かに渡さなくてはいけないもの。豚小屋にいた仔豚や果樹園に生えていた若木を別の人に売り渡すときのような、世話をする人の実際的な交代だ。最後にもう一度赤ちゃんの鼻を自分の首元にこすりつけることも、その柔らかい頭に自分の頰で触れてさよならを告げることもしなかった。座席の上に赤ちゃんを置くときに、においを吸い込んで記憶に留めておこうとも、開いた窓の向こうの完璧な形の唇を最後に目に焼きつけることもしなかった。農場の子は幼いうちに、自分たちに運命を変えることのできない赤ちゃんには執着しないようにすることを学んでいる。もう一度見るつもりだった。ピクニックをしているあのふたりのうちのどちらかがわたしの息子に気づくまで、あの子が発見され、持ち上げられ、抱きしめられたことを確かめるまで、身を隠せる場所から見守っていようと思っていた。ところが、わたしは走った。体は弱りきっていたのに、車から身をひるがえすやその空き地から全速力で逃げて、振り返ることさえしなかった。

石や枝や切り株を乗り越え、ヤマヨモギや大きな岩のあいだを縫うように走った。あんなに疲れていたはずなのに、どういうわけかとてつもない勢いで谷を駆け、山肌を真っすぐ上がった。つまずき、転び、なんとか立ち上がり、また進んでいく。わたしはなにをした？　おかしくなりそうで、わけがわからなくて、方向感覚もすっかりなくしていた。わたしが逃げているところを森で誰かが見ていたら、邪悪で貪欲な獣に追われていると思っただろう。わたしに襲いかかったのは、わたし自身の思いもよらない行動だったなど、誰も信じなかったはずだ。

とうとう、森の地面に倒れた。仰向けに転がり、必死で息をする。いま憶えているのは、上に見えたのが雲ひとつない強烈なほどにくっきりとした青空で、そこでアカオノスリが円を描いて飛んでいたことだけだ。わたしは優美に飛ぶその姿をじっと見つめた。もはや信じられるものはこの世にそれしかないというように。ノスリは狩りをしているわけでもなさそうで、自分専用の風に乗るのを楽しんでいるように見えた。空に浮かんだままぐるりぐるりと回っている。なんの努力もせず、翼をはためかせもしなかった。ぐるりぐるりとわたしは目で追った。歓喜に満ちたノスリのはるか下で、地面に横たわり寒さに震えている、子を失ったわたしは孤独に打ちのめされていた。妊娠中に感じていた、この世界すべてとの連帯感は消えた。ある考えが頭をよぎった。ウィルとわたしがいっしょに寝たあの日、もしかしたらわたしの背中が弓なりになったあの恍惚《こうこつ》の瞬間とまさに同じとき、巣に戻ったあのノスリは、自分のひな鳥たちが何者かに奪われ消えてしまったことを知ったのかもしれない。わたしが恍惚のなかで無我夢中になっていたときにあのノスリを惨劇が襲っていた可能性はあるだろうか？　ちょうどいま、あのノスリがわたしの悲劇になどなんの関心もないのと同じように。

わたしは初めて考えた。母たちの乗った自動車がカーブを曲がり損ねたそのとき、自分はなにをしていただろうか？　果樹園で遊んでいたのだろうか？　車が転げ落ちたその瞬間、わたしの愛する人たちが、開いた窓からひとり、またひとりと投げ出され、岩に当たって頭が割れたそのとき、わたしは甘い桃をかじっていたのだろうか？　そして、セスの車が前進を始め、結びつけられたウィルの手に悲劇の最初の衝撃が伝わったとき、わたしはどこにいたのだろう？　愛するウィルが砂利道に肌をこすられる最初の焼けるような痛みを味わったとき、もしくは彼が最後の息を引き取ったとき、わたしは愚かにもオーブンからこんがりと上手に焼けたパンを取り出していたりしなかっただろうか？

あのノスリに、こんなにも離れた下界にいるわたしの苦しみをわかってもらいたいと思うとは、なんとばかばかしいことだろう。わたしのベイビーブルーにまつわるすべてのことと同じで、あの子を失った苦しみにもひとりで耐えるのだ。あの子が存在したという事実、あのありえないほどの首のしわの柔らかさ、甘い息、拳に握った小さな手が、この世にあったという事実はわたしだけが知ることで、わたしだけが心に留めることなのだ。

けれど、そのときわたしは彼女を思った。白いブラウスのあの女性、もうひとりの母親だ。

彼女の姿は、木々のうしろからそっと車に近づいたときにちらりと見ただけだが、ウェーヴのかかった栗色のショートヘアをスタイリッシュに横に流していて、手足をばたばたさせている彼女の赤ちゃんを見下ろしながら、その髪を耳にかけていたのを憶えている。丸みを帯びた頬骨に優美な鼻をしたきれいな人だけれど、顔色が悪く表情もなかった。たぶん車中で、赤ちゃんを泣きやませてお乳をあげられるように、必死に揺らしたり、お尻をとんとん叩いたりして疲れたのだろう。ときどき夫のほうをちらりと見たが、夫は広い背中を彼女のほうに向けたまま、あの青いカケスたちを口汚く罵《のの》り、そのあとは森のほうを見ていて、黒髪の頭の上から猫の尻尾のようなタバコの煙が上がっていた。

次にどうなったのか、まるでその場にいて見ているように鮮明に想像できた。騒いでいたカケスたちがようやくおとなしくなると、まず女性が、車からかすかな泣き声を聞きつけて首をわずかに傾ける。最初は鳥の鳴き声かと思うかもしれない。ところが母親の勘がそれは違うと告げる。ブラウスのボタンをとめて、自分の赤ちゃんを夫に預け、車のほうにはじめは注意深く、それから急いで、しっかりとした足取りですばやく進んでいく。窓から覗き込み、一瞬息をのんでから慌てて車のドアを開け、信じられないというようになかを見下ろす。それからあわてて本能的に、お腹を空かせたわたしの赤ちゃんをすくいあげて自分の胸元に持っていき、甘くてこくのある母乳を、わたしにはあげられなかった命を救う滋養に満ちた飲み物を、与えてくれたに違いない。

そしてあの子を胸に抱きながら、彼女はわたしのことを考えたかもしれないと想像した。いや、そう願った。彼女はわたしのことを哀れに思いながら、どこに行ったのだろうかと森のほうに視線を向けただろう。森のどこかに、自分のような若い母親が、赤ちゃんを置き去りにしたあとで、うろたえながらよろよろと逃げていったとわかったはずだ。それからなぜそんなことをしたのだろうと、どんな極限状態にある女性がこんなありえない、ばかげた選択をしたのだろうと考えるだろう。
わたしは森の地面に横になり、ノスリがいつまでも円を描いて飛びつづけるのを催眠術にかかったようにじっと見ながら、右手を、わたしの体のなかで最後に赤ちゃんに触れた部分を、頬に強く押し当てていた。あの子の小さな頭の痕が、わたしの掌の線やしわに刻まれているのを想像し、その手で自分の顔を何度も何度も撫でた。わたしが触れていることがどうにかしてあの子に伝わりますようにと願いながら。

たぶん眠ってしまったのだろう。次に記憶にあるのは、さっき倒れた硬い地面の上で目を覚ましたことだからだ。石がいくつも背中に食い込み、頭はずきずき痛んだ。そこに横になったまま身じろぎもせず、ただ薄暗がりとバラの形をした灰色の雲を見ていた。心のなかでその日に起きたことを最初から再生する。助けを求めて出発したときは、息子を誰かに渡すつもりなどなかった。ところがピクニックをしていた人たち――光沢のある黒い車、豊かな胸、家族――を見たとき、わたしの赤ちゃんが進むかもしれないふた通りの人生がさっとよぎったのだ。ひとつはわたしの子どものままでいる人生。あの子はさらに弱っていき、かなりの確率で死んでしまうだろう。たとえ何とか生きながらえたとして、わたしたちふたりとも生きられたとして、ふたりでどこに身を寄せればいいのだろう？　もうひとつの人生では、あの子はわたしとは一生離れて別の女性の子になるが、栄養を与えられ、肉づきもよくなり、未来も父親も家もある。強いほうの子をひいきするように命じたあの雌鹿の本能は、弱いほうの子にも栄養を与えてやりたいという母鹿の願いとは相容《あいい》れなかったはずだ。そして理屈とか愛とか希望などというものよりもわたしのなかの深いところから響く声が、わたしも似たような選択をしなくてはいけないと告げたのだ。あのときは夢のなかにいるように自覚のないまま歩いていた。

まるで、いつもの脳のメカニズムとは違う力が足を動かして、背の高い乾いた草やヤマヨモギのなかを抜け、岩だらけの地面を越えて、あの車に向かわせていたようだった。わたしは実際に事を終えるまで、なにをしようとしているのかはっきりとわからないまま前へ進んでいた。一瞬前まで赤ちゃんの小さな体を胸にしっかり抱いていた。次の瞬間には車の後部座席のドアを開け、革のシートの上に赤ちゃんを寝かせ、できるだけ静かにドアを閉めて歩き去ったのだ。

あたりはすぐに暗くなった。月のない漆黒の夜だった。わたしは立ち上がり、よろよろと歩いてマツ林までいくと、木の下に横になった。冷たい夜のあいだ、マツに守ってもらえるような気がしたからだ。そこでうつらうつらしながら、赤ちゃんがわたしを求めて泣いているのに、いくら捜してもあの子を見つけられないという夢を見た。東の地平線に明け方を示す黄色いリボンがかすかに見えると、すぐに起き上がった。寒さに震え、こわばった体のまま、前日の自分の足跡をたどってみた。すっかり夜が明けるころには、なんとかあの空き地を見つけ、赤ちゃんを置いたその場所に立っていた。車はなく夫婦の姿もなかった。足跡もタイヤの跡も残っていなかった。まるで残酷にもわたしの心を操った幽霊が、赤ちゃんを盗んだかのようだった。半ば放心状態のわたしはその場でくるくる回り、その場所を何度も何度も確かめた。もう一度見直せば、あの子の運命がどうなったかわかる証拠が見つかるかもしれないとでもいうように。ひどいパニックに陥った。なにもかも勘違いだったのだ。わたしはあの子をどこかもわからないところに置いてきてしまったのだ。

ふいに、桃がひとつ見えた。背の高い岩の上に置いてあるその桃は、次第に明るさを増していく夜明けの光のなかでオレンジ色の宝石のように見えた。あのピクニック用のブランケットの上には桃がふたつあった。いま、あの女性にはわたしの子どもがいて、わたしには彼女の桃がある。彼女はわたしのためにこれを置いた。ベイビーブルーの羽のような軽さから、その母親がお腹を空かせていることを察してくれたのだ。そしてもっと大事なのは、世話をしてくれる人の手にあの子が渡ったと示す証拠を求めて、わたしがここに戻ってくるだろうと、彼女がわかっていたことだった。

わたしはおそるおそる桃に近づいた。自分の理性を信じていなかったのだ。手を伸ばすとそれは本物の桃で、熟れ具合も完璧だったので、それを枝からひねってもぐときの父さんの掌や、丁寧に紙袋に入れるコーラの手つきさえも感じられるくらいだった。そして気がついた。わたしたちの人生――わたしの人生とあの光沢のある黒い車に乗っていた家族の人生は、ここで偶然出くわすより前から交差していたのだ。あの人たちは、道路脇のうちの直売所に立ち寄っていた。ピクニックをするのに気持ちのいい場所が、高速道路からちょっと外れたところにあるかと尋ねて、コーラに教えられた通りにここに来たのかもしれない。コーラがあの大きな腕で方向を指し示しながら、左に曲がって右に曲がってと、ここまでの道のりを説明しているとき、わたしはまさに彼女の案内したこの空き地に向かって放心状態で歩きはじめていたのかもしれない。わたしは神の定めた運命というものに、母のように揺るぎない信仰を持ったことはないけれど、その瞬間、神のご意志について母がいっていたことは正しいのかもしれないと思った。わたしの赤ちゃんは母乳のたっぷり出る胸が必要だった。あの子のことをちゃんと世話してくれる母親、この地球上にいる父親が必要だった。するとここにすべてがやってきた。わたしに必要だったのは食料と、息子が見つけてもらえたという確信。そしてここでわたしは奇跡の果実を手にしている。

ひと口かじると、あまりにおいしくて痛いくらいだった。乾ききった口のなかで甘さが弾けたが、二口目、三口目はゆっくりと、その救いを噛《か》みしめるように食べた。我を忘れ、大口を開いてがつがつと貪ると、果汁が手首を伝い、ぼろぼろになったセーターの袖のなかに入っていった。あっという間に、その貴重な贈り物はなくなってしまった。わたしは種に残ったわずかな果肉を吸いとり、汚れた手や手首を舐めて果汁の残りを味わった。

もっと欲しくてたまらなくなって、黒い車が停めてあった空き地を出た。その先へくねくねと曲がりながら森を抜ける細い土の道は、一キロもしないうちに、くすんだ黄色の広い砂利道にぶつかった。頭がはっきりしていたら、そのころには自分がどこにいるのかわかったはずだ。けれどそのときのわたしは弱った体で一歩一歩前へ進むことに全神経を集中していた。下りの道を選んだのも、方向がわかってのことではなく、ただ上り坂を避けたかったからだ。だが、それはわたしの家への正しい帰り道だった。終わりのないように思えた砂利道がそのうちビッグブルー川に沿いはじめ、ついにはハイウェイ50号線と合流したとき、わたしはようやくそれを理解した。車が来るかどうか確かめもせず、考えなしに熱く黒いアスファルトの道路を渡り、反対側のガードレールをつかむ。下をガニソン川が流れていた。流れは遅く、水位は低い。その脇に鉄道の線路が走っている。東側に見えたアイオラは、その瞬間まで、わたしがその町とそこでの暮らしを恋しく思うことを自分に禁じてきた場所だった。

わたしが手を振って停めることに成功した車の運転手は、わたしの身なりにかなり仰天しただろう。自分では気にしていなかったが、べっとりとした髪をして、汚れた服を着た痩せこけた女のために停まってくれたのは、とにかく驚くべきことだ。地元の人ではなかったが、親切そうな顔をした男性で、町まで乗せてくれるといった。髭剃《ひげそ》りあとのローションの甘いにおいにミントとタバコと靴磨きのクリームとガソリンと革のにおい。わたしの嗅覚はとても敏感で、文明社会の普通のにおいに不慣れになっていたので、車中のにおいに圧倒された。男性の世間話が、四月にわたしが家を出てから初めて聞いた、わたしに向けられた言葉だった。軽快で誠実そうなバリトンの声だった。幸いにもおしゃべりな人ではなかった。わたしは温かい窓ガラスに頭をもたせかけて目を閉じ、エンジンの揺れに誘われて眠りに就いたが、車がスピードを落として高速道路を下り、橋を渡り、また曲がってアイオラに向かう砂利道に入ったのに気づいて、目を覚ました。

うちの直売所があった。なにからなにまで記憶にある通りだ。きれいに並べられた見事な桃、そして愛しいコーラもなにひとつ変わらず、柱に寄りかかりながら、町の外から来た客に言葉巧みに売り込んでいる。この桃に釣られて、わたしは山から下りてきたのだ。ところがいざ近くで見ると、自分が桃に囲まれているところも、コーラと話すことも想像できなかったし、うちの玄関のなかに入っていくことも考えられなかった。こんな野生児のようになったわたし。ここは故郷だけれど、わたしはよそ者だ。わたしは町のはずれを通るルートを伝え、そこからうちに続く道へ入った。けれどそうしていても、家に帰るつもりはなかった。車のスピードが落ちて最後に停まったのは黒っぽいマツ林の前で、運転手はその奥に家があることを知るはずもない。

「ここでいいのかい?」男性はいぶかしげに林に目をやりながら尋ねた。

「はい」

ルビー＝アリス・エイカーズはわたしを受け入れてくれるだろう。ウィルを受け入れたのと同じように。これに関しては、確信があった。男性にお礼をいって、においに満ちた車からゆっくりと降りると、マツ林のなかをよろよろと歩いてルビー＝アリスの家の門までたどりついた。小さな犬たちは吠《ほ》えながら、ホロホロ鳥や落ち着きのない鶏たちは鳴きながら、みな四方八方に散った。

わたしがピンク色のドアに手を伸ばす前に、ルビー＝アリスが開いて迎え入れてくれた。ルビー＝アリスは、か弱い老女なのは彼女ではなくわたしであるかのように、自分の肘にわたしをつかまらせて導いてくれ、わたしはソファに崩れ落ちた。ルビー＝アリスは落ちくぼんだほうの目に同情のようなものを浮かべ、もう片方の野性的な目では心配しながらも理解を示していた。

ルビー＝アリスは青白い震える両手で、わたしの乾いた唇のあいだに水の入ったグラスを傾けてくれた。スープとパンを与えてくれた。新鮮な桃を幼児に与えるようにひと口サイズに切り、上等な磁器の小皿に丁寧に盛って出してくれた。小さな家のなかは暖かかったけれど、ピンクのキルトをかけてもらうと、わたしは赤ちゃんとウィルを思って、キルトを胸元でぎゅっと握った。

わたしは三日三晩眠った。たまに目覚めては、自分の体が受け入れられるだけの少量の食べ物と飲み物を摂取した。ルビー＝アリスが出してくれる食べ物の大きさと量を毎回すこしずつ上げていってくれたから、四日目のお昼過ぎに目覚めたわたしは、数カ月ぶりにちゃんとした食事を摂ることができた。ルビー＝アリスは雌鶏を一羽しめて丸焼きにしていて、わたしはまるで冬眠から覚めたばかりの熊のように貪った。彼女が出したものはなんでも食べた。イチゴ、フライドポテト、ハムといっしょにゆでたサヤマメ、ふわふわのラズベリーマフィンの上に切れ目を入れて、そこにバターを挟んだもの。気持ち悪くなるまで食べると、一時間休んでまた食べた。ルビー＝アリスは入浴を手伝い、清潔な服も与えてくれた。わたしの長い髪の絡まったところをほぐし、ねじって一本にまとめると、ぐるぐる巻いてゆるやかなまとめ髪にした。ふたりとも沈黙に慣れていたから、言葉は交わさず、ただわたしが何度も感謝を表現したのに対して、彼女は満足そうに鼻を鳴らすだけだった。わたしが失った赤ちゃんを思ってしくしく泣いているのを聞いていたとしても、そっとしておいてくれた。

ウィルソン・ムーンがいなければ、ルビー＝アリスのことを神の助けを必要としている頭のおかしい老女だとしか思わなかっただろう。ウィルソン・ムーンがいなければ、わたしの魅力、わたしの美しさ、わたしの強さ、そして腕に抱いたときのベイビーブルーのあの尊い触り心地も知らなかった。こうした記憶を、痛みや喪失感より上位のものにしようと決めて、ようやくソファから立ち上がり、ルビー＝アリスといっしょに庭の門まで歩いた。わたしは彼女の骨張った肩に手を回し、短く抱いて感謝を表すと、マツ林のなかに足を踏み入れ、うちの農園に続く道へ進んだ。そのとき、五時四十七分の列車の長く低い汽笛が鳴った。わたしはそれを聞きながらうちに帰った。

15

農園には誰もいなかった。セスもオグ叔父さんも父さんも犬のトラウトも。鶏や豚さえもそれぞれの小屋にいなかった。家のなかには、古新聞、コーヒーのしみのついたマグカップ、泥のついたブーツの足跡、無造作に投げ置かれた汚れた服や作業用手袋、といった具合に父さんの気配はあちこちにあったが、オグ叔父さんとセスの部屋はどちらもきれいに空っぽで、マットレスがむきだしのベッドやタンスにほこりが積もっているだけだった。キッチンカウンターやシンクには、何日か分の汚れた食器が重なっていた。庭の畑は干からびていて、なにひとつ植わっていない。いつも通りだったのはわたしの寝室だけのようだった。わたしがここを出たときのまま手つかずで、父さんへの走り書きもベッドの上で開かれたまま。わたしは座って自分の書いたものを読みなおした。愛しています。ごめんなさい。心配しないで。いまになってみると、なんとも考えが甘くて幼稚だ。わたしは紙をくしゃっと丸めて寝室から出るときにゴミ箱に投げ入れた。いまも父さんを愛してはいたけれど、その愛にかつて付随していた恐れや服従心はもうなくなっていて、父さんがわたしにとってどんな存在なのか、もはやわからなくなっていた。

唯一、心から謝りたかったのはアベルだった。アベルは納屋にいた。手入れは行き届いていなかったが、元気で、挨拶代わりに頭を真っすぐ上げた。穏やかなチョコレート色の瞳でわたしだとわかったこと、ほっとしたことを伝えてくれた。その艶のある赤褐色の首を上から下まで何度かゆっくり撫でると、アベルはわたしの肩に鼻をこすりつけ、「ぼくたちは大丈夫ですよ。あなたも、ぼくも。あなたが帰ってきてくれて嬉しい」といっているようだった。少なくとも、わたしはそうであってほしいと願った。オーツ麦の入ったバケツを差し出すと、アベルはそれを食べた。

アベルの両目のあいだの平たい骨の上にある白い星にキスをしながら思った。相手が神であれ人であれ獣であれ、わたしが許しを乞わなくてはいけないのは、この子を傷つけたことだけだ。ウィルソン・ムーンと恋をしたのは、人生でいちばん正直な行動だった。正直な行動から予期せぬことが次々に連鎖して起こったとしても、最初の選択に嘘《うそ》がなかったことに変わりはない。わたしはウィルから学んでいた。連鎖して起きた出来事がどれほど想像の範囲を超えていても、恐ろしいものであっても、美しいものであっても、あるいは絶望的だったとしても、持てる力ぜんぶを使って対応していくしかない。ベイビーブルーのことを想像する。別れて一週間経っているから、栄養を与えられて丸みを帯び、ピンク色になっているだろう。胸は痛むし、ねっとりしたタールのような悲しみが骨髄を流れているけれど、わたしの赤ちゃんを捨てたことも、やはり正直な行動だったとわかっていた。

遠くから父さんのトラックが長い私道を走ってくる音がする。覚悟を決めて納屋を出ると、父さんを出迎えた。駐車してトラックから出てくるとき、父さんは近づいていくわたしに気がつかなかったが、父さんのうしろから犬のトラウトが飛び出て、嬉しそうに尻尾を振りながら全速力でわたしに駆け寄ってきた。老犬を撫でるためにしゃがんだわたしが見上げると、父さんの薄いグレーの瞳がそこにあった。それは川の石のように無表情で、わたしのことを愚か者か知らない人か、その両方かであるかのように見つめていた。

「父さん」なんとか声を出したが、父さんはただくるりと方向を変え、わたしのことなど見なかったように裏口に向かって歩いていった。痩せて腰が曲がり、汚れたつなぎの作業服を着ていた。帽子は被っていなくて、はげかかった頭が日焼けしてピンク色になり皮膚がむけていた。ドアの向こうに消えるときに湿った深い咳《せき》を三回したのを聞いて、体の具合がよくないのだとわかった。わたしは再会を喜んで身をよじってクンクン鳴くトラウトにしばらく鼻をこすりつけてから、立ち上がって父さんのあとに続いて家に入った。

父さんはすでに夕食の準備にかかっていた。この五カ月、たぶん毎晩そうしていたのだろう。ナイフや木べらやフライパンを扱う動きが滑らかなのに驚きながら、ドアの横に立ってその様子を見ていた。父さんはわたしがそこにいるのを知っているのに、コンロから顔を上げることもせずに、湯気を立てる牛肉とタマネギを炒《いた》めている。父さんがわたしの分まで作っているとは思わなかったが、それでもふたり分の食器を用意してテーブルをセットし、冷蔵庫のなかからピッチャーに入ったアイスティーを出してふたつのグラスに注いだ。わたしはテーブルの自分の席に着き、父さんがわたしに料理を出してくれるのかどうか判明するまで待った。ついにフライパンがわたしの右肩の近くに現れ、皿に大きなスプーンで山盛りの料理がよそわれた。父さんは自分にはそれより少ない量を盛ると、空になったフライパンをコンロにもどし、わたしの向かいの席に座った。まだ準備のできていない父さんと無理に会話をしなかった。神経をすり減らしながらおしゃべりや説明や質問なんかをして、空っぽの空間を無理に埋める必要性は感じなかった。だからわたしたちは、その夜は静かに食べた。静けさが破られたのは、父さんが何度か発作のように咳をしたときと、食事の終わりにぶっきらぼうに、洗い物は自分がやるといったときだけだった。父さんの沈黙が簡単にはおさまりそうにない怒りの表れなのか、わたしがここを出た理由やわたしがどこにいたのかなどという、父さんが避けたい話題に対する壁だったのかわからなかった。それでも、わたしにとって静けさは都合がよかった。

夕食後、夕日の名残の淡いピンク色の空のもと、桃の香りに包まれて果樹園を歩いた。それぞれの列の先にはかごいっぱいの桃が置いてあり、翌朝に直売所に送られるのを待っていた。あの古いトラックに桃を積み込み、父さんの隣に座って直売所まで行き、コーラの抱擁に迎えられ、かごを降ろして桃を並べるという、心地よいいつもの流れになると思うと嬉しかった。ちょうどいい熟れ具合の桃を枝からねじってもぎ、柔らかな果肉に自分の歯を沈めると、間違えようのない、うちの味がした。穏やかな黄昏のなか、太い切り株に腰を下ろしてひと息つくと、わたしの赤ちゃんを思って静かに泣いた。

翌朝の食事——これもまた父さんが作り、後片付けもしてくれて、手伝うといっても聞いてもらえなかった——では、二つ三つ言葉を交わし、直売所までの車中ではもうすこし多く話し、昼食のときにはまたさらに話し、夕食のときにはもっと、という具合。父さんはゆっくりと融《と》ける氷柱《つらら》で、わたしは辛抱強く流れつづける川だった。

その週のうちには、わたしたちは並んでいっしょに家事をするようになり、会話も違和感なく続くようになった。一方で、父さんの咳は深く、しつこく襲ってくるようになった。父さんとの和解のための最終兵器として焼いたピーチラズベリーパイを食べながら話すうちに、ライル保安官が、父さんの言葉を借りれば「あのインディアンとのもめ事」についてセスに尋問したこと、セスが町から出たことを知った。おそらく保安官に命じられたのだろう。

パイの皿を脇にどけて、深く息を吸い込んだ。

「父さん、セスがあの人を殺したの」長い沈黙のあとでわたしはいった。それが真実であること、そして言葉にしたときのあまりの違和感に、胸が引き裂かれるようだった。

ただでさえいかめしい父さんの顔が、不面目《ふめんぼく》と落胆と後悔の合わさった陰気な顔になっていく。父さんはコーヒーの入ったマグカップをじっと見つめ、まるでなにかしっかりしたものにつかまっていなくてはいけないというように、カップのまわりに両手を被せた。

「やはりそうか」ウィルソン・ムーンの死について父さんが話したのは、あとにも先にもそれだけだった。

ウィルがわたしの恋人だったことやわたしが家を出た理由についても想像できていたのかどうか、結局わからないままだった。父さんには孫が、完璧な男の赤ちゃんがいるのだと伝えたかったが、その言葉はわたしの口からどうしても出ていかなかった。

「そういえば、オグ叔父さんは？」代わりにそう聞いた。

父さんはただ鼻を鳴らし、フォークでその質問を払いのけるようなしぐさをした。その話題にそれ以上触れないことにするくらいの分別はあった。

その夜から、父さんは咳といっしょに血を吐くようになった。並んで夕食後の皿洗いをしていると、父さんはひどい空咳をしてつばを吐き出した。それが襲ってくるたびに、父さんは背を向け、終わるとまたシンクのほうに向き直る。それでわたしに気づかれずにすむとでも思ったのだろうか。農場の夜の作業を終えて帰ってくると、咳の合間に息をするのも苦しそうで、わたしがバーネット先生を呼んでくるというのを制して早くに寝てしまった。

その夜のあいだじゅう、互いの寝室のあいだを埋める黒い静寂に叩きつけるような父さんの咳が聞こえていた。咳が激しく、ひっきりなしになってくると、わたしは我慢できずに父さんの部屋のドアをノックしてなかに入った。父さんは枕元の暗い照明のぼんやりとした光のなかで上半身を起こし、血の混じった粘液をボウルのなかに吐き出していた。

「父さん」わたしはそっといった。驚きと憐《あわ》れみの気持ちを隠すことはできなかった。

こちらを見上げた父さんの顔に浮かんでいたのは、自分の終わりのときが近いことを知っている動物の、恐れと諦めの混ざった悲しい表情だった。それから父さんはまたボウルに目を落とし、次の咳を待った。寝間着姿の父さんはとても痩せていて小さくて、子どものようだった。ベッドの横まで行こうとすると、父さんは片手を上げて止まれと合図した。

「父さんの役に立ちたい」わたしは必死にいった。

「おまえのできることはなにもない」父さんはしわがれた声で答える。「ベッドに戻れ」

わたしは横になって眠れないまま、ひと晩じゅう父さんが苦しむ音を聞いていた。息子がいなくなってしまったいま、この世界でわたしと繋がりがあるのは父さんだけだ。咳のたびに、わたしと最後の家族とを繋ぐ糸が擦《す》り切れていくようだった。ビッグブルーの大自然のなかで、遠く離れた農場のことを思い描いていたとき、それが根本的にはなにも変わらずに続いていくものだと思っていた。けれど、まったく間違っていた。桃以外のすべてが衰弱していた。戻ってきたこの場所は、もはやかつての残骸といってもいいようなものだったのだ。ずっと、この家をまとめているのは男たちだと思ってきた。自分がただの家政婦や働き手以上の存在で、どういうわけかこの家族の心臓ともいうべきものになっていたなど、一度も考えたことがなかった。父さんが弱ってしまったいま、ここに残るのはわたしと果樹園だけだった。

数週間後、肺が機能不全に陥り、高熱を出して錯乱した父さんが語った最後の言葉のひとつに、わたしが長い髪を頭のうしろでお団子にまとめていると、母さんそっくりに見えるというのがあった。

「あいつは美人だったんだ」父さんはあまり見せたことのないせつなげな表情を浮かべていいながら、失った愛する人の甘い思い出に浸りつつ、わたしのことも美しいと思っていると伝えてくれたのだ。

眠ったり起きたりを繰り返す父の手を握りながら、父の指がわたしの指と絡まる感覚を味わい、しみやしわやごつごつした関節を記憶に刻んだ。

16

一九四九年〜一九五四年

父さんが死んだのは、最後の収穫と出荷を終えたあとの土曜日だった。まるで父さんがなにもかも入念に予定を立てたように、気温が零度を下回った最初の朝、雇い人たちは最後に残った桃を収穫し、父さんは起き上がることができなくなった。

わたしはベッド脇に座り、父さんをじっと見つめて悲しみを嚙みしめた。トラウトは足元に神妙な面持ちで丸まっていた。最後に父さんの手に触れたとき、人の手がそんなにも冷たくなるものだと初めて知った。

真っ青な秋の空のもと、墓地で行われた父の葬儀には、アイオラの住人のほぼ全員が顔を出した。そのあと、故人を偲《しの》んで会食するために参列者がうちに集まってくれたとき、ライル保安官から、セスのことを警察に告げたのは父さん自身だったと聞かされた。確固たる証拠がなかったため、保安官には逮捕できなかったが、セスとフォレスト・デイヴィスに、ここから出ていかなければ困ったことになるぞと伝えたのだそうだ。ふたりはセスのロードスターでカリフォルニアに向かったという。

「ふたりのしでかした悪さを抱えてね」

「悪さなんて言葉じゃ、ぜんぜん足りません」わたしは歯を食いしばった。

ライル保安官は厳粛な面持ちでうなずきながら、探るように、そして申し訳なさそうにわたしを見た。質問したいのに、礼儀をわきまえて我慢しているのがわかった。

「お父さんが、あのあと毎日きみを捜しに出ていたことは知っていなくちゃいけないよ。車でガニソン、サピネロ、セボラまで行ったし、アベルに乗って山にも入った」保安官は皿の上で食べ物を動かしていたが、食べようとしなかった。「たぶん、セスがいなくなったとわかれば、きみが帰ってくると思ったんだろう。見張っててくれと頼まれたよ」

わたしはいま聞いた話の内容をじっくり考えた。父さんはなにを知っていたのだろう？　咳が出るようになり、ついには肺を悪くしてしまったのは、そもそも山をさまよったせい？　父さんが死んでしまった原因はわたしなのだろうか？　ウィルの死の原因がわたしなのと同じように。

「そうだったかもしれません」わたしは顔をゆがめた。わたしの赤ちゃんを望まれない存在のように扱わずにすむ、まったく別の可能性が見えて、喉の奥が蜂をのみ込んだようにちくちく痛んだ。父さんの愛情を疑ったことを後悔した。いまさら感謝を伝えたいと思ってもできないし、孫を家に連れてくるなど、さらに手遅れで、もうどうにもできないことなのだ。

「しかもきみの叔父さんを別の場所に送るようにわたしに頼んだんだよ」保安官はさらに続ける。

「別の場所？」わたしは思わず繰り返した。父さんがオグ叔父さんについてようやく口にした話では、あの〝居候〟には本当は親戚がいたのだけれど、世話をしてくれる女性がこの家にいなくなって初めてその人に連絡したということだったから、ライル保安官の話とはまるで繋がらなかったのだ。

「オグデンには母親がいたんだ」保安官がいう。

「誰にだって母親はいます」無礼な言い方になってしまったのは、その日やらなくてはいけないことがあり過ぎて疲れ切っていたせいだ。

「八年近くも行方を捜してくれる母親はそう誰にもいるわけじゃない」保安官はいった。「お父さんは手紙を見つけたんだ。それでわたしに頼んで、オグをサライダまで送ってデンバー行きの最初の電車に乗せることになった。あの野郎、送ってやってるあいだ、ずっとわたしを罵《ののし》っていたよ」

「手紙にはなんて書いてあったんですか？」わたしは聞いた。

「戦争が始まったばかりのころ、ふたりの息子の死亡通知書が届いたが、信じなかった。神様がひとりの母親にそんなひどい仕打ちをなさるはずがない。そんな感じだよ」

「そんなことをなさることもあるでしょう」わたしはいった。神はなさることもあれば、なさらないこともある。

「神はなさらなかった」ライルが返す。「とにかく、その老婦人にはわかっていた。息子の居場所を見つけだし、お願いだから帰ってきてくれと手紙を送った」

「母親の勘ですね」わたしはそういいながら、彼女のことをうらやんでいた。神がわたしの息子にどんな運命を与えたのか、どんな運命を与えなかったのか、わたしにはわからない。どこを捜せば居場所の手がかりが見つかるのかもわからない。

「あの死んだ若者の親族を事務所で捜そうとした」ライルはわたしの目を探るように見た。わたしがなにか知っているか、そしてこの話はわたしにとって酷《こく》すぎるかどうか推し量ろうとしていた。「彼にもどこかに母親がいるだろうと思ったからね」

わたしの心は沈んだ。「ライルさん、あの人には名前がありました」

「ああ、ムーンとかいったな」ライルは言い直す。「だけど、流れ者は身元がわかりづらいからな。彼についてたどれた記録は、アルバカーキにあるインディアンの学校に残っていたものが最後なんだが、どこの居留地の出身かはわからなかった。数年前に学校から逃げだしたんだそうだ。わかったのはそこまでだ」

それは確かにわたしにとって酷な話だった。わたしはライル保安官から、そして喪服とキャセロールと慰めようと手を握ってくれる人たちのいる場所から離れた。

気づくとひとりで果樹園を歩いていた。いまやわたしの果樹園だ。葉が黄色くなって枝から落ちようとしていて、腐った実がいくつかまだしぶとく木に残っていた。ウィルには帰ることのできなかった故郷があった。ウィルがよく知っている土地、土地のほうもウィルを知っている。たぶん、そこでは家族がまだウィルの帰りを待っている。居留地から特別な寄宿学校に送られたインディアンの子どもたちの話を聞いたことがあった。わたしは故郷というものがとても大事だと信じて育ったのに、そういう子どもたちのひとりひとりが、そんな大事なものから無理やり引き離されてしまったことについて考えもしなかった。ウィルは過去の話を聞かせてくれたことがなかった。恋しすぎて口にできなかったのかもしれないし、もはや彼にとってどうでもいいものになっていたのかもしれない。わたしはなにも質問しなかった。けれど、ウィルはどこかに居場所のある人のようでもあり、どこにも属していないようにも見えた。あの特有の愛らしさは、おそらく故郷で生まれたものだけれど、そこを離れてから熟したのだろうし、それを失わずに生きるには不屈の精神力が必要だったはずだ。わたしにはただ、わたしたちの赤ちゃんが同じ強さを受け継いでいることを願うしかできない。

父が最後の苦しい息を引き取ってからひと月もしないうちに、最後の列車があえぐようにしてアイオラを通り抜け、車掌はとりわけ大きく長く汽笛を鳴らした。デンバー・アンド・リオグランデ・ウエスタン鉄道は十年ほど前に七十年近くの歴史がある客車の運用を廃止していたが、その一九四九年の秋、家畜車や石炭車の運行も終了し、西側斜面《ウエスタンスロープ》全線の営業を廃止することを決めた。この路線ははじめから愚の骨頂だったという人は多かった。ブラックキャニオンからオクラホマのシマロンまで線路を引くのに犠牲になった人命やかかった費用は、当局の許容範囲を超えていた。けれどわたしにとって、あの列車の汽笛は生活のリズムを整えるものだった。しかもあの列車がウィルをわたしのもとに連れてきてくれたのだ。汽笛が響くことのなくなった最初の日、アイオラに不気味な静けさが広がった。「死んでしまったようだ」と嘆く人もいた。「ずっと夜が続いているみたい」と話す人もいた。それが静寂の始まりでしかないことを、あらゆる音も建物もすべて沈んで、アイオラが丸ごとなくなってしまう日が来ることを、わたしたちはまるで知らなかったのだ。

父さんが亡くなってからの数年、わたしはできるかぎり頑張って自分の力で農園を回した。しばらくのあいだはミッチェル家のコーラたちがかなり手伝ってくれたし、必要なときは人を雇った。庭の畑に新たに作物を植え、壊れた柵を直した。用水路がつまらないよう気を配り、蛾《が》の幼虫やカイガラムシやアライグマを木々から追い払った。剪定《せんてい》し、肥料をやり、根元をわらで覆い、水をやり、間引きをし、収穫した。ひと区画の木が古くなりすぎて実をつけなくなると人を雇って取り除くのを手伝ってもらい、父さんに教えられた通りに苦心して若枝を接《つ》ぎ木《き》し、土を休ませていた区画に苗の植えつけをした。すべて三世代にわたってわたしの家族がしてきたことだ。傍目《はため》にはなにもかもうまくいっているように見えたと思う。けれど毎朝目覚めるたびに、突き刺すように痛い真実を胸に感じていた。この土地に対するわたしの愛情は、もはや実のなることのない家族という木につく、しおれた葉の一枚のようだ、と。

老いた忠犬トラウトは、父の身の回りの物を入れた最後の箱を捨てたその日に、父のベッドの真ん中で死んでいた。池のほとりに深い穴を掘り、そのふわふわした胸を最後になでてから、ぐにゃりとした体をブランケットに包んで穴の底に置いた。翌年の冬のある日、アベルが納屋の外に張った氷の上で、横向きに倒れて苦しそうに息をしているのを見つけた。きれいな赤褐色の毛から覗く血まみれの傷口から脛骨《けいこつ》が突き出ていた。わたしにはアベルを撃てなかった。その代わりに、獣医がアベルに心臓を止める薬を注入するあいだ、その完璧な首を撫でていた。アベルが生まれたときにしたのとちょうど同じように。獣医と助手たちがアベルの体を引きずっていくあいだ、わたしは納屋に戻って泣いた。アベルがいなくなると、残った家族は意地悪な鶏数羽だけだった。

いくら否定しようとしても、日常の生活をこなし、農園の仕事をすることへの虚しさが、日ごとに増していた。午後になるとよくルビー＝アリスの家に行った。ただどこか別のところにいたかったからでもあったし、庭や鳥小屋や台所の仕事を手伝うためでもあったけれど、ウィルがかつていた場所に、そしてこの奇妙で静かな老女と寝てばかりいる小さな犬たちのそばにいることが、わたしにとって癒しになったからだ。

家にいると、押し寄せる記憶に悩まされた。枕とか米の入った袋とか、ある一定の重さのものがふいにベイビーブルーのように思えることがあって、正気の沙汰ではないとわかっているのだが、それを抱いて、あやすように揺すってしまうのを我慢できなかった。夜中に目を覚まし、遠く離れた小屋であの子がわたしを求めて泣いていると確信してものすごい勢いで階段を駆けおり、ブーツに手を伸ばしたところで我に返ったことも何度かあった。夕方、長いキッチンテーブルで夕食を摂ろうとひとりで座っているとき、セスのロードスターが窓の前を滑るように走るのが、目の前の皿と同じくらいはっきり見えたし、長い私道を貪るように走る残虐なエンジン音が聞こえたと思ったことが何度かあった。

ある春の夜、白い月光が遠くの山々の頂上を照らし、うちの玄関前のポーチに黒い影を落としたとき、応接間の窓からセスがわたしを覗いていると確信した。わたしは母の椅子から飛び上がり、なんとも恥ずかしいことだが、隠れた。そこにいれば守ってもらえるとでもいうように掃除用具入れのなかにしゃがみ込み、哀れなウサギのように震えていると、ふと、その日は物干し場にしている裏庭の土がぬかるんでいたので、寝具を洗ったあとキルトの類《たぐい》をポーチに干しておいたのだと思い出した。威嚇する弟の顔だと思ったものは、四角いパッチワークの布だったのだ。立ち上がると、どうにか面目を取り戻そうとポーチまで早足で歩いていき、キルトを取り込んでたたんだ。

どれだけ年月が経とうとも、見えるのだ。果樹園の端でわたしを待っていたウィルが手を繋ごうとこちらに手を伸ばしているところ。葉の茂る木々のあいだで、慣れた手つきで桃をもいでいる父さん。庭の畑の手入れをして、夕食のために新鮮な葉物野菜を収穫している母さん。もうずっと前に崩れ落ちてしまったはずのツリーハウスからわたしを呼ぶ従兄のキャル。どちらもまだ生き生きとしたヴィヴ叔母さんとオグ叔父さんは、ポーチでこっそりキスをしている。この場所にはかつて、未来への期待と愛があった。ひとつひとつ、希望は消えていってしまった。もしもわたしに息子をうちに連れてくる勇気があったなら、すべてを取り返せたのかもしれない。頭に焼きつくほど何度も思い浮かべた。キッチンの床をよちよち歩きするあの子、わたしをママと呼ぶあの子、そのうち背が伸びてほっそりとしてきて、父親譲りの優美な足取りで果樹園を駆け回るあの子。ところが実際は、この土地に残されたよいものはひとつしかない。それが桃だった。

一九五四年七月のある暑い午後、政府の役人がうちの玄関をノックして、すこし話を聞いていただけるだろうかといってきた。わたしは細長いグラスふたつにアイスティーを注ぎ、ポーチで話を聞いた。下流にダム建設の計画があり、この谷の土地の買収を持ちかけられるかもしれないという噂《うわさ》は聞いたことがあった。アイオラじゅうの人々が、新しい貯水池のためにすべてを奪われる可能性に激怒していた。騒ぎになることは予想もできたし、しごく当然だった。わたしたちの町が水の底に沈んでしまうだけでなく、荒々しくも見事なガニソン川の流れを堰《せ》き止めることになるからだ。その計画はひいき目に見ても方向性を間違えていたし、最悪の場合は悲劇的に終わるだろう。進歩の名のもとに西部で実行されてきた数えきれないほどの計画の結果がすでに証明していたことだ。わたしはなにもかも間違っているとわかっていたが、ポーチに座って政府の役人からの申し出を聞くうちに、恥ずべきことだと知りながらも密かにその計画を歓迎している自分に気がついた。わたしはすべて消してしまいたかったのだ。役人には考えますといって帰ってもらった。

アイオラで土地をいちばん最初に売ったのはわたしだった。その九月、うちの土地の規模を考えるとかなり気前のいい金額が政府から渡されたが、わたしの裏切りのニュースが知れ渡ったとたんに町の人たちから向けられた怒りの代償としてはまるで足りない額だったことにあとで気づいた。わたしは憎まれたといっても過言ではない。わたしがここで生まれてからずっと知っていた地元の人たちが、一斉に桃を買わなくなり、メインストリートですれ違うと顔を背けた。ミッチェル家にさえも縁を切られた。純粋に怒っていたのかもしれないし、関わることで自分たちまで村八分にされるのが怖かったのかもしれない。コーラは父親の意志に逆らって、そして、そうしたいからというよりは義務感に駆られて、そのシーズンの最後まで直売所に残ってくれた。だが、かつてはあんなに朗らかだったコーラが、町の外の人に対するとき、そして誰よりもわたしに対するときは、礼儀正しいけれど冷ややかな態度に徹するようになった。

最後の桃が売れて、店じまいするために直売所を板で囲いはじめたとき、トラックに乗り込んだコーラは開いた窓からわたしのことをじっと見つめた。そんなに変わってしまって、ほんとうにあんたなのと問いかけるように。

「あんたのお父さん、お墓のなかでのたうち回ってるよ、トリー」コーラはいう。「あんたがあの役人たちから一ドルもらうごとにどすんって」

わたしは何年ものあいだ誠実に働いてくれたことにお礼をいったあと、もうトリーという呼び名は使っていないのだと伝えた。

走り去るトラックのタイヤがあげた土ぼこりで午後の太陽に霞《かすみ》がかかったようになって、いつもの道路が不思議な美しさを見せた。

コーラ・ミッチェルが大好きだった。ほかにもアイオラでの生活には大好きなものがたくさんあった。けれど悲劇と悲しみが、この場所でわたしが真実だと思っていたことひとつひとつに揺さぶりをかけていた。空っぽの直売所に最後の板を釘で打ちつけると、祖父に謝罪の言葉をささやいた。同じ断りを父さんには入れなかったのは、コーラの意見とちがって、墓のなかの父さんは穏やかに横たわっているだろうと確信していたからだ。コーラやほかの誰がなんといおうと、父さんはわたしがこの町から、そしてすべての思い出から逃れるチャンスを支持してくれると信じて疑わなかった。ただし、それはわたしが果樹園のことをきちんとすればという条件があってのことで、もちろんそのつもりでいた。

祖父のホリス・ヘンリー・ナッシュは、ジョージア州名産の桃を標高の高い乾燥した西部の土地で育てようとしたいかれた男だった。祖父は悪条件のなかでも果敢に挑戦し、試行錯誤の末、寒くて空気の薄いコロラド州のアイオラという、桃の収穫には最も適していなそうな土地で成功を収めた。というか、子どものころからそういう物語を聞かされてきたので、そんな説明しか知らない。父さんが懐疑的な人たちに反論してうちの果樹園を守っているのを何度も見たことがある。うちの完璧な桃を実際にその掌に載せているというのに、果樹園の存在を信じようとしない人さえいた。果樹園の規模も質も、生物学的には最初から奇跡だった。桃が有名かどうかなどは関係ないと、母はうぬぼれの罪深さを説いていて、この農園は故郷と考えるにはいいところだが、自慢の種にしてはいけないと常々いっていた。だがその教えも、なにを残し、なにを水のなかに沈めるのかという線引きをしなくてはいけなくなって、効力をなくした。これまでのわたしの人生には、守れなかったものが多すぎた。祖父のホリスのことは知らなかったけれど、彼のために、そして父さんのために、果樹園を守ろうと決めた。

けれど残念ながら、やり方がわからなかったし、いまや町じゅうの人に背を向けられていて完全に孤立していた。ルビー＝アリスは悩みをただ聞いてくれる以外にはなんの助けにもなりそうになかったが、ある意味、わたしは彼女のおかげで導いてくれる人を見つけることができたのだ。

ルビー＝アリスの世話をするようになってから、というか、正確にいえばルビー＝アリスが親切にもわたしの世話をしてくれたのが最初だが、とにかく、それ以来、年を経るごとに彼女はしぼんでいっていた。子ども時代の記憶からすでに老女だったが、このときの彼女と比べればまだ若かった。庭に捨て置かれてからすでに数年経った自転車は錆びて、雌鶏や犬たちの憩いの場所になっていた。食料品や動物の餌はチャップマンさんに配達してもらっていて、それを除けば、ルビー＝アリスと接点があるのはわたしだけだった。彼女の背骨はウィルとわたしがよく待ち合わせをした古いハコヤナギのように曲がっていて、その淡い水色の瞳はたいてい地面のほうを向いていた。片方の瞳は変わらず野性味があって鋭く、もう片方は以前よりさらによどんで落ちくぼんでいた。細い手足は震えていた。ルビー＝アリスはわたしが来るのを喜んでいるはずだと確信してはいたが、たまにわたしの手を軽く叩いたり、ふたり分の食事を骨折って作ってくれたりしたことくらいしか、その証拠となりそうなものはなかった。

わたしが直売所を閉めてから数週間経ったころの夕食中のことだ。ルビー＝アリスが錆びた車輪のきしむような高いかすかな悲鳴をあげて、自分の皿の上に崩れるように突っ伏したのだ。わたしは飛び上がり、羽毛をつめた袋のように軽くて力の入っていない彼女の体を抱き上げると、ソファまで運んだ。慌てて電話を探したが、もちろんこの家にはない。うちまで走っていって電話で助けを呼ばなくてはいけないという緊急事態ではあったけれど、彼女のしわのある顔に散った食べものをそのままにしてはおけなかった。わたしのいないあいだに彼女が死ぬことがあったとしても、汚れた状態で死なせるわけにはいかない。キッチンタオルを濡らしてその薄い皮膚をそっと拭いて、人としての尊厳をすこしでも取り戻そうとした。それはかつて彼女がわたしにしてくれたのとまったく同じことだった。それから家まで走るあいだ、子どものころによく唱えた文言を、息を切らしながら繰り返した。ルビアリスエイカズに神のご加護をアメン。

うちまで走ってバーネット先生に電話し、父さんのトラックでルビー＝アリスの家まで戻るのに十分かかったが、そのあいだ彼女はすこしも動いていなかった。その細い手首をつかんで脈を確かめる。降り始めの雨音のような弱く不安定な脈。呼吸の証《あかし》は骨張った胸がわずかに上下することだけだ。そのとき、時間の流れのない透明な球のなかにいるようだったのをいまでも憶えている。バーネット先生が到着して、そのあとに救急車、刺すようにどぎつい赤いライトの点滅、突進してくる男たち、鳴き声をあげてパニック状態で走り回る鶏や犬たち、という混沌とした状況になる直前の、その長く静かな数分間。わたしが経験したほかの死と違って、この死は長生きした命が単にほかのすべてのなかへ還《かえ》るという不変の理論にのっとったものだった。「灰は灰に、塵《ちり》は塵に」母なら、死すべき運命についての神聖なる知恵に確信を持ってそういっただろう。わたしはルビー＝アリスのありえないほど華奢で絹のように白い手を握り、別れを告げた。

　ところが、人の予測に最後に反逆するかのように、ルビー＝アリスは死ななかった。けれどわたしはそうとは知らなかった。救急車が彼女を連れ去ったあと、動物たちをなだめて餌をやるためにその夜を彼女の家で過ごしたからだ。これが最後なのだと感傷的になりながらソファに横になり、ピンクのキルトにくるまって彼女の不思議な人生に思いを馳《は》せた。夜が明けてうちに戻ってくると、電話が鳴っていた。バーネット先生からで、何時間もかけつづけていたらしい。先生の話では、ルビー＝アリスが真夜中に飛び起きて、それから横になろうとしないので、病院側は、うんともすんともいわないルビー＝アリスの代わりに話ができる家族はいないのかとバーネット先生に問い合わせてきたのだそうだ。

　わたしは父さんのトラックを運転してガニソンまで行き、病院の受付でルビー＝アリスは自分の祖母だと話した。用紙に必要事項を書き込んだ。彼女の髪をとかした。震える唇のあいだに緑色のゼリーをスプーンですくって入れた。彼女のベッド脇の硬い椅子で眠った。ルビー＝アリスは看護師が注射を持ってやってくるとかすかにわたしの方へにじり寄ったり、特に理由がないときにもわたしに顔を向けたりしてきて、その野性的な目に静かな同意のようなものが、そして細くなったもう片方の目にはおそらく謝意が浮かんでいるように見えた。それは充分すぎるほどの感謝の表れだった。

　ルビー＝アリスが寝ているあいだに、病院の無菌で白い世界から抜け出して、ガニソンの広い通りを散歩した。メインストリートのカフェやバーや色とりどりの車は、最初はにぎやかで面白かったが、すぐに騒々しさにうんざりした。二日目は、繁華街を避けて大学のキャンパスを歩いた。こんなにも手入れの行き届いた芝生を見たことがなかった。十月だというのにまだ緑色をしていて、たくさんの庭師がハコヤナギの黄色い葉を、落ちるそばからかき集めている。背の高いレンガの建物と建物を結ぶ湾曲したコンクリートの通路には学生たちがあふれていた。きれいに髭を剃った男子学生たちはおしゃれなセーターを着てズボンにベルトを締めており、女子学生たちはウールのタイトスカートにアイロンのかかった白いブラウスを着ていた。女子が大学に行くなんて、考えたこともなかった。アイオラでは、ガニソンの高校まで通う女の子もほとんどいない。わたしにはそんなことをする意味がまったくわからなかった。キャンパスですれ違う女子学生たちは、わたしにとって動物園の動物と同じくらい興味深い存在だった。ハイヒールや白黒の革のひも靴を履いて歩く数人ずつのグループが通り過ぎるとコツコツと虚ろな靴音が響いた。うちからほんの五十キロ離れただけなのに、外国に来たような気分だった。土地を売り渡すという、国との契約が正式に決まってアイオラを出たあと、どこに移り住むかは決めていなかったけれど、そのときその場でガニソンだけはやめようと決めた。

白い漆喰《しっくい》の建物の外にある手入れの行き届いた庭には、珍しい植物がたくさん植わっていて目を引かれた。その中央をぶらつきながら、見たことのない不思議な木々に見惚れていた。一本一本の根元に、長方形の金属の札がついた棒が挿してあって、発音できない名前が記されている。庭の小道の先はガラスのドアで、どうやらそれが大学の理学部の入り口になっているようだ。ガラスの内側を覗くと長い廊下があって、その横に番号のふられたドアが並んでいた。すべて閉まっていたけれど、「事務室」と書かれたドアだけが開いている。

深呼吸をして、なかに入った。

デスクのうしろに座る金髪の女性が片手にコーヒーの入ったマグカップを持ち、もう片方の手で書類になにか書き込んでいた。彼女が顔を上げて、礼儀をわきまえながらも好奇心旺盛な瞳をこちらに向ける前からすでに、わたしはヴィヴ叔母さんが中年になるまで生きていたらこんな感じだったのではないかと思っていた。その女性はおしゃれで自信に満ちていて、いかにも一度に複数のことを器用にこなせそうな気配があった。長方形の銀色のフレームに入った白地に黒い文字のネームプレートには「ルイーズ・ランドン　秘書」と書かれていた。

「ご用件をどうぞ」早口だが頼りになりそうな言い方だ。

「ヴィクトリア・ナッシュです」片手を差し出すと、彼女は持っていたペンを置いてわたしの手を握った。「ここの学生ではありません。でも、アドバイスがいただけたらと思って」わたしはうちの有名な桃のこと、アイオラを水の底に沈めるという政府の計画のことを話した。彼女はどちらのことも聞いたことがあるといった。そしてわたしの話を眉を寄せながら、コーヒーが冷めるのもかまわず熱心に聞いてくれた。

わたしが自分の抱える難問について説明し終えると、彼女は目の前にある黒電話の受話器をさっと持ち上げた。きびきびとダイヤルを回しながら、こちらを見てきっぱりという。「ミス・ナッシュ、あなたに必要なのは変人の植物学者です」

ミス・ランドンは電話でわたしの状況をざっと説明したあと、二階にあるシーモア・グリーリー博士のオフィスに案内してくれた。その途中、廊下の窓越しに見える博士の実験室を指さした。ごちゃごちゃ並んだ植木鉢や試験管やバケツや水槽に、様々な種類の蔓《つる》やら葉やら根やらが入っている。ミス・ランドンは含み笑いをしてから、心配しないでといった。

「わたしを信じて」と彼女はいう。「あなたに必要なのは彼のはずよ」

シーモア・グリーリーはオフィスのドアのところでわたしたちを待っていた。教授というものに会ったことはなかったが、黒縁の丸眼鏡と大きすぎるツイードのジャケットを着た小柄な体型はイメージ通りだった。想像したより若くて、想像したより神経質そうでありながら愛想がよかった。赤味を帯びた髪は、面白がっていじりすぎたあとのようにぼさぼさだった。不器用そうな笑顔だが心がこもっていた。わたしはひと目でグリーリーを気に入った。

「ナッシュの桃」グリーリーはそういって、熱心に手を差し出した。

「ヴィクトリアです」わたしはそう返して自分の手を出した。彼はまるで大事な人物に会ったときのように、熱意を込めてその手を握った。

「シーモア・グリーリーです」彼がいう。「学生たちにはグリーニー*と呼ばれています。ほら、わたしは植物のことしか頭にないもんだから。なかへどうぞ」彼はわたしの背中に手を置いて導いた。ミス・ランドンは満足したように微笑むと行ってしまった。

　グリーニーのオフィスは本と紙と植物でごったがえしていた。グリーニーはデスクの向こうに腰を下ろすと、もうひとつある椅子に座るようにと身振りで示す。わたしは紙の束をどけて座った。グリーニーはデスクに両肘をついて身を乗り出し、わたしが果樹園の今後について話すのを聞いた。話の終わりに助けてほしいと頼むと、彼は両手で髪をぐしゃぐしゃにして眉をひそめた。

「接ぎ木苗で最初から始めるということじゃないですよね？」グリーニーが聞く。

「違います」わたしは答えた。それを声に出していうまで、自分の計画を自分でもわかっていなかった。「わたしは木を守りたいんです。一本残らず移したいんです」

「なるほど」彼は考え込みながらいう。「古いのもですか？　古い木を残してもあまり意味がないんじゃないかと思うんですが」

　グリーニーのいうことが正しいのはわかった。ナッシュの桃はよその木に比べて良質な果実をつける期間が長くて、二十年から二十五年で弱りはじめる。祖父のホリスと父さんは念入りにローテーションを組んでいたので、古くなった区画の木を抜いて根覆いをしなくてはいけなくなるときまでには、被覆植物が植わっていていつでも新しく接ぎ木をした苗の植えつけができる状態の区画ができている。

わたしはそのローテーションをよく理解していたが、すべての木を守るのは無理だと認めたくなかった。いまの農園にはもうすぐ老朽化してだめになる区画がひとつだけある。大好きな、ねじ曲がった古い木の四列は、わたしが生まれた年に植えられたものだ。それを置き去りにすると思うと胸が痛んだ。

「わかりました」そう答えながらも悲しかった。「おっしゃる通りです。でも、ひと区画だけです。うちには生きなくてはいけない区画が十二あるんです」

グリーニーはさらに顔をしかめる。考え込みながら本棚のほうをじっと見た。

「お約束はできません」彼はようやくそういってから、移植の難しさについて説明しはじめた。ずっと果樹園で生きてきたわたしにも馴染み深い用語もあったけれど、土壌pHとか日焼け障害とか根域制限などは、育てることしか知らなかった果樹園には不似合いな、高尚な科学の世界のものに思えた。

「うちの木の根は強いんです」わたしはいった。

「そうでしょうとも」彼は答える。「伝説の木ですからね。でも、その根も自分の土地に張っているから強いんです。移植すると、そうですね……なんというか、わかっておいていただかないといけない。多くを失うことになるかもしれません」

「やってみなくてはいけないんです」わたしはいった。心からの言葉だった。穏やかに話してはいたが、グリーニーのためらいや警告に、内心パニックになっていた。この見知らぬ人の散らかったオフィスに座りながら、わたしはふいに確信した。あの木々なしに前に進むことはできない。わたしは、ウィルも、わたしの家族も、農場も守れなかった。息子も二度と抱くことができない。けれど、うち

＊　「緑がかった」という意味のほかに「青二才」「まぬけ」などとからかうような意味もある。

の木を守ることはできるかもしれない。

「お願いです」わたしは彼にすがった。

グリーニーはうなずいて、眉の力を緩めた。

「それならぼくも、やってみましょう」彼はそう優しくいって、ぼさぼさの髪を撫でつけた。「難しい挑戦ですが、取り組むことができるのは光栄ですよ、ミス・ナッシュ」

「ヴィクトリアです」わたしはもう一度伝えて微笑んだ。


翌朝、ルビー＝アリスは退院した。ベルトのバックルとブーツを見るかぎり、医者というよりカウボーイのような主治医の先生は、ルビー＝アリスの心臓は気まぐれな古い時計ですといった。つまり、力の続くかぎりはチクタク動くけれど、無理になればそれで終わりという意味だとわたしは理解した。ルビー＝アリスがトラックの助手席に座るのを手助けしているとき、若い夫婦が病院のガラスのドアから出てきた。男性が女性の肩に腕を回していて、女性は新生児をあまりにもふんわりと抱いている。青いフランネルのブランケットからのぞく小さな頭にはちょうどベイビーブルーと同じような真っ黒な巻き毛が生えていた。わたしはごくりと唾を飲んでじっと見つめた。母親の手から赤ちゃんを奪って逃げたいという衝動を抑えるのに必死だった。女性が目を見開いて、新米の母親特有の不安そうな目でこちらを見たとき、わたしは赤ちゃんをもっとしっかり抱いてやってといいたかった。

ガニソン川のカーブに沿って走るハイウェイ50号線でアイオラに戻る車中、桃の木のことも移植のリスクのことも考えていなかった。あの女性の目がわたしの頭から離れなかったのだ。彼女の赤ちゃんのことを考えていた。そして赤ちゃんはどんな人生を送るのか、母親はちゃんと子育てするのか、もしわたしたち――わたしの息子とわたし――にチャンスが与えられていたら、わたしはどんな母親だっただろうか、と。

ルビー＝アリスの庭の門にはお腹を空かせた動物たちが待ちかまえていた。わたしは寝ているルビー＝アリスをトラックに残したまま、動物たちに餌をやった。まずは五匹の小さな犬たち、それからホロホロ鳥と鶏たち。わたしは食べ終えた犬を一匹持ち上げてそのなめらかな体を胸に抱き込み、黒い頭にわたしの掌を被せた。気づくと、小さな犬を一匹ずつ持ち上げてトラックの運転席に入れていた。ルビー＝アリスは、犬たちが足元にぎゅうぎゅうに集まって彼女の膝に跳び乗ると目を覚まし、震える手を伸ばして一匹ずつ触った。わたしは鳥たちをいくつものケージのなかに追い込み、そのケージと餌袋をトラックの荷台に載せた。決めたのだ。この老女とその仲間たちは、わたしといっしょにうちに来る。

家のなかに入ると、キッチンで麻の買い物袋を見つけ、ルビー＝アリスの寝室に入って何枚か服を探した。その部屋は物が少なくて整理整頓されていて、ほかの部屋と同じようにピンク色だった。緑色のセーターを二着と壁のフックに引っかけてあった円錐形のニット帽を取ると買い物袋に詰めた。こそ泥のような気分になりながらタンスの引き出しを開けて使えそうなもの、たとえば寝間着とか下着などを探した。ところが見つけたのは、博物館の展示のように、重ねずに丁寧に並べてある不思議な品の数々だった。象牙の手鏡、刺繡枠《ししゅう》、銀の懐中時計、マホガニーのパイプ、釣りのリール、小さな茶色い鳥の刺繡のある折りたたんだ男物のハンカチ、磁器の頭部に綿モスリンのワンピースを着た小さな人形、より糸で結ばれた金の結婚指輪がふたつ。どれもが古くて使い古されたものばかりだが、きれいに保たれていてほこりひとつついていなかった。年代的に、特別な形見、遺品、それもルビー＝アリスが感冒《かんぼう》でいちどきに亡くしたという家族のものではないかと思った。それぞれの品にまつわる物語はわからない。結婚指輪が彼女の両親のものなのか、彼女自身のものなのか、人形の持ち主は妹なのか従姉妹なのか娘なのか。ただわかるのは、それが愛と悲しみについての物語だということだけ。ルビー＝アリスは悲しみの壮絶さに耐えることができなかったのだろう。

わたしは盗み見してしまったような罪悪感に駆られてすっと引き出しを閉めた。ベッドからピンクのキルトを二枚引きはがし、居間の棚から小さな像をいくつか取って買い物袋に入れるとトラックに戻った。老女は膝に犬を一匹乗せてまた眠っていた。わたしがトラックを発進させて家まで運転しても、老女も犬もぴくりともしなかった。

かつてオグが暮らしていた部屋に落ち着いて、自分の持ち物に囲まれ、犬たちも彼女のベッドの上で丸くなると、ルビー＝アリスはこの引っ越しに納得しているように見えた。たいていの時間は穏やかに寝ていたし、唇の前に出してあげると、食事も受け入れた。以前のように庭に鶏がいて、世話をする相手がいるというのが、わたしには心地よかった。

グリーニーと何人かの大学院生が二週間後にやってきて、様々な形状の科学装置を車から降ろすとすぐに作業にかかった。彼らは何週間もかけてデータを集めた。わたしは基本的には彼らのそばに行かないようにしていたが、彼らの質問に答えるときや、缶詰にしたばかりの桃を出すときは別で、そのうち寒くなってくると熱いコーヒーの入ったポットと靴の空き箱いっぱいに入れたマグカップを届けるようになった。十二月の雪が降りはじめるころには、グリーニーの計画は出来上がっていた。エルク山地の向こう側の、標高が低く肥沃《ひよく》なノースフォークバレーに土地を見つけ、冬のあいだに新しい土をうちの豊かな土壌に見合うレベルにする準備をし、来春にはこの果樹園の土を深く掘って、一本一本木を移動させる。それは祖父がかつて抱いていた夢と同じくらい無謀な計画だと、グリーニーはわたしに何度も念押しした。グリーニーはまた、費用を賄うための大学の助成金を見つけていた。「最初から奇跡の桃なわけですからね」グリーニーは安心させるようによくいった。それからかならず眉をひそめる。科学者である彼は、本当は奇跡などまったく信じていなかったのだ。

わたしにとってアイオラでの最後の冬がやってきた。ふるいにかけた小麦粉のような雪が農園に降り積もり、命あるものすべてを黙らせ、身を休めろと命じていた。静けさはありがたく、わたしは日々を穏やかに過ごしていた。変化はすぐそこだ。グリーニーが見つけてくれた、ペオーニアという小さな町の近くの土地を購入したいと、実際の土地も見ずに仲介業者に電話しながら、わたしは春までに力を蓄えておかなくてはいけないのだと気づいた。

次の仕事は決断することだった。過去の生活のなにがわたしといっしょに移動するのか、ひとつひとつ決めていくのだ。納屋から収穫かごを引っぱりだしてきて、応接間の隅に、清潔な白い布巾の束といっしょに置いた。毎晩、ルビー＝アリスに夕食を摂らせ、犬たちを屋内に入れたあと、家族の様々な物に囲まれた金色のソファに座り、引っ越しの荷造りをしようとした。

政府の役人が二度目にやってきたときにそのソファに座ったことを、よく思い出した。細い脚を組み、滑らかな両手を組んで片膝にそっと載せ、こともなげにいった。あなたがここに残したものは、オークションにかけられるか、燃やされるか、水の底に沈むかのどれかです、と。わたしは彼の熱心な青い瞳から目を背け、応接間のなかをざっと見回した。母さんはいまでも綿モスリンのクッションや、額に入った刺繍の正確なステッチのなかにいる。母さんの集めた磁器の十字架の数々は背の高い白い棚に飾ってある。母さんの好きだった水色の花瓶はオーク材のエンドテーブルにしいた白いレースの敷物の上に置いてある。父さんは、母さんが嫌がるのもかまわずうちに持ってきた、艶のあるチェスナット材のラジオのなかに、従兄のキャルは手作りのチェッカー盤のなかに、ヴィヴ叔母さんはお気に入りの椅子のなかにいる。わたしは首を横に振って、なにも残していきませんから、と役人に断言した。

「ここにサインをお願いします」そういってまた新たな書類を渡すと、いちばん下の空欄を指さし、疑わしげに微笑んで、いった。「万一ということがありますので」

わたしはばかばかしいとばかりに目を見開いてからサインした。

ところが、かごを用意しても、わたしにはなにひとつなかに詰めることができなかった。努力はした。けれど、母さんのクッションのないソファも、青い花瓶のないエンドテーブルも、なにか違う気がしたので元に戻した。ラジオは聴けなくなってからもう何年も経っていた。チェッカー盤にはキャルとセスのふたりが入っているから、片方を連れてくればもう片方も連れてくることになってしまう。ヴィヴ叔母さんの椅子は恐ろしく座り心地が悪かった。それなら、母さんの書き物机を、と思ったが、そっと扉を開いてみると、それはまだ完全に母さんのもので、なかにあるものもきっちりと整理整頓されたままだった。わたしは毎晩ストーブに薪をくべて応接間の窓辺に座り、降りしきる雪を見ていた。荷造りにはまだ早いだけだから、と自分に言い聞かせながら。もちろん、春になればやる気になるはずだ。

17

一九五五年

夜が明けてすっきりと晴れた二月の朝。朝食後、わたしはルビー＝アリスがベッドを出てトイレへ行くのを手伝い、それから骸骨のような彼女の腕を取って窓際の椅子へ導いた。もともと豊かなほうではなかった表情がいまではさらに読めなくなったが、宝石のように輝く雪と紺碧《こんぺき》の空を見渡すことができて、喜んでいたと思う。わたしは彼女の薄い髪にブラシをあてた。彼女は震える手をこちらに伸ばし、やわらかな指先がわたしの手首をかすめた。ちっぽけで奇妙なこの友情が、それぞれに孤独なわたしたちのあいだを結んでいることに感謝を示してくれたのだ。

そのあと、ルビー＝アリスに蜂蜜入りのオートミールを食べさせてから、ひと寝入りできるようにまたキルトのなかに戻した。わたしは町まで歩いて行ってこようとスノーブーツと青いウールのコートを身に着けた。立ち寄る場所は二カ所だけ。チャップマン商店で食料品をすこしとジャーニガンさんの金物店で斧の柄を買って家に戻る。おしゃべりで引きとめられることもないだろう。わたしに向かってせめてうなずいてやろうという人さえ、何カ月もいなかったのだから。自分の土地を売ったことで充分怒りを買っていたのだが、わたしがルビー＝アリスにも無理やり土地を売らせて、その利益を自分のものにしたという噂が広まってからは、完全にのけ者にされていた。実際は、わたしはルビー＝アリスにダムのことも政府の申し出のことも話していなかった。彼女がこの世を去る日に心の平安を保っていられることだけが、彼女に必要な財産だと思っていたからだ。

長い私道を重い足取りで進んでいくと、いつもなら痛いくらいに冷たい冬の空気が太陽の光でやわらいで、するりと肺に入ってきた。雪は驚くほど明るく輝いている。ムクドリたちがさえずり、葉の落ちたハコヤナギのあいだをすばやく飛んでいく。ルビー＝アリスの敷地の前を通ったとき、あのマツ林のなかの小さな家でどれほどの癒しをもらったかを思い出した。わたしはあそこで初めてウィルに抱きしめられたし、ビッグブルーから戻ってきたわたしをルビー＝アリスが世話してくれたのもあそこだった。わたしがここに残していくもののこと、これまでとなにひとつ変わらないように見えるこの風景がいつか水の底に沈んでしまうことを思うと、悲しくて胸が痛んだ。けれど、町に近づきながら、この場所は無知という名の残酷さも抱えているのだと思った。孤独な老女を悪魔だと、浅黒い肌の美しい若者のことを疎《うと》むべき無法者だと信じる人たちがいるのだから。それと同じ誤解から生まれる憤怒《ふんぬ》が、いまやわたしに向けられている。わたしには、ここに残りたいと思わされるような望郷の念はすこしもなかった。わたしはメインストリートを進み、チャップマン商店の前のステップを上がりながら、この町から出ていく日のことを夢見ていた。

店の入り口でコートのボタンを外していると、チャップマンさんがデリカウンターの前に座る客たちの頭越しに、冷ややかな視線をちらりとこちらに向けた。わたしは気にしなかった。客のふたりがスツールをくるりと回してこちらに顔を向けると、それがミリーとマシューのダンラップ夫妻だとわかったときも、ふたりになにをいわれても傷つかないという強い心構えがあった。

ミリーが甘ったるい声で歌うように「誰かと思えば、トーーーリーーー、ナーーーッシュ」といったときには、わたしは目を剝いてやりたくなるのを我慢した。

ダンラップ夫妻はその秋、宿屋から何人か人手を送ってくれた。父さんが死んでから、収穫期のたびに送ってくれていたのはありがたかった。けれど、わたしが農園を売却するというニュースが広まってからは、夫妻が桃の発注をすることも、直売所にやってくることもなくなった。

「奥様こんにちは」わたしはミリーに向かっていうと、マシューに頭を下げたが、マシューはさっと背を向けた。

「奥様なんて水くさい。ミリーだよ、ミリーって呼んで」ミリーはスツールから立ち上がって向かってきた。ものすごい勢いで倒れてくる木のようで、逃げることもできない。「いつぶり？」ミリーはわたしの肩を強くつかみ、抱きしめかけてやめた。「見違えたじゃないかい！　驚いた」

ミリーの丸い顔はいまではキャベツのようにしわしわで青白かったが、三日月形の茶色い目は、いまもまだ無邪気さを装っている。わたしはもうずいぶん前に、その目と友情をにじませる歌うような口調を信じてはいけないと学んでいた。宿屋のキッチンで、彼女が「汚いインディアン」と呼ぶ若者についてわたしが尋ねたとたんに、彼女が強い嫌悪感を露《あら》わにしたあの不愉快な朝から七年近くの月日が過ぎていたが、わたしには昨日のことのように感じられた。チャップマンさんの店先でのミリーの満面の笑みを見て、わたしは自分がこの人たちから、仕事に関わること以外ではずっと距離を取ってきた理由を思い出した。

ミリーは収穫はきちんと終えられたかと聞いてきたが、それは明らかに手伝いを送ったことへの感謝の言葉を期待していたためだったから、わたしは礼をいった。それから彼女が天候の話やそのほかのどうでもいいおしゃべりを続けるあいだ、なんとかして逃げられないものかと考えていた。

わたしが逃げる前に、ミリーはわざとらしい笑顔を見せていった。「それから、ああ、弟にまた会えるんだから、ほんとによかったよね」

わたしはまるで叩かれでもしたように、呆然《ぼうぜん》と彼女を見つめた。

「なんて？」わたしは聞いた。しっかり聞いていたのに、耳から入った彼女の言葉は、脳を通過せずに直接胃に落ちた。

「またセスに会えるんだから」ミリーは繰り返す。「ふたりともよかったよね」彼女はいたずら好きな猫のようにわたしの腕をぱたぱたと叩いた。

何年ものあいだ、弟の名前を誰かが口にするのを聞かなかった。セスはこのコミュニティの記憶から消去されたのだろうと思っていた。アイオラでは不名誉なことや不運から身を守るために、不作の年のことや不注意のせいで起きたコンバインの事故について誰も口にしないのと同じだ。

「マシューとあたしは、あんたがあの政府の役人からお金を受け取ったことについてセスがなんにも知らなかったもんだから、驚いちゃったんだよ。だって半分はセスのものなのにねえ」ミリーの三日月形の目がさらに急カーブを描く。

「セス……」わたしはしわがれた声を出す。その名前が喉を焦がすようだった。「……はカリフォルニアにいます」

「やだ、違うってば」ミリーはわたしのばかさ加減に仰天したというように、またわたしの腕を叩く。「セスはしばらく……フレズノの近くにいたってマシューにいってたかな。でも、ここ一年かそこらはモントローズにいたんだよ。町の西側にね。トウモロコシ農園で働いてるんだって。そこの競《せ》りで何度か会ったの。ほんの二、三日前にも映画のあとに会って。もちろん、たいして話さなかったよ。ほら、セスってそういう子だから」

ミリーはちょっと黙って、自分のいったことがわたしにどんな打撃を与えるかうかがっている。

もちろん、わたしはセスがどういう子かわかっている。ミリーの顔につばを吐いてやりたかった。

「あの可哀そうな子にはどっちの件がよりショックだったんだろうね」偽りの甘い声がしだいに険しくなっていく。「あんたが土地を売ったことなのか、あの頭のおかしいエイカーズ婆さんを引き取って、土地を売るように仕向けたことなのか」ミリーは残酷にもそこで言葉を止めて肩をすくめた。「でも、会いに行きますっていってたから。きっと問題は解決するよね」

いい、いい。セスが近くにいる。爆弾を落とし終えたミリー・ダンラップが自慢げにゆっくりと自分のスツールに戻る前に、わたしは店を出て家に向かって走った。

息を切らし顔を真っ赤にして、キッチンの裏口から家に滑り込んだ。立ち止まって呼吸を整えたりブーツを脱いだりもせず、ルビー＝アリスの部屋に向かって走り、そのドアを勢いよく開けた。自分がなにを予想していたのかわからない。セスが武器を片手に彼女の上に馬乗りになっている情景か、悪くすれば彼が侵入したあとの血に濡れた惨劇の跡か。けれどルビー＝アリスは、さっき別れたときのままだった。ぐっすり眠っていて、ゆっくりと浅く息を吸ったり吐いたりしている。彼女の犬が二匹、その横で丸くなっていて、けだるそうにわたしをちらりと見てからまた眠ってしまった。

キッチンのシンクでグラスに水を注ぐとき、わたしの両手は震えていた。たっぷり注いで飲み干すと、もう一杯注いで飲んだ。セスのロードスターの幻がまだ目の前の窓から見えていた。セスが初めてウィルを捜しに出かけた夜、窓の向こう側を轟音《ごうおん》とともにすりぬけていったあの車を思い描かなくなることはないだろう。いまもそこにセスが見えるだろうと思った。またあの不吉な挨拶をするセスを。けれどセスはいなかった。応接間にも二階の部屋にも、納屋にもいないし、彼がかつて豚の世話をしていた荒れ果てた豚小屋に隠れてもいなかった。滑らかな雪の上に果樹園へ向かう足跡も、あるいは果樹園から来る足跡もなかった。その日は一日じゅう、セスがいそうな場所で、そしてまずいないだろうと思われる場所でも、彼の姿を捜していた。目で捜していなくても、耳を澄ましていた。危険を目の前にした犬のように、わたしのすべてが臨戦態勢だった。カーテンはすべて閉め、窓もドアもひとつ残らず鍵をかけた。その夜、わたしは眠らなかった。

その月のない夜、ベッドに横になりながら、わたしはドアノブを見ていた。少女のころに同じようにしていたたくさんの夜のように。嫌悪感でいっぱいだった。もちろんセスへの、そしてわたし自身への嫌悪感だった。わたしは、弟を恐れること、それがなんなのかはっきり名前をつけることのできないあれこれを恐れることに、人生を費やしすぎた。

そのとき、山の小屋での、終わりがないように思えた最初の幾晩かを思い出した。なにか邪悪なものが外に潜んでいると信じ込んだこと、なにが来ようが相対しようという度胸が日に日についていったこと。出産の恐怖と喜びを思い出す。命を作り、それをこの世界にもたらしたこと、そしてわたしの赤ちゃんを守るために置き去りにしたこと。家に帰って父さんと向き合ったこと、父さんを愛したこと、父さんが死んだあともちゃんとやってきたこと。ポーチに干してあったキルトをセスの顔と間違えたとわかって、腹を立ててキルトを引きずりおろし、その夜、もう二度とセスの幻影に悩まされたりしないと誓ったこと。

わたしはぱっと毛布をめくると立ち上がった。セスが来たらそのときだ。こっちの準備はできている。

翌朝の夜明けは暗く陰鬱だった。薄暗いキッチンでコーヒーをすするうちに、色のない太陽が昇っていた。脇には父さんのライフル銃が置いてある。父さんが死んでから、いや、その数年前から銃に触っていなかった。わたしが十三歳のとき、父さんが裏の柵に沿ってコカ・コーラの瓶を並べて、わたしに繰り返し射撃を教えていたころが最後だ。最初、わたしはやる気もなく、正確に撃つこともできなかった。けれど父さんは執拗《しつよう》だったし、わたしは従順だったので、わたしたちは練習を続けた。そのうち、わたしは六本続けざまに命中させられるようになり、これで終わりにしていいかと聞いた。銃の重さも、耳をつんざく射撃音も、わたしの小さな肩にかかる射撃の反動も、鼻をつくにおいも大嫌いだった。弾が的に当たるのさえいやだった。ガラスの破片が飛び散る様子が、銃弾が命を破壊するその様を模倣しているからだ。いま、その銃がわたしの座るキッチンの椅子に立てかけてあるが、発砲するつもりはなかった。セスが本当に姿を現したとき、この手に銃を持っていたかったのだ。セスにはわたしを見た瞬間に、もはやわたしが彼の記憶のなかにいる少女ではないことをわからせる必要があった。

鳥と犬たちに餌をやり、薪を運び、ルビー＝アリスに朝食用のオートミールを作る。恐れないと心に誓い、かならず手に届く範囲に銃を置いた。この農園から出ていきたいという思いはどんどん強まって、わたしはとうとう荷造りを始めた。神経の昂《たかぶ》りを鎮めるために作業に熱中し、昼前までに四つの収穫かごに物を詰め、昼食後にまた作業に戻った。突如として引っ越しの日が待ち遠しくなった。

応接間にある背の高い白い棚に母さんがしまっていた陶器の十字架のコレクションに手が届くように、納屋から収穫用の梯子《はしご》を持ってきた。古い梯子は体重をかけるときしんでわずかに揺れたが、わたしは上の方の段にいつまでも足を置いたまま、並べられたコレクションに見惚れていた。毎年クリスマスの朝に、母さんが包装紙を開いて父さんから贈られた新しい十字架を見るたびに、驚いて嬉しそうにしていたことを思い出したのだ。ひとつひとつがわたしの手ほどの大きさで、つやつやと白く光り、花やリボンや飛んでいる鳥などが瑠璃《るり》色で描かれている。父さんはこの十字架をジャーニガンさんの金物店で、シアーズ・ローバックのカタログから特別に注文していた。毎年十二月に忘れずに。わたしはひとつひとつきれいに拭いて包みながら、その慣例の優しさを感じていた。なかにひとつ、壊れた十字架があるのがわかっていたので、それを見つけて、とりわけ慎重に持ち上げた。父さんが接着剤でくっつけたぎざぎざの継ぎ目を指でなぞると、あのひどいクリスマスの朝がまざまざと思い出された。からかわれるか、なじられるかしたと感じたセスが、いちばん近くにあった物をつかんで従兄のキャルに投げつけたのだ。母さんへの贈り物が応接間の壁に当たり、いくつもの破片となって落ちた。わたしたちは母さんの反応をうかがい、部屋はしんと静まりかえった。母さんはただ歯を食いしばって視線を落とし、握った自分の両手を見るだけだった。セスのかんしゃくは、たいてい母さんを怒らせたが、そのときの母さんはただ純粋に悲しんでいるのがわかった。父さんはわたしたち三人を応接間から追い払い、わたしはそのクリスマスの朝、それからずっとアベルの馬房で泣いていた。

接着剤でくっつけられた十字架を握って、あの大昔の日の物悲しさに浸っていると、奥のほうに手製の木の十字架が伏せてあるのに気づいた。二本のヤナギの枝を中央で交差させ、赤いクリスマスのリボンで結わえてある。ずっと忘れていたが、見た瞬間に思い出した。セスが母さんのために作ったものだ。セスは小さな箱のなかにその十字架を入れて不器用な蝶結びで飾ると、わたしたちが黒砂糖に漬け込んだハムのクリスマスディナーのためになかに入ることを許されたあと、きまり悪そうに母さんに渡した。母さんは礼儀正しく、けれど暗い表情で受け取ると、それを脇に置いたまま食事を始めた。セスは、わたしたちが料理の入った皿を回しはじめるまで、母さんのこともほかの誰のことも見ずにうつむいていた。母さんとヴィヴ叔母さんがクリスマスにしか作らない手の込んだ料理がたくさん並んでいたにもかかわらず、セスはほとんどなにも口にしなかった。

わたしは壊れた陶器の十字架を片手に、もう片方の手に手製の十字架を持って梯子を下りた。その一組の十字架には、弟の人柄の真実があった。抑えられない衝動と怒りがある一方で、なにが正しいかを理解し、そのためにどうすればいいかを知っているという一面もあり、人に愛されるような行動を取れないのにもっと愛されたいと願ってしまうという一面もある。セスの獰猛さやそこから引き起こされた悲しみが、わたしの記憶に色濃く残りすぎていて、お詫《わ》びの印にヤナギの十字架を丁寧に作る少年のことはほとんど忘れていた。母さんはふたつの十字架を残していた。それはわたしにとって意味のあることのように思えた。わたしはふたつを両手に持ち、長いあいだじっと見つめたあとで、キッチンに持っていき、両方ともゴミ箱に落とした。

数日後、昼食を終えて皿を拭いて棚にしまおうとしていたとき、玄関前のポーチから重い足音がして、すぐにしっかり三回戸を叩く音がした。セスだとわかった。取り乱したわたしは無駄にキッチンを歩き回った。セスがこの農園に現れる状況をいろいろ想像してきたが、礼儀正しく玄関をノックするというのは予想外だった。

わたしは深呼吸して父さんの銃をつかんだ。廊下を歩き、応接間を抜けながら、セスが無理やり入ってきそうなやり方をあれこれ考えた。何十年もポーチの梁《はり》の釘に引っかけてあった鍵はもちろん動かしてあった。けれどもしかしたら、セスは自分の鍵を持っているかもしれない。窓を割るかもしれないし、肩からドアに体当たりして力ずくで入ってくるかもしれない。ところがわたしが近づいていくあいだ、セスはただもう一度ノックをしただけだった。今度はもうすこし大きな音だったので、ルビー＝アリスの部屋にいる犬たちが一斉に吠えだした。

勇気を出して応接間の窓から外を覗くと、まさにそこに、ほとんど互いと互いの鼻がくっつきそうな位置に、わたしの弟がいた。わたしは思わずうしろへ飛びのいた。胸のなかで心臓がぐるぐると回っていた。

「ドアを開けてくれよ、トリー」セスが窓越しにいう。

ちらりと見たかぎりでわかったのは、セスは前より痩せていて、もじゃもじゃの濃い色の顎ひげを生やしていて、そのせいで想像していたよりも大人に見えることくらいだ。

「なあ、いいだろ？」なだめるように低い声でいう。「トリーを傷つけたりなんてしないよ」

いったん気持ちを落ち着けて、いまの自分の感情を整理した。わたしは自分のことで怯えているわけではないのだ。セスがどんな悪さをしようと思っていても、対象がわたしなら自分で対処できる。けれど、矛先がルビー＝アリスに向いてしまったら、絶対に回避できるという自信はない。ルビー＝アリスの犬が静かになると、わたしはもう一度窓に近づき、窓越しに、ポーチの椅子に座るようセスに命じた。セスはそれを聞いてくすくす笑ったが、それでもわたしの言葉に従った。

わたしはセーターを着込んだ。それから銃をつかんで急いで外に出ると、ドアノブのロックボタンを押してうしろ手に勢いよくドアを閉め、セスから目を離さずにポーチの向こう側まで一気に進んだ。

セスはかすれた笑い声を立ててからいった。「そのおんぼろ銃、トリーは嫌いなんだと思ってたよ」

「嫌いよ」わたしは答えた。セスがまずそこに気づいたことに満足した。いまのわたしについて伝えたいことがそこに凝縮されていることを願う。

互いをじっと観察するあいだ、長い沈黙が続いた。奇妙なことに、彼はセスであり、セスでなかった。前と同じ、タバコとウイスキーのにおいがした。けれど、アイオラを逃げ出した、ずんぐりした明るい茶色の髪をした十六歳は、当時より濃い茶色の髪、茶色い髭の二十二歳に変わっていて、顔の輪郭には以前とは違う角度やカーブが刻まれていた。太い眉のあいだには深いしわがあり、片方の頬に長く白い傷痕が走っている。神経質そうで動きの速い灰色の瞳は馴染みのあるものだったけれど、どことなく前より柔らかくて、かつてわたしが知っていた少年の瞳ほど痛みを抱えていない。肩は広いが、黄褐色のキャンヴァス地のジャケットに隠れた体は痩せていた。汚れた両手は父さんの手のように分厚くて節くれだっていて、汚れたジーンズの太ももに何度も何度もこすりつけながら、すこし震えていた。そこにそうして座っているだけで、この六年のあいだにたくさんのもめ事を目にしてきたのだろうとわかった。そのもめ事も、ぜんぶ自分が招いたことなのだろうとわたしは確信した。

わたしの変化をセスがどう思ったかはわからない。人に命令したり、銃を手にしたりするのが楽にできていることさえ認識されれば、ほかはどうでもよかった。

「モントローズでダンラップさんたちにばったり会って――」セスが始める。

「知ってる。ミリーからぜんぶ聞いた」わたしは話を遮った。

「そうなのか？　あの人とはもう仲良くしてないかと思ったよ」とセス。

わたしは肩をすくめる。「あんたがここに来るだろうっていわれた。お金のために」

「じゃあ、おれが来ても驚いてないんだね」セスは神経質そうに笑った。

「なかなか来ないから驚いたくらい」セスの欲深さを侮辱したつもりだったが、セスは普通の会話をしているように続けた。

「そうだよね、たぶん、自分でもどうしたらいいか決められなかったんだと思う」セスがいった。

「ずっと、ここには帰らないって自分に言い聞かせてたから」

その決め事を、あんたは父さんの葬儀に参列するためじゃなくて、お金のために破ったのね、とわたしは思っていた。セスはわたしの考えがわかったらしく、無言の決めつけに対して肩をすくめた。

「帰ってきたのは金のためだけじゃないと思うんだ」ようやくセスがいった。

「じゃあ、なんのため？」わたしはすぐに返す。

「たぶん、姉さんに伝えなくちゃいけないことがあったから」セスは上目づかいにちらりとわたしを見た。クリスマスを台無しにしたあとで、あの手製の十字架を母さんに贈った少年とよく似ていた。

弟とわたしは、与えられた重荷をなんと違うやり方で背負ってきたのだろう。あのときのわたしたちは喪失をどう受け入れればいいのかわかるには幼すぎたのに、喪失は勝手にやってきた。母もキャルも叔母もいなくなって、残ったのは弱っていく父と壊れきった意地悪な叔父だった。そんななかで、わたしたちはかつてより重苦しい自分でいることで、生きつづけた。わたしは従順な少女に、セスは怒りを抱えた少年に。わたしたちはふたりとも、ほかにどうやって生きればいいかわからなかったのだ。けれどウィルを愛することで、わたしの臆病者の鎧《よろい》がはがれ、ベイビーブルーはわたしにも力があると教えてくれた。セスはわたしほど幸運ではなかったのだろう。わたしは心の準備をしてセスの言葉を待った。

「ずっといわなきゃと思ってたんだ」セスはそう続けたあとで、息を大きく吸い込んだ。「あのインディアン野郎を殺したのはおれじゃないってこと」

わたしは呼吸を落ち着かせた。ウィルは「インディアン野郎」なんかじゃなく、ちゃんとした名前のある男性で、セスにはわかるはずのない魅力を備えた人なのだといいたかった。けれどそんなことをいったってなんの意味もない。それでわたしはこう返した。「そういえばいいと思ったんでしょ？ ここに来て、わたしからお金をもらおうと思ってるんだから。どんなことだっていえるよね」

「ちがうよ、トリー、本当なんだ」セスは首を激しく左右に振った。「やったのは、あのフォレスト・デイヴィスだ。あいつなんだよ。あいつが……あの男を縛りつけて……やっちまったんだ。おれはその場にいた。いたのはまずかったとは思うけど、でも、おれはやってない」

わたしはそれには答えずに、ただ銃を握る手に、はたから見てもわかるほど力を込めた。暴力は、わたしにとって火星と同じくらい未知のものだ。けれどそのとき、復讐心とはどういうものか、復讐心が爆発するとは、自分の痛みを消すために誰かにできるかぎり痛みを与えてやりたいという死にものぐるいの思いとはどんなものなのか理解した。セスが酔っぱらって勝ち誇った様子で、そしておそらく両手を血に染めて帰ってきたあの恐ろしい夜を思い出す。あのとき、わたしにできたのは、這ってその場から逃げることだけだった。

「あんたがそこにいたのなら」ようやく声が出るようになるとわたしはいった。「なんで止めなかったの？」わたしは震えていた。殺した犯人はフォレスト・デイヴィスだろうとずっと思っていたことに気づいたのだ。けれど、セスが弱くて、考え方が間違っていて、偏見に満ちていたからウィルを見殺したのだろうということも、やはりずっと前からわかっていた。「なんで？」わたしは繰り返す。叫びたかったが必死で抑え、涙をのみ込んだ。「なんで助けなかったの？」

セスは長いあいだじっと擦り切れたポーチの板を見下ろしていたが、ようやく口を開いた。「あのころ、おれはとんでもないばかだったんだ。怒るしか能のない大ばか野郎だった」

いまや聞こえるのはセスの荒れた掌が自分のジーンズの太腿をこする音だけだ。それから彼は上着のポケットに手を入れてラッキーストライクの箱を出し、一本掌に落としてからくわえ、火をつけた。セスが長々と吸うたびに、静けさのなかでタバコがパチパチと音を立てた。

さっきまできれいに晴れていた空を、たくさんの灰色の蛇が這うように雲が覆い、地面の雪に長い影が落ちてきた。タバコの煙の混じった空気が冷たい。

「いくらおれが鈍感でもわかったよ」セスはタバコをわたしに向けて振りながらいった。「トリーがどうして逃げだしたのかわからないほどばかじゃなかった」

わたしは唇を噛んで、セスが赤ちゃんのことを知っていたというのを待った。父さんもオグ叔父さんもライル保安官も、そして町じゅうの人も赤ちゃんのことを知っていたと。

「おれたちがトリーのことも襲うんじゃないかって思ったんだろ」セスはむっつりといってから、もういちど深くタバコを吸って、ポーチに灰を落とした。「でも、トリーを痛めつけようなんて、思ったことないよ。おれとトリーは……おれたちは……」セスはそこで言葉を止めてまた下を向いた。「トリーのあとをつけたら、あのインディアン野郎とキスしてるのを見て、すごく気に入らなかったんだ。それは認めるよ。すごくいやだった。だけど、仕方ないよな。トリーはああいうやつらのこと、知らなかったんだから。あいつらのあやしい呪文とか目くらましとか、そういうのをさ」

あのインディアン野郎。わたしは嫌悪感でいっぱいになった。ああいうやつら。あやしい呪文とか目、く、ら、ま、し、。

かつてツリーハウスから閉め出されたときのセスの怒りについてキャルが説明してくれたことを思い出した。あいつが嫉妬するから。それだけ。キャルはそういった。き、み、と、ぼ、く、の、こ、と、だよ。

「ライルがしつこくつきまといはじめたんで、デイヴィスが、おれたちは町を出たほうがいいだろうって。おれ、トリーのこと捜したんだぜ」セスがいう。「車ですげえあちこち捜した。わかってほしかったんだ。デイヴィスもいなくなるし、インディアン野郎もいない。トリーはうちに帰ってきても安全だって知らせたかった。信じてくれるよな」

わたしは信じなかった。いや、もしかしたら信じたのかもしれない。でも、もはやどちらでもよかった。

「なにが欲しいの、セス?」わたしは無表情にいった。ふたりの再会の時間を終わりにしたかった。

「どうしてここに来たの?」

「わからない」セスはそういってタバコをポーチの床に捨て、ブーツで踏み消した。「あの金をもらいに。でも、いざ来てみたら、おれ……」セスは言葉を止めて考え込んだ。「あの頭のおかしいエイカーズって女はなかにいるのか?」セスは玄関を指さしていった。

「いない」わたしはいった。「死んだの。ずいぶん前に」

セスは小ばかにしたように笑った。「聞いた話と違うけど」

わたしは肩をすくめてもう一度尋ねた。「なにが欲しいの、セス?」

「なんていうか、どうなるのかなって思ってきたんだよね。トリーが出ていったら、ここには誰が住むんだ?　果樹園とか誰がやるのか?」

魚よ、とわたしはいいたかった。あとは湖の水草。それから腐ったものたち。

「貯水池はできないって聞いたよ」セスはいった。「あんなダムを造るなんて、ありえないって。売ったやつはばかだってさ」

それに関しては、セスのいうことは正しいのかもしれないし間違っているのかもしれないが、わたしはどうでもよかった。わたしには計画もここからの出口もある。

セスはさらにいった。「トリーがいらないんなら、おれがもらうのもいいかもしれないよ。家なしでずっとふらふらするのはもう疲れたんだ。それに、この果樹園をおれみたいにやっていけるやつはほかにいないしね」

「わかった」わたしはこのチャンスを逃すまいと飛びついた。「ライルさんにデイヴィスを突き出して。あの夜あんたの見たことを証言して。そうすれば、あんたにあげる」

「問題がふたつあるよ」セスが答えた。「ひとつ。何年も前に死んだインディアン野郎のことなんて誰も気にしてないから、犯人が捕まるとは思えない」

セスはいったん口を閉じてわたしの目を見た。残念ながらセスの言葉が正しいことをわたしが知っているのは伝わってしまったはずだ。

「それからふたつ目」セスは続ける。「どのみち、もう意味ないんだ。デイヴィスは喧嘩《けんか》で死んだから。いっしょにフレズノにいるときにさ」セスは自分の頬に走る白い傷痕を指さした。「もうすこしでおれも道連れにされるところだったんだぜ」セスはもう一度言葉を切ってから最後にいった。「天罰ってやつだな」

わたしは怒りで目がひりひりした。セスに目の前からいなくなってほしい。

「夏までにはここを出ていく」わたしはいった。「わたしのそばをうろつかなければ、あとはあんたがなにをしようとかまわない。でもまたわたしに近づいたら、この場所のすみずみまでガソリンをまいて燃やしつくすから」

セスはあざけるように鼻を鳴らす。「果樹園は焼かないだろ」

「いちばん最初に果樹園を燃やす」わたしは嘘をついてにらみつけた。

セスの苦しそうな目を見て、この残酷な世界でただひとつ、この桃だけがセスのぼろぼろの心にとって意味のあるものなのだとわかった。

「嘘じゃないからね、セス」わたしはセスに近づきながらいった。「わたしがいなくなってしばらくするまでは、ここに近づかないで。そのあとなら、もしいられるもんなら好きにしていい。ライルさんに見つかったり、政府の役人が来たりしても、それはわたしとは無関係だから。あんたは不法侵入することになるんだから、自分でなんとかしなさい」

セスはわたしがあっさり承諾したことに戸惑っているようだった。けれど、セスにあげるのは、わたしがすでに水のなかに沈めると決めたものだけだ。木々が守られて、わたしが新しい生活を始めてしまえば、そのあと農園がどうなろうとどうでもいい。セスはわたしにとってどうでもいいのだと、自分に言い聞かせた。たとえセスが戻ってきたとしても、果樹園はなくなっていて、この家は空っぽで、ただ彼の後悔の亡霊だけがそこに残っているだろう。セスがこの土地から離れられなくなり、ガニソン川が水位を増してそのすべてをのみ込む日がくれば、それがわたしの復讐であり、ウィルに示される唯一の正義の裁きなのだ。

わたしは銃をかまえて銃口をセスの胸に真っすぐ向けた。

「さあ、わたしのポーチから出て」わたしはいった。

セスは立ち上がった。わたしを見るその顔は疲れ切っていて、不安げで、二十二歳というよりは八十歳のように見えた。あまりにも悲しそうで、ほんの一瞬、わたしは弟を愛していたあの小さな女の子になった。その愛情に絡みついた恐れや混乱を解き放ちたかった。彼を彼自身から救いたかった。自分がいい子であることで彼のなかにあるすべての悪、世界じゅうのすべての悪を相殺したかった。わたしのなかには自分で思っていたよりもっとたくさんのものがあったし、たぶん、セスのなかにもあるはずだと伝えたかった。

けれど、わたしは銃をしっかりセスに向けていて、そのうちセスはゆっくりとポーチのステップを下り、長い私道を歩いてハコヤナギの木々のなかに姿を消した。遠くでエンジンの轟音がして、車が走り去る音を聞くまで、わたしは銃口を下げることもせず、まともに呼吸もしなかった。

まるでセスが冬を連れ去ったかのように、翌日、本格的な雪解けが始まった。それから二週間のうちに土が顔を出しはじめ、最初のうちはあちらこちらに小さな地面が見えていただけだったが、そのうち一気に融けて、雪は泥になり、それから緑になっていった。グリーニーと彼の学生たちがエルク山地の向こうの新しい土地で土壌の最終調整をしているうちに、わたしは果樹園の葉のついていない枝を一本一本刈りこんでいった。ここに残していかなくてはならない古いものを除いたすべての木々の枝を。移植はきっとうまくいく、そう声に出して自分に言い聞かせる。わたしの木もわたしも、五月にはペオーニアでいっしょに花開くのだ、と。そういいながらも、失敗するかもしれないという思いがよぎって胃が締めつけられる。ぬかるんだ地面に座り、きっとわたしがいちばん恋しく思うことになるだろう古い木の太くてねじれた幹に背中をもたせかけ、両手を合わせて祈った。その言葉は空へ向けられていたけれど、わたしは神にではなく父さんに語りかけていたのだと気がついた。この果樹園を誰よりも知っていて、誰よりも愛していた父さんに。どうか恵みと救いを、そして奇跡の桃と恵まれた天候をくださいと願った。さらに、もしもなにもかもうまくいかなかったとしても、どうか許してください、理解してください、わたしが努力をしたことに免じて、と。

三月一日、わたしはグリーニーと彼の学生四人といっしょに、黄麻布《バーラップ》のシートを用意して立っていた。ふたりの男子学生が最初の木のまわりを注意深く掘り、根が土から抜けるようになるまで土をかき出す様子を、わたしは心配しながら見ていた。彼らが木を地面から持ち上げると、わたしは両膝をつき、グリーニーも同じようにした。みっしり生えてよく絡み合った見事な根をほれぼれと見ながら、その根に可能なかぎり多くの土を押しつけた。もうふたりの学生が動き回って、巨大な根鉢を黄麻布で包む。みんなで協力して、包んだものを手押し車になんとか入れると、待ち受けている平台トレーラーまで押していく。グリーニーが両手の親指を立てて大丈夫だというように微笑んでみせるまで、わたしはまともに息ができなかった。笑みを返したが、実は吐きそうだった。

毎日毎日、わたしたちは一本ずつ作業を続けた。平台がいっぱいになったトレーラーが出ていき、代わりに新しいトレーラーがやってくる。果樹園に残った大きな穴は、開いた傷口のようだった。血が流れるわけではないけれど、土をはがされ、石や根を取り除かれる静かな痛みを地面が感じたのではないかと心配になった。いずれ水が流れ込んでくるときに、同じ地面が最後の息を求めて喘《あえ》ぐ苦しみを感じてしまうかもしれないのに。だが、あの山々がわたしに教えてくれたことがあるとするなら、それは、土地は耐えられるということ。人間の愚かな行為にも耐え、時が来たら再生し、次の段階へ進むのだ。それでも、日が落ちてひんやりとした藍色の薄明かりのなか、くまなく荒らされた果樹園に腰を下ろして、自分のしたことを詫びる日もあった。

ルビー＝アリスはたいてい寝ていて、これからの計画や変化など気にしていないように見えた。けれど最初のトレーラーに木を積んだころから、彼女は食べ物も飲み物も受けつけなくなった。アイオラはルビー＝アリスの故郷で、あの木々のように引き抜かれたくはないのだろうと想像することしかできなかった。栄養も摂らず動きもなくなってから何日かが過ぎた。最期のときが近づいていると感じると、わたしはその小さな体を父さんのトラックに乗せ、彼女の小さな犬たちも呼び込んで、マツ林のなかの自宅に帰した。ルビー＝アリスが好んで寝ていたソファに寝かせてキルトをかけてあげてから数時間のうちに、呼吸が短く浅くなると同時に、呼吸をしない時間が長くなった。ルビー＝アリスは誰もが望むような平和な最期を迎えた。青白い手を胸の上で組み、傍らには彼女の犬が四匹、そして肩の上に一匹が丸くなって眠っていた。わたしは額にキスをして、彼女の人生、とても奇妙で、孤独で、不思議なほどわたしの人生と重なることの多いその人生に感謝した。彼女の死にも感謝した。わたしが知るなかで、唯一、死すべきときを迎えた死だったからだ。

「川が流れるように進んで」わたしはルビー＝アリスにささやいた。ウィルならきっとそういったと思うから。彼女の魂は間違いなく天に昇ったと感じた。

アイオラ墓地でのルビー＝アリスの葬儀に参列するのは、最近のわたしたちの生活と同じように、わたしたちふたりとそびえるビッグブルーの山々だけだろうと思っていた。夏じゅう白いデイジーが咲き誇るその地面の奥深く、彼女の失った家族とわたしの家族と何世代もの町の人々がつつましい墓碑の下に眠る地中は、彼女を埋めるのにふさわしい場所に思えた。貯水池の水が流れ込んできたら、彼らの亡骸は土といっしょに溺れるか、あの役人が約束したように、貯水池を望む高い丘に、どこの誰が眠っているのかを示す追悼碑とともに移されることになる。わたしはルビー＝アリスのタンスの引き出しで見つけた古い品々を丁寧に箱に詰めて、ホイット牧師に渡して彼女の棺を封印する前に入れてもらった。葬儀の朝にひとこと話をしてもいいだろうかと聞かれたので、わたしは同意した。

墓地に向かって歩くわたしに、スズメのさえずりと、完璧なほどに美しい金色の日差しがつき添っていた。老いた牧師が祈りを捧《ささ》げるあいだ墓の横で頭《こうべ》を垂れたあと、最期の別れを告げることになるのだろう。新しい人生がわたしの前に姿を現そうとしていた。わたしは過去の自分の選択が正しかったのか、ずっと自分に問いかけてきたが、この世界では一歩進めばかならず次の一歩が開ける。わたしたちは地図もなく、先導する人もいなくとも、その開けた場所に足を踏み出していかなくてはならない。ウィルとガニソン川と、ビッグブルーの森のなかで知ったたくさんの生命と死の重なりは、常にこのことを教えてくれていた。正しかろうが間違っていようが、次の一歩は目の前にあり、わたしはそれを信じるために最善の努力をしてきた。この葬儀はわたしをアイオラに結びつける最後の絆《きずな》を絶つことになるのだろう。そしてわたしはすぐにここを出るのだ。

整然とした墓地の近くまで来たとき、はじめは信じられなかった。人だかりができているのだ。幻ではない。二十人以上の町の人たちが、白い錬鉄製の門から入ってきている。きちんと喪服を着て、まだ花の咲く時期ではないので、代わりにヤマヨモギの束にリボンを結んだものを抱えている人もいる。彼らのなかにわたしが交じるとき、なによりも慣習が優先された。牧師が詩篇《しへん》を読みあげる。山々の白い頂が輝く。全員が手を繋ぎ、ともに歌う。これまでずっとそうしてきたように、わたしたちのコミュニティの葬歌「イン・ザ・スウィート・バイ・アンド・バイ」*を、声を合わせて歌った。見回すと、厳粛な面持ちの疲れた顔が並んでいた。ミッチェル家の人々、ホイット牧師の三人の息子、バーネット医師とその妻、ジャーニガンさん、もういまでは誰だかほとんどわからなくなってしまった昔のクラスメートが何人か、父さんが手伝っていた農場の主たち、そのほか町の馴染みの人たち。もちろんダンラップ夫妻とマーティンデル家の人たちはいなかった。ここにいる人たちのなかに悪い林檎《りんご》はいない。わたしが生きていくなかでずっとそばにいた、きちんとした、よく働く人たちで、葬儀があれば参列し、自分の所有するものは、無条件に全力で守る。水が流れ込んですべてを変えたあと、彼らがどこに行き、何者になり、なにを守るのか、心と生活をどうやって立て直して生きていくのか、想像もつかなかった。

彼らが出ていくときに、わたしは門でひとりひとりにお礼をいった。多くはわたしの手を握って、済んだことは済んだこととしてくれた。すくなくとも、そのときだけは。もしもウィルの葬儀が行われていたとしたら、このなかに参列した人はいるのだろうかと考える。もちろん全員ではないだろうが、ほとんどが来たはずだ。そう考えるうちに、わたしが失ったもの、誤解していたことすべてを思って涙が止まらなくなった。

ホイット牧師と息子たちは埋葬の仕上げをすると、使った機材を黒いトラックに載せて去っていった。わたしは、エイカーズ家の区画にある小さな八つの墓石のあいだにできた新しい盛り土の前にしばらく立ち、ルビー＝アリスを思ってある種の安堵《あんど》を感じた。彼女はようやく家族といっしょに横たわることができたのだから。

わたしの家族は草地をすこし上がったところに埋まっている。うちの区画をぶらつき、アーチ形の墓標に触れ、その名前を声に出していった。かつてそこに参列者が集まって手を繋ぎ、そのひとりひとりのために歌を歌ったときには、いつの日かわたしに死が訪れれば、わたしの葬儀もまったく同じように行われるのだろうと思っていた。最後の別れを告げて、丘を下りながら思った。いまや自分の死どころか、自分の人生がどうなるのかすら想像できないとは、なんと不思議なことだろう。

その月の半ばには、グリーニーとわたしは大事な木が掘りとられ移送されていくのを最後の一本ま

＊　「はるかにあおぎ見る」などと訳される、葬儀に歌われることの多い賛美歌。

で見守った。最後の一便といっしょに、わたしもアイオラを離れるのだ。

檻に入れた鳥たちは金色のソファの上で待っていて、その横にはいくつもの収穫かごに詰めた日用品や木箱に入った缶詰の桃、父さんの使っていた果樹園の道具類がある。そのすべてと、ほかにも手伝いにきた学生たちが詰め込めるだけのものを古いトラックの荷台に積んでくれた。そのあとグリーニーと学生たちはそれぞれ自分たちの車に乗り込んで、新しい果樹園へとわたしを先導してくれることになっている。わたしはまた裏口まで行って、最後にもう一度なかに入ろうと思ったが、やめた。すでに静まり返ったすべての部屋をよく確認して、ここに残すと決めた思い出や様々な物の見納めは済ませてある。それからわたしは最後のかごを助手席に載せた。中身が特別なものだという目印に、青いリボンがついている。母さんの陶器の十字架、額縁に入った刺繍、聖書、父さんのフランネルのシャツ、ルビー＝アリスのキルトが二枚、彼女の集めていた小さな像のなかからわたしのお気に入りをひとつ。家のなかや庭にいた犬たちを呼び寄せ、後部座席に乗せる。最後に裏口のドアをぐいと引いて閉めた。

長い私道を進みはじめ、振り返るまいと努力した。けれど、できなかった。トラックを停めて外に出ると、わたしを作り上げたこの場所を、最後に時間をかけて眺めた。そしてトラックに戻って運転を続けた。わたしは過去をここに残し、もう一度自分の人生を立て直す。望むのは奇跡が起きることではなく、ただ新しい土壌に力がありますようにということだけ。もしもわたしの木が、掘りとられて別の場所に移されて、様々な困難に見舞われても生き残ることができるなら、不運なんてクソ食らえ。わたしだって生き残れるはずだ。

第二部　わたしの土地

一九五五年～一九七〇年

18

一九五五年

グランドアヴェニューを初めて車で走ったとき、ペオーニアの町はわたしには垢抜《あかぬ》けしすぎていると思った。

運転席から見下ろして目に入ったのは、縁石のある独立した歩道、額に入った映画のポスターを掲げたパラダイスシアター、黄土色のレンガの上に赤いペンキの筆記体で「ヘイズ雑貨店」と書かれた高い建物。カフェには緑色の日除けときれいなガラスのドアと本日のスペシャルメニューが鮭《さけ》とワッフルのセットだと告げる黒板がある。通り過ぎるわたしを、物珍しそうに見る人が何人かいた。よそ者の自分がこの町に侵入し、不平をこぼしつづけるトラックのエンジン音が彼らの春の静かな午後を台無しにしていると思うと、いたたまれない気持ちになった。

しかし、グランドアヴェニューからセカンドストリートへ入り、ミネソタ川に向かって線路を渡ると、目の前に果樹園と農場と開けた土地が広がった。遠くに見えるマツ林は傾斜を上って山の尾根へ続いている。曲がった背骨のようなラインを描く尾根は雪を被ったふたつの山頂を繋《つな》いでいて、ひとつは鋸《のこぎり》の歯のようで人を寄せつけそうになく、もう片方はなだらかでクジラの背のようだ。わたしはダッシュボードに置いたグリーニーの走り書きのメモを取り、最後の道順を確かめた。赤い納屋のところで左折、排水路の上の橋を渡って右折し、名前のない土の道に入ってからまた左折。

新しい農園が出迎えてくれた。わたしを待ちわびていたようでもあり、見知らぬ人のようでもあり、まるで初めて会う遠縁の親戚と対面するような感覚だ。ヤグルマソウの青色をした母屋《おもや》は塗り替える必要があるし、トタン屋根は新しくしなくてはいけない。けれど、玄関前のポーチは広く、二階には縦に白い仕切りのある窓が並ぶ真四角なこの家は、とても魅力的だった。草で覆われた庭は狭く、黄色いタンポポが咲き、葉を増やしつつあるハコヤナギが並んで影を落としていた。つぼみをつけたライラックやまだわたしが名前を知らない低木が、錆《さ》びた錬鉄の柵に沿って並んでいる。庭の長い辺に沿う砂利の私道を行くと、一段高くなったところに作られた畑と雑草だらけの花壇に囲まれたレンガ造りのパティオがあり、その先に古いガレージがあった。幅広のドアは開いていて、なかががらんとしているのが見えた。わたしはそこですこし停まった。侵入者のような気分になったのだ。けれど砂利の私道はまだ続いているので、また進んでいった。二本のシダレヤナギの横を通り、休眠中のラズベリーの茂みに囲まれた小屋を過ぎ、年月を経て灰色になってはいるものの、まだ傾きもせずしっかりと立っている大きな納屋の横を通る。果樹園が見えてきたとき、胸の鼓動が高鳴った。

そこに木が、わたしの木が並んでいた。まだ植えつけが済んでいないものも数本あって、黄麻布《バーラップ》で根巻きされたまま、彼らを待ちかまえる穴の横で斜めに置かれている。けれど、ほとんどは長く真っすぐな列に並んですっくと立っていた。どの幹も支柱に支えられ、根覆いされていて、葉のない枝の一本一本が新しい空に向かって伸びていた。木々がわたしを歓迎してくれたといったらばかばかしく聞こえるかもしれない。それでも、もしも木々が、この移動に同意したよと、きみはひどい間違いは犯していないよといってくれたら、わたしはその言葉を喜んで嚙《か》みしめただろう。だが、この木々や新しい土壌の状態を見てわかるのは、新しい旅が始まったということだけだ。これからどうなるのかは見当もつかない。はっきりしているのはただひとつ。わたしの運命を決めるのはこの土地なのだ。

グリーニーと数人の学生たちが、トラックの音を聞きつけて、両腕を振りながら果樹園の道を走ってきた。なにかの勝負に勝った子どもたちのように、手を振り、歓声をあげ、笑っている。お返しにクラクションをけたたましく鳴らした。これほど希望に満ちた気持ちになったのは、本当に久しぶりだった。それほど遠くないところから、長く低い汽笛が鳴った。わたしは何年かぶりに、通り過ぎる列車のガタゴトという懐かしい音を聞いて微笑んだ。

その日、果樹園を歩いてすべての木に触れた。本数をかぞえ、感謝し、頑張れと声をかけた。それから二週間のあいだ、それを日に二回繰り返した。父さんが先代から受け継いだやり方とわたしの勘とグリーニーの助言に従って、枝を剪定《せんてい》し、水をやり、肥料を与え、なだめすかすようにして、木々が生きているというわずかな兆候をゆっくりと引き出していった。

夜になると、他人のもののように感じられる家を整えるという、奇妙な作業に取りかかった。その古い家は古い家にしかないにおいがあった。物語のような、何十年ものあいだ毎朝フライパンで作られてきたバターたっぷりの食事とブラックコーヒーのような、雫《しずく》が垂れる蛇口のような、家族と生活と古くなった木材のようなにおい。ペオーニアのその家は、どこかアイオラの家に似ていた。ただ、壁からにおうのは、わたしの家族の物語でも習慣でも歴史でもない。ともに暮らしているのがどんな亡霊なのかまるでわからないまま、わたしはここでの生活を定着させることに必死だった。金色のソファを居間の、窓から山がいちばんよく見える位置に置き、毎晩そこで眠った。母さんの十字架を炉棚に丁寧に飾った。持ってきた白い皿類をキッチンの食器棚に入れて、昨シーズンの桃を詰めたたくさんのガラス瓶を食品庫に並べた。前の持ち主は長いパイン材のダイニングテーブルを置いていった。たぶん持ち出すのが大変だったのだろう。二階にはオーク材の飾り板のついた大型ベッドがふたつと、それに合わせたタンスがあり、まるでわたしがちゃんとこの家に落ち着いて、真の主《あるじ》としての待遇を受け入れるのを待っているかのようだった。

最初の数週間、わたしは果樹園にいないとき、自分がどこにいればいいのかよくわからなかった。庭の畑に前の家から持ってきた種を蒔《ま》いたり、ルビー＝アリスの犬を連れて田舎道や水路沿いの道を歩いたりすることですこしは時間が過ぎた。毎週木曜日にはグリーニーか彼の学生のうちのひとりがデータの収集に立ち寄るので、彼らを昼食に招いて計画の進捗状況を確かめたが、それは遅々として進まず、結果は見えてこなかった。近所の人たちが歓迎の印に自分の手料理の入ったキャセロールや焼きたてのパイやおばあちゃんのレシピで作ったジャムなどを持ってきてくれると、ありがたく頂いて電話番号を交換した。彼らとは気さくなおしゃべりはできたが、若い女がひとりきりで暮らして果樹園をやっていくなんておかしな話で、どうせ成功しないだろうと思われているのは明らかだった。ほとんどの人がナッシュの桃の噂《うわさ》を耳にしたことがあったが、わたしの木とわたしがいまいるのは、コロラド桃の本場で、しかもサクランボも梨も林檎《りんご》も全国一の地域だ。ある人は遠回しに、ある人ははっきりと、まだどうなるかわからないが、もしあなたの木が生き延びたとしても、それが特別な桃になるとは思わないほうがいいといった。わたしはうなずいて握手をし、それで充分ですといいながらも、彼らが甘いナッシュの桃を割り、真紅の中心部から種を取り除いてひと口かじった瞬間に、考えを改めるかもしれないと思っていた。彼らにその機会が与えられますようにとわたしは祈った。

四月の末のある暗い朝、わたしはソファに座ってコーヒーをすすりながら外に降る雨を眺めていた。世界はもやで包まれ、静かだった。鉛色の雲が谷底で何層にも重なっている。そのころまでには、窓から見える新しい景色は頭に入っていた。遠くのマツ林は上に向かううちに険しい岩場になり、その急な岩の斜面はランボーン山の鋸歯状《きょしじょう》の崖へと、そして樹木に覆われたなだらかな傾斜は隣のランズエンド山へと続いているはずだ。ところがその朝、灰色のフランネルのような雲の向こうはほとんど見えなかった。雲の上からふたつの山頂の先っぽだけがのぞいている。ひとつはぎざぎざでひとつはなだらかで、どちらも空を突き刺しながら、紫色の朝焼けのかすかな兆候を映していた。その瞬間、世界がさかさまになったような気がした。地面が雲の上の領域に侵入して、雲が地面の下に入り込んでいるように見えたのだ。すべてが美しく、同時にとても不安にさせる情景だった。

ようやく雨がやんだとき、わたしは泥道用のブーツを履いて果樹園に向かった。濡《ぬ》れた土壌は豊かで甘いにおいがしたが、故郷のにおいとは違う。鳥たちの動きはなく、静かだ。遠くで列車の汽笛が鳴る。周囲に厚い雲が垂れ込めていたが、それがゆっくりと上がって山の頂上を消し、太陽を垣間見られるわずかな可能性も消してしまった。その朝の残忍な仕事にはぴったりの雰囲気だった。わたしの木はとうとう輝くような緑色の葉をつけはじめ、その合間に豆くらいの大きさの花芽がついて、ひとつひとつが、木が生きているということを示し、この先、花が咲き実がなるという奇跡的な約束をしっかりと抱えてくれていた。それなのに、わたしはその日、剪定ばさみを持って枝のあいだを進みながら、花芽をひとつ残らず殺していったのだ。切り取るたびに、これまでわたしが知っていた桃の花芽の神聖さ、それが繊細なピンクの花になるまで宝石のように大事にしていくものだという教えが覆された。グリーニーは自らの研究結果から、移植後の最初の年、もしかしたら次の年も実がつくことはないと確信していた。花芽を摘むことで木の持つエネルギーを根に戻してやれるのだとグリーニーはいった。花芽を犠牲にすることで、後々、より強い成長が期待できる、と。わたしは彼を信じるしかなかった。けれど切るたびに、貴重な花芽が無為に地面に落ちるたびに胃が痛み、父さんならなんというだろうと思わずにはいられなかった。また雨が降り始めた。最初は軽い霧雨だったのが、しだいに強く激しくなって小石が打ちつけるようになっていったが、わたしはそのまま切りつづけ、そのうち頰《ほお》で涙が雨と混じった。顔を空に向けて目を閉じ、降参したというように両腕を広げ、雨がわたしをずぶ濡れにしてすべてを洗い流すままにした。

その夜、またルビー＝アリスのキルトを被ってソファの上で寝た。彼女の犬が二匹、足元に寝そべっていて、もう二匹はすぐ隣の床で丸まってひとすじの白い月光を浴びている。年長の犬がここ数日姿を見せていなかった。道に迷ったのか、コヨーテにさらわれたのか、あるいは老犬がよくするように、死に場所を探しに出ていったかのどれかだろう。ルビー＝アリスならどう感じるだろうと思いを巡らせ、同じように感じてみようとした。彼女ならきっと、たいていのことをそうしていたように、いなくなった生き物のことを静かに、そして平然と受けとめたはずだ。そのとき、ウィルがあの魔法の手で救った斑点のある犬を思い出し、あの子はどうなったのだろうと考えた。どうしてそのことに気づかなかったのだろうと思ったとたん、ばかげたことだが何年も考えもしなかった仔犬への悲しみがいきなり押し寄せた。わたしはキルトを胸に抱きしめて泣いた。床を照らしていた月の光がゆっくり動いて、わたしの体を照らしはじめた。顔が照らされたとき、わたしは光のほうを向いて目を閉じ、泣きやんだ。その涙が本当は仔犬のためではないことはわかっていた。

眠りにつくと、長く広い道をおくるみに包まれた赤ちゃんを抱いて歩く夢を見た。左腕は赤ちゃんのおむつをしたお尻を下から支え、右腕はその子の背中を包んでいて、掌でわたしの肩にもたせかけた頭のなめらかな髪をなでていた。赤ちゃんの息がわたしの首を、小さな羽根のようにくすぐる。この子をどこかへ連れていかなければいけないのはわかっていた。この子の人生はそこに到着できるかどうかにかかっている。けれどいくら目的地に向かって急いだところで、わたしは行き先を知らない。

わたしは歩きつづけた。やっきになって赤ちゃんをどこでもないどこかへ連れていこうとしていた。ふいに、足裏が地面に当たる感覚がなくなった。赤ちゃんを抱いたまま、次の一歩を慎重に確かめようと下を見ると、自分がなにもないところを歩いているのだとわかる。足の下にあった地面、確固とした間違いのない大地が空洞になり、光も実体もすっかりなくなってしまったのだ。心臓の鼓動が速くなる。それでも歩きつづけなくてはいけない。まるで自分の体重を支えてくれそうにない氷の上に仕方なく足を出すように、おそるおそる踏み出す。落ちることなどないとわたしを信じている赤ちゃんを抱く腕に力を込める。そのとき、わたしは滑った。わたしと赤ちゃんはいっしょに底なしの暗闇に落ちる。くるくると回りながら落ちていく。わたしは全身の力を込めて、赤ちゃんにしがみついた。けれど、赤ちゃんを引き上げる力は強すぎた。赤ちゃんが腕から引きはがされたとき、わたしははっと目を覚ました。

ソファから飛び起きて、汗をかき震えながら神経質にぐるぐると歩き回った。前にもベイビーブルーの夢を見たことはもちろんあった。あの子を産んでからの年月のなかで、何十回も見た。それでもこんなに怖い夢はめったになかった。あの子を手放したという内容もだが、それがどこだかわからないことに心を乱された。

寝間着の上から上着を羽織った。庭に足を踏み入れると、夜行性の生物たちがぱたりとおとなしくなった。涼しい空気に充満する濡れた地面のにおい。明るい半月が西の山々にじりじりと近づいている。そこにしばらく立ったまま、影ばかりの景色を見ていた。初めてウィルに会ったとき、どうして彼がどの場所もたいして変わりはないなどといったのかわからなかった。いくらそんなことをいっても、それがウィルの本心だとは思えなかったし、そんな考えは受け入れられなかった。けれど、いまならウィルのいいたかったことがわかる。どの場所にも受け入れてもらえなければ、どの場所もどこでもなくなって、さっきの怖い夢のようにどの地面も信用できないものになる。

月の先端が地平線の向こうに消えて空が暗くなり、ちりばめられた星が輝いた。わたしは濡れた草の上に膝をつき、大地に慈悲を願った。ここを故郷にしたい。わたしの、そしてわたしの木の故郷に。その代わりに、この土地を死ぬまで愛し、この土地に尽くしますと誓う。なにか返事があるのを待ちながら、自分の願いに急いでつけ足した。それはなによりも強く願っているのに、これまで自分にそう思っていると認めるのを許さなかったこと。もしなにかの奇跡か運命の導きであの子がわたしのもとに帰ってきてくれたなら、この土地とわたしでともにあの子を育《はぐく》み、教えることができますように。どんな場所も変わりはないなんてことはなく、広大で不可知な世界のなかでもこの小さな土地は、わたしたちが家族でいられる特別な場所だということを。

この暗闇に足を踏み入れたときに止んだ夜の音が、ちょうどそのとき鳴りだした。濡れた葦《あし》のなかからコオロギの歌声とキリギリスのギーという鳴き声、サエズリアマガエルの甲高い鳴き声、遠くからはフクロウの虚《うつ》ろな呼び声。わたしは立ち上がりながら、そのコーラスは願いが聞き入れられたという徴《しるし》だと受け取った。少なくとも、もしかしたらねと答えてくれたのだろうと信じたのだ。

ドアをノックする大きな音と犬たちの吠《ほ》え声に、わたしは深い眠りから飛び起きた。意識がもうろうとしていてソファから起き上がって玄関ドアの位置がどこだったのか思い出すまでにすこし時間がかかった。家に鏡を取りつけてはいなかったけれど、途切れ途切れに眠っただけの一夜のあと、自分がどれほどひどいありさまかはわかっていた。腫れぼったい目をこすり、髪留めで髪をまとめてドアに近づこうとして、膝のあたりにからからになった草のしみがついた寝間着のままだと気づいた。わたしはいったん戻って昨夜床に脱ぎ捨てたズボンとセーターを急いで着込んだ。ドアを開けると、明るい朝の日差しが爆竹のようにわたしを攻撃した。わたしは顔をしかめてポーチの背の高い影に向かって目を凝らす。

「ミス・ナッシュ？」バリトンの声を聞いて、それが電話ではしょっちゅう話したけれど、郵便を経由して書類のサインをしたので顔を合わせたことのなかった不動産仲介業者だとわかった。

「はい」出た声はかすれていた。

「エド・クーパーです」彼はそういって、一歩近づきながら片手を差し出した。「不動産仲介業者ですよ。大変申し訳ない。起こしてしまいました？」

わたしの知るかぎり、農業地帯で午前六時過ぎまで寝ている人などいないのに、この太陽の具合から考えるに、いまはゆうに九時は過ぎている。わたしは怠惰な自分やだらしない身なりの言い訳を始めようとしたが、彼の水色の瞳は優しくてなにも気にしてなさそうだったので、そういうのはやめてコーヒーをごちそうすることにした。

「ミセス・ハーディングが置いていったベッドはお気に召しませんでしたか？」キルトや枕や汚れた寝間着が散らかっているソファの横を通りながら彼がいった。

「まだ」わたしは答えた。

エドは、わたしの答えの意味はわからないけれど、とりあえず気に入ったというようにくすくす笑った。

わたしはやかんを火にかけて、椅子がなくて、と謝った。エドは肩をすくめると、片方の肩をキッチンの壁に寄りかからせて、順調ですかと尋ねた。白い襟つきのシャツ、黒いパンツ、すでに輝きを失った、爪先のとがった黒い靴。ほとんど白髪の頭が、若々しい顔と行動に合っていなかった。腕時計も結婚指輪も同じ光沢のある金で、胸のポケットに挿してある二色ペンも同じだった。

「なかなかうまくいってますよ」そう答えながらも自信はなかった。

「まあ、ほら、新しいところに落ち着くまではそれなりに時間がかかりますから」エドは安心させるようにそういってから続けた。「なにかお聞きになりたいことはありますか?」

「はい。いくつか」わたしはそういいながら、ふたつの白いマグカップにインスタントコーヒーをスプーンで入れる。「ここを売った人たちのことが気になっていたんです。どうして出ていったんですか?」

「ああ、それは悲しい話なんですよ、ほんとに」エドは頭を横に振りながらいった。「親切な人たちでした。林檎を数種、栽培してたんですよ。あとはトウモロコシも。でもあるとき、ひどい苦難に襲われたんです。息子が戦死、娘がメキシコ人の季節労働者と駆け落ち、そのあとほら、一九四九年の干魃《かんばつ》、あなたも憶えていますよね? ミスター・ハーディングはそのころから酒浸りになりました。その年、ここの家の人たちはほとんどすべてを失ったんです。木も枯れてどうにもならなくなってしまって」。ミスター・ハーディングはそのあとサマセットの谷の炭鉱で働こうとしたのだとエドはいった。ところが深い縦坑《たてこう》で起こした心臓発作が原因で、ミスター・ハーディングは亡くなってしまった。しばらくのあいだミセス・ハーディングがダイナーでウェイトレスをし、ヘイズ雑貨店のカウンターで働いていたが、支払いにゆきづまってしまった。

「ライラっていうんですけれどね、奥さんの名前」エドがいう。「あんなにいい人にはそう出会えませんよ」

わたしが両方のマグカップにお湯を注いで混ぜてからひとつを渡すと、エドはうなずいて受け取った。

「それで、果樹園はどうなったんですか?」わたしは聞いた。

「雑草ばかりの荒地になってしまいました。考えられますか？　ここでですよ？　救えたかもしれません。あの人たちがちゃんと手入れをするか、誰かに助けを求めるかすれば。お友だちのあの科学者、教授先生？　いやはや不思議なことですよ。あの人が電話をかけてきたちょうどその日に、ライラ・ハーディングがわたしの事務所に涙に濡れてやってきて、土地を売らなくてはいけないといったんです」

わたしたちは互いに一瞬動きを止めたあとで、コーヒーをすすった。

「あなたとあの先生がこの土地をこんなふうにしてくれて、本当によかった」エドはそういって、窓のほうを指した。

わたしは儀礼的に微笑んでから答えた。「最善を尽くします。わたしがこの土地に受け入れてもらえるなら」

「悲劇や気まぐれな天候のせいで土地を追われたのは、なにもハーディングさんたちが最初じゃないですからね。あなたとあなたの桃にはもっとよい未来があることを祈ってます」

「その未来に乾杯」わたしはいった。

わたしたちはマグカップをこつんと合わせた。わたしは、ハーディング家の運が傾きはじめたのは何年何月何日の何時だったのか、そしてあれほどの苦しみと喪失を味わったあとで、わたしの運はいまでは逆の方向に向いているのだろうかと考えた。夜中に濡れた草の上に膝をついて幸運を願った自分が頭に浮かぶ。

エドはそのあと、この町や周辺の細々《こまごま》とした情報を教えてくれた。なかには、近所の人たちについての噂話やいちばんおいしいハンバーガーの食べられる店や結婚相手にふさわしい独身男性はどこで見つかるかなど、興味の持てない話もあった。けれど、ほかはとても大事な情報だった。鉄道はどこから来てどこへ向かっているのか、いちばんいい直売所はどこにあるのか、地元農家の市は火曜日だとか。灌漑《かんがい》用水路を直すならどの配管工がいいか、納屋の裏にある錆《さ》びた古いトラクターの修理はどの整備士に頼めばいいか、排水路が春の雪解けで詰まったら誰を呼べばいいのか。

「ここの川ですけど、ほらわたしの用水路の水源」そういいながら、ここのものを初めてわたしのだといったことに気がついた。「あれ、北の支流《ノースフォーク》って呼ばれているんですか？」

エドはうなずいた。

「なんの支流なんですか？」わたしは聞く。

「ああ、ガニソン川の支流ですよ、もちろん」エドはいった。

「ガニソン川？」わたしは自分の耳が信じられなかった。

「ええ。ガニソン川がブラックキャニオンを抜けた直後に、ロジャーズメサでノースフォーク川と合流するんです」エドは両掌でＶ字を作って川の合流を表してから、南を指した。「谷を二十五キロほど下ったところですよ」それから含み笑いをしていう。「同じガニソン川の水がまず潤すのがアイオラですからね。あなたはよく知ってるわけだ」

「ええ、知っています」わたしはいった。

エドはわたしを安心させるためにそういったのだし、わたしもその通りに受けとった。けれど、わたしのガニソン川に対する感情は、川の流れと同じくらいうねっている。ガニソン川の流れを思い描く。まずは父さんとセスが山から下ろす牛たちを車に乗せて走ったオルモントの谷の上方にある源流。そこからガニソンの町を通り、わたしのふるさとであるアイオラを抜け、わたしが赤ちゃんのために流した涙がまだ揺蕩《たゆた》っているビッグブルー川と合流したあとに、わたしのウィルの悲しい墓であるブラックキャニオンをうねうねと流れていく。この大きな川の流れにわたしの人生の物語がある。わたしは、その曲がりくねった流れに、愛情とともに苦しさも同じくらい感じた。そしてわたしを追ってここまできてくれていたことに畏敬の念を覚えた。

エドはコーヒーを飲み終え、マグカップをキッチンカウンターに戻した。玄関まで送ると、エドは日差しのなかに足を踏み入れながら、よそ者でいてはだめだといった。そしてゼルダという彼の妻を是非とも会わせたいという。

「それから、今週の土曜にウォーカーさんのところで引っ越しのガレージセールをしますよ。すぐそこのドライガルチロード沿いです」エドはそういってポーチからその方向を指す。「家具をそろえて、腰を落ち着けたらいいですよ、ミス・ナッシュ」人懐っこく片目をつぶってからこうつけ加えた。「心配しないで。ウォーカー家の話は悲劇じゃないんです。あの人たちは都会からやってきて、都会に戻ることを望んだ。おかしな話だ」

「おかしな話だ」わたしは彼の言葉を繰り返して微笑んだ。

ソファにあったピンクのキルトをたたみながら、この古い家に住んでいた人たちの苦難の人生についてエドが語ったことを考える。戦争なんかのために平和な農園を去ったハーディング家の息子について、わたしには禁じられた恋人だと想像するしかない相手と逃げた娘について。きっと、息子は英雄として、娘は不良として、人々の記憶に残るのだろう。けれど、この玄関ドアから出て、どこかへ去っていったふたりには、同じ荒々しい大胆さがあったはずだとわたしは確信する。それから心の痛みを酒で流してしまおうとしたミスター・ハーディングのことを考えた。日ごとにすこしずつ心が壊れていったライラ・ハーディングのことも。そのうちここに到着してからまともに眠れていない自分に思いがいたった。毎晩毎晩ソファで寝ているわたしは、ルビー＝アリスになんと似ていることか。

いきなり決断が目の前に下りてきて、わたしはたたんだキルトを抱えて二階に上がり、廊下の棚に置いた。風呂に入り、ちゃんとしたワンピースを着ると、古いトラックに乗り込んでヘイズ雑貨店まで運転し、人生で初めて、自分用に新品の寝具を買った。

家に戻ると、果樹園に面した窓のある寝室を選んだ。広いベッドをぱりっとした新しいシーツと空色の綿のブランケット、選ぶのに三十分かけた、ブランケットの色に合うシェニール織のベッドカバーで整えた。最後のむだ遣いにと買ったふかふかの四つの枕に白いカバーをかけると、オーク材の飾り板に立てかける。そしてうしろに下がってわたしの新しい部屋をうっとりと眺めた。ウィルは、わたしの名前が女王にぴったりだとからかうのが好きだった。わたしはにっこり微笑むと彼にいった。ほら見て、いまはもう、名前に見合う寝室があるの。マットレスの端っこに座って窓から外を眺める。葉をつけていくわたしの木々がみっしりと完璧な列を作って並んでいる。その先はわたしの土地の境界を示す有刺鉄線の柵と銀色の金属の門までが見通せる。その向こうには隣家の伸びはじめた干し草畑、遙か遠くには山の雪解けで増水したきらめくノースフォーク川。

エド・クーパーが薦めてくれたガレージセールで家具を買い、自分好みに配置した。ヘイズ雑貨店で黄色いヒマワリが縦じま模様になっている布を選んで、キッチンと寝室のカーテンに仕立てた。桃の花芽を最後のひとつまですべて切り落とし、水や肥料をやりながら、この方法でいいのだと信じる気持ちを鼓舞した。

こうして遅まきながら始まった、新しい生活を整えるためのあれこれの合間に、わたしは週に一度、トラックに乗ってノースフォーク川に沿って谷を進み、ロジャーズメサのガニソン川との合流点まで行った。ヤマヨモギや野の花やヤナギのあいだの山道を歩き、靴を脱ぎ、ズボンのすそをまくり上げて、冷たい急流のなかに入っていき、ふたつの川がひとつになるまさにその地点に立った。流れが混じり合うとどろきが、ほかのすべての音を消し去り、太古の言葉で交わされる川と川の会話だけが残る。わたしは爪先を丸めて、その下にあるなめらかな石を感じながら、急流にさらわれないようバランスを取り、目を閉じ、耳を澄ました。この透明な水がわたしになんといっていたのか正確にはわからない。ただわかるのは、川の水のいっていたことはすべて真実だということだけだ。

その年の夏が終わりに近づいたある日、わたしは合流地点の岸に座り、暖かい太陽の下に脚を投げ出していた。ウィルはよく、座るんじゃなくて仰向けに寝ころんでごらんといった。体全体で地面を感じて空を見上げてごらん、と。この日、全身で世界に浸ることをただ楽しむために、ウィルにいわれた通りにした。ふたつの川、石、完璧な青空と忙しそうな虫たち。すべての波動が感じられる気がした。立ち上がったとき、力がみなぎり、自信が湧いていた。山道を戻り、古いトラックに乗り込む。なにをしようとしているのかよくわからないまま、いつのまにかアイオラに向かって運転していた。どんな心残りがあってそこに引き寄せられているのかよくわかっていなかったが、何キロにも及ぶヤマヨモギの丘が開けてガニソンバレーに入ったとき、自分が故郷の町に向かっているわけではないことに気がついた。

わたしはそのままハイウェイ50号線から右折して、ビッグブルー川に沿って進む砂利道に入った。トラックは唸《うな》りを上げながら、かつて、飢餓寸前で呆然《ぼうぜん》としていた若い娘のわたしがよろよろと下った道を上がっていく。あれから初めて、赤ちゃんを置いてきた、あの場所に行こうとしていたのだ。そこでなにが見つかると思っていたのかわからない。きっと、なにもないことを確かめたかったのだろう。あの子がわたしを待っていてくれたらと思う場所がまったくの空っぽであることを。もちろん、あの子を見つけられはしないとわかっていたのだ。

もうわたしの準備はできているのだとあの子に伝えたかった。捨てられたという痛みはわたしにもわかるし、あの子を手放してしまったこと、ほかにどうすれば救えるのかわからなかったことを、深く深く、言葉にできないほど申し訳ないと思っているのだと伝えたかった。

砂利道は細い土の道に変わった。わたしの記憶より険しく長いその道はヤマヨモギや低いオークの木々が茂るあたりを過ぎると、鬱蒼《うっそう》とした森のなかをくねくねと走った。あの空き地を見つけたとき、わたしは息をのんだ。あの日、車体の長い黒い車が停まっていた場所にトラックを駐車し、息子を最後に抱いた、その地面に足を踏み出す。飛び出しそうな心臓を押さえるように両手を胸の上で組みながら、倒れた丸太のところまで歩いた。いまでもあの女性が自分の子に授乳しているところがはっきりと見えた。ムクドリたちがさえずっているのは、あのとき彼女の夫と渦を巻くタバコの煙の上でステラーカケスが鳴いていた、あのポンデローサマツの枝だ。その木は、かつて赤いブランケットを敷いた上にピクニックのごちそうが並んでいた場所に大きな影を落としていた。わたしは、あの日もうひとりの母親が座っていた丸太の同じ場所に腰を下ろして泣いた。

その日経験した精神状態がどんなものかといま考えると、まさに出産するときのそれや、むきだしの野性、自分の意思や理性を超えたなにかとしかいえない。最初はすすり泣く程度だったのに、いつしか泣きわめいていた。自分のお腹を両腕で包むようにして前屈みになると、わたしのなかにある名前のつけられない重みをあやすように揺れた。それは、いくら泣いてもわたしのなかから追い出すことはできない重みであり、同時にあの子にしか埋められない、わたしのなかの空洞なのだ。そこにいるあの子を味わおうとするように冷たい山の空気をのみ込んだ。ようやく落ち着くと目を閉じて、静かな森のなかにあの子の声を聞こうとするように目を閉じた。

空き地の端に、もうひとりの母親がわたしのために桃を置いてくれた岩がある。そのあたりにある石のように丸く白っぽいのではなく、青銅色とオレンジでごつごつした岩には、地面とほぼ垂直な側面に、爪痕のような三本の黒いすじが入っている。元々はもっと大きかったものがそこでふたつに割れたらしいが、もう片方は風雨にさらされ、何世紀もの年月のうちに別の場所に運ばれてしまったようだ。その岩が長い年月で目撃してきたすべてのなかでは、わたしがここに来たことなど雨のひと雫のように些《さ》細《さい》なことだ。それでも、岩はわたしのために、記念碑として、最後の砦《とりで》として、一九四九年のあの夏にここで起きた出来事がただの夢などではないことを示す、触れることのできる証拠として、そこに立ってくれていた。

　わたしは、なぜだかわからないが、おそるおそる岩に近づいた。胸の高さくらいある上の面は平らで、そこには銅色の松葉と滑らかで丸い石がひとつ載っているだけだった。わたしはその石を拾いあげて摑《つか》み、あの桃を思い出した。岩に背中をもたれさせてあたりを見回す。赤紫色のヤナギランが午後の日差しに照らされて輝いている。わたしの泣き声に驚いて逃げた鳥たちが、わたしを見下ろす枝々に戻ってきた。視線を下ろすと、手のなかにある石と似た、つるりとした石がある。わたしは屈んで拾い上げる。近くの湿った土の上にもうひとつあったので、それも拾った。

　そのとき、わたしは決めた。この岩の上に六つの滑らかな石を置こう。わたしの子どもが生まれてからの一年を石ひとつで表すのだ。来年の夏にはまたここに来て、もうひとつ石を足し、その翌年にも、としていけば、わたしにとって記念碑のようなものになる。あの子のことを感じる場所、わたしの息子の誕生日を祝うための質素な祭壇になる。

　その一年一年が、あの子にとってよい年であったことを願いながら、わたしは六つの石をひとつずつ並べて、きれいな円を作った。

19

一九五五年〜一九六二年

窓から差し込む秋の光は、ほかのどの時期とも違う傾き方をする。これはアイオラの家でも、いまの新しい家でも同じようにあてはまることだ。外の気温や葉の色がどうあれ、秋が始まるのは、南側の窓枠に初めて直接日差しが当たったときだ。

その最初の光を別にすれば、一九五五年の秋は、わたしの知るどんな秋とも違うものだった。収穫を待つばかりの熟れた桃はない。注意深く見守らなくてはいけない温度計もない。霜、傷がついて商品にならない桃、人手が足りないこと。こういう悩みで眠れぬ夜を過ごすこともない。毎日朝晩、木の手入れはしたが、必要とされていることはほとんどなくて、ただわたしの忍耐だけが求められていた。こんなに一日がゆったりと感じられたのは、山小屋で過ごしたあの初夏の日々に、時間は埋めるものではなく、流れに身を任せるものだと初めて学んだとき以来だった。

ペオーニアで過ごす、自由時間の多い最初の秋、わたしはわずかな農作業の日課を終えると、ノースフォーク川の土手沿いを歩くようになり、川の特徴を覚えていった。丸くて黒い岩が水位の低い川《かわ》面《も》に、睡眠中のカメのようにいくつか突き出ている。よく岩から岩へ跳んでみた。流れの遅い川の真ん中に座って周囲を見ると、なにもかも冬支度ができていた。ニジマスは太陽を燦々《さんさん》と浴びる渦のなかでカゲロウの幼虫を食べている。ふっくらとした茶色いガマの穂は、長い金色の茎から伸びていて、いまにもはじけそうだ。崩れやすい土壌に咲く野花は、ありとあらゆる手を使って賢く種を撒き散らす。その上空をカナダガンが左右対称の長いVの字を作って渡っていく。川を離れてトラックでランボーンメサまで行き、森の木漏れ日のなかにただ座り、すべてを吸い込む日もあった。いやなにおい、苔《こけ》のにおい、マツのにおい、そして虫の羽音に鳥たちのさえずりやおしゃべりが、全方位から押し寄せるそのなかで。毎日毎日、わたしはなにもかもひとつひとつ自分で選ぶ暮らしをしていたが、それはいい暮らしだった。そこに足りないものがなにかもわかっていたが、あるものの良さを嚙みしめてもいた。

秋はしだいに穏やかな晴れの日の多い冬になっていった。雪は降っても気持ちが安らぐくらいの降り方で、面倒なことにはならなかった。ハーディング家が残していった長いパイン材のテーブルのために、不揃《ふぞろ》いの椅子をいくつか集めた。グリーニーと彼の学生たちは、わたしのテーブルに並ぶいつものメンバーで、エド・クーパーと妻のゼルダもそこに加わった。ゼルダは陽気な金髪の女性で、色とりどりの宝石を身に着け、いつもベーカリーで買ったパンと楽しい会話と、わたしをなんとかして社交的にしようというあからさまな試みとしてひとりふたりの飛び入りゲストとともにやってきた。エドとゼルダは、その年初めてクリスマスディナーに招待してくれた。谷のあちこちから集まった騒々しい親戚たちも、街なかにある、背の高いヴィクトリア様式の彼らの家に集まった。あんなに笑った一日は初めてだったと思う。一月になると、通り沿いに新しい家族が越してきて、しばしば息子を使い走りによこして、うちからなにかを借りていった。砂糖一カップとか、なにかの道具とか、電球とか、いかにも近所同士で貸し借りするようなものだ。母親は相当な恥ずかしがり屋なのか忙しいのかのどちらからしく、本人がやってくることはなかったが、息子のカルロスは礼儀正しく好奇心旺盛で、わたしのベイビーブルーとぴったり同じ年だった。わたしはカルロスの要望に合うものをなんであれ渡しながら、クッキーを勧めて、くだらないおしゃべりでできるかぎり引き留めた。寒いポーチに立って見送っていると、カルロスは庭で止まり、にこにこして鼻水を垂らしながら、真っ赤な頬をして、わたしの息子はそんな感じなんじゃないかと思うような真っすぐな黒髪を毛糸の帽子からのぞかせて、犬たちと遊ぶか雪玉をこしらえるかする。その着ぶくれした子どもがわたしの子だという想像をせずにはいられなかった。それから、カルロスは息子の成長を測る目安になった。

一九五六年も春になると、誰もが自分たちの農場の仕事で忙しくて、集まることはできなくなった。わたしは冬眠から覚めたわたしの土地に必要な日々の作業で忙しくなっていくのが嬉《うれ》しかった。前年春の二倍に増えた花芽が、ふっくらとして輝く明るい兆候のように思えた。わたしたち――この花芽とわたし――の願いは同じ。どうか花芽が開くことを許されますように。ところがグリーニーがもう一年休ませたほうがいいと助言したので、わたしはまたもや何週間もかけて花芽を切り落とす作業をすることになった。この作業への嫌悪感は前の年に比べればはるかに小さくなった。なにしろわたしはグリーニーのやり方がうまくいっているという証拠をこの目で見ていたのだから。とにかく、もっと時間が必要なだけなのだ。わたしは肥料をやり、剪定し、雑草を抜いて待った。庭の畑に種を蒔き、灌漑用水路を修理し、排水路の掃除をし、わたしの新しい土地の細かな気配をつぶさに感じられるよう観察して、隅から隅まで頭に入れていった。

その夏、またあの空き地に行って、あの岩の上に七つ目の石を載せて息子のために祈った。このことも、前の年よりは苦しくなくなった。さえずる鳥とマツの下の丸太に腰を下ろし、わたしたちのための新しい場所を作っているのよと息子に語りかけた。もしもあなたが新しい場所を必要としているならば、と。それから彼女にも、もうひとりの母親にも語りかけた。彼女にお礼をいって、あなたと、そしてわたしの息子はどこにいるのだろうと声に出して問いかけた。

それからの数年は、細かなことの記憶があやふやになる。問題が起きては解決したが、たいてい問題とはそういうものだ。ルビー＝アリスの犬たちは、一匹一匹、死んだりいなくなったりした。最初の二年は、できた桃のほとんどは豚の餌にした。それでもわたしは自分の生活に不満はなかった。霜、干魃、害虫、設備の故障、そして寂しさ。そのほか数えきれないほどの難題と闘った。それでもわたしは自分の生活に不満はなかった。新しい土地はわたしを受け入れることを選び、わたしはその栄誉に見合うだけの決意と労働で報いようと、できるかぎりのことをした。ペオーニアとノースフォークバレーは、その癒しのリズムでわたしを包み、わたしの悲しみを和らげてくれた。秋は缶詰作業の季節で、近隣の人たちは互いに長い時間、手を貸し合って作業した。それから静かな冬が来る。おいしい料理、読書の時間、雪、クーパー夫妻と過ごすクリスマス。春が来ると仕事が増え、感嘆することが増え、ほとんどすべての農場に果樹の花が咲く。長く暑い夏で憶えているのは、果樹園の仕事をし、川沿いを歩き、毎年八月にはあの空き地に行って石をひとつ置いたことだけだ。ありがたいことに、とうとう移植したすべての木から、何年も待ちつづけた豊かに実った見事なナッシュの桃を収穫することができた。その後はどの夏も同じようだった。

そのあいだ、アイオラのことを考えなかったわけではない。エド・クーパーは、貯水池の計画についてなにかニュースがあるたびに知らせてくれていたのだが、そのうち計画の進みがあまりにも遅いし、絡んでいる事情が複雑すぎて興味をなくしてしまい、その話をするのをすっかりやめてしまった。わたしは毎年八月にあの空き地を出たあと、砂利道からハイウェイ50号線への曲がり角でいったん止まった。右折してガニソン川と錆びついた古い線路に沿って進めば、少なくともわたしがアイオラに残してきたものの横を通過することはできるとはわかっていた。それでも、毎年左折していまの我が家へ続く道を選び、急激に広がりつつあるダムの建設予定地でコンクリートやクレーンやブルドーザーが川や谷を貪《むさぼ》るところを見ないようにしながら、ガニソン川がまだ勢いよく流れていることに感謝した。

一九六二年六月の、ある涼しい曇り空の日、日課の作業を終えると、いくつか必要なものを買いに車で町まで出たあと――家でもっとおいしく淹《い》れられるのに外でコーヒーにお金を払うのはばからしいと思っていたにもかかわらず――ダイナーという名の店でゼルダ・クーパーと会う約束をしていた。ゼルダとの会話はいつも興味深く、楽しかった。ゼルダは賢くて、読書家で、物怖じしなくて、いっしょにいるとわたしはよく笑った。この何年かのあいだに、うちに来た独身男性は何人かいたが、たいていゼルダの画策だろうと思っていた。わたしはその男性たちに興味はなかったけれど、ゼルダがわたしのことを考えてくれるのはとてもありがたいと思った。ルビー＝アリス・エイカーズとの奇妙な絆《きずな》を別にすれば、ゼルダは人生で最初の本物の友人だった。

ゼルダはその日、ライムグリーンの細身の膝丈パンツとオレンジとピンクのストライプのシャツを着ていた。金髪にブリーチした髪は緑のカチューシャで押さえた下からふわりと出て、オレンジ色のラインストーンのイヤリングのあたりで毛先がくるんとカールしている。ゼルダがいると、ほかの客たちが、六〇年代に入ったことに気づいてもいない野暮な人間に見える。もちろんそこには古い綿のワンピースを着て地味なダークブラウンの髪を三つ編みにしたわたしも含まれる。ゼルダ・クーパーのように着飾った自分を頭のなかで描いてみようとしたが、想像すらできなかった。初めてペオーニアに来たとき、つつましいこの通りですらわたしには垢抜けすぎているように感じたのだと、自分の思い出を語ったことがあったが、ゼルダはそれを聞いて頭をのけぞらせ、仔馬がいななくように笑った。

ウェイトレスがコーヒーとストリューゼルケーキ*をふた切れ持ってきた。ゼルダが噂話をし、わたしは聞いた。彼女は指をゆらゆらさせて、自分のマニキュアの色はどうかと聞いた。

「『内気な青』って色なのよ」ゼルダは微笑んでからわざとらしく恥ずかしそうな顔をしてみせた。

「うわ、まさにあなたにぴったり」わたしはいった。こういう親しげな冗談を気軽にいえる人のように。するとゼルダは女子学生みたいにくすくす笑った。気安く接してくれるゼルダといると、自分が人間よりも木に囲まれている時間を長く過ごしてきたのをことさら意識してしまうときがある。会話の途中に変なことをいってしまっても、ゼルダが決して文句をいわないのが、ありがたかった。

ゼルダがマニキュアの話を続けるあいだ、隣のテーブルがちらりと目に入った。そこに座った農夫は《デルタカウンティ・インディペンデント》紙を広げて顔の近くまで引き寄せている。わたしたちのおしゃべりがうるさくて、衝立《ついたて》代わりにしているのだろう。間違いない。新聞の見出しに太く黒い文字で「さようならアイオラ、サピネロ、セボラ——西側斜面《ウエスタンスロープ》の町々、新しい貯水池にその地を譲る」と書いてある。

わたしの顔つきが変わったのだろう。ゼルダが心配そうにこちらを見た。わたしは見出しを指さして、それがわたしにとってどんな意味なのかを説明しようとした。

「でも、ほら」ゼルダの言い方は優しかった。「こうなることは何年も前からわかってたよね」

わたしはうなずいた。ゼルダのいう通りだ。でも、その瞬間まで、あの町々が本当に地図からも実際の地形からも消されて、人々が強制的に追い出され、彼らの家や暮らしが燃やされ、水の底に沈むことを、本気で信じてはいなかったのだ。わたしはすでに新しい生活を始めているが、ほかの人たちはどうなのだろう？　わたしはセスのことさえ考えた。もしもセスがいまのいままであの農場に残っていられたとしたら、お金も立ち上がる力も、そして知性もない彼にほかに行く当てなどない。わたしの子ども時代に周りにいた人々が、トラックに身の回りの物を積み込んだり、家畜の群れをガニソン川の東側の安全な土地へ移動させたり、トレーラーのなかに馬や鶏や豚を追い込んだりしている様子が目に浮かんだ。退去は何カ月も前から始まっていたはずなのに、わたしは近くを車で通ることすらしていなかった。

「とても悲しいね」とゼルダはいった。コーヒーをひと口すすってケーキを食べてからさらにいう。「でも、いまに始まったことじゃないよね、こういうの。ユート族のことを考えてみて」

ゼルダの公正さに、わたしは面食らった。これまでわたしが知っていた人は、ユート族のことを下に見るか取るに足らない人たちだと思うか、あるいはいちばん多いのはまったく考えないかのどれかだった。

ゼルダは続ける。「つまりね、わたしたちがいまここに座っていられるのは、あの人たちがこの土地から強制退去させられたからでしかないのよ。わたしたちは自分たちの土地だっていってるけどね。無視したところで、その事実が真実だってことは変わらない」

ウィルは自分がどの種族なのか話してくれたことはなかったし、当時のわたしは恥ずかしがり屋で無知だったので尋ねもしなかった。それでも本当はゼルダにいいたかった。わたしは、先住民が悲惨な扱いを受けていることについて、彼女には計り知れないほど考えているのだ、と。

「同じことだといってるわけじゃないの。ただ、政府はなんでもやりたいようにできて、苦しい思いをするのは住民たちなんだって話」ゼルダがいう。「しかもわたしたちは歴史からちっとも学ばないっていう」

それからゼルダはわたしが完全には理解できないけれど、知っているべきだとはわかっているよう

＊ バター、砂糖、小麦粉で作ったストリューゼル（そぼろ）をまぶして焼いたケーキ。

な政治問題について話した。けれどもわたしはそのとき、なにも考えられなかった。「ケネディがベトナムで始めたことは、よく注意しとかないと」ゼルダはいっていた。「憶えといてよ、これはまた結構厄介なことになるから」

わたしは聞いていなかった。ウィルについてまた考えていたのだ。彼がどこの、どんな人たちのところから来たのか、アルバカーキの学校に行ったのはどういうわけだったのか。そこからようやく逃げ出せたのに、どうして家に帰らなかったのか。

さらに、わたしの子どもについても考えたが、これまでとは違った不安な見方が出てきた。カルロスを見ているので、息子がひょろりとしたティーンになっていることは想像がついていた。きっと父親ゆずりの素敵な肌の色をしていて、どうして自分は家族と似ていないのだろうかと疑問を持っているはずだ。自分がよその子ではないかと疑っているだろうか？　もしそうだとして、その理由はもうひとりの母親が、彼が捨てられていたことを漏らしてしまったからなのか、彼の細胞の奥底に、捨てられたという記憶がどういうわけか残っているからなのか。

ウェイトレスが来て、マグカップにおかわりのコーヒーを注いだ。ゼルダは話を止めて、ウェイトレスにありがとうといい、またベトナムの話を始めた。その時点では、わたしはベトナムがどこにあるのか、どうしてゼルダがそこまで気にしているのか、まるでわかっていなかった。

「このあたりでもあれだけたくさんの男たちを戦争で失ったんだから、このあとどうなるか、みんなもっと心配してもよさそうなもんじゃない」

窓際に座っている老いた農夫がふたり、とがめるようにゼルダを見た。戦争はおまえの話すことじゃないとでもいうように。

「あなたは？」ゼルダは身を乗りだして、小さな声でいった。「あの戦争で誰か亡くした？」

ゼルダはまるで戦争がひとつしかなかったように「あの戦争」といった。けれど、わたしはなにを指していたのかわかった。

「叔父さん」その答えは、充分真実だった。「それからその弟」。ウィルを、そしてそのあとにはわたしの赤ちゃんを、名前のないある種の戦争に奪われたことはいわないままだった。

「わたしの叔父さんも」ゼルダはそういってから、しばらくなにかいいたげな顔をしていたが、手を横に振りながらやめてしまった。「でも、このくらいにしておく。わたしがまた政治の話をしてるのを聞いたら、エディがすごく怒るから。お客を失くしちゃうんだって」ゼルダは青い目を大きく見開いてから話題を変えて、『アラバマ物語』の感想を話しはじめ、パラダイスシアターにかかっているうちに観なくちゃだめだと薦めた。よければいっしょに観に行こう、二度観ることになるのはぜんぜん問題ないから、といってくれた。

原作を読んだから、映画でそのイメージを壊したくないとわたしは答えた。本当は、あの見出しがまだこちらを向いているし、しかも強制退去や社会的な不公正や戦争といった話をしたせいで、もうこれ以上の悲しみには耐えられないと思ったのだ。

外を出るときに、わたしは重ねて置いてある新聞を一部抜いて、五セント玉をコーヒー豆の空き缶のなかに入れた。ゼルダは挨拶に抱き合うのを好むがわたしは違う。それでも、いつもより長い彼女の別れの抱擁《ほうよう》を受け入れた。

グランドアヴェニューに停めてあった自分のトラックに乗り込んで、《インディペンデント》紙の記事を読んだ。貯水池のために町々の住民の立ち退きが始まったのは数カ月前ではなく三年前だった。記事によれば、このときまでにはたいていの住民が出ていっていた。不承不承ではあったが、たいした抗議もなかったという。それでも期限ぎりぎりの今週まで残っていた人たちがいくらかいたそうだ。

立ち退きに応じなかった人のうちのひとりであるマシュー・ダンラップの言葉が引用されていた。わたしは頭を横に振った。彼がなんといったか読みたいのかどうか、自分でもわからなかった。だが読むと、その言葉の皮肉にうんざりした。「ここはアメリカだ」と記事に書かれている。「自由の国。尊重される権利と、尊重する義務のある国だ」。のちに別のところで引用されているのを読んだとき、はらわたが煮えくり返った。「法を遵守する人が、犬ころのように蹴り出されていいわけがない。そんなことは許されない」

その夜、重苦しい気分で果樹園を歩いた。わたしの木の一本一本に触れ、まだ緑色の果実の熟れ具合を確かめていく。アイオラで父さんが同じようにしていたところを何十回も見たことがあるから、その様子を思い浮かべた。そしてこの新しい果樹園の端に、ウィルとわたしたちの息子が並んで立っているところを想像した。わたしは全員に、この世界がこんなふうでしかないのが残念だと語りかけた。

のちにわたしはその新聞記事を切りぬき、マシュー・ダンラップの腹立たしい言葉はもちろん排除して、母の聖書のなかに挟んだ。もしもアイオラがもうすぐ消されてしまうなら、わたしの家族は、それが存在したという証拠をわたしに残しておいてほしいと願うだろう。

翌日、わたしは二時間車を運転して、アイオラを出て以来、初めて戻った。もっと正確にいうなら、入っていけるぎりぎりのところまで行った。橋のところで保安官補に止められたのだ。彼はトラックの窓からこちらに身を乗り出してきて、サングラスを外しもせずにわたしの目的地を聞いた。「レイクシティ」とわたしは嘘をついた。南の町に向かう人たちが通過するのは認められているのを知っていたからだ。

「どうぞ行って。ただ、アイオラに寄り道してはだめですよ」保安官補はいった。事故があったときのように赤いライトを点滅させた彼のパトカーが道端に停めてあった。

「住民が追い出されてるんですってね」相手がどう答えるのか知りたくて、わたしはそんなことをいった。

「退去ですよ」と彼が抑揚なくいった。「発展のためには仕方ないんです」

保安官補が一歩退き、橋を渡るわたしに手を振るあいだ、わたしは、発展はいつまで続くのか、発展が遂げられたとき、わたしたちにはそのことがわかるのだろうかと考えた。

わたしは捨て置かれた桃の直売所のところで横道に入った。直売所は板囲いをされていて雑草だらけで、かつて生きていたものがいまは死んでいることを告げているようだった。その向こうにもう一台パトカーがいて、白い木製のフェンスを見張っていた。わたしは警察官の顔を見た。それがライル保安官だったらわたしを受け入れてなかに通してくれるはずという思いもむなしく、その警察官は若くて小太りで、厳格な表情で腕組みをして、侵入者をとがめるような視線をわたしに送っている。うしろには、ただ静けさだけが広がっていた。

警察官のうしろに続く道を最後にじっくりと見つめた。見慣れた建物の屋根の先、遠くには小学校の旗竿、主をなくした囲いや納屋、さらに捨て置かれた車輪のないトラックが谷底に点々と散っている。そして実際に見えているわけではないけれど、あの運命のノースローラストリートとメインストリートの交差点があるはずだ。わたしはもう一度、うちの直売所を見つめた。建てられ、何十年も常連客に通ってもらってから閉店したあと、荒廃しながらもいまだに倒壊せずにいる。あの風雨にさらされた寂しい建物は、この谷での我が家の歴史を物語っている。もう終わってしまった物語を。わたしはトラックを方向転換して、その場から去った。

橋にいる保安官補は、自分のパトカーにもたれたまま、わたしがまた彼の前を通ってもほとんど見もしなかった。橋を渡り終えると、わたしは車を道の脇に停めてガニソン川を見下ろした。

初夏の水量の増加で渦を巻きながら白く泡立つ川の水はとても美しくて、待ちうける運命を疑いもしていない。まもなく湖になってしまう川を見下ろしながら、わたしは確信した。ダムができて放流ゲートが開かれて下流のガニソン川へ水が流れたとき、いまの流れの一部はそこに存在するだろう。どれほど流れが遅くなろうと、行く先々に困難が待ち受けていようと、流れが細く滴《したた》る程度になろうと、この川はなんとかして流れつづけることをわたしは知っていた。そうなったとき、ノースフォーク川沿いで新しい暮らしを営むわたしは、向こうでこの川と出会うのだ。

バックミラーに映るアイオラとそれにまつわるすべてのものが、どんどん小さく、遠くなっていく。わたしは西に向かって運転していた。ハイウェイをビッグブルー川で下りると、古いトラックは不平を漏らしながら砂利道を上がっていった。あの空き地を訪れる毎年の時期よりも早かったが、鳥の鳴き声といつもの休憩場所が恋しかったのだ。

到着すると、木々の下や日当たりの悪い場所や空き地の端っこなど、ところどころにまだ雪が残っていた。けれど、丸太には雪はなく、太陽を浴びて乾いていたので、いつものように、彼女がかつて座っていたのと同じ場所に座った。その丸太に座るときにいつもそうするように、彼女のことを、あのもうひとりの母親のことを考えた。声に出して彼女に感謝するのも、もはや儀式のようになっていた。意味のないことといってしまえばそれまでだが、そうすることでわずかでも彼女と繋がっていられたのだ。もしかしたら、あのとき、わたしがあの桃を必要としていると彼女が感じたように、わたしが彼女について考えていると感じてくれるかもしれない。彼女の手を取りその目を見つめ、ただ、ありがとうといいたいのだということも。

その場所から息子に語りかけることは、年々難しくなっていた。以前はただ丸太の上に座って、愛しているといっていた。いつかきみに会ってその小さな手を握り、きみの父親やきみを産んだときのことを、その素敵なところだけ話してあげるからね、と。新しい土地にいっしょに住もうとあの子を招き、あの子の家族に受け継がれてきた木々のことを教えてあげるところを想像したりもした。けれど、一九六二年の六月には、息子はもう簡単にわたしのものになってくれたり、自分の両親の悲劇的な物語の甘い箇所だけをそのまま信じたりするほど無邪気な子どもではなくなっている。いまではあの子にいえることはただひとつしか思いつかない。千字の文章でも必要なことは伝わらないのに、六文字の無意味な言葉だけ。

「ごめんなさい」わたしは空き地全体に語りかけた。アイオラに入ることを禁じられて、不思議な虚無感に襲われていた。あの日捨てられたのは、わたし自身だったような気がしていた。

イタチやリスの小さな足跡が、木々の下で表面が硬くなった雪に模様をつけている。森の奥に目を凝らし、どこまでなら行けるだろうと考える。何年もこの空き地に通っているが、空き地の奥に入り、あの山小屋を捜してみようと思ったのは一度だけだ。そのときは周囲に見覚えのあるものがなくて方向感覚を失くしてしまい、帰れなくなる前にすぐに引き返した。いまなら、浅く積もった雪のおかげで足跡が残るので、迷ってしまっても、それを頼りにすれば帰り道はわかる。けれどいまの小屋を想像してみると、雪崩《なだれ》で崩壊したか、朽ち果てたか、さもなくば、羊飼いか狩人か逃亡者のような誰か新しい主を受け入れていて、わたしが置いていった鍋で豆を煮たり、わたしのろうそくでその人の夜を照らしたりしているかもしれない。どうあれ、そんなところになぜ戻る？　わたしたち——あの小屋とわたし——の関係が終わったのなら、互いのあいだにはこれ以上、なんの関わり合いもない。まさにその日、アイオラの端で学んだように、そしてたぶんウィルも知っていたと思うのだけれど、我々には、ただ単に後戻りができないときがあるのだ。

わたしはもうすこし丸太に座って、すがすがしい空気を味わってから立ち上がり、石を探しはじめた。わたしが作っている円に並べる十三個目の石。これまでわたしが丁寧に選んで並べてきたほかの石と同じような、なめらかな楕円《だえん》形の白っぽい石を見つけると、キスをしてから唇を石に当てたままあの岩に近づいた。

最初に見たのは足跡だった。岩の周囲の雪の上や、その雪を取り囲む泥の上に。二組の靴の跡だ。近づくうちに、ひと組はわたしと同じくらいのサイズで、もうひと組はそれよりやや小さいことがわかった。わたしは周囲の静かな木々を見回すうちに、ふいに誰かに見られているような気がした。けれど、持ち主があちこち歩き回ったことを示す足跡は固まっていて、少なくとも数日前のものだ。この空き地には何年も通っているが、ほかの誰かがここを訪れた形跡を見たことはなかった。石がひとつ、並べた場所からずれていたり、岩の下に転がっていたりと、動物か風雨かなにかで動かされていることがたまにあったくらいだ。足跡を調べながら、心臓が早鐘を打つ。わたしは急いで岩の上を見に行った。わたしが丸く並べた十二個の石は乱されていなかった。

ただ、その円の真ん中に、丸い石が置いてあった。わたしは手を伸ばして摑んで掌に載せ、それが亡霊かなにかのように驚嘆して見た。それは重くて丸くて、大きさも形も、まさに桃だった。

空き地のあちこちを何度も何度もよく見た。なにかしらの説明がほしかった。鳥もリスも枝もこそりとも動かない。午後のたなびく雲も、太陽に向かっていた移動をいったん止めている。わたしはなにもかもが動きを止めたなかで、耳を澄まして立っていた。どれほどの時間、そうしていたかわからない。丸い石を自分のお腹に当てながら、空き地全体からなにかしらの手がかりが得られないかと探していたのだ。

とうとうなにも誰も出てこないとわかると、わたしはここへ来た目的を果たした。円に十三個目の石を加え、息子のために祈ったのだ。雲が空を覆いつくし、半袖から出た腕が冷たくなってきたが、それでもぐずぐずとそこにいた。

岩の上に置いてあった丸い石は、たぶんただの石でしかなくて、足跡は、わたしが丸く並べた石を奇妙な芸術作品と思った興味本位の通りすがりの人たちのもので、その人たちが作品に石をつけ足したのかもしれないとわかっていた。けれど、別の可能性について考えずにはいられなかった。もしも何年もの月日が流れたいま、この場所が彼らを、もうひとりの母親とわたしの息子を呼んだのだとしたら。ちょうどこの場所がわたしを呼んだように。もしも、いまわたしが彼らのことを思っているように、丸く並んだ石を見て、彼らがわたしに思いを馳《は》せたのだとしたら。もしも、わたしが見つけるかもしれないと思って、桃の形をしたメッセージを残していったのだとしたら、と。

20

一九七〇年

時が過ぎるうちに、果樹園の夏の夜明けがますます大好きになった。家の勝手口から、熟しつつある桃と豊かな土壌と前夜の雨の香りがする、甘い、露を含んだ空気のなかに足を踏み出すことから朝が始まると、わたしにとっていい日になる。一九七〇年の八月半ば、すがすがしく金色に夜が明けたその日はそんな朝だった。わたしはひんやりとした金属の蛇口を回して、灌漑用水で畝間《うねま》を濡らしていく。それからかごをつかむと収穫を始めた。実はどれも均一に大きく、傷ひとつなく、そしてすばらしく甘かった。

土地も年月も、だいたいにおいて優しかった。グリーニーとわたしが移植した木々をなだめすかすようにして、なる果実の量も質も元の状態に戻すのにほぼ十年かかった。接ぎ木した苗木を育てて新しい区画で収穫できるまでにするのに、さらに十年かかることになる。それでも最終的に、祖父のホリスと父さんは誇りに思ってくれたはずだ。その夏には、地元の直売所すべてにナッシュの桃が並んでいて、お得意の客たちが、またもや何十キロも先から買いにきてくれるようになっていた。グリーニーは論文を書いて賞と終身在職権を得たし、わたしは、ちょうど少女のころと同じように、毎年晩夏から初秋までの夜明けの時間を桃の収穫に費やすようになった。

毎年あの空き地を訪れるという決め事は続けていたが、桃の形をした石についての謎は解けていなかった。一九六二年のあの日に、石と雪の上の足跡を見つけたあと、わたしは数カ月のあいだ、毎週のように空き地を訪れ、あそこに来ていた人たちがまたやってきた形跡や、その人たちが誰なのかについての手がかりが見つけられることを願ったが、なにも見つからなかった。それから数年は、年に一度の訪問時には、空き地をくまなく捜索した。どうしても見つけたかったのは、たぶん、どんな小さなものでもいいから彼らがいたという印のようなものだったのだと思う。あるときなどは、メモを残した。トラックのなかにあった紙きれに走り書きをしたのだ。短すぎるし、曖昧だし、ちゃんと重しをしていなかったから風に飛ばされただろう。ただ「教えて」とだけ書いたメモだった。それでも、なにもなかった。

そのうち、彼らの形跡を探すのをやめて、あの丸い石がわたしのために置いてあったのかもしれないという藁《わら》にもすがる思いも捨てた。静かで聖なる場所にあるあの丸太に座ること、そして息子のために石をもう一つ載せることで充分だと自分に思い込ませた。丸い石は、わたしの家の本棚にずっと置いてある。失った子どもと再会できるという希望の象徴ではなく、ばかげた望みを持つことへの警告であり、自分の手に入らないものを欲しがりすぎると、想像力がいたずらをしかけることがあるという警告としてだ。

収穫の時期には人を雇った。地元の男性たちやその息子たち、そしてうちのドアを叩《たた》いた季節労働者。彼らがいっしょに働いてくれたおかげで、すべての桃を熟れどきに収穫して出荷することができた。一九七〇年八月のその朝、雇い人たちがやってくると、わたしは果樹園を彼らに任せて鳥小屋に向かった。餌を撒いてやるとホロホロ鳥たちは甲高い声をあげながらちょこちょこ走り回り、そのあいだにわたしは斑点のあるベージュの卵をかごに集めた。ゼルダが朝食にやってくることになっていたのだ。わたしはゼルダがリクエストしたメニューを用意するのが楽しかった。ニンニクと庭の畑で採れたホウレンソウを入れたホロホロ鳥の卵のスクランブルエッグに、桃とラズベリー入りの自家製マフィン、それからもぎたての桃を薄く切ってシナモンをひとふり。

わたしが知るかぎり、この谷で自分の食べる物をすこしも育てていないのはエドとゼルダだけだ。ゼルダはよく、自分と夫は土地を買ったり売ったりする人間で、土地を活用するようにはできていないのだといっていた。それは冗談ではなかった。クーパー夫妻はその手を泥で汚したこともなく、わたしたちがこんなに親しくなったことが不思議なくらいだった。けれど、この長い年月のなかで、わたしは夫妻のことが大好きになっていた。ことにゼルダは、わたしの人生に天から賜《たまわ》った恵みのひとつといってもいい存在になった。わたしたちは頻繁に会うわけではなかった。わたしは農園の仕事が忙しかったたし、森や川の土手やそのほか気の向いた場所をひとりさまようのも楽しんでいた。ゼルダはエドの不動産の仕事を手伝っていたし、ホチキスにいる大家族の実家で過ごす時間も多かったし、週に一度はグランドジャンクションまで買い物に出た。しかも飽くなき読書家で、わたしたちがいっしょにいるときには必ずなにか興味深いことを教えてくれる。いつも《リーダーズダイジェスト》誌か《タイム》誌を持ってきて、見出しを指さし、記事の内容をかいつまんで話しながら、ノースフォークバレーの外には激動の世界があることを思い出させてくれるのだ。

その朝、わたしが長いパイン材のテーブルに朝食を用意すると、席についたゼルダは、猛烈なスピードで話しながら、市民権、アースデイとかいうもののために行進しているヒッピーたち、彼女がいつも「例のクソ戦争」と呼ぶベトナム戦争で起きたいちばん最近の悲惨な出来事といったことについての雑誌の記事を見せてくれた。わたしはゼルダから学ぶのが好きだ。好きではないのは、ゼルダが気に入っているもうひとつの話題。つまり男性の話だ。

「あのキュートな養蜂家は電話してきた？」ゼルダが聞く。昼近くなってきて、窓から入ってくる日差しがゼルダのボブスタイルの金髪を輝かせ、まるで後光が射しているように見えたが、ゼルダ自身がわたしと養蜂家に望んでいるのは、天使らしいこととはいいがたかった。

「まったくゼルは」わたしはため息をつく。「毎回この話をしなくちゃいけない？」

わたしが男性に興味がないのを、どうにかして矯正しようというのがゼルダにとって長年のミッションだった。

「しなくちゃいけない」ゼルダはしぶとくうなずいて、かごのなかから温かいマフィンを取った。

「電話してきた？」

「彼とデートはしたくない」わたしは答える。

「デートだなんて、誰がいった?」ゼルダはウインクしてマフィンにかじりついてから、満足そうにうなった。「ねえ、お願い、ヴィー、わかってるから。結婚に興味がない。それはわかった。でも誰だってときにはちょっとくらい必要でしょ、ほら……甘いものがね」

ゼルダは笑い、わたしは目を見開いてあきれ顔をした。

「じゃあ、なにを待ってるわけ?」ゼルダはいった。「ウォーレン・ベイティ*がコンコンってドアをノックしてくること?」

「そんなはずないでしょ」わたしは笑って頭を横に振った。

「じゃあ、なに?」ゼルダはため息をついて大げさに肩を落としてみせた。それからゼルダの大きな目が真剣になって、この手の話をするときのいつものおふざけ感をなくし、あなたの話をしてくれと懇願した。それでもわたしはできなかった。

ウィルソン・ムーンのことをゼルダに話したいと思ったことは何度もある。

「特には」わたしはそれでもこう答えた。「いったでしょ。わたしは待ってなんていない。なんのことも、誰のことも。少なくとも、どこかの養蜂家のハニーになるっていう選択肢はまずないかな」

わたしはニヤリとしてみせたが、いつもはすぐに笑ってくれるし、ちょっときわどい話ならなおさらのはずのゼルダは、さっきからの真剣なまなざしを変えない。ゼルダは皿の上にフォークを置いて、こちらに身を乗りだした。

「どういうことなの、ヴィー? ねえ、ちょっと」ゼルダはなだめるようにいう。「なんとしても誰ともデートしない理由、なにかあるんでしょ?」

* アメリカの俳優。一九六七年の映画『俺たちに明日はない』の製作・主演でスターの座に躍り出た。

わたしがほんの十七歳のときの初恋に起きた悲劇のせいで、もう恋などできないのだということを、どうすれば彼女に説明できるだろう？

「今日はいいかげん、その話をしようよ」ゼルダがそういっている。

けれどわたしの頭に浮かぶのは、わたしがウィルを、わたしたちの息子を、いろいろな意味で見捨てたこと、そしてひとりで生きていれば、彼らにしろ別の誰かにしろ、もう人を裏切らずにすむということだけだ。わたしは愛し方のわかるものだけと向き合ってきた。つまりは土地と木と桃だ。

「どっかの悪い男に傷つけられたの？　そういうこと？」ゼルダは美しく整えられた眉を寄せる。

「違う、違う」わたしは慌てて否定した。「そういうんじゃない。なんていうか……」わたしはなにもかも彼女に打ち明けてしまいたくてたまらなくなった。けれどわたしの秘密はとても深いところにある鍵つきの箱に入っていて、どうやってその鍵を開けて外に出せばいいのかわからない。ゼルダに軽蔑されるのが怖いわけではない。それなのに、言葉が出ない。わたしは自分自身にさえ、自分の過去をきちんと説明することができなかった。ただわかっているのは、美しい若者がわたしのせいで死んでしまったこと、わたしたちの赤ちゃんがどこかにいて、その子は自分が誰なのかも、どこから来たのかも知らないということだけだった。

「なんていうか……なんなの？」ゼルダは期待を込めてわたしを見る。

「なんていうか……なんでもない」わたしは答えた。風に吹かれてさまよう種が着地できずにいるように、真実がまたもや通りすぎていく。

「レズビアンなの？」ゼルダはとてもフラットに聞いた。

「ううん」

「変わり者の科学者の友だちが好きなの？」

「グリーニーのこと？　やだ、それはない」

グリーニーはこの長い年月のなかで、とても貴重な相談相手でいてくれたし、しばしばうちを訪れる客として歓迎していた。けれど、彼の私生活に興味を持ったことはなかったし、それについて彼のほうから話すこともなかった。わたしたちは、根について、土壌について、菌について話し、桃の味を体系的かつ正確に吟味した。

「神様じゃなくて木に仕える修道女みたいな感じで、果樹園と結婚してるわけ？」ゼルダは皮肉を込めずに聞いた。

「ううん」わたしはゼルダの無表情な顔を見て微笑みながら、彼女のいまいった言葉には真実がないわけではないなと思った。

ゼルダはため息をついて卵を食べおわり、わたしはキッチンに行ってさらに桃を切った。

「じゃあ、男もいないし、赤ちゃんもいないのね」私が戻るとゼルダがそういった。

わたしの心臓が一瞬止まった。男の話なら、できるにはできる。でも赤ちゃんの話は絶対にできない。

あの空き地の石は、そのころにはもう二十個になっていた。数が多くなりすぎて、円の外側を覆っていくように広がり、あの岩の平らな面全体を埋めるカタツムリの殻のように、ぐるぐると渦を巻いている。

何年か前に見つけた桃の形をした灰色の石は、本棚の、ちょうどゼルダの頭のうしろあたりに収まっている。

「ゼルダは？」わたしは赤ちゃんの話の方向をそらした。「あなたとエドに子どもがいない理由は聞いたことがなかったよね。もちろん気にはなっていたんだけど、よけいなお世話かなとずっと思ってて」

「そんな。ヴィーになにを聞かれたって、よけいなお世話だなんて思わないのに」わたしのくだらない気遣いを追いやるように、ゼルダはマニキュアを塗った手を振った。「悲しい話なんだ、ほんとのことをいうとね」ゼルダはさらにいう。「この体は、見た目はかなりイケてるでしょ」そういいながら、ゼルダはオレンジ色の丈の短い袖なしワンピースの脇を両手でなぞった。まるでその体がクイズ番組の賞品であるかのように。「でも、赤ちゃんは産めない」

六回、とゼルダはいった。妊娠六回。亡くした赤ちゃん六人。ゼルダはつらそうに身をすくませていった。六人目のとき、最後の最後の段階で流産したので、小さくて土気色の赤ちゃんを、実際に自分の両手で抱いたのだという。

「ああ、ゼルダ」わたしはうめき声をあげた。生まれたばかりのぐったりとした赤ちゃんを抱き上げたときの苦しい気持ちを思い出したのだ。あの子がはじめて息をしたときのくぐもった奇跡の音も。目に涙があふれてきた。友人の悲しみのためというよりは、過去の安堵《あんど》が蘇ったせいだ。

「男の子だった」ゼルダは厳粛にいった。「名前もつけたのよ。ジョセフって」そこでいったん言葉を切る。「いつもいるの。あの子だけじゃなく、全員。ここにね」ゼルダは片手を胸の上に載せた。「エディとわたしはいい生活を送ってきた。でも、いつも足りないピースがあるの、わかる？」

もちろんわかる。わたしは涙を拭いて、ただ聞いていた。

「頭がおかしいと思うかもしれないけど」ゼルダはさらにいう。「うちの居間とか庭とか、クリスマスの朝、あなたが来る前のツリーのまわりなんかに、あの子たちを思い浮かべることがよくあった。わたしの子どもたちみんなが、仔犬みたいにふざけあったり、じゃれあったりしてるの」ゼルダは弱々しく笑みを浮かべ、自分の顔の前で両手を振り、そのイメージを払った。「本当に頭がおかしいのかもね」そういって笑う。

　わたしはいつだって、ウィルと息子がわたしの果樹園にいる姿を想像してきた。果樹園の端でにこにこしていることもあれば、隣でいっしょに作業していることさえある。ゼルダの頭がおかしいのなら、わたしも同じだ。

「ほかにどんなことを考えてると思う？」ゼルダがいう。「わたしのジョセフはあのばかげたベトナム戦争に徴兵される年齢にちょうどなるの。この谷から引っ張り出されていくわけ。いい？　もしあの子がいまもわたしの息子として生きていたら、カナダに逃がすか、刑務所行きも地獄行きも覚悟の上で、あの子が行かなくてすむよう手を尽くす」。ゼルダは悲しげに窓の外を眺めた。たぶん、あのハコヤナギのあたりに立つ自分の息子を見ているのだろう。「ああ、きっとわたし、獰猛《どうもう》な母さん熊になったと思う。もし、そうなれるチャンスをもらえてたらね」

　わたしはゼルダ・クーパーを多くのことで羨《うらや》んでいた。生まれ持った会話の才能、政治問題を理解する聡明《そうめい》さ、仲のよい家族、ファッションセンス、悪びれた様子もなく大笑いするところ。そして白状すれば、水色の大きな瞳と、長く黒いまつ毛も羨ましかった。ゼルダのほうも、よくわたしのことを羨ましいといっていた。わたしのようにひとりでは絶対に生きられないし、森のなかを歩けないし、果樹園や庭の畑やキッチンで、わたしのように立派にやれないといっていた。わたしは友情というものをよくわかっているわけではないけれど、たぶん、そんなわたしたちは、いわゆるよい友だちだったのだろう。自分とは違う相手のよい資質を認めながら、それをむやみに欲しがったりはしない。けれどその日、ゼルダが、辛い過去を完璧に乗り越えた女性だからこその率直さで話してくれたとき、わたしは友のために胸を痛めながらも、それ以上に、彼女の包み隠すことのない正直さや、まったく自分を責めないでいられることに嫉妬した。

たぶん、そのときようやく話していたかもしれない。なにもかも打ち明けていたかもしれない。勝手口のドアをノックする音が聞こえてこなければ。

そこにカルロスがいた。赤い金属の道具箱を持っている。背が高く肩幅が広くハンサムな二十一歳の若者になった彼は、腕のいい大工だった。カルロスは、お金が必要になるとうちに寄った。どんなときでも、わたしに仕事をもらえるとわかっているからだ。

なかに招くと、カルロスはいつものようにおとなしく、礼儀正しく入ってきて、わたしたちといっしょにしばらく座った。ゼルダがしゃべりかけるあいだに、カルロスは桃入りマフィンを三つ平らげ、微笑んだりうなずいたりしてゼルダの質問に答えた。わたしはただじっとカルロスを見ていた。食べるところ、微笑むところ、たこのできた大きな手で額にかかった前髪を払うところ。

「徴兵されたらどうする?」ゼルダがそう尋ねているのを聞いたので、わたしは彼女がまたベトナムの話をしているのだとわかった。

「山奥に逃げます」カルロスはマフィンで口をいっぱいにしたまま、ためらいもせずに答えると、窓の外のエルク山地に広がる大自然のほうを指さした。「あの山に。あそこならよくわかってるから」

ゼルダはうなずいて、カルロスの肩をぱんぱんと叩いた。まるで彼を座っているその場所にそのまま根づかせてしまいたいというように。

「よくいった」ゼルダはいった。

カルロスは若くて無邪気で、恐れを知らずにこの計画を立てている。かつてのわたしと同じだ。

カルロスを納屋まで連れていって、梁《はり》が下がってきているので補強してほしいと説明すると、彼はすぐに仕事にかかろうと、道具箱の上に身を屈めた。それでもわたしはそこを離れられなかった。納屋の戸口に立ちつくし、不自然なほど長い時間、彼を見ていた。

「カルロス」とうとうわたしは声をかけた。カルロスは顔を上げる。「出ていかなくちゃならないときがきたら、お願いだからその前に挨拶に寄ってね。桃の瓶詰をあげるから」

この頼みを奇妙だと思ったとしても、礼儀正しいカルロスは、それを表情には出さなかった。「できたらそうします」カルロスは丁寧にうなずいた。若者がそんなふうにいうときは、たぶんそうしないという意味だ。

納屋の扉をうしろ手に閉めながら、わたしの胸は痛んだ。

わたしはもう一度扉を開けた。

「カルロス」再びいう。

カルロスは優しい黒い瞳で見上げた。

「つまりね、車で送ってあげるっていいたかったの。ほら、もし必要なら。わたしもあの山のこと、よく知ってるから」

カルロスは微笑んで礼をいい、わたしはその場を離れながら、胸に大きな穴があいたような気持ちになった。

母屋に戻ると、ゼルダが朝食の皿を洗っていて、そろそろ帰って決算中のエドの手伝いをしなくちゃいけないといった。嘘だろうとわたしは思った。たぶん、わたしを避けようとしているのだ。わたしはゼルダに対して謝るべきことがあると思った。けれど、彼女への嘘も、わたし自身への嘘も、すべてが省略による嘘だ。取り消せる言葉があるわけではない。

「ごめんなさい」それでもわたしはいった。

「なにが？　ヴィー？」ゼルダは明らかに、わたしが正直になれるチャンスをもう一度与えてくれている。

わたしはなんと返せばいいのかよくわからなかった。「ごめんなさい。あなたに話させてしまって……赤ちゃんのこと」わたしは愚かにもそういった。

ゼルダはわたしを哀れむような、そして信じられないという表情を浮かべた。

「あの子たちの話をわたしがしたくないなんてわけないでしょ？　わたしの赤ちゃんなんだから。それに、わたしがこの話をしたのはあなたがなにかしたからじゃない。ずっとあなたには話したいと思ってたの。ただ、あなたの興味を引くかわからなかったわけ。ほら、人間じゃなくて苗木の話だったら……」冗談にしようと頑張ってはいたけれど、笑い方は弱すぎたし、言葉は核心を突きすぎていた。

「わたしにまだ話していないことがなにかあるにしても」ゼルダは続けた。「あなたの自由だもんね。だけど、ふたつだけいわせて。ひとつ。あなたがタフなのは知ってる。自分の木を守り、この農園を経営し、よく働いて、山歩きまでする。しかもなにもかも、ぜんぶ、ひとりきりで。でもね、自分の悲しみをひとりで抱えることは、強さじゃないのよ、ヴィー。それは罰よ。火を見るより明らか。あなたになにがあったにせよ、自分を責めるのはやめないとだめ」

わたしはお説教されている子どもみたいな気持ちになって、とにかくゼルダにいなくなってほしかった。

「それからふたつ。さっきこのテーブルで、あなたがあのカルロスって子にこれ以上ないくらい悲しい視線を向けてたの、気づいてるからね。あれがどういうことなのか、話してくれる気持ちになったら、いつでも聞かせて」

わたしは自分の目を彼女に見られないように顔を背けた。

ゼルダはわたしの頰にキスをして朝食ごちそうさまといったあと、ドアから出ていく前に立ち止まってさらにいった。「あと、あなたに男を紹介するのはやめないから。絶対にね」

ゼルダの車が私道を去っていく音を聞いたあと、果樹園の収穫作業に戻った。わたしのまわりには完璧な桃が何列も何列も並んでいる。雇い人たちは、梯子《はしご》の上で口笛を吹き、山盛りになったかごを、運搬トラックが積み込みやすいように果樹園の通路のそばに置く。灌漑用水は流れ、八月の太陽は熱く明るく輝いている。農園も仕事も、時計のように正確に動いていた。あちこちの直売所では、わたしの桃を求めてやってきたお客たちが間違いなく列をなしているはずだ。ゼルダのいう通り、わたしはこの土地を生かせるほどにはタフだったし、この土地にはわたしを受け入れるだけの寛容さがあった。それでも。自分の気持ちに正直になるとき、この桃の葉にも根にも果肉のなかの種にも、悲しみがまだ残っていることに気づく。シンプルにいえば、ウィルと息子は、現実には果樹園の端からわたしに笑いかけてはいないし、わたしの隣で作業もしていない。どれほど想像力を豊かにしても、その事実は変わらない。

毎年恒例のあの空き地への訪問を今年はまだ行っていなかった。あれやこれやで忙しいと自分をごまかしていた。けれど実は、前年の夏に二十個目の石を置いて渦を巻いたその円を見つめたとき、なにか終わりのようなものを心に感じたのだ。あのとき空き地を見回して考えた。円は完成し、わたしの子どもは大人になったのなら、この場所とわたしの関係も終わりではないだろうか？　けれどゼルダとカルロスと過ごした朝のせいで気持ちが不安定になったせいか、あの空き地がわたしの袖を引っ張って、もう一度ここへ来て、その質問をしてみろといっているような気がした。

ガレージには新車の青いフォードのピックアップトラックが、父さんの古いトラックの横に並んでいた。錆びついた父の遺品は気まぐれで、頼りなくなっていた。それでもわたしは、そちらを選んだ。もしもあの空き地に行くのがこれで最後になるのだとしたら、わたしをそこに連れていくのは、この古いトラックが似つかわしいように思えたのだ。

ビッグブルーの山々へ向かう長い道中は、いまや大部分が見覚えのないものになっていた。かつてはヤマヨモギや牛くらいしか見られなかった丘には新しい砂利道ができ、仮設の作業員用宿舎が数戸ずつ散っている。ショベルカーやブルドーザーが置かれたままになっているのが、攻撃を終えた黄色いドラゴンが寝ているように見えた。ルート変更したハイウェイ50号線に乗って上り下りやカーブを繰り返すうちに、ブルーメサ・ダムの高くそびえるコンクリートと岩が、ぱっくりと口を開けた傷のように見えてきた。建設が進んでいくその様子は、この数年のあいだ夏に空き地へ向かって運転するたびに、断片的に目にしてはぞっとしていた。現実にダムができているという事実に、わたしは見るたび衝撃を受けてきた。それだけではなく、ダムの壁の向こう側に見えてくるはずのものに対して心の準備をしなくてはいけないのだ。つまり、セボラ、サピネロ、アイオラのあった場所に青い貯水池が延々と広がっていること、せき止められたガニソン川が岸からはみ出して、川幅が一キロ以上にふくれあがっていることに。

貯水池南岸の日当たりのいい場所には、釣り人やピクニックを楽しむ家族連れがちらほらいた。彼らはこの景観が自然のものだと思い込んでいるのだ。新しい湖の景色を、もちろん美しいと思っているだろうし、わたしだってそう思ったかもしれない。もしここに自分が生きた過去もなく、貯水池が人工的に作られたことも、底に廃墟《はいきょ》となった町が沈んでいることも知らなかったら。貯水池の端に沿う道を進みながら、わたしはできるだけ目をそらしていたので、あの空き地に向かう見慣れた砂利道に曲がったときにはほっとした。

長い坂を上り、森のなかを行くあいだ、古いトラックは唸りを上げた。ようやく到着して車を停めたあと、わたしは感謝を込めてダッシュボードを軽く叩いた。運転席に座ったまま空き地の様子を見ていると、開いた窓から暖かく気持ちのよいそよ風が吹き込んできた。強すぎる午後の日差しと、古いポンデローサマツの落とすぎざぎざした影が、どこか荒涼とした、人を寄せつけない雰囲気を感じさせた。わたしの赤ちゃんの運命を決めたあの夏の雪の朝に目覚めたときのように、わたしの土地を買いたいという政府の役人にうちのドアを開けたときのように、わたしはひと目でこの場所とはお別れなのだとわかった。

そういう心の変化の直後に、わたしは見た。あの岩の上、息子のために石を並べた円の中央、かつて桃を見つけ、その後、桃の形をした石を見つけたまさにその場所に、平たい石を重しにしたその下に、ビニール袋が置かれていたのだ。袋の端が風にはためいて、ピンで留められた鳥のようだった。

わたしはトラックからゆっくり降りて、自分を落ち着かせた。岩に近づき、封をしたビニール袋のなかに水色の紙の厚い束が見えたとき、わたしの胸はほとばしる雪解け水のように激しく揺れた。伸ばした手が震えていた。ルビー＝アリスのピンクのドアを初めてノックしたときも、そんなふうに震える手を伸ばしたのを思い出す。あのときウィルがドアを開けてくれるだろうと思い、実際にそうだった。わたしは袋を持ち上げた。今回も、これを開ければすべてが変わることがわかっていた。

袋からほこりとマツの花粉が落ちて、そよ風に吹かれてくるくる旋回しながら飛んでいった。ビニールの上に薄く積もったそれらが、一日分のものなのか一年分のものなのか、知るすべはなかった。それはどうでもいい、とわたしは判断した。これはいま、ここにある。そしてわたしも、ここにいる。

ビニール越しに、なめらかな手書きの文字が見えた。走り書きの手紙のような文字だ。一行目を読んで喉が詰まり、涙で目がかすんだ。それは手紙というよりは日記の一部だった。最初の数語にわたしが知るべきことがすべて書いてある。これが本当にわたしに向けられたものだということ。これを置いたのがあの子ではなく、もうひとりの母親だということ。

わたしはTシャツのすそで目を拭き、ビニール袋越しに最初の一行をもう一度読んだ。

赤ちゃんを胸に抱きながら、わたしは鳥の鳴き声を聞いていた。

わたしは、そこに続く言葉を早く読みたくてたまらないのと同時に、怖くてたまらなくもあった。袋を丸太のところまで持っていき、いつも座る場所、つまりは彼女が座っていた場所でしばらく待ったあと、袋の封をはがして紙の束を膝の上に置いた。

袋のなかから、小ぶりの便箋《びんせん》をふたつ折りにしたものが地面に落ちた。拾って開くと、それが同じ走り書きのような筆跡のメモだとわかった。そこにはこう書いてあった。

森の母親へ

これはわたしの物語です。というか、そのつもりで書いたということです。自分のために書いているのだと思っていました。すべてを理解し、忘れないでいるために。でも、この物語にはずっとあなたという存在が欠けていました。

いま、わたしはようやく、あなたにお伝えしようと決めました。これはあなたが知るべき物語なのです。

メモにはインガ・テイトと署名があり、そのあとに電話番号と住所――ここから南に行ったところのデュランゴ――が書いてあった。

最初の数ページを読むのは、一九四九年八月のあの日が水晶玉のなかに再現されるのを見るようだった。赤いブランケットの上のピクニック、甲高く鳴くカケス、あの夫とタバコ、彼女の腕のなかで泣く新生児。

彼女は、ほとんどわたしが想像していた通りにわたしの赤ちゃんを見つけたと書いていた。鳥のさえずりのなかに泣き声がふいに聞こえ、丸太から急いで車に向かい、あの子を見つけた。彼女がすぐに、衝動的に、あの子を自分の胸に引き寄せて授乳したのを知って、わたしは泣いた。そして、息子の名前をようやく知ったとき、また泣いた。

「ルーカス」森に向かって息を弾ませてささやき、紙の束を胸に抱きしめる。

わたしは最初のページに戻った。手の震えを抑え、心を落ち着かせようと深呼吸をする。それからまた、読みはじめた。

第四部　もうひとりの母親

一九四九年～一九七〇年

21　鳥

赤ちゃんを胸に抱きながら、わたしは鳥の鳴き声を聞いていた。

貪欲な二羽のカケスが頭上の木の枝で甲高い声をあげながら、夫が吸うタバコからくねくねと立ちのぼる煙に巻かれていた。鳥たちの黒い目は、赤いブランケットの上にざっと並べられた食べ物に釘《くぎ》づけになっている。道路脇の直売所ででっぷりした女性から買った桃が茶色い紙袋の上に置いてあり、デンバーの病院から帰る長いドライブの途中で立ち寄った、川沿いの田舎町のがりがりに痩せた店主がスライスしてくれたパンとハムが紙皿に並んでいる。

そこに転がっていた丸太が、新米の母親と飢えた新生児のための椅子代わりだったが、どうにも落ち着かなかった。肌を出すことに抵抗があってためらったけれど、結局慣れない手つきでどうにかブラウスの前を開けた。ポールはくるりと背を向けた。赤ちゃんは押したりパンチしたりしたあとで、ようやく風船のようにふくらんだわたしの胸をつかんで吸いついた。わたしはひと口でいいから桃をかじりたかったが、アイオラを出てから、ポールがやっとこの空き地を選んで不機嫌そうに車を停めていまに至るまで、マックスはずっと泣いていたのだから仕方ない。ピクニックのごちそうもポールの気に入るように並べようとはした。でもマックスが生まれてからの四日で、わたしはひとつの絶対に否定できない事実を学んだ。なにより赤ちゃんが優先。

授乳が始まると、マックスの泣き声に鳥のさえずりが取って代わった。マツの梢《こずえ》や広い森全体から、鳥たちの甲高い鳴き声、さえずり、歌声が重なっているのが、すさまじく熱狂的でありながら、喜びにも悲しみにも満ちていて、さらに美しくもあった。

そのとき、鳥のさえずりとは違うさえずりが聞こえた。

わたしは確信が持てずに耳を澄ます。すると、母親の直感がはっきりと告げた。あれは、弱々しいけれど耳障りで無視できない、新生児の泣き声だ。

わたしはまだ乳を吸っているマックスを体から離し、不機嫌な赤ちゃんを、同じくらい不機嫌な父親に渡し、風の吹いてくるほうに耳を傾ける。父親も息子も、わたしが慌てて立ち上がるのに驚いた。わたしはブラウスの前を閉じて、車と、説明のつかない音の源に向かって走った。

そうだと確信してはいたけれど、だとしたらあまりにもあり得なくて、夢のなかを進んでいるような気分だった。ところが、車の窓越しになかを覗《のぞ》くと、そこにいた。弱々しく泣く新生児。

ドアを勢いよく開けると、赤ちゃんは静かになった。黄色いニットのブランケットにくるまれて、痩せこけたお尻には濡《ぬ》れたニットのおむつが巻いてある。わたしは赤ちゃんを自分の首のところに抱き上げて、羽根のようなか弱い息を、羽根のような軽さを、そして大柄なマックスの半分くらいしかない、小枝を上手に組み合わせて作ったような小さな体を感じた。

温かい革張りのシートに座ると、衝動的にわたしの乳を与えた。赤ちゃんはあえぎ、吐き出し、窒息しそうにすらなったが、そのうち吸うタイミングとわたしの母乳の出が合ってきて、長く貪欲に乳をのみ込むようになった。

いらついた足音をさせてポールがやってきた。太い片腕だけで、マックスを緩く抱いている。ポールの顔に恐怖と困惑と嫌悪が浮かんだ。この信じられないような発見に、わたしがはっきりとした感情をひとつも持てずにいるうちに、夫はすでに三つの感情を表したのだ。

ポールは左を見て、さらに右を見る。どこまでも続く森のなかを。そしてマックスをわたしの空いているほうの腕に押しつけると、つかつかと行ってしまった。彼女を、この捨てられた飢えた赤ちゃんの、頭のおかしい母親を捜しに行ったのだ。

マックスが金切り声をあげた。胸がつんとする。どうしていいかわからなくて涙があふれてきた。わたしの腕はどちらも赤ちゃんでふさがっていた。

桃

彼女がわたしに彼女の赤ちゃんをくれて、わたしは彼女に桃を置いてきた。お礼というにはささやかだが、ほんの一年前には、わたしは両腕に赤ちゃんふたりではなく、たくさんの教科書を抱えていて、自分の赤ちゃんを欲しいとも思っていなかったのだから、それがふたりだなんて問題外だったのだ。

わたしはようやく寝ついた赤ちゃんふたりを後部座席に寝かせ、ピクニックの後片づけをした。それからごつごつした岩の上部の平らになった面に丸い桃をひとつ置いた。「お腹を空かせているんでしょ」というだけでなく、「この子を受け取りました。命を守ります」というメッセージが伝わることを願う。そしてポールが戻ってきて判決を下すのを待った。

ポールが現れたのは、たっぷり三十分は過ぎたあとだった。汗をかき、肩を落としている。

「車に戻って」ポールが命じた。

わたしが眠る赤ちゃんを両腕にひとりずつ抱えて、残してきた桃を最後にもう一度見ているうちに、ポールは車をバックさせて道へ戻ると、鋭くハンドルを切って方向転換し、来た道のほうに勢いよく走らせた。ハイウェイ50号線との交差点で、ポールは車を停めて考えた。左へ曲がればデュランゴ、右ならアイオラ。

なにもいわないまま、彼は車を左折させ、家に向かった。

わたしたちは赤ちゃんをこのまま自分たちのものにするのだ。ポールが左折する前からわたしにはわかっていた。マックスのお産はわたしの体にかなりのダメージを与えた。わたしの子宮から血が滴り落ちてきたとき、予定日にはまだだいぶ間があったけれど、医師はポールにデンバーの病院に連れていくよう指示した。わたしはほぼ三週間、そこでじっと横になって血を流しながら待っていたが、分娩後《ぶんべん》には、もう妊娠できない体になっていた。管をふさいだといわれたが、それはつまり、こんなに苦しい思いをもう一度しなくてすむという意味でもあった。

「双子だったといおう」ポールはそのときいった。わたしは抗議の声をあげても無駄だとわかっていた。結婚式の日、彼は子どもはふたりと宣言した。できれば息子。わたしがどうしたいかなど、気にもしていなかった。自分がかつてそうだったような、可哀そうなひとりっ子は論外だし、三人養うつもりはない、と。

いつものように、ポールは自分のやりたいようにするのだ。わたしたちはまだマックスが生まれたことを誰にも知らせていなかったから、今後、公表するときに双子が生まれたといえばいい。ひとりは森で生まれ、もうひとりの半分の大きさで、肌の色は一段階濃い。それでも彼らは双子なのだ。何キロも何キロも無言が続いたあと、わたしはおずおずと聞いた。「この子の名前、ルーカスにしてもいい？」

マクスウェルというのはポールがつけた。彼が尊敬する物理学者の名前で、大学の数学科の同僚に自慢したいのだろう。わたしの父の名はルーカスだった。わたしの心に刻まれた名前だ。ポールは不服そうに鼻を鳴らしたが、意外なことに賛成してくれた。「ただ、呼び方はルークにしよう」とはいったけれど。ポールはわたしたちのあいだにある紙袋に手を伸ばし、残っていた桃を取り出すと、運転しながらがぶりとかじりつき、甘い香りをこぼした。

それ以来、わたしは彼のことをルーカスとしか呼ばなかった。そしてポールは、結局のところ、ほとんどこの子の名前など呼ばなかった。

散歩

うちに帰ると、マックスは毎晩毎晩夜泣きした。わたしはマックスをあやしながら、動物園にいる放心状態の動物のように廊下を何度も往復したが、そのあいだ、ルーカスはほとんど眠っていた。ポールはわたしを楽にしようと努力をしてみることはあったが、すぐにマックスをわたしにつき返した。どうにも泣き止まないのを自分が侮辱されたように感じたのだ。

結婚する前にポールについてわたしが本当に知っていたのは、髪も眉も黒い、すばらしくハンサムな大学院生だということ、オハイオ州立大学で体験する初めてのパーティでひとりきりでいたわたしとても話したがっていたということだけだった。彼の興味を愛情と勘違いし、傲慢さを博識、つまり大学へのわたしの夢そのものと取り違えてしまうのは、とても簡単なことだった。ポールのほうは、愚かな新入生のわたしというよりは、わたしのうぶな崇拝に惹《ひ》かれたのは間違いない。その初めての夜、文学を学んでいて、いつか作家になりたいというわたしを彼がからかったときに、すぐに離れるべきだった。ところがわたしは彼といっしょにアルコール入りのパンチを飲み、最終的にはその腕に抱かれていた。それ以来、ポールはよく寄宿舎の窓の下で、わたしに焦がれて待っていて、わたしは軽薄なルームメイトたちと、自分自身の見当違いの恋心にけしかけられて、本を置いて彼に会いに行った。プロポーズされたとき、わたしはめまいがして、それを愛だと勘違いした。それで、インガ・サブリーナ・ジマーマンという、両親から受け継いだいかにもドイツ系の、そしていつか本の表紙に印刷されているのを見たいと思っていたわたしの名前は、とても単調な響きのポール・レイ・テイト夫人になった。わたしは妻になったというショックを消化しきれないうちに、自分が間もなく母親になることを知った。それはわたしの将来の計画や夢のスイッチを二重に切ることだった。

　コロラドについては、地図の上できれいな四角い形をしているなというくらいしか考えたことがなかった。ポールが西部で教職を得たからオハイオを出るといったとき、デュランゴというその町の名の響きは、耐えがたいほど古風でわびしく思えた。

「でも、コロラドだなんて、ポール……それって……」わたしは言い返そうとした。

「もう決まったことなんだよ、インガ」ポールは激した瞳でわたしの言葉を封じた。「コロラドは決まっているんだ。ぼくらはコロラドに行く。決定事項だ」

　そのときわたしは遅まきながら気がついた。わたしがどんな人生に足を踏み入れたのか、彼がどんな夫になり、どんな父親になるのか。

けれど、これはポールの物語ではない。わたしと、わたしの息子たちの物語だ。望んで三人組になったわけではないけれど、どうあれわたしたちは三人組だ。息子たちのどちらか、あるいはふたりともによって、わたしの時間すべてが取られた。学業に費やすはずだった時間を母として過ごしたらどうなるかと恐れていたことはすべて、ことごとく当たっていた。

唯一の気晴らしが散歩だった。毎週日曜日にどうしても家族全員で、とポールに連れていかれた教会の牧師の妻が、物置から古い双子用ベビーカーを出してきて、どうぞ使ってといってくれた。そのベビーカーは、どんな説教よりもわたしにとって救いになった。戸惑うことばかりの母親としての一年目、ひとりは大きく、ひとりは小さいふたりの赤ちゃんをベビーカーに並べてデュランゴの歩道を歩くときだけが、わたしにとって心安らぐ時間だった。家の近所や繁華街、広い公園や七番ストリート《セブンス》トの坂を上がったり下りたり。そのあいだルーカスは眠るか雲をじっと眺めるかしていて、マックスでさえもおとなしかった。

わたしにとってのいい日というのは、アニマス川、すなわち魂《アニマ》の川までずっと歩いていくことを赤ちゃんたちが許してくれた日だ。その川は、それまでわたしが知っていたオハイオの川と比べると、流れが速く波立つことも多かった。わたしはベビーカーを停めて、おむつ入れからペンとノートを取り出し、川べりに腰を下ろして、白いしぶきをあげては岩を乗り越える川水を眺めた。結婚とおむつと洗濯物と、わたしの失われた可能性について考えた。ルーカスの本当の母親のこと、あの子を置き去りにするしかないほど絶望的な状況とはどんなものだったのかを考えた。通り過ぎた店先にあった新聞の見出しについて考えた。せわしなく、熱に浮かされたような戦後の年月について、そして、息子たちを待ち受けるのはどんな世界なのだろうかと考えた。けれど、わたしの思いを書きとめようとペンの先を紙につけたとたん、赤ちゃんが泣きだして、わたしはノートを閉じて立ち上がり、また歩きはじめることになるのだった。

手

成長してもルーカスはマックスと比べて体が小さく、肌の色は暗めで、おとなしかった。とはいえふたりが幼児になっても、遺伝子が違うのではないかと聞いてくる人はいなかった。わたしでさえも、ルーカスがわたしの血を分けた子どもでないことを忘れてしまいがちで、ある鳥の鳴き声とか、ある角度に差し込む夏の日差しとかで、ルーカスを見つけたあの日のことが蘇《よみがえ》り、はたと思い出すくらいだった。

そのうちわたしは、おむつ入れのなかに入れて無意味に持ち歩いていたノートや小説を諦め、もしこうなっていなかったらという人生に思いを馳《は》せることをやめた。代わりに、母親という役目に身を委ねたのだ。それは母親であることを選ぶか、頭がおかしくなることを選ぶかの選択だった。

そうするうちに、息子たちを愛することを学んだ。マックスは怒りっぽくて気分屋なところが父親そっくりだったが、一方では活発で好奇心旺盛で楽しい子だった。ルーカスは、赤ちゃんのころからおとなしくて賢くて、マックスの炎のような気性とつり合いをとるために我が家に与えられた贈り物のようだった。穏やかさの由来がなんにせよ、ルーカスはわたしの人生に予想もしなかったような喜びをたくさん与えてくれた。ポールは自分の気分次第でわたしたちに関わったり関わらなかったりしたが、わたしは気にしないようにしていた。ポールがわたしにしてくれたことで唯一の本当にありがたい行為は、赤ちゃんだったルーカスがわたしを必要としていたあの森の空き地に車を停めてくれたことだった。

ルーカスには触れるだけで相手を癒せる魔法の力があるというのは、わたしの空想の産物ではない。電気なのか、熱なのか、単に心の優しさゆえなのか。ルーカスはシンクで水浸しになった蜘蛛《くも》を救い、窓の網戸にひっかかったハチたちを逃がしてやった。動物か植物が病気になったら、ルーカスが撫《な》でるだけで元気になるようだった。なにより大事なことに、誰もがお手上げ状態のマックスをなだめることができた。怒りの言葉をまくしたてている最中でも、ルーカスの両手に触れられると、マックスはだんだんと力をなくすか泣きだすようになる。ルーカスはなにごともなかったかのように、元の遊びに戻るのだった。

木

息子たちは裏庭のハコヤナギとともに成長した。ハコヤナギも息子たちとともに成長した。彼らが生まれたあの夏には紐のように頼りなかった枝は、彼らが木登りできるほど大きくなるころにはしっかりと太くなった。ふたりはリスのようにその木に登り、鳥のように枝に座り、そこに咲く花のように美しかった。ある午後、わたしがキッチンの窓から覗くと、マックスが木の下の芝生に倒れて動かなくなっていて、その横にルーカスがしゃがみ込んでいた。わたしがパニック状態で出ていったときの網戸をピシャリと閉めた音を聞くと、ルーカスは黙って両手を上げて、兄の血をわたしに見せた。片腕がずたずたになっていたけれど、頭がかぱっと割れたわけでも、背骨が折れたわけでもなかった。息子は傷を負っただけで、死んだわけではなかった。マックスのひじの上から、折れた棒のようなぎざぎざの骨が突き出ていた。ルーカスは傷の上に、血に染まった自分の手を置きながら震えていた。いくらルーカスでも、この傷をすっかり治すことはできないとわかっていたのだ。

わたしはぐったりしたマックスの体を地面から抱き上げ、ルーカスは負傷した手をそっと支えた。そしてわたしたちは急いで家のなかに入った。電話に手を伸ばしながら、わたしは電話をかける相手を誰にするのかという選択を迫られていた。隣人、救急車、それともポール？　三軒先に住む引退した教師が、数分のうちに青いセダンをうちの前の歩道にぴたりとつけてくれた。

手術、術後、さらにマックスの右手の機能の回復が遅々として先の見えない状態が続くなか、ポールはわたしを責めた。おまえは注意を怠っていたし、負傷した子どもを不用意に抱きあげた。隣人を呼んだのも愚かだった、あんな動きの遅い、ぼんやりした老人を、と。さらに悪いことに、ポールは息子たちにも怒りを向けた。マックスには、高くまで登りすぎたこと、不注意だったこと、軟弱だったこと。そしてルーカスには、なんの罪もない愛しいルーカスには、マックスを押して木から落としたこと。それはマックスが父親を満足させるため、話のつじつま合わせに悲痛にもひねりだしたばかげた告発だった。ポールが斧《おの》を手にして、ルーカスの大好きな木を倒そうと構えると、ついにあの子は自分の罪を認めた。つまり、嘘《うそ》の告白をしたのだ。悲しそうにわたしをちらりと見た瞬間、ルーカスの両目から大粒の涙がこぼれた。ルーカスもわたしもマックスが自分で飛びおりたことを知っていたのだ。

時が経ち、マックスの傷は癒えた。ルーカスがマックスを押して木から落としたという話は、家族の語り草のひとつになってしまったが、その話が出て責められるたびに、嘘だとわかりながら反論もしないルーカスが、弱りきって噛《か》みつく力もない獣のように見えた。

半分

わたしは九月の太陽の下に洗濯物を干しながら、マックスが外の通りでＢＭＸ（小型の競技向け自転車）で遊んでいる音を気にしていた。それはわたしがポールを説き伏せて、息子たちの十二歳の誕生日プレゼントに買わせたばかりの二台の青いシュウィン（アメリカの老舗自転車ブランド）のひとつだ。息子たちが石を積み重ねた上にベニヤ板を置いて作ったジャンプ台からマックスは何度も何度もジャンプする。衝突音に続いて泣き声が響くのは避けられないので、わたしは覚悟を決めていた。

ルーカスはわたしのそばで膝をつき、兄とまったく同じ自転車のスポークを磨いていた。午後の日差しのなかで、彼の髪が青黒く輝いていた。

「ママ、混血《ハーフブリード》ってなに？」ルーカスが聞いた。

「え？　いったいどこでそんな言葉を聞いたの？」わたしは屈んで衣類をつかみ、物干し用のロープに洗濯バサミで留めていく。ポールの大きなパンツがひとつにつき小さなパンツがふたつ。

「ジミー」ルーカスは答えながら、前輪のカーブした泥除けを磨く。

「詳しく話して」わたしはさらに聞いた。ルーカスの返答の短さには慣れている。

「ジミーがあの魚を釣ったときのこと憶えてる？　ほら、あのすごいマス」

わたしは憶えているといった。するとルーカスは、ジミーとジミーの父親といっしょに町の南側に住む剝製師《はくせい》のところに行った話をしてくれた。ルーカスがいうに、その老人は三人をポーチのところで止めると、自分のお腹の前で腕を組んでじっくりとこちらを見た。老人はジミーの父親になにかしわがれ声で告げたあと、魚の入ったクーラーボックスを受けとり小屋のなかに持っていったが、三人は入り口の前に立たせたままだったという。

「どっちにしろ、ぼくはなかに入りたくなかった」ルーカスは自転車のサドルを拭きながらいった。「くさかったんだ。死んだもののにおい。あと、なんだか悲しいもののにおいがして」

わたしは洗濯物を干すのをいったんやめて、息子をまじまじと見た。本当にこの子は不思議なところに敏感だ。外の通りでガチャンと音がして、わたしの注意がそちらに逸れた。マックスの泣き声がするかと思ったが、代わりに罵《ののし》り声と自転車を蹴る音がした。どうやらまたそれにまたがって、もう一度始めたようだ。

「ぼくたち、庭にあった古いタイヤの上で待ってたんだ」とルーカスが続ける。そのとき、ジミーが、さっき聞いた剝製師の言葉を教えてくれたのだという。「ジミーがいうに、あのおじいさんは、ぼくたちが混血だからなかに入れたくなかったんだって」

心臓が止まりそうになった。ルーカスのような肌の色の子が、白人の両親から生まれるはずがないというのをわかっている自分も常にわたしのなかにいた。けれど、ポールの黒髪と遠い祖先にイタリア人がいたことで、ルーカスのルーツを説明するのに充分だろうと思っていた。

ルーカスは困ったようにわたしを見上げた。

「あまりいい言葉じゃないわね」わたしはまずそういった。そして嘘をつくことに決めた。「お父さんにはイタリア人の血が混じっていて、わたしの家族はドイツ人なの。だから、あなたにはどちらの血も入ってる」

「パパは、ドイツ人は酢漬けキャベツ《クラウト》だっていってる」ルーカスがいう。

「それもいい言葉じゃないのよ、ルーカス。わたしの家族のことを、二度とそんなふうにいわないで。というか、ほかの人にもね。わかった？」

ルーカスはきまり悪そうにうなずいた。「ジミーにも？」ルーカスが聞く。

ジミーは金髪に青い目の少年で、どう見ても剝製師の偏見のまなざしが向けられる対象ではない。

「ジミーのことはわからないけど」とわたしはいう。「でも、誰だってどこかから来てるか、なにかとなにかの混ざったものなのよ。こっちとあっちを半分ずつ。心配しないで。機嫌の悪いおじいさんのいうことだから」

ルーカスはうなずいてから聞いた。「川に連れていってくれない？　ジミーとジミーのパパといっしょに行った川」

わたしは、どうしていままでこの子をアニマス川に連れていってやらなかったんだろうと考えた。息子たちが赤ちゃんのころはそうしていたのに。

「でも、魚は釣らないようにしようね」ルーカスはさらにいう。

わたしは微笑んだ。「わかったわ、ルーカス。川に連れていってあげる」

ルーカスは満足したらしく、光沢を放つ青いシュウィンに注意を戻した。またがる前に、マックスのいる方からガチャンという音と大きな泣き声が響いてきた。わたしたちはマックスのもとに駆け寄った。崩れたものの下からマックスを引っ張り出し、家のなかに連れ帰って傷口を洗うあいだ、マックスはジャンプ台が不出来だとルーカスを責めていた。

翌日、わたしは息子たちといっしょにそれぞれ自転車に乗ってアニマス川に行った。到着するなりルーカスは川に石を投げはじめた。靴を脱いで冷たい水のなかに爪先立ちで入っていき、すぐに膝まで浸かって笑った。マックスは岸で不機嫌そうにしていた。退屈だったし、自転車を降りなくてはいけないことに腹を立てていて、数分ごとにもう帰ろうとごねた。ルーカスは川の大きな岩に石を当てて跳ね返らせていたのだが、マックスが哀れっぽく愚痴るほどに投げる手に力を込め、とうとう投げた石が半分に割れた。

石

アニマス川への行き方を知ったルーカスは、なにかというとそこに行くようになった。完璧な夕焼けや美しい満月が見えるとき、そうでなければ、ポールや学校の友だちが意地悪だったとき、あるいはマックスが自分勝手だったり無礼だったりしたとき、ルーカスは川まで自転車を漕《こ》いだ。いっしょに行こうとわたしに声をかけることはほとんどなかった。それでも誘ってもらったときは、わたしはルーカスの様子を観察した。わたしの息子は変わろうとしていた。静かな憂鬱が、彼のなかの喜びをじりじりと追いやっていた。自分では説明できない、自分についてのとある気づきを、川が解き明かしてくれるのを願っているように見えた。

ある初冬の夕方、わたしたちはふたりで水かさの浅い川に向かって石を投げていて、白い丘の向こうに太陽が沈もうとしていた。ルーカスはおとなしくて、わたしが学校や友だちのことをいろいろ聞いても、あまり答えてくれなかった。わたしは無理にしゃべらせたりはしなかった。ルーカスのなかに悲しみが根をおろしているのが、耐えがたかった。わたしはそのとき決めた。来年の五月、山道をずっと進んだ先、ガニソン川のそばのあの空き地へルーカスを連れていこう。ルーカスがわたしのことを呼んでくれたあの場所へ。そしてすべてを話そう、と。

その春、デュランゴから北へ、ドローレスやリコを抜け、リザードヘッド山道を通ってアイオラに向かう長い移動のあいだ、わたしは自分が恐ろしい間違いを犯そうとしているのではないかと不安だった。ルーカスは助手席で興奮した様子でぴょんぴょん跳ねていた。景色を見に遠出しよう。わたしはマックスを友だちの家に遊びに行かせてからルーカスを誘ったのだ。ボーイスカウトのバッジのためなの、とポールにいって車を借りた。

森のなかや崖沿いを延々と進む道は狭くて曲がりくねっていた。テルユライドでガソリンを入れるために車を停め、ざわつく心を落ち着かせた。ルーカスは車を降りて、冷たく薄い空気や、鋸歯状《きょしじょう》の山頂がまだ雪に覆われていることや、あちこちで滝が流れの速い川へ流れ込んでいる様子に感嘆した。わたしは車に戻るよう彼をうながし、先へ進んだ。

ヤマヨモギに覆われた丘。ガニソン川。いまは使われていない、錆《さ》びた線路。その谷の奥に向かって運転するうちに、すべてが思い出されてきた。道路標識には、この先のセボラ、サピネロ、アイオラの町への進入を禁じると書かれていたが、わたしはなぜなのかほとんど考えもしなかった。砂利の脇道が出てくるたびにじっくりと見て、たぶんこれだろうと選んだ一本に入っていく。険しい上り坂を進み、いくつものカーブを曲がり、マツ林を抜けていくと、そこにあった。わたしの人生が、知らない誰かと彼女の赤ちゃんの人生とが交差して、わたしたち全員のすべてが変わった森の空き地。わたしは車を停めた。

「ここはなんなの?」ルーカスは車から飛びおりて、いまだに残っている雪と泥の上に着地した。

わたしは答えなかったけれど、ルーカスはこの場所をよく見ようと駆けていったので、そのことに気づかなかった。

空き地は、わたしの記憶にあったたままだった。陽だまりのなかの丸太。神経に障るカケスが頭上で騒いでいたあの大きなマツ。ここを出る前に桃を置いておいたごつごつした岩。わたしは当時の自分を思い描いた。若くて、怯《おび》えていて、両腕に赤ちゃんふたりを抱えて泣いている。あのときはこの場所が、地球上のちっぽけなこの場所が、生まれたばかりのマックスの泣き声に我慢ならなくなったポールがたまたまハンドルを回して車を停めた場所が、ルーカスとわたしにとって、ほかのどの場所とも違う意味を持つことになるなど、知りようもなかった。わたしはこのことをどうやってルーカスに伝えたらいいのだろうと考えた。わたしでさえ、ちゃんと理解できていないのに。

ルーカスとわたしは丸太のそばの乾いた地面に座って持ってきた食べ物を広げたのだが、それが過去への奇妙なオマージュのように思えた。わたしは無口だった。緊張していた。なぜここに来たのか、ルーカスに説明するちょうどいいタイミングを計っていた。ルーカスはおしゃべりが止まらなかった。にこにこと微笑み、赤いブランケットから勢いよく立ち上がると柵から放たれた鹿のように走り回り、戻ってきてサンドイッチをひと口食べ、また走っていく。

最初に見つけたのはルーカスだった。わたしは呼ばれた。

「ママ、これ、なにかな?」ルーカスは陰になったところに細く残った雪の上に爪先立ちになって、ごつごつした岩の平らな上面を指さした。

わたしが近づいていくと、平らで丸い石がきれいな円を描いて並んでいるのが見えた。

「わからない」本当にわからなかった。ただし、ルーカスが石にひとつひとつ指先で触れながら数えていくまでは。

「十二」ルーカスはそう告げるとにこりと笑った。「ぼくと同じ」

森の母親だ。ルーカスの母親だ。わたしは心のなかで思った。あの人はここに戻ってきていたのだ。一回なのか十二回なのかわからないけれど、とにかく息子が彼女のもとからいなくなった一年を石ひとつに込めて置いたのだ。そうとしか思えなかった。

とはいえ、ルーカスはわたしの息子であって、彼女の息子ではない。ルーカスはいなくなってはいない。この子はわたしの隣にいる。わたしは、獰猛《どうもう》な獣に追われてでもいるかのように、ルーカスを引き寄せた。ルーカスの母親はずっと、わたしにとって血の通った人間の女性というよりは、はかない森の妖精のようだった。わたしは石の円を見つめながら、初めて、彼女がルーカスを返してほしいと思っているのではないかという恐ろしい可能性に気がついた。しかも、もしもそのことにルーカスが気づいてしまったら、彼もきっと同じように考えるだろうということに。

最初の衝動は、ここを出なくてはいけないということだった。道中長いのだからすぐに帰るのはもったいないとか、ルーカスが楽しそうにしていてこの空き地が五月末の日差しのなかでとても平穏だとか、そんなことはどうでもいい。わざわざここまで、この子に真実を語るために来たことだって、どうでもいい。

「わからない」わたしはもう一度いったが、今度は嘘だ。「でも、そのままにしておきなさい」

「どうして?」ルーカスが聞く。

「誰かにとって大事なものかもしれないから」わたしはいった。

「誰かって?」

これはわたしにとってチャンスだった。話を切り出す絶好のタイミングだった。けれどわたしはそのチャンスを使わなかった。石の円を見つめるうちに、体からなけなしの勇気が抜けていくのを感じた。息子の好奇心に満ちた黒い瞳の奥を見つめたけれど、これまでの嘘を告白することはできなかった。

　持ってきたものを食べ終えてわたしがブランケットをたたみはじめると、ルーカスはもっといようとごねた。この子はこの場所との結びつきを感じたのだろうか、それとも、森で遊ぶのを楽しむ子どもというだけなのだろうかと考える。間違いなく、いつもより軽やかで、最近肩にのしかかっているように見えたなにかの重みが減っているようだった。わたしたちは、太陽が沈んで空の色がほの暗くなり、夜の闇に溶けていくまでそこにいた。わたしはルーカスの肩に腕を回して車へ導いた。

　ルーカスがふいにうしろを向いてあの岩まで駆け戻っていったとき、いっしょに帰るのはいやだといいだすのではないかと怯えた。

　ルーカスは、ただ円に石をひとつ足したいだけだといった。

　だめよといいたかった。痕跡を残さずに去らなくてはいけなかったからだ。けれどわたしはその日すでに、臆病な選択をひとつしてしまっていた。ルーカスと産みの母親が交流できるかもしれない、唯一の可能性を否定するのは、二重に残酷なことのように思えた。わたしが了承すると、ルーカスは空き地の端から端まで見てまわり、ちょうどいい石を探した。

　ようやく見つけたのは、ほかの石とはまったく違う、大きくて丸い石だった。ルーカスはその石を野球のボールのようにつかんで岩のところまで駆けていった。それから爪先立ちになって、それを円の中央に慎重に置いた。車のところから立って見ていたわたしには、夕方の薄暗がりと過去の記憶のせいで、ルーカスの石が、わたしがあの日、その同じ場所に置いた桃そっくりに見えた。

女の子

最初はジェーンだった。次がジリアン。マックスの女好きは早いうちから始まった。カーラ、ジョーン、ケリー、マーガリート、よく似たキムがふたり。中学校での初めてのダンスパーティで赤い蝶《ちょう》ネクタイを締めたと思ったら、あっという間に月日が流れて、高校生になったマックスの寝室の壁には半裸の女性のポスターが貼られ、ベッドの下には《プレイボーイ》誌が何冊も隠してあった。背が高く、しっかりとした顎に緑の瞳のマックスには、いつも恋人がいた。

マックスはあらゆる面で、ポールそっくりだった。ガールフレンドといるときは、相手の喜びそうなことをいうし、いっしょにいて楽しい相手になれるが、気が乗らなくなればそれも終わり。マックスの愛情は鉄のドアが閉まるように固く閉ざされて、哀れな女の子は寒空に取り残され、なんとか彼の気を引こうと涙ぐましい努力をすることになる。ルーカスがあいだに入って、ジュースやチェッカーを勧めたり、映画を観に行こうと誘ったりして、捨てられた女の子に命綱を投げるところを見たことが一度ならずある。それでもルーカスは無視され、マックスは愛された。

リサは背の高い、とび色の髪をした美人で、大きな丸い目と、それにぴったりな大きな胸を持っていた。リサとマックスが高校二年生のある春の午後、ふたりは大騒ぎをしながら玄関から入ってきた。ふたりが酔っぱらっているのか、ハイになっているのか、ただ嬉《うれ》しいだけなのかはわからなかった。マックスはわたしに向かって、リサの名前だけ急いで告げてから、宿題があるんだといって彼女の手を引っ張って廊下を進み、自分の寝室に連れていった。ドアが音を立てて閉まる。ザ・バーズ（アメリカのロックバンド）が鳴り響く。

どうしたものかと立ちつくしていると、ルーカスが帰ってきた。肩を落とし暗い表情で、わたしにむっつりとただいまをいうと、カバンを床に落とし、上着を脱いでフックに掛けた。音楽を聴いて目を丸くすると、きゅっと口を結んで、マックスはひとりかと聞く。

「ううん」わたしはため息をついた。「リサって子が来てる」

「あの野郎」ルーカスは罵って、猛烈な勢いで廊下を駆けていった。

ドアは壊れ、女の子は悲鳴をあげ、棚は倒れた。パンチ、うめき声、ターンテーブルの上のレコードが擦《こす》れるキーッという音。かつてわたしが抱っこしていた赤ちゃんたちは恐ろしく大きくなっていて、自分が小さくなったような気がした。わたしは引っ張ったり叩《たた》いたりわめいたりしたが、どれも無駄な努力で、ふたりを引き離すことはできなかった。リサは胸元に枕を抱えて逃げた。黒いブラ、黒い瞳。彼女の去ったあとに残された、傷だらけの兄弟。

ふたりがようやく離れたときには、ぐったり疲れ、息を切らしていた。ルーカスは泣きながら横になっていた。マックスはよろよろと立ち上がると、家から飛び出していった。わたしは壁にもたれて座り、呆然《ぼうぜん》としながら、荒れ果てた部屋を見回した。

「ごめんなさい、ママ」ルーカスが手を伸ばしてきて、わたしはそれを握った。

そのあと、ルーカスとわたしはいっしょに部屋を元のように整えた。マックスとポールはどこにいるのかもわからなかったが、ふたりがいないあいだ、わたしは、リサが――ジョーンもケリーもキムのひとりもそうだったように――ルーカスの恋人だったと知った。

「出てくる」ルーカスがいった。川に行こうとしているのだとわかった。ルーカスはそこで、好むと好まざるとにかかわらず、これまでずっとそうしてきたように、どうにかしてやってしまうのだろう。つまり、決裂して兄を失うのではなく、兄を許すのだ。

その夜、わたしが誰もいない家で横になっていると、玄関のドアが開いて閉まる音がした。すぐにベッドの横の暗がりに、ルーカスが現れた。

「あの森に行かない？　石が丸く並んでるあの場所」ルーカスはいった。

ルーカスが木から木へと走り回り、桃の形をした石を置いたときの笑顔を思い出した。ルーカスはあれが誰のためだったのかなど、わかるはずもないのだ。わたしは自分の胸に誓った。今度こそ、この子に真実を語ろう。

「いまはまだ雪が深いと思うけど」とわたしは答えた。「でも、いいわ。行けるようになったらすぐに行きましょう」

そういったときは本気だった。けれど、わたしがルーカスを連れていくことはなかったし、彼もそのあと二度とわたしにその話をしなかった。

誕生日

バットマン、ブルウィンクル、グリーンアロー、フリントストーン。何年ものあいだ、八月三十一日は、テレビ番組やコミックスのキャラクターがついた紙皿と《グッド・ハウスキーピング》誌のレシピで焼いたケーキを、息子たちと近所の少年たちのために用意する日だった。けれどそのあと、誕生日は心配の日になった。わたしのティーンエイジャーの息子たちは夜に出かけてしまう。あの子たちは、すこしずつすこしずつ大人の男に近づいていて、どんな悪い方向に転ぶかわからなかった。誕生日は、真夜中過ぎにブラインドの隙間から外を覗き、ルーカスがマックスを助けながら歩いてくる様子を見る日になった。マックスは自分の足がどこにあるのかさえわかっていない様子だった。

一九六九年十二月一日、誕生日は運命を決した。誕生日は殺すか殺されるか、逃げ切れるか倒れるか、家族が壊れるか守られるかを決めるものになった。

選抜徴兵抽選会のおかげで、数カ月ぶりに家族四人が揃《そろ》った。息子たちはその夏、二十歳《はたち》になっていた。ふたりは町の反対側のアパートにほかの数人の友だちと同居していて、家にいる時間はほとんどなかった。マックスは大学には入ったものの、まともに勉学に取り組むことはなく、結局は卒業せずにタイヤ販売の職につき、ポールはそのことを恥じていた。ルーカスは高校を卒業すると同時に電気技師の見習いになった。ふたりとも偏平足ではなく、色覚異常も、心雑音も、アレルギーもなかった。もしもふたりの誕生日が抽選で選ばれたら、ベトナムへ行くことになる。

全員がテレビに釘づけになっていた。ポールはいつものリクライニングチェアに感情を表に出さず座っていた。マックスはソファに寝ころんでポテトチップスをかき込み、まるで日曜日のフットボールの試合を観ているようだった。ルーカスは床に座り、テレビをじっと見つめている。わたしはうろうろ歩き回っていた。

テレビ画面のなかでは、太い黒縁の眼鏡をかけて細い黒ネクタイを締めた政治家たちがアメリカの国旗の前に立ち、厳粛な面持ちで握手をした。日付を記した細い紙片を巻いたものを収めた青いプラスチックのカプセルが、ぴかぴかのガラスのケースにたくさん入っている。しっかりとアイロンのかかった白いシャツを着た小ぎれいな若者たち――老人の始めた戦争に若者が賛成しているということの偽のシンボル――が、カプセルを選んで開ける。九月十四日、四月二十四日、十二月三十日、二月十四日。ひとつひとつが読み上げられ、ボードの番号のふってあるところに貼られるたびに、わたしはお腹にパンチを食らっているような気分だった。その日付が、うちの息子たちではないにしろ誰かの運命を決めるのだから。さらに日付が読み上げられていく。十月十八日、九月六日、十月二十六日、九月七日。

十一月二十二日、十二月六日。八月三十一日。八月三十一日。八月三十一日。耳で血がドクドクと音を立てた。ほかの日付はもう聞こえない。八月三十一日。わたしが初めて母親になった日。毎年やんちゃな小さな男の子たちを集めて裏庭でパーティを開いた日。この日付を書いてくるくる巻いた、ナメクジのような細長い紙が、あの恐ろしいガラスケースの底にあるいちばん最後のカプセルのなかに収まっていますようにと祈っていたのに。

マックスは歓声を上げて飛び上がった。ポールは眉をひそめたが、なにもいわなかった。ルーカスがわたしの表情を窺うその目には、強い恐怖が浮かび、わたしは無力なまなざしを返すしかなかった。ルーカスが戦争向きでないことは、わたしも彼もわかっていたのだ。

その夜遅く、わたしはソファに座ってひとり赤ワインを飲みながら、すでに息子たちの死を悼んでいた。ベトナム行きは死刑宣告だ。彼らの命のということではないにしても、彼らの無垢《むく》さにとっては。マックスも、タフガイ気取りの仮面の下でルーカスと同じくらい怖がっていることが、わたしにはわかっていた。もう一杯グラスにワインを注ぎ、すでに死んでしまったり、体の一部を失くしたり、傷を負ったりしたすべての子どもたちと、火を放たれたすべてのベトナムの村々を思って胸をいためた。そして母たちを思って嘆いた。

かなり酔っぱらってから、わたしはすべきことをしようと決意した。というのも、ルーカスは、本当は八月三十一日に生まれたかどうかわからないのだから。本当は、わたしはあの子の母親ではないし、ポールは父親ではないし、マックスは兄ではない。ルーカスには公に記録された誕生日はない。

軍の事務所に出向いて、出生証明書が偽物だと証言すればいい。けれどまずは、わたしのルーカスに、自分が偽の母親だと話さなくてはいけない。

わたしは瓶の底に残った最後の数滴を飲み干しながら、この家族の嘘のせいで、あの日付が読み上げられてしまったに違いないと思っていた。

真実

あの子に真実など伝えるべきではなかった。

息子たちが軍の徴兵検査を受けるために出頭する二週間前、ルーカスが洗濯をしにうちに寄った。ポールは息子たちが町のコインランドリーではなくうちの洗濯機を使うのをよしとしなかったので、息子たちはポールに出くわさないように、いつも午前半ばにやってきた。洗濯物を入れた袋を片手に、息子たちのどちらかが玄関から入ってくるのはいつもいきなりで、前もって連絡することはなかった。どちらの息子もそれぞれに魅力的な、少年ではなく大人の男になっていた。ルーカスは強く広い肩を持ち、筋骨たくましい上腕と、浅黒いなめらかな肌をしていた。ルーカスが微笑むとわたしは胸がいっぱいになった。わたしの息子がわたしのものだったその最後の日、あの子は白いTシャツにジーンズ姿で、黒髪は流行りのもじゃもじゃの長髪ではなく、短く刈りこんだばかりだった。彼は美しかった。

わたしは出征の日に備えて、ポールのファイルのなかから、息子たちの出生証明書を出していた。

名前を別にすれば、ルーカスの出生証明書はマックスのものとまったく同じだった。まったく同じ日付と時間、そしてインクをつけて取った新生児の足形。赤ちゃんたちを家に連れて帰ってからすこしして、ポールが革のブリーフケースから偽の書類を出したときのことを思い出す。ポールはわたしに、それを保管しろ、なにも聞くなと命じた。以降、その書類はずっと本物として通ってきたし、今度もまた通るだろうとわかっていた。

その日、ルーカスが出生証明書を出してくれといったとき、わたしはなにもいわずに渡した。彼はそれを無造作にたたんで、ジーンズのバックポケットに滑り込ませた。わたしは口のなかが古い骨のようにからからになっているのを感じた。

洗濯機が回っているあいだ、庭で手伝いをしてと頼んだ。ルーカスは彼らしく優しく応じて、裏庭までついてきて熊手を受け取った。わたしたちは並んで作業をした。枯れ草を集めながら、戦争のことは口にせず、その代わりに優しい春の太陽や、戻ってきた鳥の鳴き声について話した。

わたしたちの始まりは鳥の鳴き声だった。そして、終わりも同じだった。

わたしはいきなり熊手を地面に落とし、ルーカスに全てを打ち明けたのだ。偶然選んだ道があの空き地に続いていたこと。そこでのピクニック、車の後部座席の痩せこけた赤ちゃん、うちの子として育てようと決めたこと、そこからうちまでの長いドライブ。すべてがあっけにとられるほど偶然の積み重ねだったこと。本来あり得ないこの絆《きずな》がどれほど恵みに満ちていたか、ルーカスを自分の子にしたおかげでわたしの心がどれほど開かれたか。わたしたちは庭の古いハコヤナギの下のベンチに座り、わたしは彼の両手を握っていた。あなたを愛していると伝えた。あなたはわたしの息子だと伝えた。

けれど、わたしの告白を聞くうちに、ルーカスの表情がしだいに混乱と苦悩に染まっていき、さっき玄関から入ってきた明るい若者が、彼を模《かたど》ったろう人形のようになってしまった。ルーカスは真剣に聞き、質問はしなかった。

「八月三十一日はあなたの誕生日じゃないのよ、ルーカス」わたしは大打撃の終わりにお粗末な慰めを差し出すようなことをいった。

ルーカスは呆然とわたしを見た。

「あなたはベトナムに行かなくていいの」わたしは説明した。「八月三十一日はあなたの誕生日じゃないんだから」

ルーカスはわたしの手のなかから自分の手を引き抜き、すこし考えてからいった。「じゃあ、いつなの？」

「わからない」わたしは答えた。

「でも……」ルーカスはポケットのなかから出生証明書を出して広げ、膝の上でしわをのばした。「偽造したの」ふたりでその紙を見つめながら、わたしはあさましくもいった。

混乱でなにもいえずにいるルーカスは、わたしに説明してもらいたがっている。彼がいつ、どこで生まれたのか、どうしてわたしはそんな嘘を認めてしまったのか。彼を戦争に行かせないためにその嘘をすべてなしにするなど、どうすればできると思っているのか。ところがわたしは、そのどれひとつにも答えてやれないことに気がついた。

完璧に練り上げられた悲劇とはそういうものだが、裏口の網戸が甲高い音を立てて開き、そこに思いがけずポールが現れた。早めのランチを摂ろうと大学から帰宅したのだ。ルーカスはすっくと立ち上がり、紙をジーンズのポケットに押し込んだ。

わたしはルーカスと目を合わせ、いま聞いた話を父親に話さないでと無言で頼んだ。こちらに向けられたのが虚《うつ》ろな視線だけだったので、わたしは小さな声でいった。「お願い、ルーカス」

けれど、わたしの可愛い息子にとって、なにもかもが許容範囲を超えていた。ポールはいつものようにルーカスを叱りはじめた。ただで洗濯をして食事にありつこうとしていること、母親の家事の邪魔をしていること。するとルーカスが爆発した。二十年間服従を強いてきたポールの支配がルーカスのなかでぎゅっと丸まって、大砲の弾のように放たれたのだ。ルーカスは、いままでわたしが見たことがないようなやり方で応戦した。侮辱には侮辱で返しているうちに、ついに、これまでひた隠しにされてきた真実を堂々といってしまった。あなたは自分の本当の父親ではないし、それがすごく嬉しい、と。

「そうか」ポールは冷たく答えた。驚きの表情を浮かべるはずの顔に意地の悪い笑みが広がった。「なら、こっちの重荷がひとつ減ったな」

自分を追う捕食者の存在に気づいた鹿のように、ルーカスは不意を打たれて一瞬ぴたりと動かなくなったあと、走りだした。庭の端までくると立ち止まり、振り向いてわたしを見た。顔は赤く、目から涙があふれている。そして叫んだ。「マックスはどうするの？」

「マックスは知らないの」わたしは答えながらも、ルーカスの質問がどういう意味なのかわかってはいなかった。

「そうじゃなくて」ルーカスがわたしの言葉を泣きながらさえぎる。「マックスのことはどうやって救うの？」

ベトナムのことだったのだ。わたしが息子のひとりは救って、もうひとりは救わないなんて、そんなのおかしいといいたかったのだ。

「わたしにはマックスは救えないのよ、ルーカス」わたしは喉がきゅっと締めつけられた。

その言葉がわたしたちのあいだで宙ぶらりんになったその一瞬は、なんとも恐ろしいものだった。

そのあとルーカスは軽々と、優美に柵を飛び越え、行ってしまった。

わたしは春の草のなかに頽《くずお》れ、ポールは家のなかに入っていった。

息子は川に行っただけだとわたしは自分に言い聞かせた。ところが、その夜、マックスが電話で、ルーカスの所持品がアパートからなくなったと知らせてきた。その日、真実の鋭い刃に何度も突き刺されて傷だらけになっていたわたしは、ルーカスには会わなかったと嘘をついた。わたしは洗濯機に入れたままになっていたルーカスの服を乾燥機に移し、あとで一枚一枚たたみながら泣いた。どんな小さなしわもつかないように丁寧に伸ばして、いつルーカスが取りにきてもいいように、完璧な状態にしておきたかった。

一週間後、頂上に白く雪の積もった山を背景にした摩天楼を写した絵葉書を受け取った。裏返して文面を読むとき、わたしの手は震えていた。そこには息子の正確で、見慣れた筆跡で、一九七〇年三月十八日という日付と判決が書かれていた。「デンバーで入隊しました。もうあなたたちの重荷にはなりません。マックスにはごめんと伝えて。いろいろありがとう。ルーカス」

待つ

マックスがなにか聞いてくるのをわたしはずっと待っていた。ところが彼はルーカスの急な入隊はおろか、自分が受ける徴兵検査や入隊日についても不安に思っていないようだった。

「あとたったの二日だよ、母さん」マックスはわたしのアップルパイを食べながら自慢げにいった。

長く伸ばした髪は、洗ったほうがよさそうだ。目は充血し、ぼんやりしている。「もうじきほかのやつらとあの国行ってさ、ルーカスといっしょに、アカの連中をぶっ殺してやるんだぜ。たまんねぇな」

マックスにとって戦争とは漫画のなかの冒険で、彼の想像する東南アジアのジャングルはモラルのいらない遊び場なのだ。

「ごめん」マックスはわたしの困った顔を見てくすくす笑った。「ただ=さ、待ちきれなくて」

マックスの入隊の日、わたしは電話の真横に座っていた。マックスがやる気に満ちたほかの若者たちといっしょに列に並んで誕生日ごとに呼ばれるのを待っているところを想像する。彼らは徴兵検査とクルーカット、そして緑色の軍服と銀色のチェーンのついた新しいぴかぴかの認識票を待っているのだ。すべてが終わったら、わたしに電話してくれることになっていた。わたしは雑誌を読みながら待った。ツナサラダを載せたトーストのランチを作りながら待った。開いた窓のそばに電話を持ってきて、バラの剪定をして忙しく手を動かしながら、マックスは電話をするのを忘れただけだと自分に言い聞かせた。ポールが仕事から帰ってくると、夕食を作って彼の前に出し、一日じゅうマックスからの電話を待っているのにかかってこなかったと話した。

「なにもかもママに報告しなくちゃならない子どもじゃないんだから」ポールはばかにするように笑った。

「あなたのいう通りね」いつのころからか、そう答えるのが当たり前になっていた。けれど、なにか悪いことがあったのだ。わたしにはそうわかっていた。それがなんなのかわかるまで、ただじっと待つしかなかった。

戦争

わたしは一晩じゅう、心配でならなかった。翌朝、虚ろな目をした若者たちをたくさん乗せたバスに乗り、軍服を着込んだ若者の隣の空席に近づいた。若者はわたしなど目に入らなかったように、真っすぐ前を見つめていたが、緑色のキャンヴァス地のダッフルバッグを自分の黒いブーツのあいだに移して、わたしが座れる場所を作ってくれた。わたしはありがとうといったが、彼は答えなかった。

若者から戦争のにおいがした。わたしはそこに座って、彼の汗とタバコとアルコールとどこか別の場所のにおいが複雑に混ざったにおいを嗅いだ。

「帰省ですか？」わたしは聞いた。

「そんなとこ」若者はそっと答えたが、視線は前に向けたままだった。

わたしは十二番《トウエルフス》ストリートのバス停で降りた。マックスのアパートまで歩きながら、いつも制汗剤やリステリンの清潔なにおいをさせていたルーカスも、いまは戦争のにおいがするのだろうかと考えていた。

金属製の階段を上がる前にはもう、バルコニーの手すりの隙間からマックスの部屋のドアが開いているのが見えたし、ステレオからがなりたてるギターが聞こえていた。ノックをしても返事がなかったので、なかに入った。アパートは、ピザの空き箱、ビールの缶、脱ぎ捨てられた服、洗われないまま汚れが干からびている皿などが散乱していて、その中央にあるソファで、上半身裸のマックスが、すそを短く切ったジーンズに黄色いビキニの上をつけたひょろっとした女の子の下敷きになって転がっていた。わたしはこんにちはと声をかけた。ふたりはぴくりとも動かない。さらに近づくと、ウイスキーの瓶やマリファナ用のパイプがカーペットの上に転がっているのが見えた。そばに行って見おろすと、ふたりの胸が上下していたのでほっとした。ちょうどふたりの赤ちゃんがひとり用のゆりかごのなかで、体を絡み合わせたままあまりにも動かなかったときと同じだ。

たとえ酔いつぶれていても、酔っぱらった女の子をやけくそにブランケット代わりにしていても、マックスの寝顔にあのときの赤ちゃんの片鱗《へんりん》が見えた。マックスに絡みついているすべてのものを振るい落としてやりたかった。この女の子を、ドラッグを、この乱雑な部屋を、そして戦争を。それから彼をこの腕に抱きしめたかった。けれど、わたしにできたのは、手を伸ばして彼の長い髪を額からそっと払ってやることだけだった。

キッチンのテーブルの上にめちゃくちゃに積み上がっているものをあさって、メモを残すためのペンと紙きれを探した。すると汚れた紙皿の下からマックスの入隊用の書類が出てきた。書類の上のほうに「兵役猶予」という濃い赤色のスタンプが押してある。

不備でもあったのかと書類をめくってみた。すべて問題なさそうだったが、「身体検査」と記された項目までできて理解した。そのページは軍の区分による等級が並んでいて、それぞれの横に四角い枠があり、最終行のところに太く赤いチェックが入っていた。「Ⅳ-F、兵役不適格」その下に、なんとか読めるぎりぎりの医師の走り書きがあった。「右腕変形。不適」

わたしはマックスの名前を大声で呼び、書類を頭の上に掲げてソファに駆け寄った。マックスは充血した目を細く開けてこちらをゆっくりと見た。わたしを見てもまったく驚いていない。

「昨日、軍の事務所でなにがあったの？」わたしは音楽にかき消されないように大声で聞いた。

「クソったれども」マックスはろれつが回っていない。その声を聞いて、女の子が目を覚ましかけ、マックスの首に自分の鼻をこすりつけはじめた。「なんもないよ」マックスはもごもごといってまた目を閉じた。

「なにかあったんでしょ。お医者さんはなんて？」

「あんな医者ぶっ殺してやる」マックスがいうと、女の子はうとうとしながら彼の体の上で自分の体をくねらせた。

女の子が医者じゃなくてあたしをぶっ殺してみてよなどと猫が喉を鳴らすような声でいうと、ふたりは互いの口や手や腰を使ってことを始めた。

わたしは書類をテーブルに戻してアパートから出た。バルコニーに照りつける太陽は四月にしては熱すぎた。部屋から漏れてくる音楽はうるさすぎた。わたしの息子は混乱しすぎていた。マックスはベトナムでルーカスと合流しない。自分でも驚いたことに、この予想もしていなかった兵役猶予を知っても、ほっとしなかった。マックス自身のなかの戦争にマックスが奪われてしまうのが、怖かったのだ。

ニュース

五時半の夕食、六時のテレビのニュース。ポールは夜に家にいないことが多かったけれど、いるときの日課は日が暮れるのと同じくらい決まりきっていた。

わたしはニュースを見ずに皿を洗った。鳴り響く銃声と誰かの献身的な息子たちの痩せこけた顔の映像を夜ごとに見せられると吐き気がした。わたしが知りたいのは、わたしのルーカスが無事かどうか、いつうちに帰ってくるのかということだけなのに、そのニュースが伝えられることはなかったのだ。

ところが、この四月には、ほかの人たちと同じようにテレビに釘づけになった。アポロ十三号の劇的瞬間を見たかったからだ。なんのためにやっているのか誰にもわからない戦争のせいで毎日何十人も死んでいるというのに、たった三人のことを国じゅうの人たちがかたずをのんで見守っているという皮肉は、わたしの頭を離れなかった。それでも、アポロの乗組員が帰還するまでの長い長い七日間、テレビにかじりついていた。そして、その習慣が抜けなくなった。わたしはベトナムからの報道を見た。アメリカの地上部隊がカンボジアに突入するのを見た。その五日後、ケント州立大学の緑の芝生に、誰かの子どもたちが死んでうつ伏せに横たわっている映像に言葉を失くした。[*1] 次々に新しいニュースが報道され、悲劇のあとにさらに上をいく悲劇が起きていた。わたしが息子たちに与えた世界は、わたしが恐れていたよりもさらにおかしく、混乱したものになっていった。わたしは目を背けることができなかった。

マックスはごくたまに帰ってきた。タイヤ店での出来事やニュースでなにかのスイッチが入ってしまうと、マックスは血走った目をして現れた。わたしは食事を作ってやり、彼が「アカ」への不満をわめいたり、物を叩いたりいらだったり、やれ豚だ、ばかだなどといったりするのを聞きながら、彼の怒りがずたずたの網を広範囲に放っているのだということだけを理解した。マックスがルーカスの話をすることはほとんどなかったが、わたしたちがふたりともルーカスを恋しく思っていて、彼が帰ってきて、この混乱になにかしらの秩序を見つけてくれるのを願っているのだとわかっていた。

最後に見たとき、マックスはデニムやフリンジつきの服を着たヒッピーたちを乗せて三千キロほど離れたニューヨークのシェイ・スタジアムで開かれる夏の音楽祭に向かうワゴン車に乗り込もうとしていた。保冷バッグを借りる必要がなければ、うちに立ち寄りはしなかっただろう。その必要があったことを、わたしは生涯感謝しつづけると思う。

「〈平和の祭典〉。あいつと」マックスはにっこり笑って、しなやかな体をしたノーブラの運転手を指さした。彼女はアフロヘアにしなびたデイジーの花輪を被っていた。彼女が微笑んでピースサインをしてみせると、マックスはあの素敵なしゃがれた笑い声を響かせた。

自分が平和と戦争のどちらが好きなのか、この女の子と別の女の子のどちらが好きなのか、マックスがまるでわかっていないことをわたしは知っていた。

「ジョプリン。CCR（クリーデンス・クリアウォーター・リバイバル）。ステッペンウルフ。あのウッドストック・フェスティバル[*2]みたいなやつだよ」マックスがいった。それからその大きな両腕を広げて、さよならの抱擁《ほうよう》を誘った。

わたしはそこに飛びこんだ。マリファナとジンと汗のにおいがしたけれど、それでもマックスのにおいを大きく吸い込んだ。

「楽しんできて」わたしは肩に頭をつけたまま言った。あなたはコロラドの小さな田舎町の男の子で、ニューヨークシティという街はそんな子をいともたやすく生きたままのみ込んでしまうのだと、本当はいいたかった。それでもわたしはこういった。「愛してる」

＊1　一九七〇年五月四日、オハイオ州にあるケント州立大学で、カンボジアへの侵攻に反対する抗議活動中の大学生が州兵によって銃撃され、四名が死亡し、九名が重軽傷を負う事件が起きた。

＊2　この前年の一九六九年八月に開かれた野外コンサートで、カウンターカルチャーを象徴する歴史的イベント。

マックスは抱きしめる手に力を込めてささやいた。「おれも」

美しい、そして混乱した子どもたちを乗せたワゴン車は通りを進んでいき、開けた窓からジミ・ヘンドリックスのギターが甲高く鳴り響いていた。彼らは角を曲がり、見えなくなった。

わたしは家に戻り、ぼうっとしたままテレビをつけた。ポールは夕食に帰ってこなかった。それでわたしはばかばかしいゲーム番組を観ながら、ニュースの時間を待っていた。

言　葉

玄関ドアを叩く音にびくりとして眠りから覚めたとき、ガラスの向こう側に制服姿のふたりの男が体をこわばらせて待っている輪郭がぼんやりと見えたとき、心臓が砲弾のように胃まで落ちたというのに、それでも歩きつづけてドアを開け、知らせを受け取らねばならないとき。そんなとき、言葉はない。

震える手がなんとかドアノブを回すと、ふたりが軍人ではなく警察官だとわかり、安心すると同時に新しい恐怖が湧いたとき。そんなとき、言葉はない。あなたの息子が、あなたの可愛い赤ちゃんが、ニューヨークシティ、クイーンズ区のワゴン車のなかから、注射針をすぐ隣に置いたまま自分の吐瀉《としゃ》物《ぶつ》により窒息した状態で発見されたと聞かされたとき、言葉どころか酸素もない。

だから、あなたは泣きながらどうでもいいような儀礼的なことをいってドアを閉める。それから息子の名前を何度も何度も繰り返す。言葉にしていれば、消えてしまったものをまた呼び出せるとでもいうように。あなたは自分の腕を見つめ、自分にまだ肉体があることに驚く。警察官の言葉を聞いて、本来なら、そしてできることなら、灰になるべき体だったのに。あなたは幽霊のように進んで寝室に戻ると、あなたがこんな悪夢を味わっているのに、夫がすやすや寝ていることに気づく。夫に知らせなくてはいけないとわかっているのだが、言葉が出ない。だから床に倒れ込み、泣く。喉の奥から狂暴な音を出す。というのも、ほかに出せる言葉がないから。

マックスの葬儀は昨日だった。わたしは話せなかった。挨拶の言葉を用意してはいた。さよならを告げようという、まったく無駄な努力。けれど葬儀の参列者が冷たい石造りの教会に集まってくるうちに、マックスの子ども時代の友人たちが列に並び、彼らがいまや大人になって、まぎれもなく生きているのを見るうちに、わたしの体は柱のように固まり、頭は悲しみと怒りと疲れでぼうっとしてきた。ポールも同じように体も頭も動かない状態でわたしの隣に座っていた。わたしに必要なのはルーカスだった。

わたしには、愛情と尊敬のこもった言葉で兄を褒めたたえてくれるルーカスが必要だった。わたしのことをママと呼ぶことで、わたしの足の下に地面があることを感じさせてくれる、ルーカスが必要だった。暗い部屋を照らす彼の笑顔が必要だった。わたしを抱きしめ、わたしの体内の血に流れ方を思い出させてくれるルーカスが必要だった。

まるで幻のように、ルーカスが姿を現した。中央の通路を歩いてきた彼は礼装の軍服を着てすばらしくハンサムだった。わたしの告白のせいで彼がいなくなってから、もうすぐ六カ月が過ぎようとしていた。わたしはマックスの死を、軍の事務所経由で伝えた。息子がどこに配属されているのかわかりません、「送り主に返却されたたし」と書かれた手紙の束しかありませんと伝えるのはとても恥ずかしかった。わたしの息子でありわたしの息子でないルーカスが、脇に落とした手をぎゅっと握ったまま、教会の通路をこちらに向かって歩いてくる姿は衝撃的だった。

祭壇に向かう途中、ルーカスはわたしたちの列のところで止まりはしなかったが、わたしに向かって短く悲しげな視線を投げてくれた。ルーカスがこんな形で帰ってくることを望んではいなかったが、それでもわたしは必死にこの帰郷にすがった。

牧師が開式の辞を述べて祈りを唱えたあと、ルーカスが家族を代表して流暢《りゅうちょう》に挨拶をした。兄のよい部分を褒めたたえ、そうでないところは触れないでおくという、完璧な言葉をどうにか見つけていた。マックスは賢く、情熱的でいたずら心があり、自分にとって生涯の相棒だった、と。ふたりの滑稽《こっけい》な逸話をいくつか披露し、参列者たちの静かな笑いを誘った。わたしは教会のかび臭い空気を長く深く吸い込んで、なんとか耐えようとした。ポールは落ち着かなくごそごそ体を動かしていた。わたしは手を差し出し、ポールは何年かぶりにそれを握った。

飛行

喪服を着た参列者の最後のひとりが乗り込んだ車が教会の駐車場から走り去ったあと、わたしは木製のベンチに座り、青い鳥がそよ風に乗って遊ぶのを見ていた。祈りと聖歌、握手とぎこちない抱擁とお悔やみの言葉。葬儀はもはやそんなものがなんとなくあったような気がするという感じの記憶にすぎない。この先、マックスの話をする人はいるのだろうか、それとも葬儀とは抹消の始まりでしかないのだろうかと考える。

青い鳥を見つめながら、ルーカスが教会のアーチ形の出入り口から現れるのを待っていた。出てきたとき、ルーカスとまったく同じ緑色の礼装の軍服を着た人がいっしょだった。ふたりがあまりにも素敵だったので、悲しみに沈むわたしの心に、一瞬、誇らしい気持ちが頭をもたげた。ルーカスがゆっくりとわたしに近づくと、もうひとりの若者は歩道のほうへぶらぶら進んでいって、タバコに火をつけた。

「インガ」

ルーカスにそう呼ばれて胸が痛んだが、どのみちわたしはすでに母親と呼ばれる権利を放棄していたのだ。

ベンチを軽く叩いて誘うと彼は座ったが、わたしたちのあいだには大きな間隔があいていた。

「マックスのこと、残念だった」ルーカスは感情を込めずにいった。

「わたしもマックスのこと、残念に思う」わたしもいう。「なにもかも、残念だわ」

そのあとの長く辛い沈黙のあいだ、わたしたちは青い鳥が勢いよく舞いおりたり、飛びあがったりを繰り返したあと、灰色の動かない雲の合間に浮かぶのをいっしょに見ていた。わたしたちはふたりとも、いいたいことがありすぎて、結局なにもいえないでいた。

「ぼく……」ついにルーカスがいおうとした。「ぼくきっと……たぶんあいつを……」まるで悲しみという硬いボールが喉につかえているかのように、彼は咳払《せきばら》いをしたあと黙ってしまった。

「違う」わたしがルーカスのほうに体を向けると、彼はわたしの伸ばした手を慈悲深く受け入れてくれた。「あなたはマックスを助けられなかったと思う。今回は無理だった」

「やってみることはできたはずだ」ルーカスはコンクリートを見つめながらしわがれた声でいう。彼はいわなかったが、わたしももっと頑張ってみるべきだったと思っているのがわかる。

「今回は無理だった」わたしはただそう繰り返した。わたしの頭には無数の物語が芽生えていた。わたしが真実を話していなければ、子どもたちの人生がどう進んでいったかというたくさんの可能性が。たぶん、ルーカスのいっていることは正しいのだろう。たぶん、彼は兄を助けることができたのだろう。けれど、ときにごめんなさいをいうのは、ひとつの星を知って全宇宙を説明できると思うくらいばかげたことだ。だからわたしは、謝る代わりにこうささやいた。「うちに帰ってきて」

そんな大それた願いを口にするべきではなかった。ルーカスはわたしの手を落として立ち上がった。「無理だよ」そういうと、自分を待っている仲間のほうをちらりと見る。「もう、あそこはぼくの居場所じゃないから」

「あなたの居場所は戦場でもないでしょ、ルーカス」揚げ足をとるようなわたしの言葉は正しくはあったが、効果はなかった。

「そうだね」ルーカスはそういって、ようやくわたしを見た。ルーカスの美しい黒い目は苦しみを湛《たた》えて濡れていて、わたしを厳しくとがめていた。「でも、ないよりましだ。どこにも居場所がないよりはましなんだ」

教会から出てきたポールと牧師がそこで足を止め、話を始めた。ルーカスが不安そうにポールをちらりと見てから友人に目を向けると、友人はその様子を見て心得たように大声を出した。「もういいか？」

「もう行かないと……ママ」。ルーカスは身を屈めてわたしの頰《ほお》に軽くキスをした。わたしは自分の掌を彼のやわらかな顔に押しつけ、このままずっとこの子を抱きしめていたいと願ったが、ルーカスが身を引くとおとなしく手を離した。

ときに女はふたつに引き裂かれる。ときに女は社会的で、きちんとした威厳を持ち、身の程をわきまえて、深く愛する人が歩き去るあいだ、ベンチに身動きもせずに座っているけれど、一方で彼女の私的な自分は悲鳴をあげて、愛する人を追いかけ、つかみ、食らいつき、行かないでとすがる。「ルーカス！」思いを諦められないほうの女が叫ぶ。歩道のところで彼が振り向く。「来てくれてありがとう」きちんとしたほうの女がいう。

少なくとも、わたしは彼が友人の車に乗り込んで行ってしまう前に、その最高に素敵な笑みを、もう一度見ることができた。

母親

昨晩、わたしは暗い居間でワインを飲んでいるうちに、眠ってしまいました。一時間もしないうちにソファで目覚めました。体が痛かったし、頭も回っていませんでした。葬儀のあとに青い鳥といっしょに空に逃げた夢を見ていたのです。覚めやらぬまま、わたしは飛行中の体の軽さをまだ感じていました。破壊的な現実が夢をすっかり砕いてしまう前の貴重な一瞬、わたしは自由でした。それからひとつひとつ思い出してしまったのです。マックスはいなくなった。ルーカスもいなくなった。

そのときわたしは、すべてを書き記す努力をしなくてはいけないと思ったのです。わたしは立ち上がり、自分の机のところまで行って、ペンとこの紙を取り出しました。キッチンの明かりをつけ、テーブルの前に座ると、言葉があとからあとから出てきて、ペンの進みが追いつかないほどでした。太陽が昇りはじめ、このページまで書き終えたいまになって、ようやくわたしは気がつきました。

わたしはこれを自分のために書いていたのではない、と。すべてをあなたのために、森の母親のために書いていたのです。どうすればあなたを見つけられるのかわかりません。でもわたしはずっと、ルーカスが十二歳のときに彼とわたしが見つけたあの石の円を作ったのはあなただと確信していました。あの日、ルーカスに真実を話す勇気があったなら、桃の形をした石ではなくて、メモを残していたなら、ルーカスはずっと前に自分のルーツを知ることができたし、あなたもわたしもわたしたちの息子を自分のものにできたかもしれません。わたしは身勝手なあまり、どうあっても彼を失うことがあるなど想像できませんでした。わたしの息子たちがふたりともいなくなってしまう日が来るなど思いもしなかったのです。

わたしはこれを、かつてわたしが桃を置いた場所に残し、あなたが見つけてくれるようにと祈るつもりです。

わたしが自分の物語を語ったのは、ルーカスの物語はわたしが語るべきものではないからです。小さいころからずっと伝えてきたあの子のルーツが、実は虚偽だったというわたしの告白のせいで、あの子の心はぼろぼろになってしまいました。わたしの大事な息子は、どこの誰でもないと思い込んでいます。彼が求める答えを持っているのはあなただけです。

どうかわたしたちを助けてください。

第五部　ひとりの男がいた

一九七〇年～一九七一年

22

インガ・テイトの書いたものを丸太の脇の乾いた土の上に置き、風に飛ばされないように石を載せた。立ち上がる。様々なことが頭に浮かんで、明確に考えられない。胸はいっぱいでひりひり痛む。ひとまず体を動かそう。わたしは見上げて、木の梢《こずえ》にふちどられた空の青さに背中を押され、森へ入っていった。

インガ・テイトの物語はあまりにも情報量が多かった。あまりにも驚くことの多い、あまりにも悲しい話だった。けれど同時に、情報があまりにも足りなかった。

彼女はたくさんのことを教えてくれたけれど、わたしの息子がいまどこにいるのかは物語に書かれていなかった。いま、この女性はわたしに助けを求めている。でも、どうやって応じればいいのか、わたしにはまるでわからなかった。

漠然とした息子への思慕と、彼が現実に生きていることとの違いにいきなり圧倒されていた。彼はもはや抽象的な存在でも、願いの対象でもなく、ルーカスという名の悲しみに暮れる若者で、自分のルーツも知らず、なぜ戦うのかもわからない敵と戦っている。このインガという女性は、あやふやな記憶のなかの人物でもなければ、救世主でもなく、嘆き悲しむひとりの女性で、自分の失ったものがわたしのなかにあるかもしれないと思い込んでいる。

　わたしは森のなかを歩きながら、いま知ったことすべてをじっくり考えた。空き地に戻ってくると、そこに彼らがいるところを想像した。十二歳のルーカスが所々に残る雪を踏みつけながら進むうちに、あの円を見つけ、桃の形をした石を置く。何年も後のインガが、もうひとりの息子の葬儀のあとにひとりでやってきて、わたしが読むかもしれないという万にひとつの可能性にかけて自分の言葉を石の下に残す。

　あのごつごつした岩の前に行くと、石の円の上にふらつく両方の掌を押しあて、丁寧に並べた石のひとつひとつに込められた長年の恋しい思いが、次にわたしが取るべき行動を示してくれることを願った。

23

　三日後、庭でブルーフラックスの花を切っていると、ゼルダが白のビュイックで私道を進んできて、開いた窓から手を振った。わたしが花を牛乳瓶に挿し、雨水タンクの蛇口をひねってそれに水を入れているうちに、ゼルダは車を停めた。わたしは花をパティオのテーブルの、冷たいレモネードが入ったふたつのグラスの真ん中に置く。ハコヤナギの影と、レンガ造りのパティオの端にあるキャットミントの香りが、熱い八月の空気を和らげてくれたが、わたしは緊張して汗ばんでいた。

「いったいなんなの？」ゼルダはこちらに近づきながらそう聞いて、抱きしめようと両手を広げた。

「ただのレモネード」嘘をついて、彼女を抱きしめた。わたしはノウサギのように不安で、それが彼女に伝わっていた。

ゼルダは座って飲み物をすすると、グラス越しにわたしをじっと見た。

「なにが起きてるのよ、ヴィー?」ゼルダは突き刺すような視線を向けて問い詰めた。

わたしは大きく息を吸い込んでから、彼女の目を真っすぐに見た。

「その……あなたにわたしの物語を語るときがきたの」どうにかいえた。

わたしは決めたのだ。インガ・テイトがわたしに自分の物語を語り、助けを求めてくるのなら、わたしにも同じことができるはずだ。

ゼルダはほっとしたようにわたしを見た。「物語ね」

「そう」わたしは花をいじりながらいった。

「よかった」ゼルダはそういってうなずく。わたしが秘密を抱えているのをずっと知っていたことがわかるようなうなずき方だ。「話して」

わたしは大きく息を吸った。ゼルダは期待に満ちて座っていて、わたしは心臓が飛び出しそうだった。

「立ち上がって聞く。

「ちょっと歩かない?」

わたしたちはそろってゼルダの靴に目をやった。ゼルダは先のとがったハイヒールからニーハイブーツまで、とにかく様々な靴を履く。黄色いサンドレスに合う、ストラップのついたぺたんこのサンダルは、散歩くらいならいけそうだ。

「もちろん」ゼルダは立ち上がりながら答えた。

わたしたちは黙ったまま、熱く照りつける日差しのなかに出ていった。果樹園の周囲を巡り、敷地の裏の境界に向かってくねくねと延びる砂利道を行く。話を始めたいのに、どうしても切りだせずにいた。ゼルダに、新聞で読んだものの話でもしてこの沈黙を埋めてほしかったけれど、彼女は黙っていた。背の高いひまわりが裏の柵に沿って並んでいるところで、わたしは門を開けた。わたしたちは沼にかかる木製の橋を渡り、川の水を近隣の農場に配水する水路に沿った日陰の道を進む。わたしの物語がこの水のように楽に流れてくれたらいいのにと思う。

「ええと……」わたしはようやく言葉を吐き出した。自分の知っている世界の端がかすかにめくれかけているような気がした。「ずっと前にあなたに話すべきだったと思う。そうしなかったことを許してね」

「許す？」ゼルダは首を横に振った。「ばかね。そんなことといって話すのを先延ばしにしてるだけじゃない、ヴィー」

「え、そう？」わたしは笑った。「うちの父ならこういうかな。『時間を無駄にするな、トリー。とりかかれ』」

「トリー？」ゼルダは驚いて聞いた。

「若いころはトリーって呼ばれてたの」

「知らなかった」ゼルダがいう。「ヴィッキーって呼んでいいかってわたしが聞いたときのことは憶えてるけどね。『絶対にやめて』ってぴしゃりといったよね」

わたしたちは笑った。心地よかった。

「あなたがそんなふうに感じるのはいいことだと思ったの」ゼルダがさらにいう。「あなたはヴィッキーなんかじゃない。トリーでもないけどね。いつからヴィクトリアに変えたの？」

ハゴロモガラスたちが、排水路の脇に生えるガマのなかからわたしを励ますように歌った。

「それもこの物語の一部なの」わたしはいった。それからいったん言葉を止めて、どこから始めようかと考えたあと、さらっといった。「ひとりの男がいた」

「なるほど。だろうと思った」ゼルダはからかうようにいったが、わたしの表情を見て、これは冗談にしていい普通の男の話ではないとわかったようだ。

「そう、男」わたしはため息をついた。「その人のことを話すのは、これまでもこれからも、あなただけだから。その先の話もね。でも、最初から始めなくちゃいけない。ただ黙って聞いてくれる？」

「もちろん」ゼルダは答えた。

「彼の名前はウィルソン・ムーン」わたしはいった。

ウィルソン・ムーン。二十年以上のあいだ、その名前がわたしの口から出たことはなかった。名前を口にするだけで、あの初恋のほとばしるような思いが、わたしの血管にまだまだ残っていることに気づかされた。

わたしの物語が終わりに近づくころには、用水路に沿って一・五キロほど歩いて家に戻り、その朝わたしが庭の畑で収穫した、かごいっぱいの野菜を洗って切って、鍋に入れ、昼食のためのスープを作りはじめていた。細かなことまですべて打ち明けるのは、思っていたよりずっと難しくて疲れたが、同時に、楽しい部分もたくさんあった。

ゼルダはすべての言葉を熱心に聞いてくれた。彼女の表情を見れば、この物語のなかの若い娘、このトリーが本当にわたしだということも、この物語が丸ごと、鍵つきの日記のように、こんなにも長いあいだわたしのなかに眠っていたということも、信じられないと思っているのがわかった。わたしが話すうちに、彼女の手が何度か胸元やお腹の上に当てられた。わたしの目に涙があふれると、両腕を巻きつけて抱きしめてくれた。彼女もまた、失うということを知っている人なのだ。わたしたちより前にそれを経験した無数の女性たちのように。ゼルダは、わたしが彼女と同じでその喪失をいまだに体に感じていることを知っていた。

スープをかき混ぜながら、わたしはようやくすべてを話しきったことに自分でもひどく驚きながらいった。「これでおしまい。あなたが思ったことを聞かせて」

ゼルダの反応を待つあいだ、自分が話しているうちに蘇《よみがえ》らせてしまった恐ろしいイメージの数々が頭のなかでぐるぐる回っていた。峡谷に投げ捨てられた血まみれのウィルの遺体、大自然のなかでの過酷な試練のあと、汚れて痩せこけて正気をなくしていたわたし、見知らぬ人の車の座席に赤ちゃんを置いて、よろよろと逃げていくわたし。

「あなたは、そうするしかなかったのよ」ゼルダはいった。丁寧に選んだ贈り物のような、誠意に満ちた言葉。それ以上に思いやりに満ちた答えはなかっただろう。

「これまでずっと話せなかった」わたしはいった。

「ぜんぶ秘密にしていたのは、恥のような気持ちがあるから?」

「そうだと思う」わたしは静かに告白した。

ゼルダはわたしに手を伸ばし、わたしたちは抱き合った。彼女がかけてくれた言葉は、あらゆる意味でわたしにとって必要で、わたしを安心させてくれるものだった。けれどウィルと息子について、なにもかも隠すことに慣れすぎていたために、そしてこの悲しみを長年あの空き地や川や果樹園にしか打ち明けてこなかったために、わたしのなかには、彼女の腕から逃がれてうちの門から走って出ていき、沼を渡り、さらに遠くへ走っていきたいという自分もいた。

ゼルダは体を離したとき、片手をわたしの腕の上に置いたまま聞いた。「セスは? 捕まった?

罪に問われたの？」

最後にセスに会ったとき、わたしは彼の背中に銃口を向けた。セスは頭《こうべ》を垂れ、かつてわたしたちが家族としていっしょに暮らしていた家から出ていった。あの農園にいつづけようとして、流れ込む水にのまれてしまったのか、酒浸りになったあげく死んだのか、刑務所にいるのか、天国にいるのか、わたしは知りたくもなかった。十五年前、父さんのトラックを運転してこの土地に最初に来てから、わたしの人生はアイオラ時代とそれ以降に分断された。セスは前半の人生の登場人物だ。いまのわたしにとっては単純に、もはや存在しないのだ。彼について話すのは気が進まなかったが、なんとか答えた。

「実際の話」とわたしは始めた。「当時、デイヴィスなりセスなりを、ウィルを殺したことで有罪にする陪審員はいなかったと思う。ウィルが窃盗犯にされてしまってからはなおさらね」ウィルという名前が甘く響いたように、セスという名前はわたしの口のなかで苦かった。デイヴィスの名前は毒そのもののように感じられた。「ライルさんは、ええと保安官のことだけど……正しい人だった」わたしはなんとか続ける。「ライル保安官は、正義のためには罪を問うことが必要だとわかってた。ほかの人たちにとっては、ウィルの死が……どうでもいいことだったにしても。とはいえ、ライル保安官はこの事件についてそれ以上追及しなかったの。当時は公民権法なんてなかった。アメリカインディアンの権利についてはね。あの人たちが耐えてきたことなんて、誰もすこしも気にしてなかった。いまだってそれはほとんど変わらない。あなたはよく知ってるでしょ」

「知ってる」ゼルダはうなずき、自分の両方の掌を胸に当てた。「でも、わたしは歴史のなかとかどこか遠いところのニュースの話として知ってるだけ。それが現実に起きているって思うとぞっとする。結局、形だけ。あなたが帰るようにいったとき、彼が故郷に帰ってくれていたらよかったのにね」

ウィルは自分の故郷について、小さなヒントをひとつ教えてくれただけだった。あるとき、南西の方角を指していったのだ。「きみたちはフォーコーナーズって呼ぶ」。聞いたことのある地名だった。コロラドとニューメキシコとアリゾナとユタがすべて交わる境界点。観光客は州境を示す真鍮《しんちゅう》のプレートに刻まれた十字の上に立って、一度に四つの州に触れる。けれどわたしはその場所のことをどんな名前でも呼んだことはないし、彼のいう「きみたち」が誰を指しているのかを理解するにはまだ若すぎた。そこが恋しいかと聞くと、ウィルは「どの土地にも角《コーナー》なんてないさ」と答えるだけで、わたしが知るべきなのはそれだけだといわんばかりだった。

「あの人は帰れなかったんだと思う」とわたしはゼルダにいった。「どうしてなのかわからない。あのとき、わたしはまだ若くて。どうすればあの人の状況を理解できるのかも、その状況をすこしでもいい方向に持っていくにはどうすればいいのかもわからなかった」

わたしはうわの空でスープをかき混ぜながら、あの無垢《むく》な若者に向けられた偏見と憎悪に、いまなお当惑させられていた。

「それからアイオラの住人はみんな散り散りになって、新しい生活を始めてる」わたしは石が詰まった喉からしぼりだすように、そういった。「ぜんぶ消えちゃった」

わたしは顔を上げてゼルダと目を合わせると、セスのこと、ウィルが殺されたことについてはこれ以上話題にしないでほしいと無言で頼み、彼女は受け入れてくれた。けれどそれは彼女の優しさで、本当は頭のなかにエメット・ティル＊について彼女が学んだことやキング牧師のことが浮かんでいて、

＊　一九五五年、ミシシッピ州で白人女性に口笛を吹いたとしてその夫らに因縁をつけられ、惨殺された十四歳の少年。事件を発端に黒人の公民権運動が大きく前進した。

どうしてわたしがウィルを殺した犯人を告発しなかったのか、もし彼が自分の恋人なら、自分は正義のためにどれほど激しく戦っただろうかと考えているのではないかとわたしは思った。わたしはもう一本ニンジンを切ってスープに入れ、落ち着いた声が出せるようになるまで、しばらく黙っていた。ゼルダは長いあいだ黙っていたが、とうとう避けられないあの質問を口にした。わたしはそれを恐れていたけれど、同時にどうしても聞かなくてはならないとも思っていた。

「息子を捜そうとしてみたことはあるの？」

わたしは首を横に振った。「ううん」

ゼルダは表情を曇らせた。もちろん、わたしの答えは彼女には信じがたいものなのだ。「なぜなのか、聞いてもいい？」

「あの時代だから」とわたしはいった。「あのころじゃ、見つけだすことはできなかったと思う」

ゼルダはうなずいた。

「それに、たとえ見つけられたとして、その先どうする？」わたしはさらに続けた。「あの子を新しい家庭から盗むことはできないじゃない。わたしはいくつも選択をしてきた。そのひとつひとつが正しいものだと信じるしかなかった。前へ進み、ここのすべてを作り上げること」わたしは自分の土地を指した。「それだけで充分だって」

「本当にそうなの？　充分なの？」ゼルダのいい方は優しかったが、わたしの背中を押すことを恐れてはいなかった。

わたしは答えなかった。わたしは必死にこれで充分だと思おうとしてきた。父さんの世話をし、ルビー＝アリスの世話をし、我が家の桃の木の世話をし、可能なかぎりすべてのものを守り、土地の恵みで人生を再生させた。けれど、ようやく自分のなかで認めることができた。それで充分ではない。

わたしが守ったものは、失ったものすべての穴を埋めるのに充分ではない。
「彼はあなたの息子よ」ゼルダがいった。「どこかにいる。息子がどこにいるのか、どんな姿なのか、あなたは絶対にいまでも考えてると思う」

わたしはうなずいた。この二十一年のあいだ、息子のことを考えない日は一日もなかったから。

「ヴィー。わたしたち、息子を見つけなきゃ」ゼルダがいった。

わたしは顔を背けた。わたしのなかには、すべてをなかったことにしたがっている自分もいる。わたしの物語を、それが長いあいだ化石のように眠っていた硬い地面の奥深くに戻したがっている自分。けれど、ついに過去と向き合うときが来たのだ。息子を失ったあの日から、わたしは本当の意味で我が家にいたことなどなかったと認めるときが来た。そして、インガ・テイトの物語を読んでわかったのは、彼もそうだったということだ。馬小屋の囲いからアベルを出し、山に向かった日を思い出す。あのとき、自分がこれからしようとすることで引き起こされる様々な結果は取り返しがつかないと知っていた。ゼルダの問いに向き合い、わたしの次の行動を決めるのは、それと似ているように思えた。わたしはただ、あのときと同じように腹を決めればいいだけなのだ。

わたしはキッチンを離れ、ダイニングテーブルのところまでいった。そこにインガ・テイトの物語が置いてあったのだ。ゼルダの前まで戻ると、水色の紙の束を差し出した。ゼルダの大きな目がさらに大きくなる。

「これを見つけたの。メッセージもいっしょに」わたしはいう。「何日か前、あなたがここに朝食を摂りにきたあと。あの日、空き地に行ったの。わたしが並べた石の円の上にこれが置いてあった」

ゼルダはぽかんと口を開けたまま、紙の束を受け取った。

彼女が読みはじめると、わたしはスープをかき混ぜに戻った。スープのにおいを嗅ぐと、急にお腹の具合がおかしくなった。

「書いたのは……」ゼルダがいいかける。

「彼女」わたしは認めた。

「ああ、なんてこと」ゼルダはそういいながら、夢中でページをめくった。「それで、彼女とは話したの？」ゼルダが聞く。

「ううん」わたしはいう。

「どうして？」

それはわたしがこの三日間の落ち着かない昼に、眠れない夜に、ずっと自分に問いかけてきたことだった。夜中に果樹園を散歩しても、満ちゆく月に質問を投げかけても、答えはなかった。赤ちゃんが子宮のなかではためくように動くのを初めて感じたときから、わたしはそれまで使ったことのなかった勇気を振り絞ってたくさんのことを決めていった。危険を冒し、たくさんのことを乗り越えた。けれど、インガ・テイトの物語で、苦労して得た勇気にも限界があることに気づかされた。

「あの子はもう大人なんだから」わたしはそういってみた。「いきなり現れた女に母親だといわれたって、受け入れるとはとても思えない。わたしにはそんなことをする権利はないよ」

「権利ならもちろんある」ゼルダは反論する。

「あの子の人生をひっくり返すわけにはいかない。それはフェアじゃない」わたしのいっていることはなにもかも間違っていたが、わたしはそれをあえて口に出さなくてはならなかった。その言葉が友人の啞然《あぜん》とした表情に跳ね返されることで、間違っていると確かめる必要があった。

「フェアじゃないのは、その子が持ち主の変わった理由を知らないまま生きていくのを見過ごしてしまうことだと思う」ゼルダは激しいいらだちを抑えられずにいう。

「持ち主じゃないよ、ゼルダ。家畜じゃないんだから」わたしは嚙《か》みつくように返した。

ゼルダはわたしの必死の防御にも動じず、ただがっかりしたように両手を広げた。わたしは自分の決断をゼルダという、真正直に受け止めて、真正直に即座に意見を返してくれる人に投げかけて、それが正しいものなのかどうか確かめたかったのだ。彼女はそれをわかっていた。

「じゃあ、あなたに必要なものについてはどうなの、ヴィー？　これは彼のことでもあるけど、あなたのことでもあるんだから」

わたしは首を振った。「違う。女は耐えるの。そういうものだよ」

「ばかなこというんだね」ゼルダのいい方はわたしの予想より厳しかった。「女は赤ちゃんと悲しみを抱える入れ物ってだけの存在じゃないよ」

「つまりどういうこと、ゼルダ？」

「つまり、あなたには母親になる資格があるってこと」

「あなたが母親になれてないのに、わたしがなっていいわけがない」

「なにいうの、わたしは自分の赤ちゃんの母親になる資格がある。そこははっきりさせて。あの子たち全員の母親にね」ゼルダは反論した。「子どもを失ったことと母親の資格のあるなしは、まるで関係ないの。まるで」

わたしは自分の状況がもっと恵まれてもいいはずだなどとは、とても思えそうになかった。耐え忍ぶことしか知らずに生きてきたからだ。

「怖いのね」ゼルダは狙いを定めていった。わたしは自分でしかけた罠《わな》にはまったような気分だった。

「もちろん怖いよ」抑えていた涙が燃えるように熱い。「どうすれば怖がらずにすむかわからない」

「そう思うなら、あなたは今日、自分が話した物語を、わたしほどちゃんと聞いていなかったってことよ」

ゼルダは、わたしの準備ができたら、いつでも前へ進むための手助けはすると約束して帰っていった。わたしはとにかく横になりたかった。もう一度読むつもりでインガの物語を二階の寝室に持っていったが、結局、諦めて頭を枕に載せた。ベッドの隣の窓は大きく開かれていたが、空気は熱く、風はない。熱と決断と次の一歩があまりにも重かった。わたしは目を閉じて眠りのなかへ逃げ込んだ。

何時間かあとに目覚めたとき、ありがたいそよ風が寝室のカーテンを揺らし、涼しい空気を体まで運んでくれた。風は東から吹いてくる。山の向こうから来た風は、山麓の丘陵地帯を通って、野生の香り、マツとヤマヨモギと土とかすかな雨の気配を含んだにおいを運んできた。わたしはそれを深く吸い込んで起き上がった。インガ・テイトの物語はタンスの上に置いてある。まだ、それにどう応えればいいのかわからない。はっきりわかっていたのは、森が呼んでいるということだけだった。

新しいトラックを運転してランボーン山へ向かった。道は広い台地の上でなだらかになり、そこここに散った家や農場や牧草地を縫うように進んだあと、すこしだけ下ってから急な上り坂になる。青いトウヒとベイマツの影が道をのみ込む頂上で、車を停めて静けさのなかに足を踏み出した。伸びをし、空気を吸って吐く。長く、ゆっくりと。心がほどけはじめた。

いつものように鹿の往来でできた小道を歩いて低いオークや一面に黄色い花をつけたキク科の低木の雑木林を抜けるとお気に入りの草地に出る。そこは夏になって生命力に満ち、青々としていた。ひらひらとしたイキシアの花や丈のある草のなかで白い蝶《ちょう》が踊る。ハチやアゲハチョウが紫のアスターの太陽のような中心部をじっくりと調べている。わたしの足音に驚いたバッタたちがぴょんぴょんと逃げていく。牧草地の中央を葉脈のように流れる細い小川の縁に座り、水源に集まって咲いている紫のリンドウの小さなラッパに似た花の美しさに見惚《みと》れた。両手で冷たい水をすくって顔にかける。何度も何度も。この場所を肌で感じたかった。自分を目覚めさせ、どんな音も聞きとりたかった。立ち上がってまた歩きはじめると、さっきより体が軽くなったような気がした。これまでずっと抱えてきたなにかが消えたみたいに。

小川に沿って歩いていくと、その小川は苔《こけ》に囲まれた滝となって森のなかへ急降下した。滝の奏でる音楽を聴きながら、水しぶきのかかる石の上を、鹿のようにすばやく確かな足取りで下りていく。手つかずの自然のなかを、不器用な人間というよりは森の生き物として歩くことを学んだのはいつだったのだろう。どんな地面も、ごつごつしているとか滑りやすいとか険しいなどとは感じなくなって、なくてはならない大地だと思うようになったのはいつからだっただろう。

マツ林の涼しい影のなかに座り、左右に手を伸ばして掌で地面をすくう。黒い土、松葉、小石、小枝、葉、カタツムリの殻がひとつ、ふわふわとした白い羽根が一枚。あたりを見回すと、誕生と成長と死が重なり合っていた。あちこちの倒木のぱっくりと開いた腹から新芽が出ている。すべての命が、ねじれたところや裂けた部分から、光を求めて這《は》い上がっている。それはあまりにも豊かで複雑な古代からの知恵で、完全に理解することはできない。けれど、すべてのものが本来の姿になれるのは、この積み重なった時の層のなかだと思い出すのに、まさにその知恵が必要だったのだ。

そう、ゼルダは正しい。わたしは自分の果樹園と同じように、新しい土壌で復活した。元いた環境からいったん根こそぎ引き抜かれたけれど、それでもどうにかやってきた。とはいえよろめいたり転んだりもした。どうすればよいかわからず、怖くて身を丸めていたことも数えきれないほどある。強さは、雑多なものが落ちている森の地面のように、小さな成功と無数の失敗、晴れたあとにすべてを破壊する突然の嵐によって作られるものだということを学んでいた。わたしたちは落ちたり、瓦礫《がれき》のなかから這い出たり、また立ち上がったりしながら最善を目指していくうちに、予想もしなかったような小さなかけらをひとつずつひとつずつ自分にくっつけて大きくなっていく。そんなふうに苦しくも美しい成長をしているというだけでも、わたしたちはみな似たもの同士だ。

そのとき、インガ・テイトにどう返事を書くか決めた。もしもわたしが息子と会える幸運に恵まれたら、彼にも同じように伝えよう。わたしは自分にふりかかる出来事に、真摯《しんし》に向き合って生きてきたし、最善策ではないとしても、次に正しいと思えることをしようと常に努力してきた、と。何者かになるとはどういうことかについてわかったのは、それには時間がかかるということだけだったと説明しよう。ウィルが教えてくれたように、わたしは川が流れるように進む努力をしてきた。けれど、それがなにを意味するのか理解するには長い時間がかかった。障害を乗り越えて前へ流れていくことだけがわたしの物語ではない。なぜなら、川といっしょで、その道々で、ほかの様々なものとわたしを繋《つな》げてくれる小さなかけらをいくつもいくつも集めていたから。そうするうちに、ここまでたどりついた。両方の掌に森の土を握り、自分の心をひるまずそのまま受け入れることを、いまもまだ学ぼうとしている。わたしは身近にあるものたちによって形づくられてきた。失った家族、失った恋人、数は少ないけれど友情を育《はぐく》むことのできた友。そしていまも生きつづけているわたしの木々、わたしに隠れ場所を与えてくれたすべての木々、すれ違ったすべての動物たち、わたしの肩に降りることを選んでくれたすべての雨粒や雪片、わたしのまわりの空気を動かしてくれたすべての風、この足の下の曲がりくねったすべての道、この両手を、この頭を置いたすべての場所。そして目の前のこの小川のように、丘を流れ下り、重力で力を増しながら、次の渦にのみ込まれてそこから逃れ出て、次のカーブを突き進み、命あるあらゆるものとの無言の合意のうちに与え、与えられているすべての川によって。

ふたりにこう伝えよう。わたしが理解したこうしたこと、わたしを支えているあの土地が、息子に差し出せるものだ、と。もしも、わたしが心の底で願っているようにあの子と父親に似ているところがあるなら、わたしがこういう人間になったことに、かすかな勇気を感じてくれるだろうと思う。そしてその怯《おび》える心の片隅に、わたしがあの子を愛することを許す場所を見つけてくれるだろう。

24

ゼルダとわたしがホテルのロビーを出ると、黒い駐車場から熱気が立ちのぼっていた。わたしはそこに背を向けて、エアコンの効いた部屋に戻りたくなった。

デュランゴに来ることを決めたのは、勇気を振り絞ってインガ・テイトに手紙を書いたあとだった。最初はすべてを説明しようとしてみたのだが、結局、「わたしの準備はできました」とシンプルに書いただけだった。こんなに早々に来ることになったのはゼルダの後押しのせいで、インガの招待が届いてからまだ数日しか経っていない。インガに会うためにゼルダのビュイックの暑い車内に滑り込みながら、自分に何度も言い聞かせていた。わたしは心の準備はできている。わたしは準備ができている。

「わくわくする?」ゼルダは車のエンジンをかけながら聞く。

「緊張する」わたしはそう答えて彼女の膝を軽く叩《たた》き、いっしょに来てくれたことに感謝を表した。

ゼルダの運転で進むうちに、車内の熱い空気が冷気に変わっていく。わたしは額を窓に押し当て、デュランゴの乾いた景色が流れ過ぎるのを見ていた。くっきりとした、強情ささえ感じさせる美しさだと思った。道に迷ったら牙をむきそうな土地に思えた。薄茶色の砂岩の崖とねじ曲がったピニョンマツは、人々を誘っているというよりは迷子になるぞと警告しているようだった。わたしの息子はここで育ちながら、この景色を荒涼としていると感じただろうか。それとも楽しく魅力的だと思っただろうか。あるいは、そんなものは日々成長していくなかではただの背景でしかなく、気にも留めていなかっただろうか。

　わたしたちが川を渡った場所は、川幅が広く流れが早く、九月のはじめだというのに、水はあちこちで白く濁って跳ねたり渦を巻いたりしていて、黄色っぽい岩とヤナギと不規則に生えたハコヤナギの木立が並んで川岸を縁取っていた。橋の標識には「アニマス川」とあり、その下にもうすこし小さな字で「リオ・デ・ラス・アニマス」とあった。インガ・テイトの物語にあった魂の川。わたしの息子が慰めを見出していた場所だ。

「ゼルダ、車を停めて」わたしはいった。

　ゼルダはすみやかに道路を外れて車を停めてくれた。

　わたしは熱くなった沈泥《シルト》の上を歩いて川までいった。水流のとどろきで鳥の鳴き声も近くを通る車の音もかき消された。背の高いハコヤナギは、周囲の荒涼とした土地をすっかり覆い隠している。そこにあるのはアニマス川とわたしとわたしの心のなかに描かれた、流れに向かって石を投げるひとりの少年だけ。わたしは自分が失ったあの川とこれほど似た川を見たことがなかった。アイオラの野とわたしの子ども時代を同じように豊かにしてくれた、あの荒々しく自由なかつてのガニソン川。靴を脱ぎ、ズボンのすそをまくりあげ、冷たい流れのなかに足を踏み入れた。ただそこに、息子が立ったことがあるかもしれない場所に立ち、透明な水をうっとりと見つめる。あの子は、わたしがかつてそうしたように、この水が愛や時について語る言葉に耳を傾けただろうか。もしもそうなら、あの子にとってわたしはそれほど驚くような存在ではないかもしれない。

よく手入れされた芝生の前庭がある小さなレンガ造りの家の前に車を停めたとき、家の前のポーチにある籐《とう》の椅子に栗色のショートヘアの女性が座っていた。わたしがハンドバッグをいじっていると、ゼルダが手を伸ばしてわたしの肩を優しく撫《な》でてくれた。

「準備はいい？」ゼルダが聞く。

「オーケー」わたしは答える。オーケー、とわたしは心のなかでもそういって、それが本当だと自分にいい聞かせる。

車のドアを開けると熱風が吹き込んできた。ゼルダは運転席側から小走りでやってきて、わたしが車から降りるのに手を貸してくれた。

ゼルダの背後でその女性が立ち上がり、ポーチのステップを降りてくる。

なにかいいたかったが、女性はさらに近づいてくる。泥のように不鮮明な記憶の底から彼女の顔が浮き上がってきた。インガ・テイトは門を開いてわたしたちを迎え入れた。わたしはゼルダにそっと促されて、おぼつかない足取りで前へ進む。

目と目が合って、インガはわたしのほうに体を傾けた。彼女はわたしの両手を自分の両手でつかんで顎のあたりまで引き寄せると、祈るようにしばらく握っていた。いまにも涙があふれそうなその目を見て、インガがこの長い年月、心のなかにわたしを抱えていてくれたのだと知った。ちょうどわたしが彼女を抱えていたのと同じように。ひとりの美しい少年のふたりの母親にしかできない、奇妙な、しかし確かなやり方で。わたしが片手をほどいて彼女の肩に腕を巻きつけると、知らない人なのに知らない人ではないその人は、抱擁《ほうよう》のなかに崩れ落ちた。長いあいだ、わたしたちは自分たちが与えたものと失ったものすべてに対する猛烈な痛みに身を委ね、風に吹かれて引きはがされるのを恐れるかのように、互いにしがみついていた。

わたしはインガの甘い香りのする髪のなかに、二十年ものあいだいいたかった言葉をささやいた。

「ありがとう、ありがとう、ありがとう、ありがとう」

インガはわたしの肩に当てた頭を横に振り、ようやく体を離したあと、悲しい目をして思いもよらない言葉をいった。

「ごめんなさい」と、小さな声で。

「インガ、そんな」わたしはいう。

インガはわたしの抗議の言葉を遮るように掌を立てた。わたしは気づいた。彼女もまた、いわなくてはいけない言葉を長いあいだ抑え込んでいたのだ。

「ごめんなさい。あの子をあなたから遠ざけて」彼女はいった。「なのにわたしはあの子を失ってしまった。本当にごめんなさい」

25

ゼルダが車で行ってしまったあと、インガとわたしは、彼女の小ぎれいな黄色いキッチンに一時間以上座っていた。わたしたちは自分の話せることをすべて話した。片方がいったことに、もう片方が詳細をつけ加えたり、同情を寄せたりした。それぞれの物語を聞かせ合い、涙を流したあと、インガが顔を洗うために席を立つと、わたしたちはようやくすこしのあいだそれぞれ静かに落ち着くことができた。

わたしはルーカスと兄のマックスが、フォーマイカのキッチンテーブル*に並ぶ様子を想像する。ふたりはそこで幼児から大人の男にまで育ったのだ。ルーカスの好物はミートボール入りのスパゲッティだとインガが教えてくれた。それからインガの母親に作り方を教わったドイツ風アップルケーキ。ルーカスのためにそのテーブルに出された食事のすべてが、彼女がわたしの代わりに作ってくれたものなのだと思った。お風呂、宿題の手伝い、慰めの抱擁、小さな男の子たちの汚れた服がふたり分入った洗濯かご。すべてのことを、わたしの代わりにしてくれたのだ。ルーカスが自分の居場所がないと感じていることに気づいたときには、車を運転してあの空き地まで連れていき、真実を話そうと、少なくとも試みてはくれた。それは彼女のためでもあったし、彼のためでもあったけれど、わたしのためでもあった。毎日毎日彼を愛したことは、わたしの代わりに愛してくれたということなのだ。

わたしはようやくもうひとりの母親の両手を握り、わたしの物語をすっかり話し、感謝を伝えた。けれど、どれほど深い感謝なのか、とても説明できるものではない。インガが話してくれた家族の生活の細々《こまごま》としたことを聞いて、彼らもほかの家族と同じように、悲しみと強迫観念と幸福と優しさと悲劇をぜんぶ同時に織り交ぜながら人生をともに生きていたのだとわかった。彼らは完璧には程遠かったが、少なくとも、わたしの息子のためにそこにいてくれた。わたしとは違って。

窓の外を眺めた。枝分かれした巨大なハコヤナギが裏庭の中央にあって、マックスの腕が折れてル

＊ メラミンの化粧板。これを使った色鮮やかなテーブルが一九五〇年代のアメリカの家庭で人気を博した。

ーカスが罪を着せられた話を思い出した。その木の下のベンチを見る。そこにルーカスが、隣にインガがいるところを想像する。インガが恐ろしい告白をし、彼がすっくと立って走りだし、柵を越えて行ってしまったところも。彼らの家族内の私的な出来事の詳細をわたしが知っていることが奇妙に思えた。そして、彼らの人生の大きな部分が、この世界の奇妙でねじれたやり方で、十七歳だったわたしが十月のとある日に町まで歩いていったことから始まっているという不思議さに驚嘆した。それは、インガがあの冷たい夫に離婚を申し出たことにさえ、ある種の関連があった。彼女がいうように、自分の物語を書きとめ、それをわたしに差し出して、わたしを探そうと決意した勇気に後押しされてできたことらしい。その物語がわたしをここに呼び寄せたのだ。

「ヴィクトリア」インガはキッチンの戸口に立っていった。「こっちに来て」

あとについて居間に行くと、ガラス板のコーヒーテーブルの上に写真が並べてあった。

「あなたが見たいだろうと思って」と彼女がいう。

心臓が大きく跳ねた。うちの家族はカメラを持たなかった。わたしには過去の写真が一枚もない。わたしが愛し、失った人々の写真も、土地の写真も。それなのに、わたしの目の前に、コダックのフィルムで撮った四角い写真におさまるウィルがいた。

わたしは震える手で写真を持ち上げた。白いTシャツにジーンズ姿の筋骨たくましい十代の少年が、バラの咲く庭でポーズをとっている。優しい黒い目と惜しみない笑みはわたしを一気に過去に引き戻した。わたしは写真をじっと見た。目を離すことができなかった。

「十七歳の誕生日のルーカス」インガがいう。

「素敵な……子ね」わたしはそういって、どうにか呼吸することを思い出した。

インガはもう一枚写真を渡してくれた。布にくるまれた赤ちゃんがふたり、双子用のベビーカーに乗っている白黒写真だ。ひとりはわたしのベイビーブルー。その愛おしい顔は、わたしの記憶にある通りだった。わたしは花柄のソファによろよろと腰を下ろした。インガはさらに写真を渡してくれた。編み込みラグの上でハイハイして、歯のない口でにっこり微笑むおむつをした赤ちゃん、三輪車にまたがって得意満面の幼児、隙間だらけの歯をして、誕生日パーティ用の三角帽子を被った兄弟、おそろいの自転車に乗る痩せっぽちの十代前半の少年たち。カメラの反対側にいる母親でなかったために失ったものが多すぎて、胸が痛かった。わたしは自分の息子の声も、彼が成長していく毎日のささいな変化も知らない。

「これは、あの子が出ていくほんの二週間前に撮ったの」インガはそういって、ルーカスが笑っているところを写したポラロイド写真を渡した。彼は、さっきまでわたしたちが互いのことを洗いざらい話していたキッチンのテーブルの前に座っている。「ああ、この笑顔」とインガがいう。「なんて自然で、可愛くて……」インガは言葉を詰まらせ、わたしたちはしばらく無言でいた。

「ヴィクトリア」ようやく話せるようになると、インガはルーカスの顔の線を指先でなぞりながらいった。「見て。弓形になった目。この鼻、この顎。あなたにそっくりなところがこんなにある」

わたしはウィルに似ているとしか思わなかった。「そうかもしれないけど」それでもわたしはそういった。「肌が……」

インガは微笑んでうなずいた。「成長につれて暗い色になった」インガがいう。

「そうなのね」わたしは写真をじっと見るうちに、ふいに不安になった。

もし、ウィルがかつてわたしにいったように、セスのような人間が夜空の星の数ほどいるのなら、ルーカスはこれまでずっとセスのような人間の毒に耐えてきたはずだ。インガの物語のなかにあった、偏屈な剝製《はくせい》師が彼を混血だといったという話は、その始まりに過ぎないように思えた。ルーカスの父親についてわたしが知っていることも知らないことも、なんでも話したいと思っていた。けれど、両親の禁じられた恋や父親の残酷な死に方が、ルーカスにとって知らないほうがいいことだったとしたら？

この手を離れてから初めて、わたしはあの子のことを守るべき息子だと感じた。

「わたしが話すことが、どれもこれも彼を傷つけてしまったらどうしよう？」わたしは問いかけた。「ルーカスの気持ちはわたしたちにはまるでわからない。彼がなにから逃げようとしているのか、なにに向かおうとしているのかわからない。もしかしたら、彼を助けられるのはわたしたちじゃないのかも」

インガは考え込みながらうなずいた。

「そうね。わたしたちじゃない。ルーカスの人生はルーカスのものだから。わたしたちにできるのは、あの子のルーツを教えて、ずっと愛されてきたということを伝えるだけ」彼女はいった。「あなたが彼にしてあげられるのはそれだけなの、ヴィクトリア。ほかは、すべてあの子が選べばいい」

わたしの農場のことを、桃の木々のことを、ノースフォーク川のことを考えた。森と牧草地と、彼に見せるのを何年も望んできたすべてのすばらしいもののことを。写真のなかの若者をもう一度じっくり見る。そしてうなずいた。運命と神秘とわたしたちの人生を形づくる、予想もできない野生の力に逆らうことはできない。ついに愛しい息子をうちに招くのだと心に誓う。

「わたしの準備ができたって、どうやって彼に伝えるの？」わたしは震える声で尋ねた。

インガは微笑んで片手をわたしの手の上に置いた。

「わたしがどうにかする」インガはそういった。

26

一九七一年

霞《かす》んだ春の空の下、わたしはブルーメサ貯水池の端に立ち、子ども時代の家の残骸が湖の下に眠っているところを想像した。崩れてふやけて、いまではおそらく釘《くぎ》とドアノブくらいしか残っていないだろう。

わたしが岸沿いを歩いているあいだ、ゼルダとインガは湖に石を投げていた。東側ではガニソン川の上流が曲がりくねって谷を流れ落ち、新しいコンクリートの橋のあたりで貯水池に吸収されている。あまりにも多くのことが変わったのに、歴史はしつこく抜けないとげのように、いまだにわたしにこびりついている。未来に向かう前に過去を振り返ることのできるこの場所は、再会にふさわしいと思っていた。けれど、かつてアイオラのあったところでさざめく青い水を見ているうちに、わたしは確信が持てなくなってきた。

近くの駐車場には白っぽい砂利とゼルダの車しかなかったが、わたしはそちらのほうをちらちらと気にしていた。インガが手紙を送り、ルーカスから返信があった。ルーカスがわたしに会うのを承諾してくれるのを、そしてそのあとは彼の兵役期間が終わるのを待ちながら、悩ましい長い冬を過ごした。

わたしの息子は正午に到着することになっている。

貯水池を見下ろすように、頂上に雪を被ったビッグブルーの山々がそびえている。あそこでわたしの赤ちゃんは生まれたのだ。かつてウィルのあとについて山のなかに、あの山小屋に行ったときに通った道を目で辿《たど》る。山小屋でウィルとわたしが見いだした愛のこと、その愛のために彼がどれほどの危険を冒し、どれほどのものを失ったかと考えると、いまでも胸が痛い。あの野生の地は新たに「アンコンパーグル」と名づけられた。この地を追いやられたユート族の言葉に由来した名だ。ウィルならどう思っただろう。皮肉で不十分な贖罪《しょくざい》の試みだと思うだろうか、それともただ「お好きに」というだけだろうか。

もう一度駐車場を見やる。それから心配そうなつき添いのふたりを見る。わたしはバーンコートのポケットに手を突っ込み、その朝息子のために折った、ピンクの桃の花をつけた枝を取り出した。甘い香りを吸い込み、枝を指でくるくる回して繊細な花が回転する様を見つめる。貯水池に視線を移し、かつてよく知っていた果樹園や町や流れの激しい川を思い描いた。時計を見る。もうすぐ正午だ。

橋を渡った向こう側の、車の走っていない高速道路に目をやる。外聞の悪い出生の秘密や父親の残酷な死と正義の欠如、そしてわたしが息子を手放して自分の人生をやり直したことに彼が落胆するのが怖いというのは否定できない。彼が本当に来ることも信じ切れていない自分がいる。姿を現さないことで、わたしやインガへの非難を表そうとするかもしれないとも思った。この岸で会うことを選んだのは、自分のなかに新たに作った希望を抱えるためのスペースの隣りには、自分の過去のすべてがなくてはいけないとわかるほどには、わたしも賢くなっていたからだ。

薄い雲が切れて日差しを受けた水が輝きだすと、わたしははっとさせられた。自分の人生と呼んできたこの旅は、湖になるよう強制され、溺死《できし》させられそうになりながらも川でありつづけているこの川に、なんと似ているのだろう。障害やダムにさえぎられながらも前へ進み、自分が集めてきたすべてのものといっしょに流れつづける。なぜなら、ほかにどうすればいいか知らないから。

ほこりを被ったピックアップトラックがハイウェイ50号線を下りて橋を渡り、ゆっくりと駐車場に入った。ゼルダとインガに緊張が走る。ゼルダの顔に勝利の光が灯る。まるで、わたしが息子を見つけるのを手伝うことで、自分の心の痛みを癒すことができるというように。まるで彼を取り戻すことが、子を失くした母親たちみんなの小さな勝利であるかのように。

インガがわたしの隣にやってきて、自分がついているというようにわたしの目をじっと見つめた。わたしは桃の枝をポケットに戻した。インガの手を取り、それからゼルダの手を取る。わたしたちはそこに立っていた。三人の女が、次になにが起きるのかを待ち構えている。

白いTシャツにジーンズ姿の若者がトラックから降りた不安な一瞬のあいだに、歴史は書き換えられた。わたしは、まったくとんでもない誤解をしていたのではないかと思った。実はウィルは生きていて、ブラックキャニオンの険しい渓谷で発見されたのは、別の若者だったのではないか。

「ルーカスよ」インガは、そう確認してもらうことが必要だというわたしの気持ちを察したように小さな声でいった。畏怖《いふ》と安堵《あんど》がごちゃ混ぜになっているのがわかる声。インガはわたしの手を握る手に力を込め、わたしはぎゅっと握り返した。

彼は川を眺めたあとでこちらを向き、心細そうに微笑んだ。そのとき彼のなかにウィルでもわたしでもなく、彼自身が見えた。軍人らしい姿勢のよさ、驚くほどシャープな顎のライン。少年らしさはまるでなく、喪失と孤独と戦争を知った大人の男。それでも彼は、ここでわたしに会うために勇気をかき集めなくてはならなかった。両手をポケットに突っ込んで首をわずかに傾け、確信が持てないというように目を細めてわたしを見た。その瞬間、彼があの子だとわかった。いきなり記憶が蘇り、生まれたばかりのあの子がその目を初めて開いたとき、そんなふうにわたしを見たことが思い出されたのだ。あのとき、この子のことをどういうわけかすでに知っていると感じたけれど、いまも知っていると思った。

自分の脚に感覚はなかったが、それでも気持ちだけで前へ踏み出した。ゼルダとインガはわたしの手を離し、ひとりで前へ進むわたしの背中を押してくれた。

息子がわたしに向かって歩いてくる。わたしも息子に向かっていく。砂利の岸を歩くあいだ、地面がわたしたちを支えてくれることをそれぞれに信じて。

謝辞

まずは、わたしのすばらしいエージェント、サンドラ・ボンドに感謝を。サンドラ、まだ完成しないうちからこの作品に魅力を感じてくれ、完璧な受け入れ先を辛抱強く探してくれたことに感謝しています。この長旅のなかで、あなたの励ましと友情はわたしにとってかけがえのないものでした。

わたしにチャンスをくださったシンディ・スピーゲルにも心から感謝しています。シンディ、編集者としてのあなたのすばらしい知識、忍耐強さ、深い心、ユーモア、そして信念が、この本に命を与えてくれました。いくら感謝してもしきれません。シンディとジュリー・グラウ、そしてスピーゲル&グラウのみなさんと共に働けたことは、わたしにとって楽しく、光栄な経験でした。ニコール・デューイ、ライザ・ワクター、エイミー・メッチ、アンディ・タン‐デリ・チッチ、ジャッキー・フィスケッティ、ステファン・ムーア、シェイヤ・ドルナーノ、ノラ・トマス、さらにジェフ・ファー、メーガン・キャヴァノー、バレット・ブリスク、そしてストリック&ウィリアムズのシャーロット・ストリックとクレア・ウィリアムズにもお礼を。スザンナ・リアとその同僚のマーク・ケスラー、スージー・フィンレイ、ローレン・ウェンデルケンには、確固たる信念を持って本書を世界に紹介してくれたことに対して、そしてジェーン・ローソン、ラリー・フィンレイ、アリソン・バローとヴィッキー・パーマーにはその熱い思いとすばらしい助言に対して、感謝を伝え、心からの敬意を表します。みなさんは、この作品を作りあげるなかで、これ以上ないほど親切かつプロ意識のあるサポートをしてくださいました。本当にありがとうございます。

すばらしく頼りがいのある家族、友人、地元の仲間、同僚のみなさん、心からありがとう。この本を書きあげるあらゆる段階で、わたしを励ましたり、祝ったりしてくれたあなた方がどれほどすばらしい人たちなのか、そしてわたしがどれほどあなた方を大事に思っているか、わかっていてくれますように。初期の段階から読者になってくれた人たち、揺るぎない応援団でいてくれた人たちに特別な感謝を。なかでもわたしの夫、娘、母、そして大好きな友人であるアリソン・キャトマーとジャッキー・バート、そして愛しいジェイソン・バーンズ、ショーン・マドセン、ジェニファー・リード、ジェレミー・バーンズ、マーク・ボッソ、キプリン・ディクソン、ケイ・フォーサイス、キャシー・バーンズ、ジェニー・パンクラッツ、エマ・バート、リン・シッキンク、デブ・リードに。叔母のジョアン・ホールと友人のマリー・ヴァーガスはこの世にいてくれたら、きっと最初の読者のひとりになってくれていたでしょうし、いまでも間違いなく、向こうからわたしを支えてくれているはずです。ドーン・エーラースとビル・デッパーには何十年にもわたる揺るぎない友情に、そしてヴァージニア・キャトマーにはその心配り、寛大さ、編集者としての鋭い視点に感謝します。クレステッドビュートのママ友と、われらのすばらしい子どもたち、さらにクレステッドビュート・アートセンター、ガニソン・アートセンター、ヴィータ・インスティテュート、タウニー・ブックスといった芸術を愛する地元の優れた団体の支援に感謝します。

言葉や物語が大事なものだと教えてくださった先生方――ウィリアム・ワイザー、ビン・ラムキ、ドナルド・レヴェル、エリック・ゴールド、ジャン・ホイット、スーザン・スチュワート、アラン・

シンガー、トビー・オルセン、ウィリアム・ヴァン・ウェルトー――にも感謝いたします。そしてウェスタン・コロラド大学とオーシュの教え子たちには計り知れないほどの刺激をもらいました。そしてガニソン郡の歴史に関するわたしの理解は、地元のかけがえのない語り部によって豊かなものになりました。ガニソン同僚であり友人であるデュエイン・ヴァンデンブッシュとジョージ・シブリー、尊敬するグロー・カニングハム、クレステッドビュートマウンテン歴史博物館、ガニソンペオーニア博物館に感謝いたします。歴史に関する誤りや創作上の変更についての責任の一切はわたしにあります。また、ビッグマウンテンのナバホ族のイザベル・ウォーカーとルイーズ・ベナリ、パインリッジとシャイアンリバーの寛大なラコタ族のみなさん、オグララ・ラコタ族のための非営利団体リ＝メンバーのすばらしい人々、そしてコロラド大学の学者、チャールズ・F・ウィルキンソン。みなさんから学べて、とても光栄でした。ペオーニアのオーチャードバレー農園のリー・ブラッドリー、ホチキスのマティス・フルーツ&ベジタブルのダグ・マティスには、桃について親切に教えていただきました。ティク・ナット・ハンとアナム・テュブテンの教えは、この小説のタイトル、そしてわたしの理想の人生のヒントとなりました。歴史と我が家の物語を教えてくれた祖父のファーマン・バーンズ、そしてバーンズ家、リード家と、コロラドを心から愛してきた、謙虚で粘り強い代々の祖先に感謝します。

母キャサリンと父リチャードにも深い感謝を捧げます。あなたがたの確固とした愛情と、わたしの行動すべてに対する支えがなければ、なにもかも違っていたことでしょう。そして優しい、真の山の男、兄であり友でもあるクリスにも。動物をなつかせるのが得意な兄のスコットにも。もう会えないのがさみしくてならないけれど。祖母のマクシーン・リードにも。わたしはあなた以上の善人にこの先、出会うことはないでしょう。忠実な救助犬のビーニー・オサリヴァンにも。いつまでもそばにいてね。そしてわたしの素晴らしい子どもたち、エイヴァリーとオーウェンにも。わたしといっしょに森のなかを走り回り、川の石の上を跳んでくれて、わたしの人生に、そしてこの世界に豊かな光をもたらしてくれて、ありがとう。そして最高の夫のエリックにも。わたしの小説の大ファンでいてくれて、読むたびに（ありがたいことに、何度も何度も）泣いてくれて、諦めるなといってくれて、本当にありがとう。

最後に、わたしと、わたしの子どもたちを育んでくれたガニソンバレーの山と川に感謝を。そして、この谷に住む不屈で野性的で風変わりですばらしい生きものたちが、昔も今も、この土地をわたしたちと分かち合い、愛してきてくれたことに感謝します。わたしたちがこの土地を過去に訪れた者たち、そして未来に訪れる者たち、そのすべてに敬意を表し、この土地とお互いを慈《いつく》しんでいけますように。

訳者あとがき

『川が流れるように』はシェリー・リード（Shelley Read）著 *Go as a River*（二〇二三）の全訳である。

物語の主人公は、桃農園の娘で十七歳のヴィクトリア・ナッシュ。彼女は、自動車事故で母を失くしてから、家族に残った唯一の女性として、無口な父と戦争で片脚を失った叔父と問題児の弟のために家事全般を背負わされ、家と農園からほとんど出ることなく暮らしてきた。一方、浅黒い肌をした謎めいた若者、ウィルソン（ウィル）・ムーンは、生まれ故郷に執着しなかったのかできなかったのか、気ままな放浪生活をしていた。そんなふたりが街角で偶然出会った。一九四〇年代末、コロラドの閉鎖的な田舎町では、先住民のウィルは「インディアン野郎」などと疎《うと》まれる存在。それでも、ヴィクトリアはこれまで知っていた誰とも違う、自由なウィルにどうしようもなく惹《ひ》きつけられ、生まれて初めて父親に嘘《うそ》をついて逢瀬《おうせ》を重ねる。ところが瞬く間に燃え上がった若いふたりの恋は、悲劇に襲われる。失意のヴィクトリアは、初恋を壊した人物が誰なのかわかっていても告発もできず、悲しみを胸にひた隠しにして日々をやり過ごすだけだった。ところが、そんな生活さえ不可能にする大きな変化に気づくと、自分の知る唯一の生活を捨てて山へ逃がれ、先の道筋もないまま苛酷《かこく》な大自然のなかで生き延びることを選ぶ。月日が流れ、ヴィクトリアは厳しくも美しい自然から力を見いだし、再生のために動き出す。たとえガニソン川が故郷の町を、愛する桃農園ごとのみ込もうとしても――。

著者シェリー・リードと本作の評価について

シェリー・リードは五世代にわたってコロラドに住む家族の一員で、ウェスタン・コロラド大学で三十年近く教鞭《きょうべん》を執ってきた。本作がデビュー作というのが驚きだが、大学の教員としてのフルタイムのキャリアと二児の母としての生活に追われ、作品のアイディアは頭のなかで長いあいだ寝かされていたのだという。ヴィクトリアと同様、しばしばひとりで山歩きを楽しむリードが本作を書きはじめたきっかけは、夏の夜、ソロキャンプ中に山腹の草地で鹿の親子に遭遇したことだったと語っている。二頭の仔鹿を連れていたあの母鹿は、痩せっぽちであんなにも弱く儚《はかな》く見える下の仔鹿をも守れるのだろうか。母鹿への強い共感と、美しい親子と山の情景が頭から離れず、そのイメージに突き動かされるようにして、テントのなかで書きはじめたという。本作にヴィクトリアが鹿の親子と遭遇し、心を通わせたことで自然から受け入れられたと感じる美しく印象的な場面があるが、それが作品の原点なのかと思うと感慨深い。ヴィクトリアにとって大事な意味を持つ自然を描写するみずみずしさは、リードがこの地に生きて自然と直接対話をしている日常があってこそだろう。

そうした描写の美しさは、この作品の大きな魅力として数々の書評で称賛されている。「抒情《じょじょう》的な語りは自然そのものだ」(ボニー・ガルマス〔『化学の授業をはじめます』著者〕)、「繊細で緻密な描写で、コロラドの厳しい手つかずの自然と風景、そして登場人物の苦しい心情を伝えることに成功した」(カーカス星つきレビュー)、「女性が悲しみから立ち上がる様を描いた雄大かつ優しい物語が、息をのむようなこの世界の自然――木々、山そして光の美しさを背景にして語られる」(《インディペンデント》紙）といった本作の評判はアメリカ本国にとどまらず、世界三十カ国で版権が取得され、すでに翻訳されているイギリス、ドイツ、オランダ、カナダ、スウェーデンなどで次々とベストセラーリスト入りを果たした。世界中の多くの媒体で年間ベストブックやベストデビュー作などに選出され、映画化の話も進んでいるという。

喪失と再生、そして「川が流れるように」とは

本作のテーマの柱となるのが「喪失と再生」だろう。ヴィクトリアは母と叔母と仲良しの従兄を自動車事故で亡くし、女性であるという理由で十二歳にして当たり前のように家事の一切を背負わされ、自由な少女時代を失った。それだけではない。次々と大事な人を失い、ついには故郷まで失う。物語の前半のほとんどは、ヴィクトリアの壮絶な喪失の物語だ。だが、故郷の町を出るときのヴィクトリアは、ひとり悲しみに浸るだけの弱き犠牲者ではない。大切な桃の木を新しい土地に移して新たな生活を始めようとする強い意志があり、人との繋《つな》がりを求めようとする勇気もある。「もしもわたしの木が、掘りとられて別の場所に移されて、様々な困難に見舞われても生き残ることができるなら、不運なんてクソ食らえ。わたしだって生き残れるはずだ」。そう強く念じてアイオラをあとにするヴィクトリアは、ウィルのいった「川が流れるように進む」という言葉を宝物のように胸に抱えている。

本書のタイトルにもなっている「川が流れるように」という表現からわたしたち日本人がまず思い浮かべるのは、何事にも動じず悠然と流れる広くゆるやかな川だろう。無理せず、なるようになると構えて流れていく人生観を思い描くかもしれない。けれど、ヴィクトリアにとっての川は、ダムにせき止められて勢いを失っても流れ続け、新たな故郷となるペオーニアの桃農園を潤す用水路まで流れ込んだガニソン川だ。ヴィクトリアは人生を振り返ってこう語る。「ウィルが教えてくれたように、

わたしは川が流れるように進む努力をしてきた。けれど、それがなにを意味するのか理解するには長い時間がかかった。障害を乗り越えて前へ流れていくことだけがわたしの物語ではない。なぜなら、川といっしょで、その道々で、ほかの様々なものとわたしを繋げてくれる小さなかけらをいくつもいくつも集めていたから。そうするうちに、ここまでたどりついた」。多くを失っても歩みを止めずに前へ進み続けるうちに、触れてきたものすべてを少しずつ身につけて豊かに実っていくヴィクトリアの人生。まさにガニソン川の流れのように再生していたのだ。

ヴィクトリアと深くかかわっていく女性たちも同様だ。進歩的で社会問題への意識も高く、ヴィクトリアには眩《まぶ》しく見えたゼルダ。大学の教員の妻で息子がふたりもいるインガ。一見充実した人生を送っているように見えるふたりも、大切なものを失っていた。それぞれに傷つきながらも一歩一歩生きつづけるうちに、支流がひとつの大きな流れになるかのように交わる女性たちの友情も、川にたとえることができるだろう。これはヴィクトリアの成長物語であるとともに、喪失の痛みを知る女性たちが運命に導かれて寄り添い、立ち上がる、女たちの再生物語ともいえるのだ。

ダムにのまれたアイオラと故郷を追われたウィル

物語の第一の舞台となったヴィクトリアの故郷アイオラは、コロラド州のガニソン川沿いに実在した町だ。人口二、三百人ほどで、小さいながらも農業と酪農で栄えていた。ところが一九五六年に政府が決定した、飲料水や農業用水の水源確保、治水、水力発電を目的とした「コロラド川貯水プロジェクト」により、ほかのふたつの町とともにダムの底に沈むことになる。町民は故郷を追われ、農場も家も商店も学校も、すべてがブルーメサ貯水池にのみ込まれた。アイオラはいまでは地図からも消えている。

ブルーメサ貯水池は景観の美しい観光地として家族連れでにぎわうようになり、アイオラは多くの人に存在さえ忘れられていた。ところが、二〇一八年の歴史的な干魃《かんばつ》で露わになった貯水池の底に、学校の旗竿《はたざお》の台や教会や商店の土台などの町の残骸が出現する。アイオラは、アメリカ西部の治水プロジェクトの問題点と故郷から強制退去させられた人々の苦悩の象徴となったのだ。本作のテーマである「喪失」のひとつが故郷であることは間違いない。

そしてウィルの存在が、このテーマを複雑にする。アイオラの人々がダムによって故郷を失う前にそこを追われた人々、つまり先住民がいた。そのことを、町民たちが考えもしないという矛盾がウィルへの差別によって浮き彫りにされるのだ。とはいえ、深いテーマを背負うはずのウィルの人となりを形成したバックボーンは、噂《うわさ》レベルのわずかな情報やヴィクトリアの憶測からしかわからない。問題ばかり起こす悩みの種である一方で姉に愛されたいという願望が見え隠れする弟セスや、厳格かつ冷淡に見えて実は胸の奥に愛情深さを抱える父の、複雑で人間くさい描写と比べると、飄々《ひょうひょう》としたウィルはどこか妖精のような気配さえある。著者リードはウィルについて次のように語っている。

アメリカ西部で土地を追われる人々の物語を書くにあたり、先住民について触れずにいることはできませんでした。でも、ウィルの物語を丁重にそして正確に描くことは、わたしには限界があることがわかっていました…（中略）…大事なのは彼らの物語を自分のものにしないで語ること…（中略）…わたしはウィルのことを、ヴィクトリアの視点でのみ描こうと決めました。深い愛情を持って、けれど、文化的な一定の距離から。

先住民である「彼ら」の抱えていた苦しみを、ウィルはヴィクトリアに見せようとはしなかったし、当時の彼女には理解する能力もなかった。ふたりの恋の時間には、社会的な観点など一切ない。ことさらにウィルの背景にある不幸を上乗せしないことで、リードは代々コロラドに住んできた白人として、「彼らの物語を自分のものにしない」姿勢を貫いている。問題を重層的に表現して読者に提示するにとどめ、主人公の人生を軽やかに前に進めるのだ。ヴィクトリアは町でいちばん先に故郷を捨てて出ていく。新しい土地の開拓、新しい友情、奇跡的な再会。物語半ばすぎてからのヴィクトリアの不器用ながらも大胆な行動はストーリーの推進力でもある。川が流れるように進むヴィクトリアの物語に、読み手はただのみ込まれていくだけだ。

ナッシュの奇跡の桃

ここでこの作品の最も重要なキャラクターのひとつともいうべき、「ナッシュの桃」に関して。コロラドの桃は世界的に有名だ。西側斜面《ウエスタンスロープ》と呼ばれる地域の冷たい夜と温暖な昼間の寒暖差、ミネラル豊富な雪解け水、そして桃農家に何世代にも渡って受け継がれてきた技術とたゆまぬ努力が甘美な味を作り出すのだという。桃は繊細な果実で春の霜の影響を受けやすいため、コロラドの桃はそもそも奇跡の産物といっていいのだが、西側斜面といっても標高が高く乾燥した気候のガニソン郡になると、じつは桃はならないのだそうだ。現実には、アイオラに桃農家はなかった。リードは困難な環境でも成長することはできるという可能性の象徴として、「ナッシュの奇跡の桃」を作りだしたのだ。

この作品を訳すのにあたり、多くの方にご尽力いただいた。素晴らしい作品に出会わせてくださり、的確な助言をくださった早川書房の窪木竜也さん、細かい訳出の相談に乗ってくださった杉本詠美さん、そして詳細なチェックをしてくださった校正者の方々に、特にお礼を申し上げたい。ナッシュの桃のように繊細で豊かな味を持つこの作品を日本の読者のみなさんにも美味しく召し上がっていただけたら幸いだ。

二〇二四年三月

参考資料

・Seth Boster, "Drought reveals a long-submerged Colorado town on floor of Blue Mesa Reservoir," The Denver Post, December 22, 2018. https://www.denverpost.com/2018/12/22/blue-mesa-reservoir-drought-submerged-colorado-town/

・Nancy Lofholm, "As The Blue Mesa Reservoir Dries Out, A Forgotten Small Town Reemerges," Colorado Public Radio, November 19, 2018. https://www.cpr.org/show-segment/as-the-blue-mesa-reservoir-dries-out-a-forgotten-small-town-reemerges/

・"Q&A with Shelley Read author of Go as a River," Penguin Books New Zealand, 6 March 2023. https://www.penguin.co.nz/qa/3874-qa-with-shelley-read-author-of-go-as-a-river

・Shelley Read, "Where I Write," Penguin Random House South Africa, 12 May 2023. https://www.penguinrandomhouse.co.za/penguinbooksblog/‘where-i-write’-go-river-author-shelley-read

本書には、現在の基準に照らして不適切あるいは差別的な表現が存在しますが、作品の性質と時代背景を考慮し、原文に忠実に翻訳しています。

訳者略歴　訳書『エドワードへの手紙』アン・ナポリターノ，『モダンラブ　さまざまな愛のかたち』ダニエル・ジョーンズ編，『くさい！』クライヴ・ギフォード，『空の上には、何があるの？』シャーロット・ギランほか多数

川《かわ》が流《なが》れるように

2024年4月20日　初版印刷
2024年4月25日　初版発行

著者　シェリー・リード

訳者　桑原洋子《くわはらようこ》

発行者　早川　浩

発行所　株式会社早川書房
東京都千代田区神田多町2－2
電話　03－3252－3111
振替　00160－3－47799
https://www.hayakawa-online.co.jp

印刷所　株式会社亨有堂印刷所
製本所　大口製本印刷株式会社

Printed and bound in Japan

ISBN978-4-15-210325-3 C0097

乱丁・落丁本は小社制作部宛お送り下さい。
送料小社負担にてお取りかえいたします。

本書のコピー、スキャン、デジタル化等の無断複製は
著作権法上の例外を除き禁じられています。